新婚时代

王筱磊 著

Fm:520

北京联合出版公司
Beijing United Publishing Co.,Ltd.

图书在版编目（CIP）数据

新女婿时代 / 王筱磊著. — 北京：北京联合出版公司，2018.9
ISBN 978-7-5596-2420-8

Ⅰ. ①新…　Ⅱ. ①王…　Ⅲ. ①长篇小说－中国－当代　Ⅳ. ①I247.5

中国版本图书馆CIP数据核字（2018）第172060号

新女婿时代

作　　者：王筱磊
责任编辑：徐　鹏
特约编辑：黄川川

北京联合出版公司出版
（北京市西城区德外大街83号楼9层　100088）
北京联合天畅文化传播公司发行
天津光之彩印刷有限公司印刷　新华书店经销
字数 281千字　880mm×1230mm　1/32　印张 12.5
2018年9月第1版　2018年9月第1次印刷
ISBN 978-7-5596-2420-8
定价：48.00元

谨以此书献给我的妻子

女婿万岁

冯　仑

　　筱磊会写字，这我不奇怪；筱磊会在话筒后面说话，我也不奇怪；筱磊能把话说得很有意思，说得大家会心一笑，尴尬的人释然，自在的人变得害羞，这些我都不奇怪。但是筱磊说他会写小说，我还真有点诧异。小说这玩意儿是文字，不是动嘴、动眼的事，它得动心。看着大大咧咧的筱磊，要我把他跟小说、作家联系起来，起初还真有几分困难。直到拿到他的小说原稿，我才知道，筱磊真的会写字，而且会把字码得十分细腻，远不像一个大男人那般粗粗糙糙，也没有那种浑不吝的感觉。

　　他的文字透着一些细腻、一些机巧、一些独特的情感和酸酸涩涩的味道，还有一些甜甜蜜蜜的感觉和清清爽爽的心情，有时候也会让人感觉到一种混混沌沌的无奈。

　　小说讲了个什么故事呢？仔细看才发现，原来说的是一个关于女婿的故事。在小说里头，我相信筱磊植入了个人和周围很多从外地到北京然后结婚的男性的故事，透露出女婿们共同的欢乐、责任、冲突、无奈以及背后的一些小心思。

　　这本书叫《新女婿时代》，慢慢看下去，我突然觉得醍醐灌顶，原来世界上真有一群叫"女婿"的人类，而且这个群体已经存在了很多年。自从有婚姻开始，女婿就存在了。就像爱情在中国大概有六千年历史一样，女婿至少也有5999年了。女婿是一种古老的身份、古老的角色、古老的存在，今天"女婿"作为小说的主角又被拎了出来，实在有一种异样的味道。

那么，今天这个女婿是种什么味道呢？"女婿问题"的由来是什么呢？我觉得有这么几件事，对当今的女婿们有不小的冲击。

第一，是独生子女问题。过去的家庭子女比较多，所以每个家里的媳妇、女儿、儿子、女婿等角色分得清清爽爽。可现在两边都是独生子女，都是只有一个女儿或者儿子。因此，男孩跟别人家的女儿结婚以后，扮演的角色既要像女婿，又要像儿子。女孩儿也是一样，既要像媳妇，又要像女儿。这种角色的多样性，以及对两边家庭的照顾、呼应，加上要尽的责任，造成年轻人需要非常多的技能，需要比以前更全能、更通泰、更知理，同时口袋里也要有更多的钱。否则的话，要应对好这几个方面就比较困难了。

第二，跟房子有关。现在，结婚时大多是男方准备房子。男方如果有实力，准备好了房子，把别人家的女儿迎娶过来独立居住，那么女婿跟丈母娘的关系就会稍微融洽些，而且进退有一定余地。但如果男方没能力，买不起房子，或者说买得起房子但丈母娘不愿意跟女儿分开，一定要跟着女儿过来，那么男方就要跟丈母娘住在同一屋檐下，这种女婿在目前的社会情况下就比较辛苦。虽然相对于媳妇与婆婆的关系而言，女婿跟丈母娘的关系处理起来的心理余地更大些，但毕竟别人的妈不是你的妈，你任性不得，也撒野不得，同时要担待的事会更多，要考虑到的小情绪也更多。上牙碰下牙，胳膊肘、大腿、里边、外边、屋里、屋外、老的、小的，中间这一堆鸡毛蒜皮的事都是家里的大事，每件事都等着女婿去做决定，去判断，去做出个正经样子来。所以，房子的事使女婿面临更大的挑战。

第三，现在的媒体更加发达，人们接收资讯的渠道更加多样，人的身份越来越多，人的角色流动也更快。今天可以做这个工作，明天可以做那个事情，同时可以兼很多差。当然兼了很多差，挣了不少钱，矛盾也就因此而起。社会的议论和闲言碎语，你也无法通过一己之力屏蔽掉。周围的信息、媒体，所有这些都可能影响到丈母娘跟女婿的关系。现代都市生活的开放性、竞争性和多样性，以及价值观的多样性，同样会造成女婿和丈母娘在沟通方式上的不协调和在某一些小事情上的冲突。

在这个小说中，我看到的正是在这样一个局促的空间和紧赶慢赶的时代中，女婿在丈母娘面前表现出来的那一种小尴尬、小无奈、小欢心和小矛盾，以及女婿在都市里的成长轨迹和他们疲惫面容后的一些期待和希望。

筱磊就是这样，他让我看到了一个关于女婿的故事，也通过这些故事描绘了一个新女婿时代。女婿还将成为我们生活中不可缺少的角色，所以当我们合上这本书时，我们要说的是，生活在继续，女婿万岁。

目录

CONTENTS

楔子 1	1
楔子 2	3
楔子 3	4
第一章	5
第二章	16
第三章	31
第四章	40
第五章	51
第六章	65
第七章	75
第八章	85
第九章	94
第十章	102
第十一章	119
第十二章	129
第十三章	139
第十四章	152
第十五章	160
第十六章	174

第十七章　　　　　182

第十八章　　　　　191

第十九章　　　　　200

第二十章　　　　　209

第二十一章　　　　218

第二十二章　　　　230

第二十三章　　　　242

第二十四章　　　　250

第二十五章　　　　258

第二十六章　　　　267

第二十七章　　　　275

第二十八章　　　　285

第二十九章　　　　295

第三十章　　　　　302

第三十一章　　　　310

第三十二章　　　　321

第三十三章　　　　330

第三十四章　　　　339

第三十五章　　　　350

第三十六章　　　　359

第三十七章　　　　372

第三十八章（大结局）　381

后记　　　　　　　385

楔子1

王小北后来始终想不起来为什么要和那位大妈吵架。面对话筒，他努力给自己塑造的是"全民女婿"的光辉形象。电台每年评选"观众最喜爱的十佳主持人"，王小北都稳居第一，地位不可撼动，这全都仰仗无数大妈的支持。"比闺女还贴心的小棉袄"这个牛气的定位让他成了这座大城市里的名人。但是，他居然和自己的衣食父母吵架了。

王小北不是个没有雅量的人，更不喜欢用争吵来解决问题。可那天他的对手——那位老大妈真的太厉害了。她轻轻的几句话，慢慢说出的几个专用名词，在旁人听来没什么，可就好像经过了精心细致的排练，句句话都像长矛，像投枪，扎在王小北的肺管子上，像匕首，剜着他的心窝子，还让他像吃了棉花一样一句话都说不出。王小北主持这档电台最著名的晚间谈话节目以来，帮助无数大妈解决过家庭问题，他早就把自己当作家庭问题专家了，以至于他们当地的电视台亦频频邀请他参加电视调解节目的录制。但是这一次，尽管热线那头的大妈说的是自己家的事儿，说的是自己的女婿，但是不知道为什么，两人刚一对上话的那一瞬间，王小北就有些恍惚。这声音、这语气太像自己的丈母娘了，这些陈芝麻烂谷子的破事儿桩桩件件都好像是他亲身经历的，让他简直穿越了。在家里，他不敢以一个主持人的姿态面对自己的丈母娘，但是这里，他是无冕之王，他把他的学识、阅历、激情、愤懑等一系列的内功都运用出来，伴着自己多日来心头的委屈都倾吐了出来。

直到当天晚上负责值班监听的何台长冲进直播间，落下话筒开关，推出应急音乐，王小北这才意识到自己成了崇祯的女儿——失态了，而且立刻意识到，这一次是灭绝师太。

短暂的沉默过后，何台长用近乎幽怨又大惑不解但颇有些幸灾乐祸的目光望着王小北平静地问道："这好像不是你的风格啊，你今儿这是怎么了？"

看着面前这位比自己进电台晚，却已经成了副台长的人——比他小一岁的邻省电台副台长的儿子，王小北轻轻地叹了口气，略显尴尬地清了清嗓子，勉强笑着说："何台，不好意思……"他边说边用鼻子重重地呼出一口气，努力解嘲地说，"其实男人每月也有那么几天，呵呵。"何台长笑了，然后意味深长地点了点头，走出了导播间。

王小北再次把直播间的灯全都关上，沉浸在节目的世界里。这个世界里的他纵横捭阖，高大伟岸，人见人爱。他喜欢这感觉，熟悉这感觉。一个半小时的节目进展顺利，甚至因为中间插曲的影响，王小北的情绪异常兴奋，让他有些高潮迭起，感觉很爽。那感觉就是一吐为快、一泻千里、一鸣惊人、一醉方休、一了百了、一气呵成、一见钟情、一柱擎天……这些话他憋了太久了。

许多年以后，王小北一直记得那一刻。他仍然觉得那天打来电话的就是他的岳母……

王小北，某国家级电台著名主持人。新上门女婿。

楔子2

刘帅不老老实实在家待着，非要赶时髦去滑雪。本来这也没什么，偏偏他笨拙地把腿摔伤了。在电台这种专业的传媒中心里，刘帅滑雪摔折了腿儿的消息自然是立刻不胫而走，大家一下班就纷纷赶来给广告部刘主任刘帅送温暖。

等王小北和李晨曦走进病房的时候，屋里已经堆满了各种各样的礼物。三个人的目光交汇在一起，王小北环视了四周后坏笑着问道："都来了？"刘帅像做了错事的孩子般敷衍道："都……都来了……"王小北脸上的笑容更坏了："东西不少啊。我不知道谁来了，不过我能知道谁没来……"

刘帅没有回答，眼泪却不争气地流了出来。李晨曦有些不忍地低声呵斥王小北道："行了，知道就别问了！"

答案当然不难寻找，因为刘帅的病房里只有琳琅满目的高档补品和各种华而不实的东西，却没有任何带着浓浓亲情的家常饭菜和相关器皿。其实这也完全可以理解，因为刘帅的老婆是个出了名的忙人，他的岳父岳母根本不在本地，他的老娘肯定又在张罗着什么社区活动。至于他老爹嘛，自然是又在为祖国的科研事业而忘我工作了……

刘帅，电台广告部主任。新上门女婿。

楔子3

李晨曦再也不能像他的绰号"思想者"那样保持淡定了。现在的他更像一名战士，而且是做好准备去慷慨赴死的那种。他的眼睛里闪动着怒火，正与对面岳母那冰冷的目光在空中默默碰撞、对决。偏偏就在这时，不知所措的林虹突然发出了一声轻轻的叹息。李晨曦的目光瞬间被吸引，落在妻子那张姣好但却写满了忧愁与无奈的脸上。

正是这张脸的主人让李晨曦原本占据优势的态势瞬间瓦解了，而且瓦解得一败涂地。不是有句古话叫"儿女情即是英雄冢"吗？西北硬汉李晨曦也概莫能外，他马上收拾起气焰，并在第一时间举起了白旗。"妈您别生气，都是我不好……"李晨曦儿女情长英雄气短地说道。

一向不曾败北的岳母轻轻一笑，用怜悯的眼神看着他，用得胜者的口吻轻轻说道："知道错就好。"作为一个新上门女婿的岳母，教训人的话自然不会如此简练，但在这里还是姑且先省略这之后将近两个小时里来自李晨曦岳母绵延不绝的语言精华吧……

李晨曦，青年企业家。新上门女婿。

第一章

不管从哪个角度去考量，王小北跟他主持的《午夜电波》全都火了。每晚一到那个特定的时段，街上行驶的车里几乎都会飘荡着王小北那带磁性的声音。无数个家庭中有许多钢丝级别的粉丝都会打开收音机静静地聆听。特别是上个月，因为太多的群众反映，台里终于在白天延长了播出的时段。《午夜电波》的听众因此更多了，王小北的知名度也跟着呈几何级数接连攀升，奠定了他和《午夜电波》在台里无可撼动的地位。

《午夜电波》的热线电话几乎被打爆了，每天光是从全国各地发来的信函就能有两三百封。传达室的老谷为此劳动量增加了不少，到后来每天都得为了《午夜电波》多跑一趟。活儿多，抱怨自然也跟着多了起来。这天上午，老谷打定主意要给这个分到台里不到一年就给他惹了麻烦的家伙点儿厉害瞧瞧，让这个毛头小子知道一下醋是酸的，锅是铁的。打定了主意之后，老谷便抱着一大堆属于《午夜电波》的东西径直上了楼。走进栏目组，他气哼哼地把东西往桌上一摔，扯着脖子对负责整理信函的实习生小丁大声问道："你们王头儿呢？"

小丁是个好不容易才争取到了这个职位的小丫头，看着满脸不善的老谷，她心虚地指了指身后紧闭的房门，还竖起中指做了个噤声的动作。老谷是台里的老职工了，所以说话就显得颇为气儿粗："姑娘，你是怕王小北吧？告诉你，他没啥了不起的！"小丁瞬间石化，老谷看在眼里更加嚣张，索性望着那扇门大声挑衅道："怎么着？刚来台里没多久他还真抖上了？一大早躲在屋里干什么？是不是忙着搞腐败呢？"

小丁闻言赶紧压低了声音劝道："有什么事儿您还是跟我说吧，领导们正在里边儿谈工作呢……"老谷坏笑一声，故意提高了声音嚷道："领导？他是你们的领导，叫声主任，充其量不过是你们节目组的头儿，算哪门子领导？"说到这儿，他还故意拍打着桌子上厚厚的信件继续嚷嚷道，"你们这个组每天都这么多信件，难道真把我们传达室当成专门给你们跑腿儿的了？"老谷说着还很有气势地摆了个造型继续叫阵："我这儿通知你们一下，从明天开始你们的信件自己下去取！谁有工夫总是伺候你们？"

正在这时，里屋的门一开，突然传出了一个声音："信多说明人家这个栏目办得好，你们传达室除了送信就是闲着，怎么干本职工作还怨声载道的？"老谷既然敢来挑事儿自然也不是省油的灯，当即就伸长了脖子瞪起眼挑衅地向屋里看去。结果因为面前挡着满脸焦急的小丁，根本没看到屋里的情景。老谷颇具威慑地扬声叫道："你狂什么狂？要真有种就出来说！"

门里的人果然走了出来，而且还是三个。除了老谷今天锁定的攻击对象王小北，还有两位面如严霜的中年人，满脸无奈的王小北只是神态恭谨地排在第三位。前边两个人好像是两尊神，一下子就震住了正在闹妖儿的老谷。刚才还凶神恶煞般的老谷的折腾劲儿一下子跑到了九霄云外，傻愣愣地站在那儿说不出话来了。外屋里的几个编辑全都忍着笑将目光投向了老谷，戏谑的眼神中还包含着无限的同情。老谷愣了足足好几秒，最终才勉强张开了嘴讪讪地叫道："佟……台……徐台……"

佟台长是电台总台分管生活文艺频道的台领导，徐台长是生活文艺频道的台长，所以徐台长冷着脸没有抢先搭腔儿。佟台严肃地看着老谷，用冷得几乎能感觉到冰雪气息的语调问道："你要干什么？你们传达室不送信还想干什么？怎么一点儿集体观念和服务意识都没有？"

徐台长从来都是《午夜电波》的坚强后盾，等佟台的话音一落，马上就接口说道："你可真会来，我们俩刚代表台里问过还有什么需要台里支持的？结果你就跳出来唱了这么一出儿！"

老谷的肠子都悔青了，只好舰着脸朝王小北投去了一个求救的目光，还心虚地分辩着："您别误会，我跟小北特熟，这才……这才……"佟台哼了一声没有理他，徐台长却慢悠悠地拿起桌上的电话，望着身边的一个编辑命令道："给我查一下苏洪波的电话！"

王小北本来也对恶狠狠找上门来的老谷有气，这才故意借着两位台领导的威风敲打他一下。现在一听徐台长要找管后勤的台办主任苏洪波的电话，就知道这件事儿的后果已经不是老谷这个愣头青所能承受得了的了。他急忙抢上一步对老谷说："你看你，我早说开玩笑得分场合吧？现在果然闹出了误会，还不赶紧给两位领导道歉？"

老谷听了王小北这句话如蒙大赦，赶紧忙不迭地点着头应承道："是，是！这个毛病真的不好，我下回一定注意！"说完老谷赶紧把目光转向徐台长和阴着脸一直没有说话的佟台长，摆出一副痛心疾首的样子说道："领……领导，您别生气！我下回上班时间再也不乱开玩笑了……"王小北也赶紧帮腔道:"是呀,佟台、徐台,就原谅他这一回吧!"

经王小北这么一掺和,老谷的问题性质就变了。徐台长心有不甘地放下电话,朝身边的佟台长望了一眼。佟台长余怒未消地责备老谷:"我搞了一辈子政工,别以为你那一套能瞒得过我!我只说一句,这样的玩笑不要再开了!"

说完之后,两位台领导又勉励了《午夜电波》的编导们几句便告辞走了,王小北赶紧殷勤地送到了门外。目送这二位的身影消失在拐弯处,王小北这才转身走回了栏目组。刚一进门,老谷就一阵风似的扑了过来,抓着王小北的手使劲握了握,满脸感激地说道:"小北,今天真是老哥错了,今后有用得着的地方就言语一声!"王小北笑着对老谷说:"这不怪你,我们这组的事儿真是越来越多!要不这样吧,我明天干脆指定一个人每天按时去取信,也省得再给您添麻烦了……"老谷一听当时就跳了起来,连连摆着手叫道:"不用,不用!要是那样你就真把我当外人了!"

打发走了铩羽而归的老谷,王小北看了看表:"大伙儿都吃饭去吧!"众人闻声而动,开始收拾东西准备前往食堂。一个编导低声对王小北说道:"老大,你刚才为啥不好好整整老谷?这么下去台里谁还怕你?"王小北微笑着对他的部下说道:"记住,得饶人处且饶人,要是到处树敌的话,你今后就没法在台里立足了!"

吃完中午饭,王小北站在食堂门前等着刘帅。这个习惯他们已经保持了将近一年,如今都不用事先沟通了。就在这时,广告部的主任老邱笑吟吟地走了过来,亲热地拍着王小北的肩膀问:"等刘帅呢?"王小北叫了声邱主任,然后笑着解释道:"是呀,这不都成了习惯嘛……"

邱主任呵呵一笑："今天你就别等了，刘帅出差见客户去了。"王小北顺嘴开了句玩笑："邱主任你可真是指挥有方，连我这个老同学都变得这么积极了！"老邱喜滋滋地接受了王小北的吹捧，然后又友善地说道："刘帅要是有你这么敬业就好了，这小子挺聪明的可就是不干事！"说到这儿，邱主任还压低了声音问道："听说他媳妇家里是大款？看来他不用干，后半辈子也不用发愁了吧？"王小北一心维护自己的同伴，便信口胡诌说："您这可冤枉他了！他前两天还跟我抱怨他媳妇家的事儿特别多，说等忙完这一阵就全力以赴地工作呢。"

王小北的话正好印证了刘帅前几天的表态，邱主任若有所思地点头答道："看来还真是这么回事儿，难怪他这些天跟打了鸡血似的抢着出差，看来是家里的事儿真的忙完了……"两人就此告别，王小北一转身却碰上了曾经的手下小何。王小北热情地打起了招呼："小何，好些日子没见着你了！"要换在以往，小何肯定会立即做出热烈的回应。但奇怪的是，这一回小何的脸上只是浮现出了礼貌的微笑，而且还没大没小地使用了一个无可挑剔但却不大顺耳的称呼："小北啊！没见到我是因为你的节目火，你太忙了！"

然后，然后自然是"您挺好吧""我不错，你也挺好吧呵呵……"一类没用的废话。再然后小何就礼貌地告辞走了，王小北望着小何远去的背影忽然生出了一种异样的感觉，忍不住腹诽："以前，我应该是'小北哥'啊。这称呼变化的背后一定有文章吧？"王小北对这种满脸写着小聪明的人充满鄙夷，尤其觉得他在公共场合过于拘谨的酸劲儿十分可笑，心里不禁暗道："这么谨小慎微的干什么？难不成还想混个台长当当？"

其实王小北不了解小何的追求与抱负，人家根红苗正。小何是大学毕业分配来的事业编。这句话在广电系统颇有深意。前些年电视台火的时候，电台没人待见。毕业生指标基本都内部解决了。当时那些毕业分进电台的人以艺术考生的身份考进广播院校，读的都是编辑、声音工程等技术专业。所以多年来，电台的技术部门几乎成了独立王国。最近这些年电台成了香饽饽，但是直接毕业分进台里的还是以技术部门和业务部门的毕业生为主。一是这些部门不太招眼，晋升快。二是技术部门水很深，机器设备采购、更新，一动就是钱，这里边的门道是不足为外人道的。所以小何这个正儿八经的名牌大学播音专业的毕业生直接分进台里，是几年来头一遭。而且来了就不一样，先是和所有新入职年轻人去边疆合作电台锻炼，做了副组长。一周以后小何身体欠佳回来休养了七个月，然后又和边疆青年代表出国访问演出两个多月，回来休整写总结，最后一周又去边疆参加了欢送内地青年的大会，作为优秀代表讲话，得到了奖章证书。颁奖的时候，领导还特意用力握了握他的手，特别表示感谢小何的父母培养了这么优秀的孩子，一定有很好的家教，并且请小何把祝福带给爷爷，一定要注意身体，将来回他工作过的地方再来看看。优秀的小何锻炼一年回来就入了党，在王小北的部门实习了一周之后，恰逢一项重大体育赛事，刚好小何又热爱锻炼，于是电台领导大胆改革，创立了第一个主播制节目，以小何的名字命名。之后不久小何就被党委借调过去帮忙。然后因为优秀被调离节目一线，成为电台最年轻的处级干部，紧接着成为市委组织部的后备干部。最近在上级领导的不断关心和熏陶下，这种原本隐藏在身体内部的干部潜质也渐渐被激发了起来。考虑到日后也许会成功坐上领导的宝座，因此，在与未来的下属接触时自然就要掌握一定的分寸和火候了。

因为没有刘帅的陪伴，王小北便百无聊赖地在院子里散起了步。当他看到台里几乎全员都处在无精打采的半睡眠状态后，干脆信步出门来到了大街上。望着面前熙熙攘攘的人群和交互过往的车辆，王小北的嘴角浮现出了一丝笑意。是呀，曾几何时他还是个连翅膀都没长硬的大学生，除了宿舍里的那张床，这座城市中就真的不再有任何属于他的位置了。可如今则大不一样了，要不是命运指引着他走进了电台，当上了主播，又轻柔地扶着他坐上了节目部副主任的位置，眼看节目部主任就要退二线……

正在王小北感慨无限的时候，实习生小丁气喘吁吁地跑到了他的身边："王主任，我可算是找到您了……"看着这个稚气未脱的小丫头一脸焦急的样子，王小北忍不住笑着问道："怎么了？是老谷又来兴师问罪了？"小丁摇了摇头，捋顺自己的舌头："您还是赶紧回去看看吧，台里又给咱们组分来了三个实习生，正等着见您呢！"王小北一听是这事儿顿时放了心，笑着向小丁打趣道："就这事儿呀，我还当监听监看又写信批评我念了错别字呢！"

王小北能当上这个副主任其实是走了狗屎运。最近电台搞改革，把节目制作和播出管理分开，之前和王小北一样的节目负责人各自成立工作室，专一负责节目的制作。各个工作室之上有两个节目部副主任，一个负责节目审查，另一个负责广告招商和对外合作。负责节目的副主任原本是学电视编导出身，用人家的话来说就是玩视觉的。自从当了主任就开始大展拳脚，在广播节目播出的同时，演播室里多了两台高清摄像机，在电台的网站上同步视频直播。这样一来女主播们纷纷表示开心，以前上直播基本是蓬头垢面、不修边幅，现在必须提前两小时化妆，摩其登漂其亮，描其眉烫其发。衣服也越来越热辣，上衣一路"v"下去，裙子一路短上来，搞得电台负责保卫的武警战士加大了锻炼出操的力度，用来消耗多分泌出的荷尔蒙。

但是也有副作用，电台采购了大量的电视设备，花了一大笔钱。网站的运行需要大量的视频节目，于是又成立了新部门招了人，但是广告收益却没有实质性的拉升。一年以后，副主任被一家互联网企业看中高薪聘走，这一摊子事儿也没了下文。总台对他们频道提出了委婉的批评，要求干好分内事狠抓节目质量。于是我们的王小北作为生活文艺频道的一哥、全台十佳主持人、《午夜电波》的制作人临危受命，成了主管节目内容的副主任，但是还是在节目组自己的办公室办公。

王小北走进办公室，嘴里还在对小丁念叨："我们生活文艺频道节目的主要听众是大爷大妈，就得拉（辣）家常，就得接地气儿，就得聊天儿，你说这天天果实累累（雷雷）、萎靡（米）不振、书声琅琅（狼狼），这还怎么说话，怎么亲切？狼狼，还狼狼恶狗呢！"王小北对身边如影随形的小丁吩咐道，"你让他们过来吧。"小丁边点着头出去边说："主任，您这三个都读对了，但是还有个音，那叫拉（啦）家常。"王小北顿时一口气没上来，狠狠瞪了一眼桌上刚刚发的书——《容易读错的字词典》。

工夫不长，小丁便带着两男一女来到了王小北的面前。小丁一本正经地向这三个人介绍说："这位就是咱们王主任。"

新官上任的王小北还没有一次增加过这么多人手的经历，他尽量露出一脸看上去很慈祥的笑容，上下打量着面前的三位新人。第一位绝对属于热辣型的女子，虽然长相只是中等，但浑身上下却曲线玲珑，肉感十足。不仅如此，她的衣着也显得有些过于超前。上身的衣服左右拧巴着包裹在一起，无论哪个男性看了都会产生同样一个疑问："这件衣服到底该从哪儿解开？"上半身如此，下半身就更够呛了。一条黑色的裙子被从很高的位置上左右分开，一条大白腿十分耀眼地出现在他的面前。王小北赶紧把目光从这个无意中触及的禁区上移走，故作威严地拿起桌上的履历表："你是……"

王小北的话音未落，面前香艳的场景便又有了新的内容。大白腿虽然消失在了裙摆当中，但一条火力十足的事业线又伴着白花花的一片肉色凑到了他的面前。"主任好，我就是滕佳琪，那张表上的照片是前两年照的。您看是不是看着比现在还老？"王小北顺手将表格放到桌上，指了指距离自己有着足够安全距离的椅子说道："坐，请坐吧！"

说到这儿，他还向另外两人摆了摆手："都坐吧，从今以后咱们就是一家人了……"性感美女滕佳琪满不在乎地微笑着坐在了王小北的对面，那条颇为炫目的大白腿又很快显示出了自己的实力。"你对来咱们栏目组实习有什么想法儿吗？"王小北几乎目不斜视地望着滕佳琪身后的白墙问道，但还是感觉好像总有半口气上不来。滕佳琪用她那双仿佛带着钩子的眼睛望着王小北很豪爽地笑了起来："咱们学的不就是这个专业吗？不干这个又能干啥？不过话说回来，到哪儿我也得干出个样儿来！"因为滕佳琪的口音里有着王小北所熟悉的大碴子味道，王小北对滕佳琪报以了一个很适度的微笑。

王小北把目光转向了另外两位，那个一头黑发中夹杂着一撮金毛的小伙子和他对视了一眼，终于懒洋洋地开了口："王主任，我叫靳东明，跟他们是一个学校毕业的。"王小北点了点头还没来得及张嘴，靳东明便又摆了一个无比慵懒但特别酷的造型："我是家里逼着来的！如果您……"靳东明说到这儿用玩味的目光打量了王小北一眼才继续补充道，"如果您不介意，我不要钱，您也别逼我，只要是不用太动脑子，也不用太费劲的活儿，我一定会尽量跟您配合好的。"靳东明说完便眯起了眼睛，依旧是一副死猪不怕开水烫的架势。

王小北笑着点了点头："我尽量吧！"靳东明的脸上露出了笑容，王小北却紧接着用不容置疑的口吻命令道，"但有一条，你明天必须把头上那一抹儿金黄给处理一下！"估计靳东明也很懂得投桃报李的道理，他马上懒洋洋地伸出手学着外国水兵的样子敬了礼："是，长官！"

第三位新人坐在那儿好像老僧入定了一样，不知道把自己的魂魄放到哪儿遨游去了。滕佳琪瞥了他一眼后连连夸张地咳嗽，谁知这家伙居然还是没有半点儿反应。金毛小哥靳东明实在看不下去了，马上伸出手捅了他的肋条一下。这一下可引发了西洋景儿，那个小伙子居然女人一样扭着身子发出了一声尖叫。滕佳琪要不是使劲忍着，嘴里刚喝进去的大半杯矿泉水差点毫无保留地还给王小北。靳东明似乎早已经见怪不怪，又扒拉了他一下嗫嚅道："好好的，主任问你话呢！"那小子似乎对靳东明颇有顾忌，很女性化地白了他一眼才把头转向了王小北，脸上瞬间变得同桃花盛开一般。紧接着，他居然望着王小北用娇滴滴的语调开了腔："主任你真是太帅了！人家刚才看你都看得走神了……"王小北被刺激得几乎站起来，但面前那朵人面桃花又很妩媚地抓住了他的手媚劲儿十足地往下说道："王主任，我叫古君钟，您今后可一定要多多关照我啊！"王小北强忍着身体里蹿起来的一阵阵恶寒，勉强带着笑脸回应道："关照谈不上，咱们今后还得互相帮助……"心里立刻冒出了他刚刚到电台的时候同事们开玩笑的话："这个世界上有三种性别：男人、女人、电台男主持人。据说现在还有第四性别：女博士。"呵呵，看着这三个人的背影，王小北不禁莞尔。

第四种性别的女博士没见到，但却很快到了直播的时间。王小北暂时将一切烦恼抛诸脑后，精神抖擞地坐在了播音室里。

今天的话题是"你的感情安全吗"？这个看似普通的话题很快就引起了热议，因为经济高速发展，当今已经稳步进入了快餐社会。在这样的趋势下，到底还有没有纯粹的爱情？家庭成员，特别是夫妻之间的感情还有没有安全保障？更有甚者，认为感情应该推向市场，接受市场的考验。

有人的地方就有斗争，两种不同的意见很快在听众之间形成了对立。多亏王小北见惯了大风大浪，一直很好地驾驭着大家的情绪，巧妙引导，避免听众因为意见相左而引发擦枪走火事件。眼看着节目顺利进行到尾声，今晚难以驾驭的黑马还是翻蹄亮掌出现了。

一位参与互动的老大妈上来就说："小北，我今儿想跟你好好聊聊我家的女婿……"提到女婿这个敏感的词，王小北瞬间进入了一级战备："您的女婿惹您生气了？"王小北尽量轻描淡写地问道。

"他也配？"老大妈对此报以了轻蔑的态度。王小北颇为不解，只是用很中性的笑声保持了礼貌。老大妈一针见血地又说："他是个外地人，要没有我们家根本连户口都落不下。这要放在旧社会，就是个上门女婿！"

这些话严重刺伤了王小北，但他偏偏得保持绝对的中立。"能告诉我他是什么地方让您不满意了？"王小北故意用温暾水般不带感情色彩的态度压制着对方逐渐强烈的情绪。老大妈哼了一声愤愤地说道："他如今在单位当了领导，跟我闺女的感情越来越淡不说，就是跟我也敢大声说话了！"王小北抓住了对方话里的问题，毫不迟疑地发起了进攻："您的意思是他原来都不敢跟您大声说话？"老大妈理直气壮："对呀，那会儿他不是求着我们家呢吗？"

王小北故意用很幽默的语气反问："您又不是玉皇大帝，怎么能让人人都怕您？"王小北说完就哈哈大笑，那位老大妈在王小北突然挑起的欢乐气氛中有些不知所措，沉默了一会儿也跟着笑了起来。抓住这个有利的时机，王小北笑着结束了这次谈话，没有给听众留下不快，也没有把再次翻云覆雨的机会留给那位大妈："从您坦诚的态度上，我感觉您是一位对子女关爱无微不至的母亲。既然您的心中有着一对天使般的翅膀，您为什么不尝试着张开翅膀呵护您所有的孩子呢？当然，除了您的女儿还有您的女婿。好的，下面让我把今晚的小北语录送给您：毕竟我们谁也不是人民币，不可能让天底下的人都喜欢自己。只要能在心里悄悄打开一扇门，我保证您会在这扇门里得到一个意外的惊喜！"

第二章

王小北在播音室舌战群儒之际，刘帅已经办完事情来到了长沙机场的候机大厅，他悠闲地坐在椅子上等候着即将乘坐的航班。这时的刘帅已经完全不是当初的那个样子了，不仅浑身上下的服饰都换成了陈黛丝给他指定的那几个国际大品牌，就连身边的拉杆箱也是限量版的英国飞行员随行箱，再加上他腕子上明晃晃夺人双目的万宝龙表，使他看上去就像是一个招人喜欢的绅士。但煞风景的是他脖子上如今已经戴习惯了的那条大金链子，让以优雅和绅士派头著称的万宝龙显得很不和谐。

就在这时，一个高挑靓丽的女人带着一阵香风出现在了刘帅面前，她指着刘帅身边的空座位有教养地问道："我可以坐在这里吗？"刘帅正一个人闲得发慌，闻声抬头一看，顿时被对方的美丽给惊呆了。要说刘帅见过的美女那可真是太多了，抛开万花丛般的大学不提，光是他老婆陈黛丝其实就完全属于绝色的范畴。外表冰冷但其实却是艳光四射的林虹和那位曾经缠得李晨曦几乎翻身落马的田萱也绝对算得上够养眼的了，但面前的这位美女却显然跟她们不属于一个级别。这个女人二十五六岁的年纪，浑身上下都散发着女性的成熟之美，尤其是身上那一套质地良好的黑色职业套装，更是让她始终游移在风骚入骨与典雅端庄之间。

刘帅天生见了美女话就多，看了身边这位美女好几眼后，才慢慢地开口问道："坐吧。你这是要去哪儿？"那位美女笑着反问道："你呢？"刘帅："北京！就是对面十九号登机口的这个航班。"美女眼睛一亮："咱们一样，我也是坐这个航班。"

刘帅没话找话地说道："你穿得这么正式干吗？商务活动？"美女妩媚地一笑再次反问道："先回答我，你是干什么的？"刘帅没事儿找事儿地答道："你猜！"美女认真打量了刘帅一番后犹豫道："演艺界的？但又不像！"刘帅很感兴趣地问道："能说说为什么吗？"美女笑着回答说："你这身行头价值不菲，长相也这么帅，所以我才说你是演艺界的。"刘帅："那怎么你后来又说不像了呢？"美女捂着嘴笑道："很简单，因为我没看到过你的形象，估计是个二世祖吧？"

这句话一下子戳到了刘帅的痛点，他最怕被人说成是二世祖或是上门女婿了。他昂然地从包里掏出自己的工作证："你错了，我是个真正自食其力的国家工作人员。"美女的眼睛里闪过一丝敬慕的神色："失敬，我还真是看走眼了……"说着不等刘帅发问，美女从胸前掏出了自己的吊挂式磁卡工作证。刘帅低头一看，只见上边赫然印着一个大国徽，下边是美女的照片和职务。"我才是走眼了，没想到你竟然是位美女官员！"互相证实了各自的身份后，两人之间的话一下子多了起来。

面对面前这个别致的美女，刘帅的心里荡起了一阵涟漪，而且不知不觉在心海中慢慢扩散了开来。"这只不过是好感而已！"刘帅在自己的心里暗暗对自己解释道。

这边刘帅魂不守舍天马行空地胡思乱想，那边满脑门子官司的王小北又迎来了新的问题。他刚一走进办公室，就看见滕佳琪倚着门框站在那里。"你怎么还不进去？"王小北诧异地问道。滕佳琪不无幽怨地看了王小北一眼，满腹委屈地回答说："等你……"王小北情不自禁地警觉了起来："等我？有事儿吗？"滕佳琪眼中带着无限的狐媚接口道："北哥，我想跟您谈谈。"尽管王小北的心里立即对滕佳琪有了事儿多的评价，但身为主任还是无可奈何地回应道："别什么北哥北哥的，单位就是单位，您就叫我王老师好吧，到我办公室来吧！"

滕佳琪有一种饱满的女人味儿，饱满的意思就是比一般女人味儿还味儿。不对，是还饱满。她举手投足都显得热力四射，令人想起一个著名的DVD广告，一群少女热舞高唱："熟啦熟啦，苹果熟啦。"显然滕佳琪早就熟透了。不可否认的是，她充满诱惑，以至于看到她的人会相信某些水果蔬菜中使用的膨大剂的确会对人体产生作用。王小北坐在自己的办公桌后，随手做了一个请的手势。滕佳琪大咧咧地坐在了他的对面，千娇百媚地抱怨道："王哥，我不同意组里的安排！"王小北乐了："你非得叫哥啊，算了，咱们公事公办，以后你就叫我主任吧。"然后他不解地问道，"组里安排怎么了？不是让你跟着导播学习吗？"滕佳琪目不转睛地盯着王小北："主任，你对我的安排是大材小用！"王小北哭笑不得地望着这个大苹果问道："你觉得干些什么合适？"滕佳琪毫不迟疑地说道："我应该去联系业务！"王小北大惑不解："你为什么会这样想？"滕佳琪把本来就很显眼的胸脯挺了挺说："因为导播实在太没意思了！"王小北没好气地看着她问道："你确定自己干得了？"滕佳琪点了点头反问道："没试过你怎么知道？"王小北："你的热情是好的，但眼下也没有合适的机会呀。"

滕佳琪的事情暂时告一段落，王小北关上办公室的门进入了苦思冥想的阶段。因为他很快就要去上节目了，那才是他心里最重要的事情。

在演播室里，王小北不仅要完美演绎自己全民女婿的形象，还得保证字正腔圆，幽默但不失高雅。因为他的听众虽然年龄偏高，都是大爷大妈这一级别的人，其中却不乏善于咬文嚼字的高级知识分子，也不乏政策理论水平很高的退休干部。更可怕的是偶尔还能遇上一张嘴堪称"一剑能挡百万兵"的厉害角色。

演播室里的灯亮了，全部人马都到位了。王小北点头示意之后，今天的节目正式拉开了序幕。涉及婚姻家庭的问题："您的家庭真的和谐吗？"主旨讲完之后就是与听众互动的环节，导播先是切过来两个问的问题不疼不痒的听众，刚刚轮到第三个，难缠的角色果然粉墨登场了，看来王小北怎么也摆脱不了这类节目传说中的魔咒了。

"我这人没什么水平，遇到事儿就爱唠叨出来……"一个中年妇女用她那一口纯正的京片子说完了这句开场白之后，突然话锋一转大声问道，"主持人，我们家老头子老了老了反倒生出了花花肠子，整天在外边混着小肯回家。你说说看，遇到这种问题我该怎么解决？"作为这座城市最权威的情感专家，王小北循循善诱地接过了话茬儿："你是不是该跟您丈夫好好谈谈，看看问题的症结究竟出在什么地方？"中年妇女不买账地回答说："没用！主持人我跟你说，你跟他谈的时候他不当面说，然后就在背后耍小心眼，变着法儿地对付我……"

王小北心里哑然失笑，觉得这对夫妻之间的事情其实就跟小孩闹脾气一样，根本没什么大不了的。王小北委婉地劝道："我看您无论如何不要当面和他起冲突，先在暗地里观察，或者是旁敲侧击地问问，先把矛盾的根源找到。"中年妇女陡然提高了声音叫道："你不知道，我们已经好几年没说过话了！"王小北心里忍不住暗自吐槽："夫妻间闹到这份儿上也真不容易，真搞不明白，你们当初为什么结婚？"想可以这样想，但作为一个公众人物话却绝对不能这样说。就在王小北绞尽脑汁琢磨着对策时，那位连丈夫都不肯与之交谈的中年妇女却突然爆发了："没词儿了吧？连这样的问题都解决不了，还当什么专家？"

王小北只得本着将幽默进行到底的精神调侃道："您还别说，

您这个问题还真有点难度。"中年妇女得理不饶人地发起了总攻："不是我说，你们这些家庭问题类的节目就是瞎糊弄人，我们听众能鼓起勇气说出自己家的那些事儿，不完全是出于对你们的信任吗？可你们只会说些云山雾罩的话！"面对这个级别的强攻，王小北顿时为之气结。

俗话说"万言不如一默"，中年妇女的进攻又开始了："我要不是看着我们老头子没事儿老听你主持的节目，我才懒得跟你在这儿废话呢！"

事情发展到这一步，接下来就是挂电话了。要真是那样的话，今晚的节目就算是演砸了。好在王小北心理素质极强，在对方狂轰滥炸之中还一直保持着冷静，终于在中年妇女这句结束语中找到了突破口。"您的问题其实不难解决，只不过是需要一定的时间。"王小北利用中年妇女准备摔电话之前的空当说出了这句话。

"你的意思是？"中年妇女马上感兴趣地问道。她今晚本来也没抱多大希望，只是想找机会出出气。"我们的导播明天会主动跟您联系，我来帮您解决这个问题，相信我们一定会找到一个有效的办法。"力挽狂澜后的王小北用很笃定的语气说道。中年妇女不好意思地笑了："那真是太麻烦您了，我刚才的态度有点……有点那个……"王小北很理解地笑着说："没什么，谁都有个激动的时候！"

说罢王小北不再跟难缠的中年妇女多说，马上改变了话题："家庭虽小却是社会的细胞，一举一动都会牵动着我们生活的神经。根据今晚的话题，今天的小北语录是……"已经稳稳地把控住了局势的王小北用意味深长的语调说，"跟自己的伴侣长厮守是有秘诀的，放弃改变对方的念头去适应对方，所有的和睦家庭都是建立在宽容与信任的基础上的。"

说完这句话，王小北打出一个手势，工作人员立即切进了下一位听众。直到这时，王小北才长长地舒了一口气，心中暗道："保持这个情感问题专家的名声，就类似于太极盟主遇到徐晓冬，难度绝不比东方不败称霸武林的风险小啊……"

王小北那里终于平安过关，李晨曦家里却是云诡波谲很不平静，确切地说是过于平静带来的不平静。韩玉萍住进女儿女婿给自己准备的卧室已经好几天了，但奇怪的是，竟然一句挑剔的话也没有说。李晨曦悄声对林虹说道："你妈没你说的那么事儿呀。"林虹满带狐疑地自语道："这不科学呀，她这回怎么跟换了个人似的？"

其实韩玉萍早就想唠叨两句了，只是由于这段时间一直有点儿魂不守舍没顾上而已。原因很简单，她一直在等着在火车上认识的那个胡正文跟自己联系。林虹的父母韩玉萍和林默轩的离异其实有着很曲折的过程。林默轩的父母都是高级知识分子，喝过洋墨水，回国后很幸运地赶上了史无前例的社会动荡时期，两代人基本上没过过什么好日子。林默轩从小就养成了内向阴柔的性格，就爱和书本打交道。后来落实政策，林默轩的父母先后退了休，享受局级待遇，告别了历史舞台。林默轩也结束了梦魇一样的生活，从北大荒回到了北京。作为恢复高考后的第一届大学生，他年纪已经不小了。林默轩很好地继承了父母的基因，就会学习，就爱读书，大学毕业后就进了研究院从事研究工作，这时候他遇到了韩玉萍。韩玉萍的父母是革命小将的底子，虽说是工友，当年在研究院也着实轰轰烈烈过。第一次见到林默轩，韩玉萍就怦然心动了，虽然林默轩当时已经年过三十，但是在韩玉萍看来他林默轩风姿绰约仙风道骨。用现下流行的话语来形容就是颜值爆表的林默轩迷得韩玉萍不要不要的，每次见到林哥哥，萍妹妹都感觉身体被掏空。而林默轩静默的优秀更让萍妹妹不能自拔，于是萍妹妹一阵儿紧密地追求，各种接近，终于在一个风雨交加的夜晚……总之，两个人喜结连理，越明年，林虹出生了。林默轩的学术之路一帆风顺，一路硕士、博士，升到院士。但是，韩玉萍并没有因此得到快乐。因为自从那个风雨交加的夜晚之后，林默轩再也没有碰过萍妹妹一指头。为此，两个人从隐忍到冷战到争吵到分居，磕磕绊绊三十年。青春转眼就过去了。林默轩最终向韩玉萍吐露真情，韩玉萍终于知道了一个新词：同性恋。韩玉萍大哭一场后大病了一场，最后两人果断办理了离婚手续，当然林默轩还是表现出了对这个女人的感情，能给的全给了，离婚后的韩玉萍感到了从未有过的轻松，感觉好像重新活了一次。

但是独居几年之后的韩玉萍现在心里不再平静了，她感到自己已经被折磨得如同古井一般的心海里泛起了阵阵涟漪。那天在火车站，她遇到了胡正文。当时两个人都在候车室里等车，因为突然大雨，火车晚点了四个多小时，韩玉萍正气鼓鼓地给林虹打电话，所说的各种对火车站的不满中夹杂着对林虹的数落。挂了电话，韩玉萍突然感到有人正看着自己，眼神对视的时候韩玉萍看到了一个面带微笑，看上去温和善意的中年男子，那人正是胡正文。韩玉萍突然脸一红，心里一阵怦怦直跳，她已经有好多年没有这样的感觉了。正不知道该如何是好，旁边两个年轻人的吵架声正好解了围。一对情侣坐火车去北京旅游，却因为下车之后从哪个口出站而争执起来。男朋友坚持1号口，女朋友则执意要走2号口，说着说着就嚷嚷起来。韩玉萍心里说：什么大不了的，至于吗！却听见胡正文笑着对那个小伙子说："要去地铁就走1号口，要女朋友就走2号口。"一句话引得众人哈哈大笑，两个年轻人也不好意思地点了点头。这句话却实实在在地钻进了韩玉萍的心里。

接下来的一切就像是安排好的，韩玉萍惊讶地发现她火车上的铺位竟然和胡正文在一个隔间里，于是两个人自然地攀谈起来。两人谈了很久，也谈了很多，好像一见钟情的青年人那样，几乎连晚上睡觉也给省略了，一直站在车厢连接处聊到天色发亮。韩玉萍得知胡正文三年前丧偶，目前一个人守着一间艺术学校徜徉在艺术的天地里。胡正文也获悉了韩玉萍离婚后退了休，正准备到北京去跟女儿女婿一起居住。

讨厌的火车不解人意地正点到达，车厢里播放的《北京欢迎你》的歌声，完全不顾及画面里主人公的命运，活生生拆散了这一对已经擦出了火花的有情人。临别时，胡正文依依不舍地对韩玉萍说："我还要忙几天，你先安顿下来，等我忙完了陪你好好逛逛北京！"连句客气话都没有，韩玉萍当即愉快地点头答应道："好的，到时候你打我的手机吧！"胡正文的身影慢慢地消失在站台上的人流中，韩玉萍却提着行李仍旧沉浸在《廊桥遗梦》般的浪漫之中……

一阵悦耳的铃声打断了韩玉萍的遐思，她几乎以失态的速度拿起了手机。看着母亲鬼鬼祟祟地关上了门，林虹若有所思地轻声对李晨曦说："我好像有点儿明白了……"作为女儿，林虹倒是明白了。但是李晨曦作为女婿反而更糊涂了。他实在是想不通，岳母第一次和正牌岳父接见自己的时候完全不是这样儿，当时两人之间可真是珠联璧合，看不出一丝一毫的裂痕……

李晨曦的岳母给他的家庭带来了变数，而王小北正在经历每天一次的煎熬。这主要是自己和媳妇潘豆豆家不同的生活习惯带来的困扰。饭桌上满满的一桌子菜已经摆上了，四菜一汤，啤酒、白酒。潘豆豆喊了两遍吃饭，然后给孩子喂饭，可是看了一天电视，读了一天报纸的潘妈却忽然慢条斯理地拿喷壶浇起了花儿，嘴里还哼哼着"好像那旱地里下了一场及时雨呀，小苗儿挂满了露水珠呀，毛主席的雨露滋养了我呀，啊，我干起那革命劲头儿足"。她唱完，放下水壶，又到厨房一通忙，端出来一碗不知道热了多少遍的小米饭，上边放着一个不知道熥了多少遍的黏豆包。那包子已经完全没有了形状，只能从玉米面的颜色和流淌出来的黑色黏稠的豆馅儿勉强判断它生前的模样。刚才煎炒烹炸忙活了一个溜够的潘爸犹如已入无人之境，他给自己倒了一杯啤酒，喝了一大口，用筷子在一盘烂乎乎的菜里边翻了半天，挑出一块肉送进了嘴里。王小北这才看清楚这道菜，是上个月岳母生日全家人一起聚餐打包回来的功夫鱼，回来就冻在冰箱里了。今天中午已经热了一次，粉条豆腐基本上已经粉身碎骨，晚饭时又加入了胡萝卜块和青椒。王小北扫视桌子上其他的菜——两斤海白虾，一盆章鱼仔炖冻豆腐，一盘章鱼爆炒韭菜，老爷子一动也没动。如果不知道这三道菜的来历，没准儿王小北心里还能感激涕零，老爷子老太太自己吃剩菜，好吃的都留给女儿女婿。真是应了那句话，女婿是"贵客"。

上个星期五，王小北去郊区一个著名高校参加学生主持人的校园选拔活动，回来路上路过一个著名的海鲜市场，想起老婆潘豆豆喜欢吃海鲜，孩子也吵吵着要吃螃蟹，而自己也有几天没在家吃饭了，便热情洋溢地购买了一斤基围虾、两只活章鱼，还有几只螃蟹，把象征同学们对播音艺术的热爱和校领导感激之情的五百元钱全部转化成了对老婆的谄媚和对岳父岳母的敬意。那天晚上王小北亲自下厨，一家人吃得很开心，那叫一个其乐融融。王小北做的白灼基围虾和白灼章鱼受到一众好评。潘爸对王小北进入厨房禁地表现得高风亮节，并且表示"孩子们爱吃将来我给做"。王小北感觉到不好，借着敬酒跟岳父说，小孩子就是那么一说，其实吃不了，千万不要买多了。果然几天之后，潘爸从超市买回来了四斤海白虾，还有四只大章鱼。头一天孩子吃了一个，其他人一人两只，再后来孩子坚决不吃了，大人白灼了两天实在干不动了，王小北只好借故有事儿两天没在家吃饭，没承想还是没吃完。于是今天晚上的餐桌上大虾还是那个大虾，白灼章鱼实在不能再白灼了，就变成了爆炒和炖豆腐。

王小北坐看着一只只大虾瞪着眼睛死死地盯着自己，仿佛每一只都在嘲笑他"想跑，门儿都没有"。而潘妈不知道又去厨房干什么去了，好像在家里干了一天活儿，活儿还多得干不完。如果这时候家里来个外人，一定会认为潘妈在家里不定干了多少活儿，家里做饭的一定是潘妈。潘豆豆看着王小北一动不动地坐在那儿，用胳膊肘儿碰了他一下轻声催促道："吃呀，发什么愣呀？"然后意味深长地补充了一句，"爸辛辛苦苦做好了。"言下之意就是不爱吃也装装样子，这是对长辈的尊重。王小北脑子里腾地冒出一句"辛苦也不能让我吃猪食啊"，但出口的却是："妈还没上桌动筷子呢！"

这时候那一大把筷子正横七竖八地散在桌子上，各种色泽各种长度。这和王小北从小到大熟悉的吃饭场景相去甚远：每一双筷子整齐地放在每人面前的碗口上，必须横放在碗口右边三分之一处。这时候还会有一声呼喊："爸妈吃饭。"动第一筷子的一定是老妈，如果回农村老家，首先动筷子的则一定是姥爷。王小北有些愣神，潘豆豆不解地望着他："又怎么了？"王小北实在想大喊一声："这是规矩，儿子长大了这么样出去丢人啊！"但他却皱了皱眉苦笑道："咱们做小辈的哪能先吃？"潘豆豆白了他一眼，示威似的夹了一筷子菜说："哪儿那么多臭规矩？赶紧吃吧！"王小北伸手拦住了潘豆豆，他的手和声音都有些抖："加上这一次，我说了该有一百回了吧？"潘豆豆轻轻但坚决地推开了王小北的手，白了他一眼开始大吃大嚼。

王小北还是坚持自己的观点，他借口去厨房拿啤酒暂时离开了餐桌。当他再次出现的时候，潘爸满意地将杯子里的啤酒一饮而尽，站起身对王小北说道："小北，以后吃完饭不用自己刷碗了，放在这儿你妈一块儿刷就行了。一家人别总那么假客套！"

王小北哭笑不得地不知道怎么答应，潘妈正用一根葱往生菜叶子上抹黑芝麻酱，好像感觉到了什么："早就说让他倒了，死老潘，年轻时候就这么倔。"王小北回过神儿连忙说："没事儿，妈，勤俭节约是中华民族的传统美德，哈哈哈。"大家都不失时机地笑了。

按照斯坦尼体系[1]，王小北剥虾壳完美地诠释了一个饥饿的人对食物的需求以及对给予者的感恩，他吃了一只虾和一块豆腐。潘爸潘妈开始收拾桌子。回到卧室，潘豆豆白了他一眼："下回做好了就吃，我们家没那么多臭毛病！"王小北申辩道："这是餐桌上起码的礼节……"潘豆豆扑哧一笑："你就装吧，想想上次去你们家的时候，你爹做的酸豆角，还真酸。"王小北顿时被气乐了，讪讪地说："哎呀老人都是舍不得嘛。""理解就好，怎么一到我这儿就理解不了呢。"潘豆豆挑一挑眉毛，不等王小北回答又说道，"不

---

[1]　斯坦尼斯拉夫斯基表演体系。

过，你那些餐桌上的臭毛病还要我提醒啊！"王小北弱弱地纠正道："是礼节。"潘豆豆刁蛮地驳斥道："不管是什么吧，反正我记住不就行了！省得婆媳关系成为你的污点，我的大主持人！"

王小北有一点无奈，又觉得好笑，刚想回嘴就听到岳母在门外说："把今天的脏衣服拿出来，一会儿你爸洗衣服。"于是这无奈立刻就变成了感激。他仰面躺在床上，心里一片温暖。这种感觉甜甜的，柔柔的，让人觉得踏实、安全。他喜欢这样的感觉，那是在决定和豆豆结婚之前有的感觉。他也经常在节目里和听众分享，如果一个人能让你真正从心灵深处产生这种温暖的感觉，不要犹豫，这就是你的那个人。王小北转头看着妻子，潘豆豆换好了睡衣坐在床边。在一阵短暂的对视之后，两个人同时开口叫"老婆""老公"，然后两个人都笑了。潘豆豆说："你要说什么？"王小北脑子里瞬间转了几百个圈儿，他原本是想温和地说说关于生活习惯的事儿，但开口却是："老婆，你真好看。""哈哈哈哈哈。"潘豆豆跟王小北并排躺到了床上爽朗地大笑，"王小北，你少拿外边这一套忽悠我，老实交代你是不是泡妞了？"王小北突然春心荡漾，侧过身一把搂住潘豆豆，凑近耳边坏坏地说："小同志，想进步吗？到王主任办公室来，我和你好好谈谈。"

也不知道这句话触动了潘豆豆的哪根柔肠，王小北正待动手动脚，潘豆豆忽然翻过身来望着王小北幽怨地嘟囔道："一会儿你去钢琴老师家接孩子！"王小北一听马上失声叫道："为什么？我一会儿还得去单位审节目！"潘豆豆没好气地看了他一眼，带着如假包换的愤怒回答说："很简单，我想尝尝指挥主任的滋味儿！"

心猿意马的王小北顿时感到一阵悲凉，脸上划过三条黑线，头顶飞过一只乌鸦。这种感觉就像是初中时一次暑假午睡，王小北正做着一个和自己年级一位成熟的健美操女队员有关的梦，在最关键的时刻突然被惊醒，竟然发现老妈正盯着自己，而自己两只手正夹在裆里。这件事的结果是，王小北从此再没有做过这样的梦，以至于他觉得自己的青春期实在太无味了。

王小北长长出一口气，像个瘪气球重新平躺在床上。潘豆豆却不明就里，撒娇地把他的肚子当成枕头。潘豆豆望着王小北幽幽地开口道："小北，我有件正经事儿想跟你商量一下……"王小北抚摸着潘豆豆的头发失声笑道："你就说呗，怎么还吞吞吐吐的？这可不是你的风格！"

潘豆豆笑了笑："你说咱们两口子都是事业上的强人，到底谁放弃一部分事业成全了对方才好呢？"王小北随口安慰道："豆豆，你在家里相夫教子的不是很好吗？怎么又动了参加竞争的念头儿？"潘豆豆冷哼了一声回答说："因为论资历咱们旗鼓相当，论能力我也不见得比你差！"王小北听了心有余悸地叫道："为什么非得有一个牺牲自己？一起奋斗不是更好吗？"潘豆豆用不值一哂的目光望着王小北揶揄地反问道："一起奋斗？"王小北点头应承道："没错儿！现在咱们不就挺好吗？"潘豆豆翻过身当仁不让地逼了过来："现在你之所以觉得不错，那是因为我一直在让着你呢！"王小北一想的确如此，索性跟妻子耍起了无赖："那倒也是，可谁让咱们是夫妻呢？"

潘豆豆哼了一声："我看这事儿必须得立刻解决，否则迟早得成为咱们之间最大的矛盾！"王小北诧异地反问："这是为什么？"潘豆豆自顾自地说道："那还用问？我不想跟我的老公地位越来越悬殊！"王小北失声叫道："你怎么会有这么大的野心？"潘豆豆解释道："我们栏目的高姐要调走了，我想把她负责的板块和时段全给负责起来。"

王小北不解地问道:"多一个人的工作量,你受得了吗?"潘豆豆嫣然一笑:"所以今后工作的重心必须向我倾斜!"王小北赶紧追问道:"怎么倾斜?"潘豆豆回答说:"你必须改变现在在《午夜电波》的工作状态,全力以赴地支持我!"

王小北这一次打定主意要进行坚决的抵抗,便压住火儿尽量平和地说:"咱俩好好分析,说说你的理由。"潘豆豆分析道:"你那《午夜电波》现在反正已经成形了,领导也给了足够的重视,就没必要再这么玩命了,倒是应该帮我好好努力一下了。"王小北有些愤怒了,用极力压抑后略带颤音的语调儿说:"说具体点儿……"潘豆豆回答说:"你干脆申请让台里再给《午夜电波》派个主编,你今后当好主持人只管播音,跟我似的,撰稿和节目编排什么的就不要再管了……"

王小北听罢,顿时像被蜜蜂蜇了一样叫了起来:"这怎么可以?"潘豆豆满不在乎地说:"反正我也不用你买车买房的,你还瞎折腾个啥劲儿?"王小北断然拒绝道:"这可不行!"潘豆豆奇怪地反问道:"怎么不行?"王小北大声地回答说:"因为我还有那么多忠实的听众,我不能对不起他们,亵渎自己的职业!"

潘豆豆也生气了,猛地提高了嗓音回答说:"关起门儿来在炕头上说这么冠冕堂皇干什么?咱们既然是夫妻,现在我需要你这么做!"王小北希望缓和一下气氛:"你干你的,我干我的,我理论上坚决支持你。反正咱们又没有家务拖累,为什么非得牺牲一个?"潘豆豆彻底怒了:"这个家总得有人支应着吧?难道我爸妈就该伺候你吗?如今咱们又有了孩子,再这样下去那还不得累死他们?"

王小北终于明白了潘豆豆的想法，她这是在暗示自己上门女婿的身份，便如同一头暴怒的雄狮般低声吼道："这不是没影儿的事吗？谁告诉你男人有了孩子就不能再奋斗了？"潘豆豆一看王小北根本不为所动，顿时变了脸针锋相对地叫道："急什么？我又没让你买房子买车的。轻松当了上门女婿，别人为之奋斗的东西你不都提前得到了吗？"王小北勃然大怒，一句藏在心里的话终于脱口而出："那我也不行！我不想在成了你家的上门女婿后再沦为家庭主夫！告诉你，这根本办不到！"

这句话一出口，潘豆豆猛地一下坐了起来，眼睛紧紧地盯着王小北看。王小北也毫不示弱地把自己的目光对了上去。原本温馨浪漫的卧室中气氛顿时紧张了起来，一种被大家称作矛盾的情绪终于在悄然之间笼罩在这对儿一直以来都是举案齐眉的夫妻身上。偏偏就在这时，门外突然传来了一阵敲门声，潘妈大声地提醒道："快到点儿了，赶紧接孩子去吧！"

第三章

虽说夫妻没有隔夜的仇，但第二天早上起床后两人都觉得有点儿别扭。王小北生怕潘豆豆旧事重提，只得讪讪地跑去照顾孩子。因为笨手笨脚外加孩子不肯买账，王小北自然被潘妈善意地数落了一顿，剥夺了王小北鼓捣孩子的权利。潘爸不怀好意地在一旁冷眼看着，在走进阳台鼓捣他的棋盘之前还特地颇有深意地看了王小北一眼。如今事业正处在不断上升阶段的王小北，自然不甘心就此服输，也绝不想就这么停止前进的脚步，他只得暗自给自己打了一番气，用阿Q精神迅速治愈了心灵深处的创伤。潘豆豆尽管没有再重复这件不愉快的事情，但心中也对王小北生出了不满，觉得他真没有为了自己抛弃一切的劲头儿。

两人之间的冷战就这样在沉默中开始悄然升级，以至于连潘爸都看出了些许苗头儿。潘爸照例趁潘妈忙着做早饭的时候在阳台上按照棋谱儿摆起了残棋，还偷偷把王小北也给拉了过去。

"你俩没闹啥别扭吧？"潘爸一边摆棋，一边好整以暇地问道。王小北装出一副心底无私的样子马上加以否认："没有的事儿，您怎么会这么想？"潘爸抄起棋谱对照着棋盘上的棋子："那就好，我也是随口一问。"王小北讪笑着转身离开，潘爸却又加了一句，"我也是看见你们早上一句话都没说才会这样想的……"

潘豆豆做得很绝，一路上只是开车一句话也不肯多说。王小北主动说了几句，但潘豆豆都是哼哼哈哈的爱搭不理。一直到了单位的停车场门前，潘豆豆才在王小北下车的刹那开口说道："你先走吧，我打个电话！"王小北错愕间点了点头，独自一人走了。

组里进了新人，气氛自然也热闹了许多。但随之而来的一个问题也开始萦绕在大家的心头，那就是该如何面对栏目组即将产生的调整。像那个第二天就提出要去搞业务的滕佳琪一样，这几个新人并不安分。王小北真是一个难得的好男人，在家恪守一定要当个好丈夫的誓言，始终克制着、隐藏着自己的情绪。在单位他也决心要当一个好主任，无论什么事情全都一碗水端平，绝不以权谋私。尽管如此，这却并不代表他是一个好好先生，因为他毕竟是一个对工作极端认真的人，他要的是能力和才干。老的实习生里，他决定率先给从来都任劳任怨的小丁转正担任内勤。原本只任劳却不任怨的眼镜刘被派往了能够充分发挥聪明才智，更能发牢骚的岗位——热线组担任组长。但对新来的三个人他却迟迟没有做出安排，仍然维持着此前让他们跟着导播一起学习的决定。

这三位每天来了就大眼瞪小眼地看着小丁瞎忙活，只有在王小北亲自关照下才会死没阳气地走进导播工作室。也不知道哪位嘴欠，居然把这件事给捅到了台里。徐台长虽然已经临近退休，但对于《午夜电波》的事情一直高度关注着。这天吃完午饭，徐台长招手把王小北叫到了面前。"知道我找你有什么事儿吗？"徐台长满脸笑容地望着王小北问道。"您找我肯定是好事儿呗！"王小北观察着徐台长的表情乖巧地说道。因为他太了解这位徐台长了，这个人几乎从来没给自己找过麻烦。徐台长笑着摇了摇头，王小北一下子紧张了起来，脸上的笑容几乎瞬间凝固到了一起。徐台长哈哈一笑开了口："这世界上难道除了好事和坏事就再没有其他的事儿了？"王小北顿时轻松了许多，也跟着凑趣地笑了起来："那就是没事儿呗！"徐台长莞尔一笑："我是来给你透底的，你们组那三个新人呀……"

古语道"知己知彼，百战不殆"，原本只是想观察一下新人的王小北忽然之间有了新主意，决定当着大家的面，让三个新人去分别完成一件难度系数在同一水平线上的任务。因此在下午的周例会上，王小北清了清嗓子忽然把目光转向了三个无精打采地坐在会议桌最后的新人身上。"这一段大家都干得挺不错，"说到这里，王小北偷眼观察了一下大家的表情，然后才又接着说道，"这次台里有了一个转正的指标，我看就是小丁吧！"

组里的人对此早就心里有底，听完只是低声议论了几句。王小北回避着小丁那满是感激的目光，清了清嗓子又接着说道："下边咱们再说说三位新伙伴的具体工作……"王小北的话音未落，大家的目光就不约而同地集中在了那三个无精打采的新人身上，迫使那位一直散漫不羁的小哥靳东明很不自然地调整了自己的坐姿。栏目组的人全都开始交头接耳，王小北看在眼里也不制止，而是不慌不忙地继续说了下去："先说说小靳，你明天就充分发挥自己的特长，先跟着负责前采的老胡一块儿出去转转！"王小北说完也不看靳东明的反应，便转向了眼睛已经瞪得像包子似的滕佳琪和她身边腻腻歪歪、忸忸怩怩的古君钟："你们回去准备一下，从明天开始进行新的工作，具体安排会后我会单独找你们。"

例会很快结束了，小哥儿靳东明无可无不可地坐在桌子后发呆。古君钟则瞪起一双贼溜溜的眼睛四处踅摸，只有滕佳琪一阵风似的来到了王小北的门前，带着一脸甜腻腻的笑开口说道："王哥，我想跟您谈谈！"王小北百忙中堆起一脸假笑敷衍道："不用谈了，我正在给你找机会呢！"

打发走滕佳琪之后，王小北一直在琢磨潘豆豆上午的态度，到下午时甚至开始检讨起自己来。王小北想，潘豆豆这回怎么变得这么固执？难道她的话是金科玉律不成？要是放在其他历史阶段，王小北早就放低身段去找潘豆豆了，大不了干脆自己放弃一部分事业，先成全了她就是。但一个平时几乎除了开玩笑时才会随口说说的字眼儿却狠狠刺痛了他，当然是——"上门女婿"这四个魔咒般的大字。想到这里，王小北体内的自尊开始不可抑制地蔓延起来，并很快游走遍了四肢百骸。

下班时，王小北来到停车场，看见潘豆豆已经坐在车上，赶紧拉开车门钻进了车里。潘豆豆白了他一眼说："从今天开始，我拉你一次收费十元！"王小北以为潘豆豆这是主动示好，笑了笑随口答道："没问题，一百都行！"

潘豆豆发动起车离开停车场，进入主路汇入了下班的车流。王小北："豆豆，那件事我想过了，要不你就把高姐的工作量接了吧。"潘豆豆面无表情地看着前方："这还用你说？我已经接了，这两个板块时间上做了调整，我今后也会上夜班了。"

王小北和解地笑着："没事儿，到时候我陪你一起来，这段时间正好可以干点事儿。"潘豆豆阴阳怪气地说："那就不必了，我怎么敢随便劳动你王主任王大主播？"王小北："你看你，怎么一整天了还没消气？"潘豆豆："消不了！"王小北奇怪地问道："这才多大点事儿？你怎么还这么记仇？"潘豆豆气呼呼地回答说："很简单，你昨晚的举动让我看到了自己在你心里的位置，我很伤心！"

王小北沉默了半晌才开口说道："其实咱俩都没错儿，咱们都是因为各自的事业才……"潘豆豆打断了王小北后边的话："别跟我扯什么事业！一个女人的正当要求被她的丈夫断然拒绝后，心里那滋味你懂吗？"

王小北："夫妻之间哪有不拌几句嘴的？"潘豆豆："拌嘴没问题，但那也得看这嘴到底是为什么拌的？"王小北："咱们这不就是普普通通的拌嘴吗？你怎么还没完没了了？"潘豆豆扭过头认真地回答道："不一样！"

两人一句不让一句的时候，前方发生了追尾事故。车停了下来，王小北的怒气也开始慢慢在心里翻卷聚集。"这样有意思吗？咱们都快到家了！"王小北忽然间有点手足无措。潘豆豆扭过脸，用很生动很好看的笑脸望着王小北："害怕了？你个上门女婿！怕回去老丈母娘家的饭碗不好端是不是？"王小北本想装个苦笑应付一下，但这个苦笑最终还是在脸上变成了一个愤怒外加隐忍的表情。潘豆豆看出了这一点，马上火上浇油地说道："怎么了，男子汉气概大爆发了？给你个温馨提示，你现在所乘坐的代步工具也是你老丈人给他闺女买的！"

王小北忍无可忍，拉开车门跳下了车。潘豆豆看他将自己猛然间置身于车与车挨挨挤挤的四环主路上，忍不住担心地叫道："你不要命了？"王小北被怒气支撑着快速穿行在陷于停滞状态的车流中，很快就不见了。

一个铁一样的事实很快就摆在了王小北的面前，那就是光凭着走是没办法回到家里的。更何况如今四环主路是堵着车才这么消停，待会儿一旦跑起来，他无疑是把自己放在了死亡地带。这一窘境要是再被交通台的同事看见，自己明天稀里糊涂地上了头条也不是没有可能。四环路忽然间变得畅通了许多，所有的汽车全都发动起来向前挪动了一段距离，潘豆豆的车再次超过王小北。

王小北忍不住抬起头朝着距离自己只有一步之遥的潘豆豆望去，身体也尽量处于潘豆豆的视线之内，很有些期待地想："潘豆豆啊潘豆豆，跟你自己的老公耍什么女汉子呀？哪怕叫我一声，我都会马上跑回你身边。"可惜事与愿违，车流再次启动。王小北太了解自己的妻子了，知道这样一来自己就真的不再有被叫回去的可能了。想到这里，王小北伤心欲绝地朝着潘豆豆所在的方向看了一眼，然后便趁着车队又再次因为拥堵停下来的时候，转过身开始突围了。

其实，潘豆豆一直在通过反光镜观察王小北的一举一动。有好几次她都想要开口服软儿把他叫回来。直到刚才看到王小北真的转身走了，心里的怒火才再次蒸腾了起来。"好，你真有种！我看你能硬到什么时候！"潘豆豆拍着方向盘怒道。

王小北带着一脸悲壮的表情走下了四环主路，站在人行道的边上点上了一支烟。在阵阵的烟雾里，王小北忽然觉得周围的一切都变得有些光怪陆离，无论是沉沉的夜色，还是楼宇上闪烁着的霓虹，都显得那么遥远，那么虚幻。王小北仿佛又回到了当年上大学的时候，那时的他无须面对这么多纠葛，更没有家长里短的羁绊，有的只是狂野而不怕挥霍的大把青春……

那时他们满脑子都是发财创业，心思根本不用往别处转。尤其是那次卖袜子的经历，至今仍让他记忆犹新。那天他们进了满满一车的货，恨不得一下子就跻身于企业家的行列。想起那辆好像刚从非洲战场上开回来的破旧面包车，王小北的嘴角不禁露出了一丝笑意。

时光倒回，那天王小北也是一看见那辆面包车就发出了一声惊叹，刘帅更是碎嘴唠叨地叫了起来："晨曦，这就是你借的车？这他妈还能开吗？"李晨曦面不改色地掏出钥匙打开了车门："谁敢说这不是车？不信你闯个红灯试试，看交警管不管你。"

上到车里，李晨曦将车发动了起来，这辆濒临报废的面包车马上像风烛残年的老人一样剧烈颤抖了起来。王小北作势要拉车门，却被刘帅一把拉住："小北你要去干吗？"王小北嘿嘿一笑回答说："咱们学校自行车训练队有好多头盔，我琢磨着去借几个……"没等王小北的幽默告一段落，刘帅的坏笑声刚要响起，李晨曦已经恶作剧地猛开车冲进了主路。巨大的惯性将王小北和刘帅撞了个七荤八素，满肚子牢骚怪话也就此戛然而止。

李晨曦一边目不转睛地驾驶着面包车，一边头也不回地安慰道："咱们开这辆车不丢人，大学生创业嘛！再说等进货回来你们俩就舒服了。"李晨曦摆出一副循循善诱的架势，瞟了一眼反光镜里狼狈不堪的两个伙伴继续说道，"您说我要是借一辆大奔带你们去卖袜子，那才真叫散德行呢。等待会儿把袜子往车里一铺，你们俩还不跟坐软卧一样，待遇立马就提升了。"王小北笑了笑没有言声儿，刘帅却适时将李晨曦刚给他的评价还了回去："德行！"

一路上打打闹闹，三个人很快就到了郊区一处小商品批发市场。讨价还价之后，全部的货物都硬塞进了摇摇欲坠的面包车内。李晨曦仍然端坐在方向盘后，刘帅猴精八怪地抢先占领了副驾驶的位置。王小北苦着脸望着满满一车袜子问道："哎，我说！我怎么办？"李晨曦面无表情地指了指后面："软卧，刚才不是说好了吗？"刘帅眉飞色舞地跟着起哄架秧子："对呀，软软乎乎的高干待遇！"

万般无奈的王小北艰难地挤进车里，仰面躺在了根本谈不上软软乎乎的袜子包上。可惜因为脸距离车顶还剩下不到三寸的距离，车刚一起步就被撞了三四下。"这还是社会主义祖国吗？整个一个奥斯维辛集中营啊！哎哟！磕死我了！"刘帅也被晃悠得前仰后合地回避着现实："你干脆趴下吧，脸朝下会好很多！"李晨曦觉出了不妥，赶紧大声宣布了新的规矩："走几公里就换人，下一个轮到刘帅了！"王小北翻身趴在了袜子上，声音果然平稳了许多："这还差不多！"

很快就到了轮换的时间，这下可轮到王小北尽情调戏刘帅了："我不行，天生的穷命！这软卧……不，是软趴，早就该让给你了。怎么样，果然爽吧？"李晨曦面沉似水，一言不发，刘帅在后边不争气地央求道："快停车，我喘不过来气儿……"

王小北很解气地提议："把后边车窗拉开，脑袋凑过去空气就清新了，哈哈……"刘帅依计而行，拉开车窗大口地呼吸着新鲜空气："妈呀，真是太爽了……"李晨曦不解风情地嘟囔道："拉一道缝儿闷不死就得了，窗户开那么大干什么？"刘帅欲哭无泪地问道："开大点儿怎么了？又不花钱！"王小北坏笑着提醒道："晨曦是怕袜子掉出去。"刘帅哀号了起来："不怕哥们儿闷死却心疼袜子，你们他妈还是人吗……"

如今的王小北自然是不会再在乎儿双袜子了，财大气粗的刘帅更是如此。闷葫芦似的李晨曦更是不可同日而语，眼下就是开一家袜子批发公司似乎也是手到擒来。但是现在却有更多、更复杂的问题需要处理了。比如现在，王小北就必须徒步走到一个适合打车的地方。

也许是老天爷有意帮忙，就在王小北准备继续迈步前行的时候，一辆车突然带着一阵风停在了他的身边。王小北扭头一看，居然是一辆很不大众的兰博基尼。在王小北还没回过味儿来的时候，靳东明那没了那一抹儿金黄的脑袋探出了车窗，带着少有的笑意叫道："主任，你一个人溜达什么呢？"王小北故作轻松地答道："没什么，刚想起还要回台里一趟……"靳东明爽朗地叫道："上车吧，我送您！"

王小北上到车上还没坐稳，兰博基尼就风驰电掣地开了起来。看着靳东明赛车手似的架势，王小北心虚地嘱咐道："慢点儿，我不着急……"靳东明好整以暇地回答道："没事儿，都憋了一天了，正好释放一下！"

第四章

潘爸和潘妈开始介入战争了，刚回到台里的王小北很快就接到了来自岳父的电话。潘爸问："你们今天这是咋的了？啥矛盾这么厉害？"王小北还没来得及回答，潘爸又继续说了起来："我早上就看着不对，问你还不承认！"王小北这时真的不知道该说什么才好，因此只好保持了沉默。潘爸不高兴了："你这孩子，你倒是说话呀？你看豆豆回来哭的，她再咋的也是你孩儿的妈！"王小北听了火往上撞，忍不住顶撞道："那是她自己想不开，我可是什么都没说！"潘爸显然被这句话给激怒了，声音也变得严厉了起来："你好歹也是个男子汉大丈夫，咋就不知道让着点儿她？"王小北在这顶大帽子前顿时语塞，只得降低了声调儿："爸您听我解释……"火冒三丈的潘爸根本不想听他解释，马上厉声命令道："解释啥解释？赶紧打车回来跟豆豆认个错儿！"可能是觉得这句话还不足以震慑王小北这个上门女婿，潘爸又冷冷地加了一句："你要敢不回来，从明天开始孩子你自己管！"

垂头丧气的王小北彻底认怂了，打了一辆车悻悻回到了家里。那一夜王小北遭到了岳父全家的围攻，火力之猛完全超出了他的想象。看着这两位自己天天爸爸妈妈不离口的陌生人，王小北心中一阵悲凉。这会儿他已经听不到他们说的是什么了，只是机械地点头，一副夹杂着追悔莫及、痛心疾首、痛不欲生、痛定思痛的表情，心里却想起了昨天的节目。

昨天晚上的节目中有一位大妈打进电话，痛诉自己的女婿如何好吃懒做，如何胡作非为，自己是多么有预见性，当初女儿和女婿谈恋爱，她坚决不同意，以至于女儿和她闹翻了。现在女儿怀孕，孕期反应激烈，几乎完全卧床。上个月医院下了病危，妊娠期高血糖几乎大人孩子都保不住。女儿天天哭诉，老太太实在没有办法，只能从老家丫里迢迢北上。和亲家母一样，为了一个共同的目的走到了一起。来到北京这一家人就没消停过，老太太电话里哭得伤心欲绝，表示自己和他们家势不两立："看看他们把我女儿糟蹋成什么样子了。"王小北最会对付这种老太太，几句话就让老太太不哭了，开了两句玩笑，又弄清楚了当初不同意结婚是因为女婿家是农村的，家境不好。现在女婿创业成功，最近公司要上市，实在是忙不过来。女婿一家住在郊区大别墅里，请了三个保姆，一个伺候老娘，一个伺候岳母，一个伺候媳妇。当得知老太太女婿比自己还小一岁时，王小北心里顿时闪过一丝羡慕嫉妒恨，感到了差距。但是他立刻想到自己现在家庭幸福和睦，妻贤子孝，这是他真正的财富，心里立刻暖暖的了。节目里王小北很快就让老太太高兴了起来，一直说："小北啊，能有你这样的女婿，你岳父岳母不知道是修了几辈子德福啊。"这种表扬他听多了，没有接茬儿，只是很技术性地说："阿姨，记得我的话啊，要表扬，只有看到家人的优点，才能爱他们。下次女儿女婿再闹别扭，您一定要站在女婿一边，您看看您女婿一定会对您比对亲妈还好！"

王小北认为这是解决问题最好的方法，但是解决不了眼前的情况。所谓"法无定法"，不是有一位哲人曾经说过吗，"每一位专家的背后都有一堆解决不了的家务事"。想到这里，王小北差一点儿笑出来。然后他立刻回过神来，就听见潘豆豆说："爸妈，我们就是正常地说事儿，就是意见不统一，有点儿说急了，你们别跟着添乱了。"王小北立刻分析了形势，看来还是结发妻子潘豆豆念及夫妻情谊，也觉得让人这么围攻自己的丈夫实在对不起他。于是立刻表态是自己不对，继而感谢岳父岳母，牺牲小我照顾两代人，劳苦功高，最后干脆就当成自己在做节目。果然仅仅几分钟这场危机就变成了家庭分享会，一家人其乐融融，互相道谢，互相感激。以至于岳父岳母真诚地表示"小北也不容易，豆豆以后要多让着他"。最后儿子用哭声使这场战争温馨地告终了。心地单纯的潘豆豆很轻松，哄好了孩子，她就把这件不愉快的事情抛在了脑后。但王小北的心灵无疑受到了很大的打击，他最珍惜的东西、他加倍爱护的和睦感原来如此易碎。他越来越觉得自己上门女婿的身份真的是十分凄凉。

卧室里只剩下他们夫妻二人，潘豆豆主动搂着仍在自怨自艾的王小北，语调温柔地问道："对了，这两天怎么没听你说你爸你妈的事儿？"王小北被她给气乐了，反手揽住她无可奈何地说道："这两天我都快神经衰弱了……"潘豆豆高兴地仰起脸："活该，谁让你没事儿招惹我来着？"王小北无奈地说："我惹不起你们还不行吗？"潘豆豆翻过身用手支着下巴："这么快就认输了？这可不符合你西北硬汉的性格！"王小北苦笑着叹道："别再侵犯人家李晨曦的专利好不好？我现在真服了，一只羊被一群狼围攻的滋味儿真的很不好受！"潘豆豆猛地瞪起了眼睛，提高了声音大声质问："你说谁是狼？要不要我现在过去把外边那俩大狼叫进来？"王小北："求求你，高抬贵手吧！"望着丈夫一脸的可怜相儿，潘豆豆

"扑哧"一声笑了出来，得意地拍着手叫道："太好了，我这回知道你怕什么了！"

正牌儿的西北硬汉也不好当。李晨曦家，岳母韩玉萍的行踪最近越发诡异了。将近午夜十二点，卧室里的林虹和李晨曦才听见了大门的响动，李晨曦在黑暗中轻声对林虹说："你妈回来了。"林虹"嗯"了一声，紧接着又自言自语道："这不科学呀，难道我妈……"

李晨曦带着一脸紧张兮兮的表情压低嗓音叫了起来："你妈出轨了？"林虹一顿拳脚打来："你傻呀，有这么说自己岳母的吗？再说她早就离了婚，找个老伴儿也是该当应分的！"李晨曦揉着刚被捶过的脑袋不解地问道："那你刚才不也觉得奇怪吗？"林虹笑道："我只是怀疑她怎么这么快就在北京有了男朋友。"李晨曦坏笑着说："别以为光是年轻人之间很快就能擦出火花，老头老太太其实也是一样！"林虹啐道："滚一边儿去！就你思想复杂！"

李晨曦平时最怕林虹说这些，生怕她因此想起当初自己跟田萱的那档子事儿，赶紧识趣地闭上了嘴。林虹轻轻地推了推他："你看我明天主动问问我妈怎么样？"李晨曦刚性附和道："对呀，你明天干脆问问吧，要不你妈这总是云来雾去的咱们也怕她学坏不是？"林虹大笑，然后又对李晨曦报以了老拳。

笑闹够了，林虹很快沉沉睡去，李晨曦却翻来覆去怎么也睡不着了。他深情地看着身边沉睡的妻子，回味着大学刚毕业那会儿的艰难困苦，觉得自己能找到这样一个女人真的是太幸运了。要不是林虹，他这会儿也许真的回到家乡去了，至于当老师还是干脆辞职种地都不一定，反正再也不会留在这座都市里，也不会拥有自己曾经渴望的事业了……

那是李晨曦最灰暗的时刻，不仅没找到接收单位，连日常的吃穿都要靠林虹来资助。那时候他真的很穷，穷得只剩下了理想。但他依然没有离开，也没动过返回家乡去寻求发展的念头，甚至连一个电话都没往家打过。因为他实在不愿意让父母失望，也不愿意自己这个名牌大学里品学兼优的高才生从此落个泯然众人矣的下场。而且他实在难以割舍林虹对自己真挚的感情，即便是想一想，也觉得心像刀割一样的疼。

林虹并没有灰心丧气，而是把这些挫折看成一个·新的开始。她让李晨曦住进了一家小旅馆，白天努力地去找工作或可以操作的项目，自己则带着义无反顾的决心暂时返回了杭州。李晨曦总是感到无颜再见江东父老，因此跟除了林虹之外的所有人玩起了失踪，只是每天会给先行返回杭州去跟父母见面的林虹发个信息。

那些天，李晨曦除了睡觉就是满大街地寻找商机。其实，作为一个名牌大学的毕业生，他要想在这个都市中随便找个工作还是不难的，关键是他看得上的单位根本进不去，能进去的单位他又根本看不上。李晨曦宁可自己重新开创一个真正属于自己的局面，也不愿意窝在某个小公司里仰人鼻息。林虹临行前曾极力邀请李晨曦到家中做客，李晨曦明白，林虹这是想让未来的老丈人和丈母娘相相女婿。想到自己至今仍然一事无成，李晨曦很干脆地拒绝了，而且理由还很充分。他当时皱着眉头对林虹说道："这算什么，这岂不是让我去当你家的上门女婿吗？"真是英雄所见略同，虽然毕业后再也没见过王小北和刘帅，但三个人却几乎都在这一时期不约而同地想到了"上门女婿"这个词。

林虹无可奈何地笑了，她当然拿榆木疙瘩般的李晨曦没有办法。在千叮咛万嘱咐后，林虹只得独自返回了杭州。当然，前提是出发前两人已经说好了一起在北京从零打拼，林虹这才放心地登上了开往杭州的高铁。

刚毕业时，三个好友各奔前程。无论是在新闻栏目进行观察实习、最多偶尔播上两条广告的王小北，还是短时间内就跟整个广告部打成了一片的刘帅，境遇都没有发生实质性的变化。两人依旧保持着每天中午一起在咖啡厅坐下来闲聊的习惯，日子过得倒也逍遥快乐。在这期间，他们曾经试图联络那个一旦打定主意八头牛都拉不回来的李晨曦，但每次对方都是哼哈两声就挂，总也不肯深谈。

林虹的杭州之行很不顺利，李晨曦也渐渐陷入了囊空如洗的窘境。在许多希望像肥皂泡般相继破灭之后，林虹仍然没有返回北京。李晨曦也已经失去了所有留在这座都市的理由，他准备离开了。他知道自己这一走其实就是跟林虹诀别，也等于在举手向这座城市投降的同时埋葬了自己最珍视的爱情。

李晨曦犹豫再三后，拨通了林虹的手机："我要回去了……"李晨曦用蚊子般的声音说道。林虹愣了一秒后解释道："晨曦，我一直在筹备回北京创业的事儿，你怎么突然想回家了？"李晨曦带着无比的颓丧答道："这些天我在北京观察了好久，真的没有什么适合咱们干的……"林虹愤怒了，话也尖刻了起来："李晨曦你到底还是不是男子汉？别说是北京了，其实哪儿都有许多能干的事儿！你这些天到底都考察了些什么？"

李晨曦不想解释什么，在沉默了很久之后才再次开口说道："对不起，林虹，我让你失望了！"林虹有些歇斯底里："你这算什么？其实我最看不起说'对不起'的人！"李晨曦回避了这个话题："我已经买好了今天晚上九点的火车票，再见吧！"林虹吃惊地叫道："你这是跟我说分手吗？你难道就这样总结咱们这三四年的感情？"李晨曦这次回答得倒还利索："不是这样的，林虹，我只是想沉淀一下这段感情。我已经把我家地址发给你了，咱们保持联系吧……"说到这儿，李晨曦顿了顿，接着又补充了一句："只要你不后悔，到时候就来找我吧！"

林虹冷笑着命令道："李晨曦，从咱们开始的那天起，咱们就都不再属于自己的家乡了。咱们共同的天地在北京！"李晨曦听了没有回答，沉默了好久才很没有品位地又说了句："对……对不起……"林虹还想再说，李晨曦却已经挂断了电话。

夜幕降临了，华灯初上的北京依然喧嚣热闹，大批的旅客源源不断地走出出站口，进入这座城市。虽然李晨曦依然觉得北京很美好，虽然这里的一切还在强烈地吸引着他，但他还是迈步走进了候车室。这里的人很多，简直可以用摩肩接踵来形容。李晨曦下意识将目光投向了候车室门口，然后又叹了口气把目光收了回来。他知道自己是在寻找林虹的身影，知道自己肯定割舍不下这份感情。但有什么用呢？白娘子一般美貌的林虹现在仍在风景如画的杭州，而自己却注定成不了那个跟她一起荡气回肠的许仙。

李晨曦低头看了一下手表，看见距离检票还有四十分钟。他决定出去走走，再感受一下这座差点就给了他全部，但又在最后一刻全部收回的城市。满怀落寞的李晨曦开始行动，很快再次置身于因为下雨变得有些空旷的车站广场。

就在李晨曦站在丝丝细雨中享受着痛苦的时候，一双手坚定地拉住了他。李晨曦最讨厌别人怜悯自己，这时候就更不需要有人提醒他避雨。几乎是愤怒的李晨曦一扭头却发现了表情复杂的林虹。李晨曦愣住了，林虹却在这个很催泪很煽情的时候很会算计地埋怨道："都赖你，害我买了一张全价机票！"说完这句话，林虹的泪水夺眶而出，一下子扑进了李晨曦的怀抱。

平时总被林虹讥讽为爱装西北硬汉的李晨曦感到自己真的崩溃了，他伸出臂膀搂住了林虹湿淋淋的身躯大哭了起来："我差点失去你……差点失去你……"林虹泪流满面地小声应承道："我知道……"

后来……后来当然是李晨曦老老实实地跟着林虹去退了票，为减轻铁路运输的压力做了贡献。第二天，他们又在那个小旅馆里住了下来，开始盘算起今后的事业。林虹的责备和她带来的一笔为数不多的创业资金，再次让李晨曦的心底燃起了希望之火。看来这一段时间林虹肯定进行了大量的工作，很快就确定了创业的方向。

正是从那个时候开始，两人携手创业，终于组织起了现在的家庭。

王小北家里的大事儿似乎风平浪静，全都过去了。栏目组里的三个活宝也被他连哄带吓唬地镇住了，滕佳琪虽然暂时还没有如愿以偿地去做业务，但也因为王小北的一再保证安稳了许多。她虽然风骚火辣，浑身上下充满了活力，可惜王大主任却总是不为所动。也许是知道了潘豆豆不是个善茬儿，滕佳琪色诱主任的计划也因此放弃了。

靳东明虽然不满意目前的工作，但在王小北的一再迁就下也渐渐没了脾气，每天除了发愣之外也知道顺手干点儿小活儿了。只要他每次一动手，王小北都会给予热情洋溢的公开表扬。同事们虽然起先有些不服气，但后来也不得不为王主任这种水滴石穿的手段彻底折服了。

唯一的麻烦就是那个古君钟,这家伙在很娘的外表下其实有着一颗很狂野的心。他根本就没有同性恋倾向,相反倒是对异性很感兴趣。这一天,小丁刚一上班,古君钟就蹦了出来,拿着一枝玫瑰花很肉麻地说道:"小丁姑娘,这是我献给你的!"小丁是个老实人,马上惊慌地摆着手谢绝道:"谢谢了,你还是送给别人吧!"说完这句话,小丁便很不淡定地逃走了,把个满脸尴尬的古君钟扔在了原地。古君钟把嘴一撇:"装什么纯?哼!"不想他的话音刚落,滕佳琪却鬼影子似的冒了出来,伸手抢过那枝花闻了闻笑道:"小样儿,没想到你还喜欢这个调调儿?"古君钟嬉皮涎脸地伸手去抢那枝玫瑰,却被滕佳琪顺手插在了胸前很适合插花的事业线上。"我就奇怪了,在学校这么多年怎么没见你给我送过花儿?"古君钟很妩媚地笑了起来:"你那时候身前身后总是跟着一大堆苍蝇似的追求者,哪儿轮得到我呀?"滕佳琪飞了个媚眼儿说:"现在我不是正闲着呢吗?"

没有别的,滕佳琪仍旧坚持着每天一趟去找王小北,仍旧坚持着要去搞业务。要是换成别的主任,估计不是拉下脸来教训一番,就是虎着脸说上几句难听的话。可王小北却不这样,始终坚持着以德服人、水滴石穿的宗旨,每每都是一本正经地把她敷衍走了完事。今天也是这样,王小北照例笑眯眯地迎接了她。"在那边又不淡定了?"王小北满脸堆笑地说道。滕佳琪也是个人物,依旧不温不火地媚笑着回答道:"我这不是也急着想发光发热,替主任您分忧呢吗?"王小北故意苦着脸回答说:"不是我不帮忙,只是人家业务组那几位全都干得好好的,我不能硬是把你给塞进去呀?"滕佳琪充耳不闻,更甜地笑着凑到了王小北的面前,发嗲反问道:"主任,你就是有机会也不会考虑我吧?"王小北发誓赌咒地说:

"你千万别想偏了，我一直都考虑着呢……"

生活中不只是烦恼无尽，有时候也会有畅快淋漓一展才华的大好时机。比如今晚，一个刚结婚没多久的少妇想要轻生，就被王小北舌灿莲花地在万千听众面前慢慢打开了心结。俗话说"福无双至，祸不单行"，这边少妇千恩万谢地表了态，那边却又蹦出了一个要自杀的老头来。

王小北仔细听完老头的讲述，心里马上就有了数，这老头是因为跟儿媳妇产生了矛盾，因而生出了轻生的打算。因为老人自杀是时下敏感的话题，王小北小心翼翼地说道："您这种心情我很理解，但我建议您采取另外一种方式解决问题，不要产生极端的想法。"老头执拗地表示："我这个人从来是说一不二！告诉你，我不怕死！"王小北当即反问："您既然连死都不怕，却为什么害怕活着？"老头颇为大义凛然地冷笑着接口道："我如今活着真没意思了，老伴儿一走就没人管没人问，一身是病不说还得跟儿媳妇生气，不如死了痛快！"王小北感到自己的心猛地收缩了一下，的确，目前步入老龄社会的国家有很多亟待解决的问题，一部分老人也面临着生存的困难，不仅要承受着病痛疾苦，还要面对亲情的割裂，否则也不会轻易走向极端。

王小北跟老头就此展开了一场论战，虽然王小北一个劲儿地耐心劝说，但老头还是表现出一副生无可恋的架势。王小北注意到老头几次提到了已经逝去的老伴儿，于是便改变了方式劝道："古语说哀莫大于心死，但心死哪有那么容易？您不怕死我相信，但如果您的老伴儿还在，她会怎么说？"王小北这一宝果然押对了，那老头还真是个情种。抓住这个有利的战机，王小北终于在节目结束之前打消了老头自杀的念头。王小北感到自己这个主持人还真不是靠节目混日子，听众中还真有许多人需要他的帮助。一股社会责任感瞬间涌上了心头，一种神圣庄严的感觉充溢着王小北的血液。

今天，王小北给出的小北语录是："青春是一本打开就合不上的书，青春也是一场迈开步就不能回头的旅行。希望你们能关爱给你这本书或是提供了这次旅行机会的人，因为我们也终将会有老去的一天。"

也许滕佳琪的诚心感动了上帝，王小北那句话刚说完没几天，就有一个机会送到了翘首以待的滕佳琪面前。这天刚一上班，业务组的小吴垂头丧气地走了进来，一进门就朝着王小北抱怨道："主任，我这个组长没法干了，你还是赶紧换人吧！"王小北不解地问道："怎么了这是？别着急，有话慢慢说。"小吴叹了口气："明天就是全国糖业烟酒订货会，可我手下的人全都出差去了！"王小北一听更糊涂了："这个全国会跟咱们有什么关系？"小吴唉声叹气地解释道："新老客户一大堆，都等着跟咱们栏目的人见面儿呢！你说我能不急吗？"

王小北霎时明白了事情的严重性，忍不住偷眼瞟了眼睛放光的滕佳琪一眼，脑子里迅速有了方案。王小北风轻云淡地笑了起来，一副未卜先知的样子："急什么，你的情况我还能不了解？这不，人都给你准备好了！"也许是幸福来得太突然了，滕佳琪先是矜持地朝小吴点了点头，紧接着还忙里偷闲地把嘴唇一努，大胆地给王小北放了电。尽管王小北浑身一阵恶寒，但脑子里还是很为自己的急智得意。

小吴好歹讨得了救兵，带着志得意满的滕佳琪告辞离去。王小北很快又冷静了下来，望着滕佳琪的背影想："她积极性倒是不小，但真的能胜任吗？"

第五章

真是家家有本难念的经，就连自觉自愿甚至是哭着闹着当上了上门女婿的人也不见得事事顺心。老狐狸——陈黛丝的爹地——这些日子来北京频繁了一些，因为陈黛丝主管的会所生意实在太好，爷俩开始商量着如何再将装修的档次提高一些。原来属于田萱的那处烂尾建筑如今开业了，陈思淼被绑在北京动弹不得。这对于独处异乡的陈黛丝无疑是件好事儿，没事儿就陪着刘帅那贵妇人的老丈母娘出去闲逛，可刘帅却因为总是被陈思淼冷嘲热讽而苦不堪言。老狐狸在这件事上的表现却很不怎么样，凡是陈思淼占上风的时候几乎全都是作壁上观，但只要刘帅敢发动反攻他就会全力出击，义无反顾地帮着嫡亲儿子镇压不安分的上门女婿。

刘帅终于忍不住向陈黛丝诉苦："媳妇儿，你不能总是这么暧昧呀？你就不能帮着我组织一次绝地反击？"对于丈夫这个非分的要求，陈黛丝总是妩媚一笑安慰道："得了吧！你不顺心的时候多想想我不就得了？"刘帅对此大为不解："为……为什么？"陈黛丝笑靥如花地说："你以为傻小子牛郎娶了织女就那么容易，还不是连每年只在七月七见一次面也认了？"

刘帅知道自己无力摆脱这一切，因为陈黛丝的确是太漂亮了，一点儿也不比那位看不见真容的织女差。他也摆脱不了现在的生活，宝马轿车和居住条件超前的豪宅也真的是难以割舍。就算他可以毅然决然地抛弃这些，陈黛丝也一定不会同意为了他去跟自己的家庭开战。

作为三个名校毕业的同学、死党，王小北、刘帅、李晨曦三人在社会上打拼了几年，也大大小小算半个成功人士。更为绝妙的是，三个人因为各自婚姻的庇护，都成了新时代的上门女婿。历来上门女婿不好当，闲扯了半天，三个人都得抓紧回归自己的轨道。

这天王小北下班了，先地铁后公交地回到了家里。因为今天潘豆豆歇班儿，于是临时起意带着潘爸和潘妈提前从幼儿园接回了孩子，兴致勃勃地杀奔了养殖散养黑猪的郊区农场。王小北因此得到了难得的清静，独自一人仰面躺在沙发上，轻松惬意地哼起了一首久违的歌儿。正在这时，他的手机突然响了起来。王小北拿起见是刘帅的号码，赶紧接了起来。"你最近够忙的呀，老邱都说你快要当模范了……"王小北揶揄地说道。"你胡沁什么呀？自个儿当了主任还不许别人进步了是怎么的？"一向牙尖嘴利的刘帅立即毫不吃亏地反击道。王小北扑哧一声笑了："这时候给我打电话什么意思？是不是想请客呀？"刘帅嘿嘿一笑回答说："你猜对了，但是今儿不行，我得回家去看我妈。要不她老人家又该提醒我还有个妈喘着气儿了……"王小北自然对刘帅家里的情况了若指掌，当即宽容地哼了一声表示理解。刘帅急急火火地继续说道："我的意思是你待会儿给晨曦打个电话，咱们哥儿仨明晚上好好聚聚！"

王小北趁势追问道："还是我约人你请客？"如今财大气粗的刘帅笑着回应道："必须的！我就自当是常年扶贫了！"王小北低

声哼唧道："小人乍富！"刘帅恬不知耻地回应道："卖身所得，合理合法！你眼馋也没用！"

刘帅的母亲从电台一退休，就一直醉心于推动我国老年文艺生活的发展。每天都跟一帮老头儿老太太伴着《最炫民族风》的旋律翩翩起舞。在中央直属机关退休下来的刘父迈着四方步儿来找她了。看着婆娑起舞的老头儿老太太，刘父不自觉地皱起了眉头。不知道为什么，他很不喜欢广场舞这种文体活动，总是觉得太闹外加有点儿为老不尊。刘父同时也知道，老伴儿不等曲终人散绝不会理睬自己，便站在一边儿不无烦躁地看着。

同样退休闲着没事儿的龙大爷耳朵不好使但却特别喜欢聊天儿，看见刘父立马揉着两个核桃凑了过来。像每个耳朵不好的人一样，龙大爷总是生怕别人听不见他说话。来到近前，他特意用分贝极高的声音对刘父嚷道："今儿没在家做学问？"

这一嗓子不仅将没有思想准备的刘父吓了一跳，还吸引了院里另外一些闲人的注意力。刘父只好对这位老邻居说道："没有，我儿子待会儿要回来。"龙大爷听不清，扯着脖子嚷道："什么？哪儿发月饼不要钱？"刘父无奈，只得稍稍提高音量又说了一遍。龙大爷这次听到了一部分内容，便再次断章取义地嚷道："你儿子怎么了？怎么现在卖起月饼来了？"

刘父满脸黑线，束手无策。幸亏老伴儿结束了舞蹈过来找他，听见他们的对话后哈哈大笑，然后一边扭着身子回味着刚才的舞蹈，一边大声对龙大爷喊道："老龙啊，你可真聋！他说我儿子一会儿该回来了！"

看见老龙脸上恍然大悟的表情，刘母得意地拉着老伴赶紧离开了龙大爷。"看见没有？跟他就得这么交流！"两人的身影很快消失在林荫道尽头，龙大爷却仍在犯着琢磨："这老刘真是，他儿子回来就回来呗！他媳妇儿怎么说我像真龙？我又不想当皇上？"

在小区里的椅子上坐下，刘父笑着对老伴儿说："刚才小帅来电话了，待会儿就回来看你。"干了一辈子政工的刘母严肃地问道："看我？怕是来应付我的吧？"刘父摇了摇头笑着说："能惦记着你就不错了，干吗总是吹毛求疵的。"

刘母心中的疑惑瞬间烟消云散，马上就改变了话题："对了，我们下礼拜要去参加区里的广场舞大赛，到时候家里的事儿可就交给……"刘父有些不耐烦地回了一句："你怎么整天忙这些破事儿？也不关心家里的事儿，真是愁死人了！"

刘父的话引起了一连串的反击，老伴儿叉着腰义正词严地反击道："谁说跳广场舞是破事儿了？这是传播正能量！再说小帅如今参加工作也结了婚，我还得逼着他马上生个孙子不行？这事儿不用瞎操心，到时候等着小家伙叫你爷爷就行了！"

刘父显然不是老伴儿的对手，很快就举起了白旗："行行，你说得对，你说得对！"退休之后一直醉心于各种社会活动的刘母很快就换了一副带有职业特点的语气语重心长地开导起了他："别操那么多闲心了！多干点有益于身心的事儿吧。别整天画你那些没用的图纸了，走出来感受一下外面的世界多好啊！"

刘父一直有个梦想，就是设计一套完善的环保设备，将那些粉尘飞扬的企业变成没有公害的地方。为了达到这个目标，从参加工作后不久开始，他始终几十年如一日地进行研究，即便是退休也依旧乐此不疲。刘母上班的时候工作也很忙，几乎从来不打理家务，两个人也很少过问孩子的事情。

刘帅就是在这种宽松的管理下自由成长起来的，说起来很少有令他心酸的童年往事和恐怖的暴力记忆。那时候他的父母只注意他的学习成绩，只要成绩令他们满意就万事大吉。久而久之，刘帅成了学校里的一朵奇葩，学习成绩名列前茅但调皮捣蛋的程度连校长也为之头疼。好在他只是贪玩并不干坏事儿，所以至今在父母的印象中仍是一个优秀的孩子。

刘父是个固执的人，否则也不会几十年如一日地跟环保问题较劲了。他不满地纠正老伴儿的观点："懂什么，懂什么，你懂什么？"在说出了这句已经在潜移默化中传给了儿子的口头语之后，刘父又加重了语气，"跳广场舞是正能量，我搞环保设计怎么就成了胡闹？这是利国利民的大事！"

刘母不想招惹老伴儿生气，赶紧笑着回应道："对，真是大好事！下礼拜我去参加区里的比赛，你就在家好好研究吧！"说完这句话，刘母嘱咐老伴儿回家给刘帅做饭，自己扭头就走。刘父急忙追问道："你又去干什么？"刘母头也不回地答道："我还得到居委会去一下，有些事儿离了我还真不行！"

刘父苦笑着回家做饭。龙大爷坐在那儿还没想通自己怎么就变成了真龙，一个跟他年纪相仿的老头儿摇着芭蕉扇来到了他的面前，眉开眼笑地问道："老龙，想不想找个老伴儿？"别看旁的事儿听不清楚，这回老龙却马上做出了回答。龙大爷气运丹田地大声嚷道："我老伴儿早死了！"那个老头无奈地对自己说道："我也是，跟个聋子较什么劲儿？有事儿还是去跟他儿子说吧！"说完朝老龙招了招手，径自转身走了。

老龙抓着脑袋苦苦思索："怎么又一个说我像龙的？"一分钟后，龙大爷终于脑洞大开地想明白了这个困扰着自己的问题，他踩着脚恨恨叫道，"原来他们是说我是聋子啊！"

因为刘母满心思都是广场舞比赛的事儿，刘帅又一次侥幸逃过了打击。王小北胡乱做了口饭，心满意足地对着电视享受着难得的清闲。潘豆豆忽然打来了电话，得意地讲述起了他们在农场的奇妙经历。王小北担心地嘱咐道："记着，那儿的猪肉跟城里卖的一样好，吃够就算了，千万别买太多……"潘豆豆对此嗤之以鼻："你就少操心吧！我爸我妈他们花钱，碍你什么事儿了？"王小北赶紧赔着笑劝解道："不是我爱管闲事儿，买多了真的一点儿好处没有……"潘豆豆显然不想沿着这个话题继续下去了，不耐烦地说了句"知道了"，便毅然决然地挂上了电话。王小北苦笑了一番也只得作罢，没好气地嘟囔道："有钱就买吧，难道你们还能买一头猪回来？"

最近一段时间，北京周边的黑电台突然猖獗了起来。越来越多的老人深受其害，买了不该买的东西，信了不该信的广告。在这天晚上的节目里，王小北就面对了这些问题。

"你们广播电台为什么也跟着骗人？我妈背着我们买了好几万块钱的药，后来一打听全是一点用也没有的假药！"一个小伙子义愤填膺地在节目互动时嚷道。王小北很慎重地对待了这个问题，先是仔细问清了对方说买的药是假药的依据，然后又询问了那个所谓的广播电台到底是什么。很快，王小北就得出了结论，这个闻所未闻的电台是个伪基站发射的黑电台。

小伙子惊呆了："什么？如今广播电台也有假的？"王小北解释道："没错儿，这一类黑电台是没经过有关主管部门审批，也没获得各级无线电管理机构批准的非法广播电台或电视台。我们一定要认清它们的性质，免得受骗上当。"小伙子不满地抗声道："那你们为什么不打假？我们老百姓打开收音机只管听广播，谁还有工夫分辨哪个是真哪个是假？"

虽然这个问题已经超出了节目的范畴，但王小北还是在社会责任感的驱使下谈起了这个话题："他们的信号发射自伪基站，伪基站顾名思义就是假基站，它能够搜取以其为中心、一定半径范围内的手机卡信息，并强行向用户手机发送信息。黑电台和伪基站播放的有关虚假广告会损害消费者利益，您今后一定要跟老人讲清这个问题，帮助他们增强分辨能力。"那个小伙子很上心，迫不及待地问道："那我们该怎么做才对？"

王小北回答说："骗子之所以能屡屡得逞，正是抓住了老年人宁可信其有、不可信其无的心理。借此案件提醒广大老年朋友，要提高防范意识，切勿轻信他人所谓的神丹妙药，看病一定要去正规医院，以免上当受骗，遭受经济损失。"

王小北又把这个看似跟情感无关的话题拉回了主题，把关心老人内心世界、观察他们的日常生活讲述了一番。这一晚的节目结束时，一个年轻的女性出现了，一出场就控诉她的丈夫不再爱她了。王小北重新回到了状态，掰开了揉碎了地一番细细分解，终于让年轻的女性又高兴了起来。王小北看着时间已经到了，便顺势给出了今晚的小北格言："一个是曾经在舞台上光彩照人、风光无限的她，一个是正在职场上艰难打拼、养家糊口的他。我们的爱情为什么要选择以家庭来作为我们的追求呢？我们为什么要心甘情愿地去放弃，心甘情愿地去忍受。我想因为在生活的这条路上，我们都需要有一个可以依靠的肩膀。"

第二天晚上，三个好朋友相约来到了日坛公园里的一家德国啤酒屋，因为在生活的这条路上，他们也都需要有一个可以依靠的肩膀。这里的肘子酸菜、德式香肠、咸面包圈，还有一升一扎的纯德国啤酒吸引了大批的食客，当然，最吸引人的就是这里户外可以吸烟。三个人点了满满一桌子，叫了两大扎慕尼黑啤酒，刚好碰上店里买二送一，两大扎归了王小北和刘帅，送的小扎归了李晨曦，这家伙经过商场历练最近已经可以一瓶啤酒坚持到回家再吐了。

德国饮食最大的特点就是大——大盘子、大杯子、大肘子，三个盘子就把桌子堆满了。三个人举起杯，"干"！灯光下仿佛是电影《龙蛇争霸》的著名桥段：阿修和阿伟多年未见，在渔场浮台上，两位老友举杯却同时把泡沫吹到对方脸上。这三个人还没有到感怀的年纪，一顿埋头之后，第二次举杯已经是十分钟以后了。当然这十分钟里多的话大家都没记住，只有一点可以肯定，除了段子就是互相攻击。

等大家的节奏慢下来了，王小北提议大家碰一下，各自喝了一大口。王小北作为一个跻身于电台主持人行列的公众人物，在任何场合都很注重自己的形象，但是和这两个人在一起，他希望自己狂野一些。对面那位衣冠楚楚、正瞪着眼睛定定望着自己面前那一小扎啤酒，宛如当年王明阳在龙场悟道一样的人就是李晨曦，好像不这样就对不起他那个思想者的称号，他正看着不断冲上来的气泡发愣。如果你想让他终止思考的状态活跃起来那简直是痴心妄想，即便他如今已经成了一个企业法人也还是没有丝毫改变。跟王小北同样属于那个全国最权威的广播电台的刘帅好像没长骨头，害了软骨病似的用最舒服的姿势——北京瘫贴在椅子上。李晨曦瞟了他一眼，沉声提醒道："素质，注意你的素质！"刘帅反唇相讥道："什么素质？素质是内在的你懂吗？"李晨曦瞬间哑口无言，王小北微笑着插嘴帮李晨曦助攻："就算你没素质那也是先天不足造成的，但你好歹也得给咱们传媒行业留点面子吧？"

刘帅听了立马不服气地翻着眼反击道："我不给传媒行业留面子？我还嫌传媒行业自己都快不要脸了！"李晨曦马上嗤之以鼻："德行样儿！"王小北用怜悯的目光望着不可救药的同伴说："你如今好歹也是个电台的工作人员了，说话可得要有依据……"刘帅听罢马上如同游戏里被打得半死的人物忽然吃了急救包般，就地满血复活，坐起身扯着脖子反问王小北："知道金庸小说里的东方不败吗？"王小北诧异地望着刘帅回答说："你说那个武功盖世的老人妖吗？"刘帅恬不知耻地说："对，就是他！你看人家，自己给自己做了个变性手术，然后就能跟令狐冲那样的小伙儿谈情说爱了，世界多奇妙……"

李晨曦鄙夷地打断了他的话，说道："怎么？你也准备自己来上一刀？"王小北忍着笑追问道："听你这意思，难道是东方不败他老人家不给传媒行业留面子了？"刘帅猛地提高了嗓音："碍人家东方不败什么事了？我说的是电视节目！"

王小北对这个话题还没有提起精神，但是出于职业习惯，他开始在脑子里下意识地搜集线索，各种相关的节目画面一下子拥进他的脑海。他突然觉得憋闷，深深地吸了一口气，随之转了转脑袋。啤酒花园里现在人还不多，但好歹也还是有几位的，而且大都是白领阶层的体面人，就是那种说话办事儿全都拿捏着分寸的人。刘帅这句话一出口，一位优雅的小姐顿时向这边盯了一眼，刚好和王小北对上了眼神。王小北愣了一下，感觉好像在哪儿见过她，但他又想不起来。他想起一个电视节目里曾说过，最失败的搭讪方法就是"您好，我们好像在哪儿见过"。

但的确是在哪儿见过吧？王小北忍不住又看了一眼，那位美女打扮入时，带着高高的棒球帽，上面镶满了亮片，图案是猩红的大嘴巴吐着舌头。她长发披肩，自然地垂在脸颊两侧，眉毛平直，眼睛很大，瞳仁又黑又圆，显然戴了美瞳。她的鼻梁笔直，但鼻头又很漂亮地翘起来，人中又深又直，而那个粉红色的嘴巴实在太吸引人了。这张嘴唇型饱满，粉红色的嘴唇像果冻一样。她的下巴更让人难忘，那个下巴一直向下延伸就是不肯结束，而结束的地方又调皮地多出一点点锐角。她穿了一件白色的夜店立体剪裁开衩修身包臀吊带连衣裙，上半身膨出两个雪白的半球体。这一眼看过去，王小北想起了前两天给孩子买的气球，那两个半球体紧紧挤在一起，感觉好像能听到气球摩擦的声音。

王小北只看了一眼，最多一秒钟，但他立刻就明白了，不是在哪儿见过，是在哪儿都见过。王小北立刻想起前几天节目里有一位大妈吐槽自己未来的儿媳妇："现在的年轻人净瞎整，整那么大有啥用，将来孩子一吃一嘴塑料味。"想到这儿，王小北差点儿把一口酒喷到刘帅脸上。

王小北连忙定了定神，而李晨曦已然是一副思考状，刘帅似乎得到了鼓励，声音越来越高："现在的媒体真是越来越没有底线，你说这是个什么节目啊？电视台怎么能播出？是，广告有了，收视率有了，但是社会责任呢，媒体的良心呢，完全不顾及新闻传播伦理，对社会和孩子就是犯罪啊！"

李晨曦警惕地扫了一眼周围被刘帅的话吸引过来的所有目光，带着心虚外加羞于与刘帅这种人为伍的语气说："不就是一节目吗，有你说得那么严重吗？"刘帅像个五四时期的铁血青年那样激动地叫道："你说得不对！"王小北微笑静听，杠子头脾气又上来的李晨曦没好气地笑着问："那你说说，怎么说才算对？"

刘帅梗着脖子回答道:"在动物界,自然法则决定了弱者会被无情地淘汰,但是人类之所以不同于动物,就是因为人类会关心、帮助同类,越是弱小的越会被关爱。人类的进步就是更文明、更理性、更包容,无论是亚马孙丛林里的原始部落,还是城市贫民窟里的流浪汉,更包括残疾人以及不同于大多数人的各种人群。文明的进步就代表着,也许你不接受不理解他们,但是你不能够歧视和鄙视残疾人、同性恋、肝炎病毒携带者,不能用另一标准看待和衡量他们。反过来,这样的爱、关怀和理解也需要理性,需要节制。就好像我们身边有好多脾气不好的同事,有好多不好与人打交道的朋友,你要善意地批评他、帮助他、提醒他。如果我们都采取'丫就这样,别理他,别跟他一般见识'或者'多多理解他,他过去受过苦,他是弱者'的态度,那就是放纵。最后的结果不是他变得更加肆无忌惮,就是我们忍无可忍并最终与之产生激烈冲突,反正都是失去对方。所以,放纵就是伤害。

"从这个意义上讲,我尊重每一个人在道德法律的约束下自由地选择生活方式,自由地表达自己。我从来都尊重个体的选择,就像我非常敬佩一个艺术家代表中国人在世界上取得的成就。艺术家有时需要付出更大的努力,才能使中国在某个艺术门类中被世界尊重。这种成就绝不比任何一个奥运冠军差,甚至超过世界冠军、奥运冠军。

"所以,名人或者说有成就的人就应该肩负更多的社会责任,就不能任性,就不能为了钱不顾一切。梅兰芳先生蓄须明志是民族大节,现在我们面临的媒体环境同样也是民族大节。国歌里唱的'中华民族到了最危险的时候',从民族文化的角度看一点儿都不夸张。我这个人虽然没什么文化,但是我能感到这种紧迫感。电视里，明星们穿着各种奇装异服号称时尚，各种假戏真做和炒作都号称艺术，包括咱们台的主持人，满嘴跑火车，好好的大姑娘油嘴滑舌的，一点生活常识都没有。前两天，节目里有广告客户反映咱们台的一个女主持人说什么'五月份去山里自驾游，漫山遍野的柿子树，红彤彤的'。客户都嫌丢人。我只好说现在有微信、微博互动，吹牛都不用打稿子了。"

这句话逗得王小北和李晨曦哈哈大笑。王小北提议大家再碰杯，然后向刘帅要了一根儿烟。自从坐进直播间，他基本上没有再碰过烟。刘帅很兴奋，看到大主播和思想家都在认真地听自己的长篇大论，他实在有些受宠若惊。他也点着了一根儿烟，沉了沉继续说道："我们这个社会在发展在进步，说实话，有些人在底层混的时候，社会确实给了他们一些伤害，但受伤的也不止他一个人啊。其实每个人都一样啊，都不容易啊。可是您有一天飞黄腾达了，却反过来恶意报复，为了钱不顾一切，这就不对了，我就坚决反对。有多大的名气就意味着有多大的社会责任，不能仅仅为了钱就不顾一切。世界上有那么多艺术家，有同性恋，有变性者，有各种各样的问题，迪士尼叔叔是吝啬狂，卓别林不爱洗澡……这些都是媒体曝光的，公众的确有猎奇的心理需求，但这仅仅是人类众多需求中的一部分，是低层次的需求。从社会的主流文化形态来看，在任何一个时代、任何一种社会环境下，艺术家都仅仅是以艺术作品被大家知道、被大家认可、被大家记住的。历史上没有什么艺术家是因为言论被记住的，因为发表言论是社会学家、哲学家和历史学家的工作。社会批判是科学，是严肃的学术，绝不是说几句怪话、做几个表情或扯几个段子就可以了。社会批评的目的是发现问题，更需要解决问题。蔡京的字再好，秦桧的字再好，对不起，你们没资格代表这个民族。

"所以啊，我所担忧的是，究竟是我们的媒体被网络冲击得无法招架了，还是有些媒体人的社会责任感实在令人担忧。你看看，现在我们有些节目为了曝光率、收视率，借用各种网络力量，不惜放大各种绯闻、丑闻、秘闻，为了吸引眼球无所不用其极，可恶至极啊！"

王小北大笑着打断了刘帅："刘台，不，刘部长，您这个高度应该去宣传部。你这一大通节目分析不是恰恰说明了人家节目的成功吗？"李晨曦也悠悠地扔出一句："人家这样做犯法吗？我看你那是咸吃萝卜淡操心，不这么做节目，你们的广告从哪儿来？！"这哥俩儿以往也爱抬杠，抬杠抬到极致的时候也不是没红过脸。王小北赶紧压低了声音调解道："行了，今儿就说到这儿吧……"李晨曦不依不饶地说道："你又想和稀泥是不是？这可不对！"刘帅也不咸不淡地坚持道："没错儿，你必须给个明确的意见！"望着面前这两张欠揍的脸，王小北心想躲都没躲过去，只得苦笑着开了口："既然你们非要我表态，那我就说说我的看法吧。"

王小北指了指刘帅道："首先，我不得不承认，我支持刘帅的看法。"李晨曦叫道："为什么？"王小北平静地回答说："因为这种事看似只是某些节目某些艺人某些媒体的独立事件，或者充其量只是文化事件，转瞬即逝，却会给社会尤其是青年人带来意想不到的恶劣影响……"刘帅得意非凡，李晨曦也瞪大了眼睛，静静地等着下文。

王小北顿了顿又继续说道："不可否认，某些明星的语言非常有特点，而且在节目中针砭时弊，对很多社会现象做出的点评都是很有价值的。但是当这样的影响力、这样的炒作模式、这样的基础格调和这样的价值取向结合在一起时，节目就被异化了。我们可以很清晰地看到节目制作人、媒体和艺人三方共同的目标！"然后，王小北唱了一句："钱就一个字，我一天说一次。"

"问题在于，这样的成功会告诉年轻人，为了一夜成名我们可以不顾一切。更重要的是媒体责任的缺失，虽然现在媒体市场异常发达，但是传统电视媒体、电台和报纸所代表的主流价值取向和权威感依然不可替代。而这样的节目给了这一切狠狠一击，说句重话，这样的节目对社会对媒体有罪。"由于王小北的话很诛心，刘帅听了大为解气。李晨曦心里非常清楚他们说的那个节目，而且他也极其讨厌这个节目并且厌恶这个节目的主持人，但还是本着将抬杠进行到底的架势冷笑着说道："这的确不是什么正能量，但总还不至于犯法吧？"

刘帅毫不迟疑地快速跟进道："目前的确没有相关的法律，但是最起码影视作品应该分级吧？！我的观点可能比较极端，我认为，从制作人到艺人到播出平台，在道德层面都应该受到批判。如此急功近利，如此不管不顾，为了所谓的收视率，为了吸引眼球，为了制作人自己所谓的成功，毫无媒体立场，毫无新闻伦理！最起码，广播电视的主管部门应该叫停这种节目。这种节目在公共频道播出啊，多少年轻人、多少孩子在看，他们能从这种节目里看到什么？若干年之后，但凡有良知，包括制作人和艺人、明星，一定会为此反思！"

"瞎扯！"王小北酸酸地说："人家才不会反思呢，现在一片叫好声，据说有些明星号称自己不敢出门，一出门就有好几家地方卫视等着和他们签千万级的合同。真不知道这些节目出台的背景，我只想知道那些制作人会不会让自己家里的孩子尤其是青春期的孩子看这个节目。"

　　看着王小北也认真起来，李晨曦只得冷哼一声，不再言语。挑起事端的刘帅反倒充当起了和事佬儿："算了，算了！我这叫不吐不快，在思想家面前显摆显摆。实话告诉你们，我们已经得到准确消息，有些节目已经被严令停播了。"王小北和李晨曦同时惊在了当场，王小北的心中突然涌上一阵暖流，因为他感觉到了希望。

　　刘帅看到自己成了舆论焦点得意扬扬，随即摆出一副流氓的嘴脸，意味深长地说："还有一件更严肃的事情，王小北，你上次说你们那个什么嘉琪，你了没有近水楼台吧？！"

　　"滚！"三个人顿时笑作一团。

第六章

　　滕佳琪果然不负众望，三下五除二就帮着小吴搞定了所有的客户。在主会场大厦外的广场上，小吴望着滕佳琪笑道："佳琪，你可真是人才啊！"滕佳琪好整以暇地回应道："这才哪儿到哪儿？美国那个奥巴马是没来，他要敢来我也照样拿下！"小吴笑得前仰后合，用手指着大言不惭的滕佳琪说道："你就吹吧！"滕佳琪大方地将胳膊搭在小吴的肩膀上，一双眼睛死死盯着他的眼睛问道："吴头儿，待会儿回去跟主任咋说？"小吴吓了一跳，下意识地看了看搭在自己肩头的胳膊反问道："你想让我咋说？"滕佳琪媚眼如丝嗲声嗲气地教导他道："就说自从我来了，你才看到了真正的希望！”小吴想了想终于点了点头回答道：“好吧，倒也不算瞎话……”

滕佳琪得意非凡之际，忽然看见一辆黑色的轿车停在了大厦前，一个衣冠楚楚的男子迈步走进了大厦内。无论是健美的身材还是脸上飞扬的神采，都显示着这名男子的自信与不凡。小吴顺着滕佳琪的目光一看，轻轻地叹了口气没有说话。滕佳琪好奇地问道：“好好的叹啥气呀？你认识这个人？”小吴回答说：“岂止是认识，这个人连咱们王主任都挺怵头呢！”滕佳琪摆出一副傲视天下英雄的架势问道：“怎么回事儿？赶紧跟我说说，说不定我能搞定他也不一定！”小吴无可奈何地伸手扒拉开滕佳琪放在肩膀上的胳膊，拉着滕佳琪坐在了旁边的长椅上：“他叫吴奇伟，是《都市报》生活版的副主任，一个平面媒体硬是能跟咱们分庭抗礼，许多大客户都被他控制得死死的，连咱们的客户也被他拉走了不少呢……”

还没等小吴把话说完，滕佳琪站起身就往大厦里走。小吴赶忙追上去问道：“你急着上哪儿呀？”滕佳琪笑眯眯地回答说：“没啥，我想找个机会跟吴奇伟认识一下！”小吴把嘴一撇：“你怕是没有这个能耐……”滕佳琪脚步不停地问道：“咋啦？他能吃人？”小吴迅速回答道：“他实在是太狂了，你恐怕会受不了。”滕佳琪豪情万丈地说：“你这么一说我就更得去了！”

且不管滕佳琪和吴奇伟的见面会有什么情况，单说下班回到家的王小北却正在对着自家的冰箱运气！因为他的话被潘豆豆一家彻底忽略了，他们真的从那个郊区农场买回了整整一冰箱的肉。可巧潘爸的一个老部下到北京来了，他们全家全都着急忙慌地去赴宴了，等王小北回到家，潘豆豆还特意打来了一个电话，嘱咐他把冰箱里的肉分割收拾一下。

老婆大人的话当然是必须遵从的，何况潘家的狼群战术根本不是他所能匹敌的。累了一天的王小北只得摆好案板，拿起菜刀准备大干一场。说到这儿不得不交代一下，王小北从小就养成了一种比较精致的生活习惯，对于入口的食品要求更是有着比较严格的标准。面对冰箱里暂时塞进去的那一大堆肉，王小北郁闷地想："真他妈一语成谶，这家子人还真买了半扇子猪回来！尽管他爸在电话里一再解释，说这些肉如何如何新鲜。他们怎么就不动脑子想想，这些肉冻上一段时间之后新鲜还有什么意义？"但是抱怨归抱怨，任务总还是要完成的。王小北眉头紧皱，一块一块地切起肉来。

要说这个切肉真不是个好活儿，用普通家庭的刀具对付连皮带骨头的这么大一块，干了没多久就手腕子酸软，浑身不是个劲头儿了。王小北渐渐烦躁了起来，分割的肉块也越来越大，突然间一股无名怒火直冲大脑，他开始疯狂地把刀砍向那些肉，然后把肉全都扔到地上，又把冰箱冷冻室里的抽屉拖出来。看着每一层抽屉的底部都是厚厚一层混杂着血水的冰，一股无名火在王小北胸膛里升腾着翻卷，偏偏就在这个时候，他的手机响了起来。

王小北擦手后拿起了手机，但当他看清楚了显示屏上的号码之后，立即笑容满面地接通了手机。电话是徐台长打来的，他开口就问："小北，你跟小何的关系怎么样？"面对这句没头没脑的提问，王小北不明就里地回答道："一般，或者说一般以上吧……"徐台长如释重负地笑了起来，笑罢才高深莫测地说道："小北，你是个聪明人！一定要跟小何把关系处理好！"王小北一边忙不迭地答应着，一边试探着问道："徐台，您今儿怎么忽然想起跟我说这个？"徐台长哈哈一笑，随即换了一本正经的口吻嘱咐道："我们这些老家伙迟早是要退休的……"

王小北的脑袋里灵光一闪，忽然间意识到了徐台长这个电话的真正含义。他有些不服气地说："小何该不会是台里的接班人吧？"徐台长用平静的语气回避了这个问题："别胡思乱想，人家小何资历虽浅但工作却很认真，起码算咱们台里的后起之秀，多亲近亲近没坏处的……"

徐台长的电话挂上之后，王小北足足站在原地愣了好几分钟。他这时已经完全领会了徐台长的意思，打心眼儿里感激自己的这位保护神。因为要不是真心对他好，没有谁会在台里新旧交替的敏感时期向他委婉地透露这一重要信息的。要是换成一个素不相识的人也还罢了，但偏偏是小何。这个曾经在自己手下度过了实习期的家伙居然爬得这么快，这一点真的让王小北始料不及。论工作，自己在台里那可是尽心尽力；论业绩，还真没有哪个栏目能超过自己。王小北摸出烟来点上，一边抽一边琢磨着心事。可就在这个节骨眼儿上，他的手机又毫无征兆地响了。

这一回打电话的是岳母，潘妈略带歉意地问道："小北啊，你吃饭了吗？"当得到王小北已经吃饱了的回答后，潘妈又特地嘱咐道，"小北啊，辛苦辛苦把那些肉弄好吧！隔了夜可就不新鲜了。"王小北极力压抑着心里的烦躁回答说："您放心吧，我正在弄着呢。那些肉还真挺新鲜的……"电话里隐约传来了潘爸的声音："他这会儿也知道新鲜了？早先还拦着不让买呢！"电话就此挂断了。王小北放下手机继续切肉的工作。不是有句话叫"愤怒出诗人"吗？王大主任这一生气，效率也高了起来，那些肉很快就被分割包装完毕了。但这并不代表王小北已经完全心悦诚服了，在把肉全放进冰箱的同时，他心里的怒火和愤懑也升到了顶点。他突然间号啕大哭，暴怒地扑向冰箱，拉开门将里边的肉一包包抓出来狠狠地摔在地上，一边摔还一边在空无一人的房间里大声发泄着。

五分钟后，王小北终于完成了这一壮举，把所有的肉全都恶狠狠地摔了个够。他抽泣着看着这些肉慢慢冷静下来，一个不祥的念头忽然涌上了心头。潘豆豆一家估计快要回来了，要是看见眼前这一幕，估计狼群战术又会接踵而来了。为了维护家庭的和谐稳定，王小北只得迅速弯腰将地上的肉一包包捡起来，重新整齐地码放进了冰箱里。

今晚上节目时，主要的议题是怎么处理家庭成员之间的关系。王小北今天一上来就遇到了一位说话声音很柔美的青年女性，她很诚恳地开口问道："主持人，请问家里边天敌之间的关系该怎么处理？"王小北颇感兴趣地反问："怎么您家还有天敌存在？"那个女子忧心忡忡地表示了肯定："没错儿。"王小北试探着问道："是您和您的婆婆吧？"那个女子回答道："我丈夫住在我们家，我跟我婆婆见一次都很难……"王小北心里顿时明白了八九分："您是说您丈夫和家里人的关系有点儿不和谐？"那个女子叹了口气："也不完全是，只是他跟我爸水火不容的……"

王小北心里的天平虽然一下子倒向了那位跟自己同病相怜的上门女婿，但嘴里却故作惊讶地叫道："不会吧？怎么会是天敌呢？老丈人一般都会很疼女婿的，我就住在我老丈人那里，比自家还舒服呢！"王小北暗笑着给随时监听着自己节目的岳父岳母送上了一顶高帽子，心里一个劲儿得意地笑。你还别说，这一回他的机智果然没白费，远在家里收音机旁的潘爸和潘妈果然露出了满意的笑容。

"因为他既然把女儿托付给你丈夫，就会很信赖他，也会如疼女儿般疼他。"王小北振振有词地说道。那个女子似乎有些不好意思，迟疑了一下又问："我是想让您帮我出个主意，他们发生不愉快的时候，我到底该站在哪一边？"王小北笑了："这个问题就像那个流传了好几代人的问题，如果老娘和媳妇掉进河里，到底该先救谁？"那个女子忽然咯咯笑了起来："要是您会先救谁？"王小北大窘，因为这个问题他从来就不知道该怎么回答。他笑着使用起了技术手段："当然是先救不是游泳健将的那一个了哈哈……"说完这句话，王小北赶忙紧接着说道，"咱们分析一下啊，你爸至少为了女儿，也不会跟你丈夫成为天敌，你丈夫呢，为了妻子也必须时刻保持高姿态。你看谁的工作容易做通就先从谁那儿下手吧！"

那个女子颇有些不屈不挠的架势："我家的事儿不好办呀！我两个人的工作都做过，我丈夫说如今已经对我爸不抱什么希望了，而是把人生所有的希望都寄托在孩子身上。我爸更绝，说他已经活了大半辈子，就是有错也不能低头。"王小北同情地说道："有时候一个人的观点还真不容易改变，除非经历一种大的事情才能真的被触动。你得学会寻找并利用这样的机会。"那个女子还挺上路，马上沿着王小北的思路接过了话茬儿问："我丈夫最近不舒服住了院，不知道这算不算个机会？"王小北马上表示："当然了，你这个女儿要是能让你爸做出一点感人的举动，你丈夫这个堡垒就会被首先攻破。万一以后他要是再发牢骚，你就可以理直气壮地问他，你身体不舒服住院的时候，知道你老岳父是怎么对你的吗？"虽然这个答案王小北都难以揣测最终的效果，但那个女子却如获至宝地叫道："没错儿，我明天就去试一试！"

最终，本期节目完美结束，王小北给出了一则新的语录："爱的世界里没有谁对谁错，只有懂不懂得珍惜……"

王小北顺风顺水，刘帅却因为老狐狸和大舅哥的困扰苦不堪言。痛定思痛后，刘帅决定把自己变成工作狂，用精神和肉体上的麻木缓解现实中的痛苦。从这时开始，刘帅不仅发疯似的联系客户，还把台里的所有节目都当成自己的蓝本，为人家免费设计了许多活动。这一行动果然立竿见影，很快就收到了极好的效果。许多人开始在老邱面前赞扬起刘帅，还有人把这件事主动告诉了徐台长。虽然知道距离退休的日子不远了，但徐台长还是决定不到最后一刻绝不放权。正是因为已经有了具体的时间表，徐台长的效率和胆量反倒比先前大了许多，不是有句话叫"事到临头需放胆"嘛！这就是徐台长这段时间的真实写照。

徐台长最近的感觉很好，因为他觉得自己这个台长没白当，日后肯定会被大家牢牢记住。因为他简直就是伯乐转世，老天爷也是为了让他选拔更多的青年才俊才把他派到电台来的。刘帅是王小北的同学，徐台长难免爱屋及乌，开始对刘帅青眼有加。徐台长为此特意召见了老邱，一上来就意气风发地说道："刘帅的事儿你怎么看？"

要是徐台长问起别人，老邱还不至于害怕，一看徐台长提起刘帅，腿肚子顿时就转起了筋儿。虽然搞不清楚刘帅是不是又惹了什么事儿连台长都亲自过问，但镇定了大约一秒之后，老邱还是很仗义地开口说道："刘帅最近表现不错……"

徐台长抬起头目光炯炯地说道："这小伙子真的很不错！你们广告部能主动为其他兄弟部门设身处地着想，这还是头一次……"老邱总算是松了一口气，笑着附和道："您说得没错儿，他最近积极性是特别高。我也已经连续两次在例会上表扬了他，还号召全体同志都向他学习呢。"

徐台长听罢微微颔首："应该这样儿！最近一段时间好几个人在我面前表扬他呢，《儿童节目》和《妇女之友》两个栏目还想把他弄过去呢！"老邱一听有人要挖墙脚儿，马上很不淡定地站了起来："这可不行！"徐台长笑着挥手让老邱坐下："那你就好好地培养吧，人才总是会被人惦记嘛……"

刘帅在不知不觉中完成了后进变先进的转化过程，以至于很多不了解他的人都认为他原来就是这么优秀。王小北对刘帅而言是知根知底的人，敏感地意识到这小子肯定是感情上出了问题。趁着中午一起闲聊的机会，王小北很知己地问道："哥们儿，你最近是不是和黛丝发生了什么冲突？"刘帅满脸钦佩地望着王小北看个不停，王小北下意识地摸了摸自己的脸："怎么了？"刘帅："你是怎么看出来的？"王小北淡淡一笑："当然是通过你最近痛改前非的种种表现了。"

刘帅苦笑了一声："确切说不是跟黛丝，而是跟她那不着调的老爸和大哥！"王小北诧异地问道："跟他们能有什么矛盾？你们远隔千里，难不成打的还是远程不接触战争？"刘帅把脸弄得跟个苦瓜似的望着王小北嗫嚅道："都他妈怪李晨曦，当初他跟田萱鼓捣的那个工程如今火了，她老爹常来视察不说，她大哥最近一直都在北京！"

王小北感同身受地点了点头，沉默了一会儿才幽幽说了句："是够麻烦的！距离产生美啊……"刘帅反应奇快："你最近处境也不大好吧？"王小北深有感触地说："上门女婿难当啊！"刘帅忽然毫无征兆地给了自己一个象征性的耳光："都赖我当年乌鸦嘴，还以为这是个好事呢！"两人相对苦笑，一切都在不言之中。刘帅率先打破了沉默："反正我后天就出差了，先躲个清静再说吧！"

　　两天之后，刘帅果真出差了。他这次的目的地还是长沙，下了飞机住进了酒店，刘帅便打电话跟客户约定明天一早见面。那个客户感到很不好意思，诚心诚意地说道："跟我您就不要客气了，我晚上还是陪您尝尝咱们长沙火宫殿的小吃，然后再陪着您到处转转吧！"

　　刘帅客气但坚决地回答说："真的不用了，我一个人清静惯了。再说晚上我正好去看个朋友……"一听刘帅在长沙有朋友，客户顿时放了心，客气了两句便挂断了电话。

　　刘帅一个人躺倒在床上，百无聊赖地鼓捣起了自己的手机。一个陌生的电话忽然映入他的眼帘，赫然便是前不久在机场结识的美女何思嘉。刘帅看了一眼手机上的时间，还不算太晚，便犹豫着要不要跟这个在长沙唯一的熟人联系一下？在这一瞬间，刘帅的脑子里莫名闪过了李晨曦和田萱陈芝麻烂谷子的往事儿，但刘帅认为自己要远比李晨曦有定力，很快就把这个念头抛在了一边，吹着口哨给何思嘉发了一条短信："还记得我吗？我是北京的刘帅。"

　　过了不到一分钟，何思嘉就回了信息："你现在在哪儿？"刘帅回信息提议道："我在长沙，有时间见个面吗？"这一下何思嘉不再回短信了，直接就把电话打了过来，一上来就亲热地说道："谢谢你还记得我！告诉我你现在的位置，我马上过去！"刘帅不好意思但也言不由衷地说道："你要忙就算了……"何思嘉笑着叫道："你这么说是不是太见外了？"

　　刘帅放下电话，忽然意识到自己不能在酒店的房间里等何思嘉，因为这无疑是太过暧昧了，对一位只见过一次面的女士而言也不太尊重。他手忙脚乱地整理了一下，便赶紧跑到楼下的大堂，找了一个能注意到大门方向的位置坐了下来。最多过了十几分钟，何思嘉就风风火火地走进了大厅，她身上还是穿着那套黑色的职业装，脖子处依然露着胸卡的带子。刘帅笑着招了招手，何思嘉马上就看到了他。

何思嘉转眼间就到了刘帅的面前，热情地叫道："再次见到你真是太好了！"刘帅坏笑着回应道："你还是那么漂亮！但如果换一身衣服可能效果会更好……"何思嘉咯咯笑着花枝乱颤地说道："我哪里有你那么好的眼光？索性就一直穿着这身工作服好了！"

刘帅笑着建议道："如果方便请你吃顿晚饭吧，不知道你有没有时间？"何思嘉板起脸摆着手回答说："怎么？连尽地主之谊的机会都不给吗？"

滕佳琪终于找到了机会，在大厦的酒吧里毫不见外地跟吴奇伟打起了招呼。吴奇伟刚刚陪客户喝完酒，已经有些醺醺然了。抬头看见面前横空出世的性感女郎，第一感觉就是有些不耐烦。"我们认识吗？"吴奇伟乜着眼问道。"喝两杯就告诉你！"滕佳琪沉着回应道。这也是滕佳琪的高明之处，因为只要一说是同行，估计吴奇伟马上就下逐客令了。

这句话果然令吴奇伟转过头来，上下打量起滕佳琪来。只见对方的长相虽然不很出色但却透着一股妖艳，尤其是紧身上衣和超短裙下的那一双大腿，倒真的不失为一个尤物。吴奇伟瞬间将滕佳琪当成了那种靠自身本钱吃饭的女子，微微一笑说："我一个穷人哪儿有钱请你喝酒？那边倒是有好几位总经理大老板什么的……"滕佳琪也不以为然，掏出一张银行卡递给了吧台里的服务员，指着一瓶昂贵的洋酒说："我请你！"服务生谦卑地表示，喝完酒临走时才结账，滕佳琪这才趾高气扬地收回了银行卡。

　　吴奇伟的好奇心一下子被勾了起来，滕佳琪又道："我才不跟那些叫总经理和大老板的俗人一起喝酒呢！"转瞬之间，服务生已经倒了两杯酒。吴奇伟忽然童心大发地提议道："看你像是挺有量的，把这两杯都喝了，我请客！"滕佳琪笑着反问道："我要是把这一瓶都喝了呢？"吴奇伟想了想回答道："喝完你要是醉了，我结账走人。"滕佳琪妩媚一笑进逼道："要是我没醉呢？"吴奇伟看着滕佳琪淡淡地说道："你说怎么办？"

　　滕佳琪笑了笑回应道："从今后拿我当好朋友！敢不敢答应？"吴奇伟天生爱较劲，迟疑了一下回答说："没问题，就这么办了！"滕佳琪拿起那瓶酒自语道："对瓶吹太野蛮，影响不好！"说着便把酒倒进了一个大号的啤酒杯里，然后端起杯咕咚咕咚喝了起来。眼看着杯里的酒眨眼间下去了三分之一，吴奇伟赶紧伸手拦住了滕佳琪："行了，咱们现在已经是好朋友了。说吧，你到底想要我干什么？"滕佳琪面不改色地回答道："我觉得咱俩绑在一块儿能很快发达起来！"吴奇伟莞尔一笑，端起滕佳琪面前的啤酒杯喝了一口："我现在也有这种感觉了……"

第七章

　　由于刘帅给了何思嘉尽到地主之谊的机会，两人便打车来到了长江边上。何思嘉将这顿晚饭安排得果然很别致。片刻之后，两人便坐在一条船上，面前摆上了按照当地做法制作的鲜鱼。一尝之下，果然鲜美无比，再加上当地人自己酿的米酒，很快就让刘帅有了些许醉意。当然这醉意不仅仅来自鲜鱼美酒，很大程度上还有何思嘉的原因。但刘帅毕竟不是书呆子李晨曦，心里还保持着应有的警惕性，始终与何思嘉拉开着应有的距离。

何思嘉端起酒壶给刘帅添酒，嘴里还热情地说道："没想到你居然这么能吃辣，我原本还担心你会吃不消呢。"刘帅伸手拦住了何思嘉："行了姐姐，我真的是不喝了。"何思嘉也不强行推让，笑吟吟地收起酒壶，拍着刘帅的手说："不喝就不喝吧，出来看看你难得一见的美景吧。"

两人来到船头，站在甲板上极目远眺，只见远处水天一色，一轮落日正渐渐与江水融为一体，一片金红色的光辉中呈现出壮观却略显凄凉的绝美。江风扑面而来，让刘帅刚才还有点上头的酒劲儿一下子消失不见了。刘帅扭过头，看了一眼何思嘉在夕阳中呈现出的优美剪影，猛然发现对方的眼睛中竟然充盈着泪水。

"怎么忽然变得这么伤感？"刘帅点上一支烟笑着问道。何思嘉飞快地擦了擦眼睛："没有什么，迎风落泪罢了。"刘帅有些不安地开口说道："真不好意思，耽误了你这么长时间！估计回去老公肯定要责备你了吧？"何思嘉把头转向刘帅："还好我没有结婚，所以也不会有人说我……"两人四目相对，彼此之间飞快交换着各种难以言传的信息。好在刘帅是个有理智的人，没让这段友谊发生质的变化。

避开了何思嘉灼热的眼神，刘帅讪讪地问道："这个小地方不错，你一定经常来吧？"何思嘉笑着摇了摇头："哪有？这种地方看着不起眼，可消费挺高，没事儿就来，谁能承受得起？"刘帅听了心中暗暗责备自己，不该临时起意给何思嘉增添了额外的负担。他一边琢磨着该如何回报一下何思嘉，一边沉吟着问道："对了思嘉，能不能带我去你们这儿最大的商场转转？"

何思嘉在点头答应的同时笑着问道："你想买点什么？"刘帅很理智地回答道："想给我老婆买几件衣服。她的身材跟你差不多，你最好帮我充当一下模特儿。"何思嘉毫不犹豫地答应了下来，还顺嘴问道："你很爱你老婆？"刘帅点了点头："是呀！"

在长沙著名的步行街精品店，何思嘉很快就指挥着刘帅买了不少衣服，还特别强调这都是自己平时只敢看看的。大大小小的购物袋很快就成了他们的负担，何思嘉忽然笑着说了句："当你的老婆一定很幸福！从小到大也没人肯为我这样儿……"

刘帅嘿嘿一笑回答道："跟你实话说了吧，这其实是我送给你的礼物！"何思嘉诧异地问道："为什么？"刘帅认真地说道："如果你真的当我是朋友，就不要再问了。再说咱们这只是纯洁的友谊，我真的是想让你看起来更漂亮一些而已。"何思嘉断然将这些衣服推了刘帅："这绝对不行！"刘帅："这是为什么？"何思嘉："我怕收下了这些礼物，你以后就不会再来找我了。"刘帅大笑："怎么可能，我还要在长沙待两三天呢，临走的时候争取咱们再在一起好好聊聊！"

说着话，两人已经走出了步行街，刘帅伸手打了一辆出租车，拉开车门礼貌地把何思嘉让进了车里。把大包小包全都装进车之后，刘帅又轻快地关上了车门："回去休息吧！咱们保持联络！"说完这句话，刘帅不再迟疑，转身就汇入了身后熙熙攘攘的人流。

月儿弯弯照九州，几家欢乐几家愁。王小北的职业注定了不会省心，身为这个高速运转的社会的润滑剂，他似乎永远没有消停的时候。今天节目没有针锋相对，但倾听和关怀却也是人生中的一种修行。

一个女子如泣如诉地说出了今晚节目的主题。那女子说："我和我老公结婚后，生了俩孩子，可婆婆一天都没帮忙带过。"王小北在表示了应有的同情后劝慰道："听岁数你好像不大，那么你婆婆应该也还没退休吧？"那女子带着哭腔说："你说得没错儿，她很年轻，可她只想着自己挣钱，孩子小的时候，我有时候连吃饭都成问题。"王小北一听心道："这说的是现在的事儿吗？该不会是我的节目穿越到万恶的旧社会了？"

王小北问："你爱人难道不给你钱吗？"那女子终于哭了出来："我老公必须出去打工，不然我们连饭都吃不上。什么事都是我自己扛，觉得婆婆把钱看得太重了，就是看着我们挨饿也不肯帮。"王小北提议道："你也可以出去工作啊，有了自己的收入不就方便多了？"女子说："可我的孩子还小，没人照顾不行。"王小北有些郁闷："你婆婆不是做买卖吗？帮着花钱找人照看一下孩子也不行吗？"女子说："她根本不关心孩子，也不体谅我这个儿媳妇。我只能在心里憋屈，怨恨。"听那女子说这句话的时候，王小北情不自禁打了个冷战："你应该跟你丈夫好好商量一下，换个工作或者是让他去找你婆婆谈谈。"

女子的声音里忽然多了一些愤怒："我老公是一个不体贴人、不照顾家的男人。我一跟他提起他妈，他就暴跳如雷，还动手打过我不止一次。"王小北不禁有些愤慨，进一步建议道："要不你就跟你自己家里的人商量一下，实在不行就求助于法律。"女子解释道："这我也想过，我是为了孩子才不离婚，可是我越想心里越憋屈。夜深人静的时候，我总是回想这些事，离婚了，他肯定后悔，可是孩子没有家了……"

这个问题的确无解，王小北只得静静地倾听了。"本来我什么都能忍，但是我真的见不得老公对我大吼大叫的样子和袒护他妈的嘴脸。"王小北无声地叹了口气："老这样下去也不是办法，你可以试着找亲戚朋友，让他们去做你丈夫的工作。"女子给出了一个令王小北十分震惊的答案："也找过，可他们都不管。还说我老公是个孝子，让我多忍着点儿。"

这段谈话持续了一会儿，王小北终于许诺改天跟女子所在的街道办事处联系一下，谋求一个合理的解决办法。处理完这件事，王小北觉得胸口好像被压上了一块大石头，觉得家庭问题还真是一门科学，要想处理得面面俱到还真不是一件容易的事。不管怎么说，他还是对那位孝子丈夫产生了疑异，因此特地在节目结束时简单点评了一下这个事件，并给出了今天的小北格言："我觉得你不应该因为丈夫偏向他母亲而不高兴，但你必须得承认你的丈夫有着欠缺，一个有孝心的人那肯定是个相当有家庭责任观念的好男人，要是没有家庭责任而一味地去当形式上的孝子，似乎也是不值得我们称赞的！"

好在王小北的朋友里没有这样的人，起码林虹就不是。韩玉萍简直成了李晨曦的梦魇，以至于他整天都在跟林虹憧憬有朝一日恢复二人世界，心里念着阿弥陀佛等待着韩玉萍提出要跟胡正文结婚的事情。这天晚上，机会终于来了。很晚的时候，韩玉萍高高兴兴地回来了，甚至还没开口就先笑了半天。林虹好奇地问道："妈，您今天怎么这么高兴呀？"韩玉萍瞥了李晨曦一眼，好像是在有意回避他。李晨曦识趣地端起一杯白开水假装欣赏阳台上的一株花，把说话的空间让了出来。

果然，李晨曦一离开，韩玉萍就眉飞色舞地低声说道："老胡他向我求婚了！"林虹眼睛一亮，高兴地叫道："好事呀！恭喜您又要当新娘了！"韩玉萍略显羞涩地啐道："什么新娘不新娘的？就是两人在一起搭伙过日子呗！"说完这句话，韩玉萍又瞟了阳台上假装看花实际上耳朵伸得老长的李晨曦一眼，不确定地看着林虹道，"也不知道李晨曦会怎么想？"林虹心道："您想多了，他肯定会特别支持的！"说完也不等韩玉萍答应，便扯着脖子喊道："晨曦，妈有事儿要跟你说！"

李晨曦端着杯子跑了过来，满脸期待地问道："妈，有什么事儿您就尽管说！"韩玉萍笑着看了看女婿说："其实也没什么大事儿，就是我准备要跟你胡叔叔结婚了！"李晨曦一听喜出望外，马上抱拳拱手回应道："太好了，我真替您高兴！"

韩玉萍有些意外地看了看李晨曦，态度审慎地说："这样一来，你可就又多了一个老人，你真的没意见吗？"李晨曦发誓赌咒道："绝对没意见，一百二十个支持！"韩玉萍笑着环视了一下四周满意地道："这就好，我跟你们合伙买了这套房子，怎么也得跟你们商量一下啊。"李晨曦一愣，林虹却听出了话里的弦外之音："妈，你不是打算嫁过去吗？"韩玉萍笑着说："我不过去，是你胡叔叔嫁过来！"李晨曦彻底蒙了，愣在当场一句话也说不出来。林虹的眼睛里一下子失去了光彩，喃喃地说了句："是这么回事儿呀……"

两人的表现都被韩玉萍看在眼里，她冷笑一声变了脸，故意重重叹了口气："都说满堂儿女不如半路夫妻，这话看起来一点也不假！你看看你们，怎么就那么不深沉？刚才我说你们怎么那么高兴？原来是打算要送瘟神呀？"

林虹噘起嘴嘟囔道："这也不方便吧？"韩玉萍冰冷地说道："没什么不方便的，今后咱们的关系要好，那就互相帮衬一点，否则的话，无论你还是我都有独立付清了房款，然后自己搬出去另过的自由！"林虹听了顿时满脸怒色，李晨曦却笑容不减地抢上前来说道："妈，您看您这是说到哪儿去了？林虹她不是这个意思！"

李晨曦的表现让屋里的两个女人都愣了，全都把目光转向了他，静静等待着下文。李晨曦满面春风地笑着说道："林虹她不也是怕您吃亏？胡叔叔跟您接触的时间毕竟不长，您可千万别给他留一手的机会！"林虹这时也反应了过来，只好不满地改口嘟囔道："我还不是怕您被人家骗了？"韩玉萍的脸色缓和了许多，有些激动地说道："你们可不许误解人家胡叔叔啊，他是准备把他那套房子卖了，全部变成现金！"

李晨曦不愧是常年在商场里摸爬滚打过来的人，马上敏感地问道："他是要做生意吗？"韩玉萍微微一晒："他都这么大岁数了，还做什么生意呀？"李晨曦小心翼翼地问道："那要那么多钱干什么？"韩玉萍今天看着女婿格外顺眼，马上笑着透露道："我们准备去周游世界，每一两个月一个国家！"林虹目瞪口呆之际，李晨曦却鼓着掌笑道："太好了，人活着本就该这样儿！"

晚上，韩玉萍那里早早熄了灯，李晨曦也跟林虹钻了被窝儿，整个家静了下来。林虹温柔地搂住李晨曦，在黑暗中幽幽地说道："晨曦……"李晨曦轻轻地抚摸着林虹隆起的肚皮轻声问道："你想说什么？"林虹叹了口气回答说："对不起……"李晨曦伸手捂住了林虹的嘴，轻轻摇着头回答说："咱们之间不用说这个，要真的必须有人说对不起，那也一定是我！"

一阵长时间的沉默之后，林虹忽然不解地问道："晨曦，你今天晚上怎么表现得那么淡定？这不像是你呀？"李晨曦笑了笑回答说："这还不简单，我那是心疼你。因为你妈的主意已经打定了，说是商量其实就是通知咱们。我就是再跟她闹，她也不会改变主意的……"

林虹忽然很无助地问道："那咱们今后可怎么办？"李晨曦回答说："很简单，先忍着，等买了房子就搬走！"林虹担忧地问："咱们得什么时候才能买得起房子呀？"李晨曦笑道："这半年来你没顾上管公司的事儿，许多情况你都不了解的。"林虹吃惊地问道："你的意思是说咱们快有买房子的钱了？"李晨曦笑道："八九不离十吧……"

古君钟最近有些魂不守舍，有事儿没事儿总缠着滕佳琪。已经开疆拓土完毕的滕佳琪却根本没把他放在眼里，有时甚至连句话也懒得跟他说。古君钟当然不肯就此罢手，总是提前上班在大楼外等她。这天又是如此，古君钟等了一会儿，果然看见了滕佳琪的身影，他马上三步并作两步地跑了过去，准备好好问问滕佳琪为什么忽然疏远自己。他跑到滕佳琪面前，扭扭捏捏拦住了人家的去路。

滕佳琪大为不解地看着古君钟："有事儿吗？好狗不挡道儿，不知道哇？"古君钟早就料到了会有这么一出儿，依旧嬉皮笑脸地凑上前来："我就不是好狗，要不怎么勾引你呀？"滕佳琪被他这句话给气乐了，上下打量着古君钟笑着问道："勾引我？你有什么资本勾引我？"古君钟觍着脸回答道："我本事大着呢，你不知道就是了！"滕佳琪仰起脸不屑地说道："那好啊，待会儿你去找咱们王主任，让他赶紧给我转正！"古君钟笑眯眯地回答说："你这就不对了，干吗不让我去抢银行啊？"滕佳琪冷哼一声转身就走，古君钟却不慌不忙地说道："我虽然没这个面子，但却能告诉你谁有这个面子！"

滕佳琪停住脚步，转过身来问道："谁呀？"古君钟面有得色地压低声音反问道："知道我是怎么来的电台吗？"滕佳琪摇了摇头，古君钟得意万分地说道："因为我姨是咱们邻省的电视台台长！"滕佳琪是个无孔不入的人，脸上顿时有了笑模样儿："没想到你小子还有这么硬的后台！"古君钟得意万分，凑到滕佳琪的耳朵边儿上轻声说道："这算什么，我表哥也在咱们台里，而且快要当副台长了……"

王小北在走廊里遇见了即将发迹的小何，由于徐台长的暗示，他不得不主动打起了招呼。小何停下脚步热情地回应着，随口问道："怎么样，小北，你们栏目最近有什么新打算吗？"要是换作平时，王小北肯定会把这句话当成没营养的废话。但是今天不同，他索性把自己的一些构想原原本本说了出来。他说得唾沫横飞，小何也听得出奇仔细。那情景真的好像是下属跟上司汇报工作一样。

也不知道小何是喜欢王小北的建议，还是喜欢王小北对自己的态度，脸上的笑容显得十分亲切。他拍了拍王小北的肩膀，明显带着上位者的风采道："不错，你这些想法真的很好！"王小北虽然觉得有些屈辱，但同时也为自己能如此轻易与小何拉近关系而庆幸。看着王小北点着头一个劲儿傻笑，小何意味深长地笑着说："相信我，小北，就这么干下去吧！无论谁当领导，都离不开你这样实干的人！"

说完这句话，小何笑眯眯地走了，留下了心里五味杂陈不知是何滋味的王小北站在那里发愣。他仿佛听见了一个声音在虚空中轰然响起，义正词严地指责他没了先前的锐气！几秒钟过后，王小北恢复了平静，慢慢地向自己的办公室走去。他觉得自己的身份其实要远远高于那些所谓的上位者，因为他有着千千万万的忠实听众，在那些人心里，他简直就是神一般的存在。

　　回到办公室刚刚坐稳，负责本栏目业务的小吴便走了进来，心悦诚服地向王主任讲述了滕佳琪的业务佳绩。王小北听罢长出了一口气，心里的一块石头总算是落了地。他笑了笑对小吴说道："怎么着，下一句话就是想说这个兵你要了？"小吴点了点头："这是肯定的，这么好的人才我哪儿能放过呀？"顿了顿，小吴又神神秘秘地说道："主任，您是不知道，她的道行还不止这些呢！"王小北万分诧异地望着小吴问道："要说她是个可塑之才倒还罢了，她一个没转正的实习生能有多大道行？"小吴脸上的表情一下子严肃了起来，一本正经地对王小北说："我这么说是有道理的，她昨天跟我打赌，说要用一个小时拿下那个报社的吴奇伟……"

　　王小北笑了，因为这个吴奇伟他已经多次领教过了，不仅生猛而且生硬，根本就不是一般人能对付得了的。他真的不相信自己的部下有人敢这样大言不惭，因此笑眯眯地望着小吴问道："结果怎么样？"小吴故意沉吟了一会儿卖着关子回答道："结果她就去了呗……"王小北的好奇心被充分调动了起来，故意皱着眉头嗔怪地催促道："你倒是快说呀，结果怎么样？"

　　"结果？没出十分钟两人就跟认识了多少年一样，吴奇伟不仅请她喝了一瓶洋酒，还亲自把她送到了主会场的广场上！"王小北这回算是真的服了，同时一个新的希望也开始在心底冒出来。"你去把滕佳琪叫来，我想跟她商量件事儿！"小吴一看自己一大早就勾起了主任的兴趣，心里十分高兴，答应一声，站起身乐颠颠走了。

　　工夫不大，滕佳琪就迤迤然来到了王小北的面前。她依旧媚态十足地笑着问道："王主任您找我？"王小北笑着对滕佳琪说："刚才小吴来了，说你的表现特别出色。"滕佳琪得寸进尺地嗲声说道："放心吧，主任！我绝不会给您丢人的！"王小北微笑着点了点头，沉吟了一下才开口说道："有件事儿想跟你商量一下……"滕佳琪受宠若惊地回应道："您就吩咐吧，只要能办到，我绝没有二话！"

第八章

　　滕佳琪是个会见缝插针的主儿，嘴上虽然说得仗义，但也趁机向王小北提出了两个要求。王小北还没想好怎么回答，滕佳琪却已经笑眯眯地走了，让王小北一时之间感到这个部下绝非池中之物。

　　三天的长沙之行很快就圆满结束了，刘帅这期间跟何思嘉通了几个电话，直到临走也没顾上再见。完成任务之后，刘帅浑身轻松地回到了北京。中午喝咖啡时，刘帅跟王小北约定，晚上叫上李晨曦过来一起聚聚。王小北爽快地答应了下来，刘帅忽然想起了什么似的问道："对了，你和豆豆不是计划着要去西京吗？怎么这么长时间了还没走？"王小北摇着头苦笑着回答说："改在月底了，这个月的节目还没完成呢……"

当晚，三个好朋友还是在那个经常聚会的饭馆里见了面，二话不说就要了一瓶酒喝了起来。不知道出于什么原因，原本准备互诉衷肠的他们这回一见面就开始长吁短叹，不知道的还以为他们刚刚经历了什么巨大的痛苦呢。

　　李晨曦喝了一杯酒之后提议道："别这么唉声叹气的，有什么烦心事儿就说出来吧，咱们起码还能互相出出主意。"刘帅听了一言不发，伸着筷子一个劲儿夹菜。王小北沉吟了半晌后才开口回应道："说说就说说，尽管咱们三个如今的生活在外人眼里都无可挑剔，但这里的难言之隐恐怕只有咱们自己清楚。"

　　刘帅嚼着嘴里的菜含混不清地接口道："这个容易，待会儿让服务员给上一瓶妇炎洁，喝下去洗洗肠子就没事儿了，难言之隐，一洗了之嘛……"李晨曦啐道："真恶心！"王小北瞪了他一眼："我看你小子准是没事儿净喝这个吧？要不怎么这么有经验？"

　　被刘帅这么一搅和，气氛顿时轻松了起来。李晨曦叹了口气说："估计咱们仨里就我的烦心事儿最多了！"王小北静静地等着下文，刘帅却很欠揍地插嘴问道："怎么了？是你又被狐狸精缠上了，还是男狐狸精缠上了林虹？"王小北不禁莞尔，李晨曦用筷子指着刘帅骂道："你这兔崽子怎么回事儿？是不是吃饱了净盼着我们家出这样的事儿了？"王小北笑道："别理他，快说说你的事儿吧。"

　　李晨曦最怕别人提这个话茬儿，因为他当年就几乎栽在那个叫田萱的丫头片子手里，后来要不是哥们儿的帮助和林虹的信任，这会儿没准儿早就被打回原形了。从那以后，狐狸精就成了田萱的代名词，这件事儿也成了他心中永远的痛。

　　他真的不能再犯错误了，因为他实在受不了林虹那种凄绝哀婉的眼神，也不能承受老父亲殷殷的嘱咐。当初就是因为老父亲，他才毅然决然地考上了大学，然后又在林虹的帮助下留在了这座都市。那种沉甸甸的感觉让他永远满足现状但又永远奋斗不止。时至今日，父亲送他上大学时的那一幕还跟发生在昨天一样，只要闭眼就能看到……

想到这里，李晨曦不禁闭上了眼睛。和每次一样，一闭眼那苍凉贫瘠的家乡很快就出现在他的眼前。那里有沟壑纵横的雨裂沟，有一眼望不到头的黄土地。当然，还有在黄土高原上辛勤劳作的父母。好在一条牛仔裤、一件 T 恤就可以让自己淹没在都市青年之中，但刘帅他们不会理解，一条百十块钱的牛仔裤却是自己的爹娘过年都舍不得买的好东西。虽然中华民族就是在故乡这块黄土地上生发开来的，但那里至今仍没能改变靠天吃饭的命运。李晨曦永远也忘不了他当年离开家乡时的那一幕……

那一天，备感脸上有光的父亲特意换了一条新的白毛巾包头，坚持步行着把他送到了方圆十几里内唯一能等到长途汽车的大路旁。李晨曦记得自己当时突然有了一种想抱着面前这个老汉大哭一场的冲动。在努力地克制了自己半天之后，李晨曦终于用明显带着颤音的声音开了口："爹，您回去吧！四年后毕了业我就回来了……"不想他爹听了这句话，却像碰到了晴天霹雳一般，先是望着他坚定地摇了摇头，然后才郑重地开了口："可不敢说这丧气话！"

说到这里，老汉摸出一支烟袋锅熟练地点燃，随即吐出一口淡蓝色的烟雾："年轻的时候我就听人说起过北京，那可是个毛主席都愿意留下的好地方啊！你一定要留在那里啊！"看着李晨曦一副就要哭出来的样子，老汉的眼睛里也溢满了泪水，语调也变得充满了深情："你是咱们这里第一个去北京念书的，以后就留在那儿吧！先好生工作，再娶个媳妇……带回来咱脸上有光啊！"也许感到自己的话过于直白，老汉笑了笑又补充了一句，"好男儿志向千里，走到哪儿都能落地生根哩！"

从那时起，父亲的话就在李晨曦的心中打上了一个深深的烙印。这个想法几乎成了他奋斗的目标，从入学第一天起，他就开始为留在这座城市而奋斗。因为他真的很喜欢北京，也受不了父亲那殷切的目光，更受不了出村前站在远处的黄土圪梁上母亲和乡党们身影的重量。他爱他们，同时也第一次对这片生养了他的黄土地生出了深深的恐惧。

刘帅望着老僧入定般的李晨曦不安地问道："怎么了，又在这儿瞎琢磨什么呢？"李晨曦睁开眼睛笑着回应道："没事儿，我这儿听你们说话呢……"王小北一针见血地指出："有心事儿就有心事儿呗！说着说着就断线了，怎么反倒说听我们在说话呢？"刘帅也跟着插嘴道："就是，都听你说呢！"

李晨曦道："其实也没啥大事，就是现在家里多了个老丈母娘，闲着没事儿还得给她等门儿……"刘帅问道："你岳母每天出去干什么？该不会是外边有相好的了吧？"李晨曦听了扑哧一笑："这回你倒是猜对了！"刘帅瞪大了眼睛："我记得你可是有岳父啊？"李晨曦回答说："那个倒是我正牌的岳父，可惜已经跟我岳母离婚快十年了。"王小北和刘帅异口同声地叫道："这是好事儿呀！"

因为两人说了同一句话，相视之后开始哈哈大笑。刘帅嘴快，便抢过话头儿说："她搞了对象一嫁人你就省心了，二人世界多爽啊！"李晨曦苦着脸说："这样是好，可万一她要是不嫁出去，而是又娶回一个老头儿来，这事儿就很不怎么样了！"

王小北瞪大了眼睛问道："你这情报准确吗？"李晨曦带着沉重的表情点了点头："八九不离十吧……"刘帅咋咋呼呼叫道："据理力争啊！"李晨曦苦笑着答道："争个屁呀？我现在住的房子里起码有林虹她妈百分之六十的股份，绝对的控股儿！"王小北喃喃地说道："这就是上门女婿的悲哀呀……"

刘帅挤眉弄眼儿地插嘴道："我最近给你介绍了那么多客户，你就不能争口气自己买个房子吗？"李晨曦嘟嚷道："我这儿不是正努力呢吗？现在有点钱就用来发展企业了，当初也没想到会有今天啊！"王小北赶紧安慰道："想开点儿，眼下不是还没闹出什么事儿吗？"

接下来，王小北简单描述了他与潘豆豆之间小小的不快，李晨曦和刘帅则赶紧跟着安抚了一番。刘帅满不在乎地笑着说："你这其实也没什么呀？"王小北叫道："怎么没什么？那天她爸她妈的火力有多猛你都想象不到！"刘帅："告诉你没什么就没什么！起码人家没有没完没了的，也没拿你上门女婿的身份说事儿……"李晨曦也点着头附和道："你这个事儿起码不算一道过不去的坎儿。"

王小北听罢一晒："胡说八道！一家人之间哪儿有什么过不去的坎儿？"刘帅夸张地叫了起来："怎么没有？我家的坎儿就是过不去的。你们别看我吃香的喝辣的，其实经常让她爸和她哥给挤对得上天无路入地无门的，简直就是他妈万恶的旧社会！"

王小北哼了一声说道："你就凑合着忍着点儿吧，家庭矛盾嘛！"李晨曦也扑哧一笑附和道："就是，无病呻吟！"刘帅沮丧地说道："你们真是不理解我！"说完这句话，刘帅又自我解嘲般自语道："不理解就算了，我现在是化悲痛为力量，已经找到新的活法儿了！"

李晨曦一语诛心地插嘴道："但愿你的新活法儿不包括出轨！"李晨曦说到这里顿了顿，又加了一句，"记住我的前车之鉴吧，那滋味可实在是太难受了……"王小北狐疑地问道："你不会真是想这样吧？"刘帅诡秘地一笑："谁知道呢？我自己都没有答案……"李晨曦和王小北相顾骇然，刘帅却不再说话自顾自吃喝了起来。

《午夜电波》栏目最近越来越火，互动的内容也就跟着越来越多。原先王小北还有一些自主的时间，可最近干脆掰成八瓣也不够使了。因为经常要在做完夜间节目之后，需要留在单位处理第二天上午的事儿，他常常是快到中午才能到家，回家后一觉睡到下午。从上夜班那天开始，每天一觉醒来，他都会在床头发现一碗丰盛的加餐。有的时候是一碗面加一个荷包蛋，有时是香气扑鼻的什锦炒饭或是一碗粥什么的，不仅花样翻新而且从不间断。王小北自然知道这全都是岳母好心的杰作，开始还算是心安理得，一来二去就感到有些承受不起了。

这一天，睡梦中的王小北隐约闻到了一股香气，不用睁眼也能猜出是岳母给他精心制作的饭食儿。王小北急忙睁开眼睛翻身坐了起来，果不其然，一杯温度正好的茶水和一大碗青菜鸡蛋面已经摆在了床头柜上。王小北急匆匆地穿鞋下地，简单洗漱了一下便开始享用起这顿临时加餐来。

就在王小北狼吞虎咽地用餐完毕，端着碗朝厨房走去的时候，潘妈突然出现在他面前，不由分说地抢过他手里的碗筷："赶快回去歇着！厨房里的事儿不用你管！"这段时间以来一直无功受禄的王小北感到很不好意思，赶紧笑着说了句："妈，真是太谢谢您了！"潘妈不以为然地回应道："都是一家人谢啥谢？再这么说可就真外道了！"

看着潘妈手脚麻利地刷着碗，王小北惴惴不安地说："妈，您以后不要再给我加餐了，光让您受累我这心里……"潘妈嗔怪地看着他回答道："你看这孩子，这种没用的话这个礼拜已经说过三次了！再这么说我可真生气了！一家人整这么一出儿干啥？"王小北只好笑了笑不再说话，在惊诧岳母惊人记忆力之余默默地接受了这个现实。

等到下午，出去闲逛了整整一上午的老丈人回来了。潘妈每每对此都不会给潘爸什么好脸色。今天也不例外，潘爸刚提溜着打门球的木头槌子走进门，潘妈就不酸不淡地叫道："哟，潘大厂长回来了？不再教教咱们小区那些老姐们儿打门球了？离开了你，她们估计连基本常识都不记得了……"

潘爸显然是经常经历这种场面，因此早就不以为然了。他故意举着木槌儿向潘妈示威道："本来还真想再教她们一会儿来着，不是怕你一个人在家里闲得慌吗？这才赶紧跑回来陪你的！"潘妈顿时将声音提高了八度，夸张地叫道："快走，快走！我可不稀罕你陪着，你还是该陪谁就陪谁去吧！"

潘爸听了也不回答，径直走到王小北的卧室前很有气势地把手一挥，还挤了挤眼儿愉快地嚷道："小北，咱们爷俩杀两盘儿？"每当这个时候，王小北都会面带兴奋之色地立即响应："走呗，我正等着您呢！"

其实每到这个时候，都是王小北的心里最低落外加厌烦的时候，甚至几乎可以用心在滴血来形容。因为这项一成不变的活动对他而言已经成了一种束缚，需要忍受的不仅仅是潘爸那无与伦比的臭棋，还要顺便接受这项活动附加的赠品——思想教育。潘爸教育的内容很广泛，小到夫妻之间应该相敬如宾，大到家庭和睦了才能治国平天下，林林总总不一而足。

这次自然还是遵循旧例，潘爸摆好了棋子后又语重心长地开始了今天的说教："我说小北啊，你可应该多多支持豆豆的事业才对……"潘爸每次都是当仁不让地先走，在来了一个当头炮的同时也说出了开场白。

王小北不易察觉地皱了皱眉，跳起马沉着应战。每当这时，王小北都只能用沉默来防守自己最后的底线，因为这时候潘爸嘴里的问题几乎全是车轱辘话，如果贸然回答会引发他更多的议论。

"光你一个人进步可不行！哪儿有看着自己的媳妇儿落后的？"潘爸说着又拱了个卒。王小北随手将自己的另一个马调上了前线，语焉不详地嗯了一声。

说教中，潘爸的卒子很快自己送到了王小北的马腿底下，王小北恶狠狠地踩了这个棋子仍旧一声不吭。潘爸拿起两枚被吃掉的棋子在手里"啪啪"拍着，嘴里依然不肯闲着地说道："你们俩应该共同进步，老话不是常说要比翼双飞吗？"王小北哼唧着又踩了潘爸一个炮，潘爸敲打着棋子喃喃地悔起了棋："不兴这样的，没了炮我还咋下？"

抛开王小北如何割地赔款老老实实地把炮还给潘爸不说，滕佳琪终于在古君钟的努力下跟即将荣升副台长的小何坐在了一起。古君钟高兴地向滕佳琪介绍说："这就是我表哥！"小何是个有城府的人，笑着端起酒杯："咱们今天这也是机缘巧合，我这表弟一向一毛不拔，今天非要拉着我来吃这顿饭……"

滕佳琪从小何拒人于千里之外的态度上感觉到了即将上位者的谨慎，也感到了对方保持距离的深意，因此显得格外的矜持。滕佳琪绝口不谈台里的事儿，只是笑着回应道："这就是缘分嘛！别看咱们平时总是在台里抬头不见低头见的，还真是没说过话呢！"说完这句话，滕佳琪端起酒杯文雅地抿了一口，笑着对小何说道："我刚到台里没多久，有些事儿还真得靠您多帮衬呢！"古君钟正准备站起来大放厥词，却被小何一把按住。小何垂下眼皮望着手中的酒杯说道："帮衬不敢当，你们好好跟着王小北干就是了，领导还是很重视他的！"

　　这一顿晚餐就在这种沉闷的气氛中进行着，小何始终不肯说一句亲近的话，也丝毫不肯透露自己的发展。滕佳琪是个很机灵的人，索性也不卖弄风情，而是始终保持着恭敬而矜持的态度。

　　送走小何之后，古君钟感到很没面子，目光躲躲闪闪的始终不敢正视滕佳琪。他的这番举动引起了滕佳琪的注意，于是走到近前搂着他的肩膀笑着问道："怎么了？丢钱包了还是被流氓侮辱了？"古君钟苦着脸期期艾艾地回答道："我只是觉得我那个表哥太不够意思了！"滕佳琪笑道："那是你错了，想当官就得像他那样儿！"说到这儿，滕佳琪把嘴巴凑到古君钟的耳朵边低声咕哝了几句，垂头丧气的古君钟就像扎了鸡血一样猛地抬起头问道："你说的是真的？"滕佳琪笑着点了点头："我这个人绝不胡说八道！"

第九章

也不知道滕佳琪给了古君钟什么许诺，反正是令这个本来沮丧万分的家伙瞬间换了魂儿。他们之间没事儿并不等于天下太平，比如，思想者李晨曦家就已经乱作了一团。

在李晨曦看来，岳母韩玉萍简直就是一颗定时炸弹，越是不炸他心里就越不踏实。在李晨曦忐忑的等待中，这颗定时炸弹终于到了爆发的时刻，而导火索竟然不是李晨曦，却是一直极力避免着这一时刻的林虹。

这一天，李晨曦心里有些不高兴，因为他在事业上又遇到了挫折，一个合作了好几次的客户竟然跟他的竞争对手打成了一片，连他的电话也不愿意再接了。李晨曦回到家的时候，韩玉萍正坐在床边儿跟林虹说话，看见李晨曦回来，林虹马上高兴地说道："晨曦，我肚子里的小家伙儿今天又动了，出生以后一定是个爱蹦爱跳的小家伙！"李晨曦要是像之前的每天一样笑着扑过来趴在林虹的肚子上听听，再说上几句冒傻气的话也就没事儿了。但今天他却偏偏没有这样做，只是叫了一声"妈"便不再说话了。

林虹不满地叫道："李晨曦，你聋了还是怎么的？我跟你说的话你到底听见没有？"李晨曦依旧没有回答，而是扔下手里的皮包就径自去倒水了。林虹感到自己受到了蔑视，不由火冒三丈地说："你还来劲了是不是？跟我玩什么西北硬汉呀？"

李晨曦心里的无名火一下冒了出来，他啪的一声放下茶杯："有话好好说，什么叫玩西北硬汉？"林虹哼了一声不再言语，谁知一旁静静听着的韩玉萍却猛然间爆发了。韩玉萍面沉似水地开口说道："李晨曦，今天的事儿我可是全看在眼里了。哪儿有你这么对待老婆的？"李晨曦一看岳母加入了战团，气焰顿时小了许多，赶紧讪笑着解释道："妈，这里没您的事儿……"

韩玉萍一听更火了，又叉着腰大声怒斥道："李晨曦，你好大的威风啊！什么叫没我的事儿？你这是在跟谁说话？"李晨曦知道自己捅了马蜂窝，赶紧低声下气地赔起了不是："妈，您别生气，我不是那个意思！"

韩玉萍得理不让人地大声叫嚣："你当然不敢有什么意思了！因为这房子就是老娘我买的，一句话就可以让你搬出去！"李晨曦是个死心眼儿，当即反驳道："看您这话说的，我往哪儿搬？再说这房子又不是您一个人买的，再怎么也不至于没有我待的地方吧？"

韩玉萍自然听不了这种片汤儿话，马上反唇相讥与李晨曦展开了激烈的争吵。林虹挺着大肚子坐在床上，连肠子都悔青了。她要早知道今天会发展成这样儿，刚才就是打死她也不乱发脾气了。

眼睁睁看着自己原本完美无缺的婚姻开始出现了裂痕，林虹捂着自己的耳朵发出了一声声震屋瓦的尖叫……

在刘帅和李晨曦先后遭遇苦恼之际，王小北就理所当然地成了他们最理想的救世主。因为这时候的王小北已经成了这座城市中著名的家庭问题专家，并拥有了一大批信徒似的铁杆粉丝，只要他发句话，许多问题都能迎刃而解。

当然这只是表面上，其实王小北也有着自己的苦恼。比如，他想买一辆车，这样万一有个早出晚归的事情，就不用再临时央求潘豆豆将就他了。更重要的是他想买一套房，那样的话他就可以将"上门女婿"这顶帽子扔进太平洋里，好好笑话一下刘帅和李晨曦了。可事情就是这样，理想和现实之间总是有差距的。最近虽然没有什么大事儿，但小事儿也够我们王大主任难受的了。

这件小事虽然让王小北挺憋屈，但说实话真的不是什么大事儿，只不过是上厕所使用抽水马桶的技术问题。王小北上厕所方便完毕，按动按钮让水箱里的水哗啦啦地流淌出来。王小北刚走出卫生间，猛一抬头，被等在门外的岳父吓了一大跳。"哟，爸你这是要上厕所呀？"王小北敷衍了一句准备转身离开，不想却被潘爸笑眯眯地拦住了："小北呀，你如今也是个成名的人物了，生活中的小节也得注意才行啊！"王小北摸不着头脑地看了看潘爸，赶紧堆起笑脸小心翼翼地问道："爸，有什么不对的您老多指教。"

看着女婿满脸虚心受教的模样，潘爸满意地点着头，像一个真正的武林高手那样围着王小北转起了圈儿。"你刚才上厕所不该那么冲水，那样实在是太浪费了！"潘爸严肃教训道。王小北糊涂了，心里不禁暗暗产生了疑问："上完厕所按一下冲水按钮有什么不对的？难道这里边还有什么特别的招数儿不成？"潘爸望着女婿的窘态大为得意，打开了厕所的门指着墙角的一个塑料桶说道："看见没有？那里边全是用过的废水，上完厕所能用它冲就用它冲，一来二去能省不少钱哪！"说了半天就是这个呀？王小北瞬间石化。潘爸却像是完成了一件很伟大的事情似的，叹了口气，背着手摇着头走了。

王小北打从那儿开始落下了一个毛病，只要家里没人就飞也似的冲进厕所，使劲儿按动着冲水马桶的开关，解气似的重复这一动作仿佛在嘲笑岳父。

不管怎么说，专家就是专家，李晨曦家的战争爆发后，他立即专门去找了王小北。不想那天王小北有事不在，李晨曦索性跑去广告部找了刘帅。刘帅这时正是心猿意马的时候，马上热情地接待了这位老同学。李晨曦看了看刘帅摆在桌子上的奖状，马上由衷地称赞道："不错啊，如今连你都成了先进工作者了！"

刘帅马上皱着眉打断了李晨曦的话："嗨，嗨！说什么呢这是？什么叫我都成了先进工作者了？听你这话茬儿，好像这奖状跟我偷来的似的！"李晨曦赶紧捂住嘴改口道："你看我这人天生不会说话，应该说你是后进变先进才对！"刘帅四下里看了看，扭过头来对李晨曦爆了粗口："你大爷！"

笑闹够了，李晨曦终于愁眉苦脸地说出了自己的遭遇和妄图求助于王小北的野心。刘帅终于得到了反击的机会，坏笑着说："我说思想者，这才是你应该有的态度呢！别自己一屁股屎没擦干净就跑来笑话我！"李晨曦苦笑一声望着刘帅道："刘帅，也不知道小北他什么时候能回来，我现在混得连家门都进不去了。"

刘帅幸灾乐祸地答道："别人家里添了孩子就自动升级当爹了，你倒好怎么反而降职当起了孙子？"李晨曦怒道："你少来这套，别以为我不知道你现在的处境。你还没孩子呢，就给你老婆当了孙子，等赶明儿有了孩子，你就连孙子也当不上了……"刘帅佯装生气地质问道："这就是你求人的态度？"

李晨曦冷笑着说道："我是来找王小北讨主意的，求你干吗？"

刘帅故意靠在椅背上学着电视剧里古代智者的模样说道："此言差矣，王小北那是远水不解你的近渴。"李晨曦鄙夷地望着刘帅毫不留情地问道："你的意思是说你能给我出出主意？"

刘帅的架子摆得更足了，摇头晃脑地教训道："没听说过偏方也能治大病吗？"李晨曦叹着气自言自语般说道："算了，我就凑合着听一回你的馊主意吧！"刘帅哼唧道："孺子果然可教！看在咱们同窗一场的分儿上，晚上你就不用专门设宴了，只要找个说话方便的地方小吃一顿就行了！"李晨曦听了忍不住咕哝道："这也带坑人的？"

李晨曦知道求助于王小北和刘帅，韩玉萍也不是没有地方可以倾诉。此时此刻，这位过气的美人就正跟胡正文在北海的边上散着步。胡正文望着夕阳中的韩玉萍笑道："玉萍，你这样子可真是可爱！"韩玉萍不无娇羞地啐道："说什么疯话？你倒是赶紧帮我出出主意呀。"

胡正文转过身去，俯身趴在栏杆上说道："这有什么？俗话说眼不见心不烦，你要是不整天跟他们待在一起，那些苦恼不就全没了？"韩玉萍把嘴一撇道："你说得倒是容易，不整天跟他们在一起，我还能上天入地不成？"胡正文高深莫测地问道："告诉我，你这一辈子最想干却没干成的事儿是什么？"韩玉萍瞪起了眼睛："你转移什么话题？"胡正文摆出一副道骨仙风的架势："你先回答我的问题，你的答案自然也就有了！"韩玉萍想了想回答道："我年轻的时候倒是想过去周游世界……"

胡正文听罢哈哈大笑，还同时挑起了大拇指。韩玉萍真的有些恼了，跺着脚追问道："这就是你的答案？"胡正文点了点头郑重地回答说："没错，咱们干脆领了结婚证然后就去周游世界，咱们俩的积蓄合在一起，转悠上它几十个国家还是不成问题的！"

韩玉萍的眼睛当时就亮了，无限神往地笑了："这个主意倒也不错，只是……"胡正文满脸严肃地问道："只是什么？"韩玉萍犹犹豫豫地说："只是我跟女婿的事情还没得到解决呢！"胡正文开导她说："你呀，怎么一点都不开窍？"

提到这里，胡正文忽然开口问道："我问你，钓鱼岛到底是谁的领土？"韩玉萍马上毫不犹豫地回答说："当然是中国的了！"胡正文又问："你跟你女婿到底谁对谁错？"韩玉萍也毫不含糊地叫道："当然是我对了，他……"

胡正文嘿嘿一笑拦住了韩玉萍即将数落李晨曦的话，高深莫测地启发韩玉萍道："你那女婿跟钓鱼岛的问题一样，先搁置一下，等他悔悟了然后再解决！"韩玉萍终于想通了，点头应和道："对呀，这样林虹也就不用夹在中间为难了！"说到这里，韩玉萍忽然又心有戚戚地补充道："可是她就要生小孩了呀？"胡正文进一步开导说："回来送一份厚礼，难道那孩子还能管别人叫外婆？"

韩玉萍从胡正文那里讨得了主意，志得意满地回到了家中。李晨曦请刘帅吃了一顿饭，也得到了一个异曲同工的馊主意，尽快促成岳母的婚事，宁可再多认一个老丈人也不跟她继续混了。就这样，两人不约而同地在林虹面前上演了一出怎么看都透着假的"喜相逢"。

李晨曦走进屋里的时候，正巧看见韩玉萍站在床边跟林虹说话，他一个箭步走过去拉过一把椅子，笑容可掬地说道："妈，您快坐，站着多累得慌呀？"韩玉萍一看女婿满脸堆笑地亮了相，也赶紧关切地问道："晨曦呀，吃饭了没有？"李晨曦笑容灿烂地回答说："今天有个客户找我谈生意，一块儿胡乱吃了一口！"说到这儿，李晨曦还特意举起手中的塑料袋亲热地对林虹说道："老婆，这是我特意给你买回来的樱桃，待会儿你跟妈尝尝鲜吧！"韩玉萍听罢马上把塑料袋接了过去，笑呵呵地说道："还等什么？我现在就拿去洗洗，待会儿你也尝尝鲜儿！"

韩玉萍的身影刚一消失，林虹就忍着笑问道："你这是怎么了？"李晨曦装傻充愣地反问："我怎么了？很正常呀。"林虹捂着肚子笑着问道："你今天到电台去了？"李晨曦点了点头："你怎么知道的？"林虹更加乐不可支："你只见到了刘帅，没见到王小北对不对？"李晨曦更加奇怪地问道："你怎么连这也知道？"林虹笑道："除了他谁能给你出这么假惺惺的主意？"李晨曦不安地叫道："我刚才没演砸吧？"

滕佳琪和古君钟这样不安分的家伙折腾一下倒也罢了，一向懒懒散散除了打瞌睡就是望着天花板发呆的主儿居然也弄出了花样儿，一大早就拿着一张表来找王小北。见了面也不说话，只是有些腼腆地将那张表格放在了桌上。王小北拿起来一看就乐了："怎么，你要参加歌王大赛？"靳东明点了点头没有说话，王小北却好奇地问道："这事儿我能帮上什么忙吗？"靳东明很酷地一笑："您得帮我去台里盖上章，然后还得允许我最近请几天假。"

这一段时间恰好赶上台里整顿纪律作风，靳东明的这个要求就显得有些过分了。王小北正琢磨着该如何劝说他放弃这个打算，冷不防被进门来找他说事儿的滕佳琪看见，她一把将这张表抓了过去，嘴里夸张地嚷道："哎呀妈呀，真是太好了！"王小北哼了一声问道："到底怎么好了？我怎么没看出来？"滕佳琪得意万分地把这张表举到王小北面前："我的主任呀！这次歌王大赛可是全国直播的，那影响可是大了去了！咱们栏目不是想打知名度吗？这是多好的机会呀！"王小北听出了点儿门道，笑着鼓励滕佳琪继续说下去。

滕佳琪拍了拍闷葫芦似的靳东明得意地说道："不瞒您说，我正准备找您说一下明星代言的事儿呢，这一下算是齐活了！"王小北不明就里地望着滕佳琪，用手指了指独自一人在那儿耍帅摆酷的靳东明问道："你是说让东明做形象代言人？可他还没成明星呢呀。"滕佳琪最近刚被业务组的同伴们推举为业务组的副组长，虽说目前还没经过台里批准，只是王小北委任的"黑官儿"，但却早就摆出一副主人翁的架势。她听见王小北这样问，立马摆出一副恨铁不成钢的嘴脸，叉着腰不客气地开导起了王小北。滕佳琪指着靳东明说道："咱们可以让他变成明星呀！"

王小北瞬间石化，因为他实在想不出来有什么办法可以把一个大活人快速变成明星。靳东明终于不再装酷了，第一次笑容灿烂地望着滕佳琪殷切地问道："你真能把我变成明星？"滕佳琪得意非凡地对王小北和靳东明两位听傻了的观众说道："您去台里打个报告，让靳东明以咱们组公派的名义参赛，回头我去跟组委会联系，咱们到时候每天增加一分钟的时间播报他们的比赛快讯不就两全其美了吗？"

"等会儿，等会儿！我怎么还是没听出来靳东明的知名度怎么提升呀？"

滕佳琪嗔怪地看了王小北一眼："那简单，咱们在这一分钟里每天都介绍一下咱们栏目组派出的选手，凭王主任你的面子还怕没有一大帮粉丝支持？"

王小北迅速在心里算了一笔账，不得不佩服滕佳琪的商业头脑真的十分过人。因为这样一来，对他简直是一个天大的连环人情。既能让靳东明感恩戴德，又可以去徐台长那里买个好儿。靳东明得不得奖暂且不论，利用歌王大赛的影响力宣传本栏目，还能争取一大帮跟歌王大赛有关的商家投入广告，真的绝了！但问题也不是没有，比如，目前开展的业务整顿。

滕佳琪一眼就看穿了王小北的心思，马上坏笑着出了一个主意："您是怕台里会因为最近的活动不同意吧？没关系，这件工作目前是小何主抓，您待会儿把古君钟叫来许点儿好处准能办成！"王小北不解地望着滕佳琪问道："古君钟怎么能有那么大的能量？"滕佳琪凑到王小北的耳边嘀咕了两句，王小北不由得感叹道："没想到我这栏目组里还真是藏龙卧虎啊！"

第十章

俗语道："周郎妙计安天下，赔了夫人又折兵！"这句话用在刘帅的身上真是再恰当也没有了。你别看他给李晨曦出了锦囊妙计，但却不等于他自己的问题也跟着迎刃而解。这段时间他为了回避家庭矛盾加倍努力工作，不仅赢得了领导的重视，还成了台里的重点培养对象。但棉被最终是盖不住火的，刘帅终于鼓起勇气要跟王小北坦白何思嘉的事情了。他们两人目前虽然仍旧没有继续发展，但刘帅却感到这个女人已经在他的心里占据了很大的位置。他每天都必须强迫自己玩命工作，因为只要一闲下来，何思嘉的形象就会像吸毒上瘾般冒出来，弄得自己寝食难安。但刘帅却不想主动去找王小北，而是希望后者能主动来找他。为了达到这个目的，刘帅终于想出了一个鬼主意。

王小北这段时间真的很忙，节目的知名度也越来越高。但在欣喜之余，王小北也品尝到了公众人物的苦恼，现在连上街买盒烟都怕被人认出来。因为那些粉丝除了举着手机跟他合影之外，还会提出一些千奇百怪的问题，有些还很令人尴尬，问题难度绝不亚于节目。

家庭问题往往源于感性，过于理智的人应该没有这方面的问题。但事情不是绝对的，王小北在节目中就遇到了一个因为过于理性而纠结的人。那天的节目中，王小北又提到了新时代的上门女婿这一话题，不料很快就有一个姑娘蹦出来参与了跟他的互动。

"先说一下我自己的情况。我今年二十四岁，家里对我的终身大事挺急的，可是相了十次亲，到今天都没有结果。"那姑娘很坦率地说。王小北疑惑不解地问："相了那么多次亲，你居然一个也没看中，是不是眼界太高了？"姑娘很配合地笑了："其实，那些来相亲的人中也有挺优秀的，可是我喜欢的对我没感觉，也有喜欢我但是我对人家没啥感觉的。"王小北幽默地问道："难道你就准备继续去相亲，直到遇上自己喜欢也喜欢你的人？"姑娘叹着气说："说实话，我现在对相亲真的很反感，有人给介绍了也不想去，干脆直接给拒绝了。"

王小北不难想见这位姑娘的尴尬："那你今后就真的改变方式不再去相亲了吗？"姑娘回答说："那恐怕来不及了，如今我周围的同事同学差不多都结婚了，有的比我晚进单位比我小的同事都结婚了，更绝的是有个特好的朋友连孩子都抱上了。"

谈话始终在轻松的气氛中进行，但所涉及的话题牵扯到了如今许多男女的困惑，王小北笑着建议道："那就别挑得那么仔细了，可以先找个相对满意的谈着嘛。"姑娘回答说："尽管周围的人都在灌输给我这种思想，说什么晚了就挑不着好男人了，但我觉得这个问题必须得慎重，否则的话，距离我心里的要求差距太远了，今后也过不到一起。"王小北感兴趣地问："能跟我们说说你的条件吗？"

姑娘表现得倒挺大方，马上就爽快地回答说："外貌得比较英俊，家境和工作都得中上等，关键是不能性格过于内向，但是工作关系和交际圈要小，父母不能干涉他的生活。"王小北一听："恕我直言，你的标准可能也是你寻找另一半的障碍，要知道人无完人啊！"姑娘听了好像在谈论别人似的说："可能是我这么多次相亲失败的一个原因吧，所以相亲貌似是认识男人的方式，可以先把条件说清楚，但我现在却真的不想再让人给介绍了。"王小北以为姑娘开了窍，连忙附和道："没错儿，是得换个方式了。对了，你家人在这方面有什么好的建议没有？"说了这么多，姑娘终于转到了正题上："咱们终于要说到正题了，这也正是我今晚想问的，他们建议给我招个上门女婿，你觉这个办法可行吗？"王小北哭笑不得："这要看你自己的意见了。"姑娘说："如果换作几年前，我爸妈问我要不要招上门女婿，我是绝对不会答应的。可是昨天我爸妈又说起这事，我开始犹豫了……"王小北问道："为什么犹豫？是怕跟父母住在一起不好相处？"姑娘干脆地回答说："那倒不是，我是觉得上门女婿地位比较低，这个提议似乎可以考虑。"

满头黑线的王小北一下子陷入了无比的郁闷当中，敷衍了几句就跟这位姑娘说了"拜拜"，并且语重心长地说道："人生须果断，且行且珍惜……"王小北觉得感情还是应该来自心灵的触碰，还得有虽千万人吾往矣的勇气和决心。他很不喜欢那个姑娘过于理性和审慎的人生观，因此给出了其实与今晚的节目内容没什么关联的小北格言："我们不在一起的时候，每一次手机响起，我们都特别激动，我们都希望那个电话是对方打来的；我们现在在一起，每一次电话响起，我们都觉得很恐惧，是手机在变，还是我们在变？"其实王小北是话中有话，因为在他看来，变的不只是热恋的感觉，还有人们因为冷漠而苛刻起来的观念。

第二天风和日丽，下午两点多王小北一觉醒来，继续着他上门女婿的生活。跟每天一样，一睁眼照例又看见了岳母给他准备的加餐。匆匆吃完之后，王小北把空碗送进了厨房。在刷碗的同时，王小北一眼看见了家里的电饭锅还没洗，于是便下意识清洗起这件餐具来。很快，王小北的眉头就拧成了一个疙瘩，因为他发现这个电饭锅的许多位置至今还没有被使用者涉足过。王小北细心地拆下橡皮圈，将电饭锅里里外外地洗了个遍，然后垫上了一条新毛巾。

在寻找这条新毛巾的时候，潘妈高兴地哼着《最炫民族风》走了进来。她看到眼前的情景之后嗔怪地叫道："哎呀，小北，好好的锅你拆了它干什么？"跟潘妈一同外出采购的潘爸也走了进来，看着锅底下的新毛巾不满地嘟囔道："新毛巾咋就用到这儿了？这不是败家吗？"王小北赶紧笑着解释道："您不知道，电饭锅就得这么洗，要不里边容易滋生细菌……"潘妈笑道："哪儿有那么严重？你没来之前我们一直这么用来着！"潘爸皱着眉小声咕哝了一句："穷讲究！"

就在著名主持人王小北的家务劳动环境转眼间变成了批斗现场的时候，潘豆豆兴高采烈地回来了。她一看家里人全都聚在厨房里，马上感兴趣地问道："你们在一块儿研究什么美食呢？"

潘妈指了指分开晾着的电饭锅，使劲儿掐了潘爸一把不满地解释道："啥美食呀？人家小北刚才顺手把电饭锅给洗了……"潘豆豆欣慰地说道："这是好事呀。我看你们一个个的怎么那么严肃啊？"王小北不知道该怎么解释，只得讪讪地笑着。潘妈埋怨道："是没啥事儿，就你爸在这儿一个劲儿地跟着说怪话，真是讨厌死了！"一直没言声儿的潘爸这时才插了话："我说的是这条新毛巾，好好地就铺在这儿垫锅使了，实在是太糟蹋东西了……"

潘妈连推带搡地揪着潘爸往外走，嘴里还嘟嘟囔囔地说道："小北那也是好心，不就一条新毛巾吗？咋还把你心疼成这样儿了？"潘爸气恼地扑棱着胳膊叫道："咋啦，这是老子的家，还不让人说话了？"

潘豆豆拉着一脸无奈外加无辜的王小北回到了自己的房间，没好气地冲王小北说道："你也是的，没是没非的刷哪门子锅呀？"王小北苦笑着回答说："也不知道你爸今儿是吃错药了还是怎么的，这么点儿小事就揪住不放……"潘豆豆望着王小北展颜一笑："行了吧，别整得跟受了气的小媳妇似的，现在不是没事儿了吗？"

这个话题就此揭过不提了，小两口儿很快就将话题转移到了别的地方。两人正聊得热闹，外边却突然传来了潘妈的喊声："老潘，我让你熬的粥呢？"潘爸的声音很快传了进来："熬什么粥呀？我熬不了！"潘妈提高了嗓音叫道："你还长脾气了是怎么的？不熬粥你晚上吃什么？"不料潘爸今天跟吃了火药似的嚷道："咋？你不给饭吃了？"潘妈赌气地叫道："你不熬粥我还真就不给你饭吃了！"潘爸忽然爆发了，猛地一拍桌子嚷道："锅坏了你让我怎么熬？"

一听这个话茬儿，王小北脸上的笑容瞬间凝固了，满脸不知所措的表情就像一个做了错事的孩子。潘豆豆一看丈夫受了委屈，马上推开门加入了战斗，指着气急败坏的潘爸叫道："您这是干什么？难道小北他不是好心想干点儿家务吗？"

潘妈表现得很淡定，气哼哼地帮腔道："就是，你还想不想过了？每天好吃好喝的还把你惯出脾气来了？"潘爸一看自己瞬间陷入了围攻，马上暴躁地扑向了大门："不过就不过！老子大不了回老家去！"王小北一看真的要坏事儿，赶紧冲出来去拦阻潘爸。不料正在火头上的老丈人这会儿是谁的账也不买，猛地一甩便夺门而去。王小北换上鞋就想去追，潘妈却一把抓住他恨恨地说："别理他，他待会儿准回来！"

看来是岳母错误地估计了形势，潘爸这一回真的没有回来。眼看着已经晚上六点半了，天色已经完全黑了下来，但潘爸却依然是芳踪杳杳。潘妈神色如常地安排好晚饭，满不在乎地招呼道："快吃，一点儿别给他留！"潘豆豆倒挺听话，端起碗来就夹了一筷子菜，神色如常地享用起了晚餐。

王小北心有余悸地说道："妈，咱们还是下去找找吧，万一爸要是真的回了老家，我这娄子可就捅大了……"

潘豆豆笑着问道："妈，你怎么这么大的把握？"潘妈扑哧一笑回答道："别听他瞎吵吵，他满兜不超过五十块钱，人家火车站才不卖给他票呢！"这句话引得潘豆豆哈哈大笑，亲昵地搂着潘妈叫道："妈，你可真有招儿！"王小北本来一颗心都快提到嗓子眼儿了，这时也不禁莞尔。

话音未落，大门口就传来了钥匙开门的声音。几秒钟后，潘爸果然没事儿人似的拎着一大捆菠菜回来了。潘豆豆一看顿时笑了起来："爸，你买这么多菠菜干什么？要当大力水手吗？"王小北赶紧讪讪地笑着说："爸，您赶紧吃饭吧！"潘爸笑着回答说："我刚才遛弯儿的时候看见楼下来了个卖菠菜的，赶紧买了点儿回来……"

一屋子人全都忍住笑默默地看着他，潘爸又讪讪地解释道："这会儿你们再去还买不着了呢？"潘妈笑着用哄小孩似的语气说："你们俩别光笑，看你爸多会过日子，这是心疼我明天再出去买菜累着呢！"说完也不等潘爸回答，就抢过菠菜放进了厨房，"赶紧吃饭吧，下回再买菜别在外边儿待那么长时间了，我们还当你让女流氓给拐走了呢……"

一场家庭风波就此平息了，王小北在庆幸之余却感到十分沮丧。他万万没想到，一件小事居然也能惹出这么大的风波。

王小北真不是个省心的命，前边的事情刚刚对付过去，紧接着新的困扰便出现在了他的面前。如今有了孩子当了爸爸，家里的房子就显得过于拥挤了。好在王小北这段时间已经有了一些积蓄。俗话说"钱是人的胆"，因此王小北就跟潘豆豆合计，准备尽快采取行动扩大家里的居住面积。注意，只是增加居住面积而已，因为毕竟这里是北京，不是什么人都敢奢望能买一套房子的。他们眼前最切实可行的办法就是卖了现在住着的这一套，然后再换一套无论是距离还是房价都跟这里相差无几的二手房，只不过必须得是面积稍大。

这个提议是在下午下班之后提出来的，尽管王小北事先已经仔细斟酌过了用词，但还是马上引起了一场轩然大波。"什么，想换房？"正在阳台凡人修仙一般鼓捣着棋局的潘爸一下子蹿了出来，瞪着眼睛望着王小北，好像女婿刚才跟他说的是过两天要到滇缅边境去贩毒一样。潘豆豆像个真正的女神一样冷眼旁观，王小北则用最真诚的微笑认真望着自己的岳父使劲儿点了点头。"换啥换，你们要是有钱干脆就买一套呗……"潘爸不酸不淡说道。

王小北还没想好怎么回答，冷眼旁观的潘豆豆却冷不丁地插嘴道："买一套？你还不如说让他每天下了班之后出去抢呢！"潘爸哼了一声说："换了的房子写谁的名字呀？"潘豆豆理直气壮地说道："当然是你了，一家之主嘛！"潘爸脸色稍微好看了些，潘豆豆抓住战机又补充道，"难不成我们俩还到外边去租房子吗？"这话起到了一定的震慑作用，起码潘爸开始坐在桌子旁边认真听了。

潘妈跟女儿一个路子，一边擦拭着家具一边不置可否地笑了笑。看着没人继续往下说，王小北只得小心翼翼地解释道："爸，就这样也得三四十万呢！"潘爸语出惊人："你们俩是不是又在算计我？"王小北知道，岳父这人就是这样，刚才说那些话也只是闲得没事儿磨牙，你就是送他一颗大钻石，他也能给你挑出一系列的毛病，而现在说的就全都是干货了。王小北讪笑着说了句："这怎么可能呢？我这不也是为了让您跟我妈住得宽敞点儿吗？"

潘妈擦拭家具的工作做完了，默默地围上了围裙。在走进厨房之前才接过话茬儿对老伴儿说："换就换呗，你不想住大一点儿的房子吗？"潘爸哼了一声随口说道："我这不是也没表示反对吗？"说完这句话，潘爸瞟了王小北一眼，终于说出了今晚对这个议题的核心态度："想咋办你们就商量着来吧，反正我跟你妈是再也拿不出钱来了。"潘豆豆皱着眉头刚要说话，潘爸却抬手制止了她，这位前副厂长意味深长地望着自己的女儿说，"豆豆啊，有多大的案板就擀多长的面条儿，你们要量力而行啊！"

潘豆豆瞬间语塞，潘妈赶紧把潘爸叫进了厨房。潘妈故意大声笑着说："人家也没说让你拿钱啊！拉那么长的驴脸干什么？"潘爸老谋深算地回答说："没那么简单！"

王小北和潘豆豆迅速交换了一个无奈中透着些许失落的眼神儿。他们本来真想让岳父跟着入一股，不想刚一开场就遭遇了这样一场无伤大雅但却义无反顾的阻击。潘豆豆看了看腕子上的手表对丈夫使了个眼色："该接孩子去了，等有了合适的房子再商量吧……"潘爸很戏剧性地从厨房探出头叫道："没商量，我再也拿不出钱来了！"潘豆豆天生是个斗士，马上哼了一声并对潘爸报以一个嘲弄的眼神："留着你的钱下崽儿吧！"王小北眼看着战火马上就要烧起来了，赶忙岔开话头儿对潘豆豆说："走，我今天跟你一块儿去接孩子！"潘爸似笑非笑的，毫不示弱，潘妈却一针见血地笑着说："出去商量一下也好！但有一点，新换的房子可不能离这里太远了啊。"潘爸紧跟着来了一句："没错儿，我们在这儿都已经住习惯了！"一看气氛又骤然紧张了起来，潘妈赶紧笑着加了一句："对呀，别忘了你爸可是咱们小区女子门球队的场外指导！"

不仅没拉到预期中的赞助，而且还得到了严格的限制，王小北真的感觉有些哭笑不得。两人下了楼，一边沿着通往幼儿园的林荫道向前走着，一边摇头叹气。潘豆豆就是这样的人，无论什么时候都不会轻易低头认输，她很大度地把手一挥对王小北说："这事情就这样了，咱们回头就开始找房子吧！"王小北望着妻子轻声笑道："好吧，但是找什么样的房子合适呢？"潘豆豆大大咧咧地说："这还不容易？咱们小区门口不就有一个房地产中介吗？把条件一说让他们给你找去呗！"王小北点了点头，忽然停住了脚步，心虚地问道："可是咱们只有那么多钱呀？"潘豆豆这会儿心里正窝着火呢，一听这话马上白了王小北一眼说："求援！跟你妈求援，跟你那俩死党求援……"

要不人们在提到西北男人的时候总爱用西北硬汉这个词呢？文质彬彬如王小北这样的人物也无法改变血液中这种固有的基因。思来想去，王小北还是决定先跟家里人商量，因为向朋友求援实在是太不符合他的性格了。在电台后院的僻静之处，王小北终于在来回走了十来趟之后下定了决心，拿出电话拨了家里的号码。电话拨通了，母亲胡素云很快接了电话。王小北一厢情愿地想："今天的兆头不错，起码这二老没有出去云游天下。"寒暄了几句之后，嗅觉灵敏的胡素云忽然话锋一转问："小北，有什么事儿就直接说吧！"王小北鼓起勇气硬着头皮说："您看您的孙子现在越来越大了，我们现在住的地方也越来越紧张了……"胡素云立即很敏感地笑着问道："怎么？想把孩子送到我们这儿来？"王小北苦笑着解释道："不是，不是！我是想换个大一点儿的房……"

胡素云惊诧了，愣了足足有好几秒才不解地问道："儿子你发大财了？北京的房价高那可是天下皆知啊！"王小北咬了咬牙终于说出了最终的目的："妈，您知道我是挣死工资的，我只是想换一套大一点儿的……"胡素云狐疑地问道："换？什么叫换？"王小北听见电话里传来了父亲的声音："就是卖了现在的房子，再买一套大一点儿的呗！"王小北急忙附和道："对，对！就是这么回事儿！"胡素云又问："还跟你岳父他们住在一起？"王小北刚嗯了一声，就听见母亲语气不善地教训道："我觉得不妥，无论办什么事儿最好还是跟他们楚河汉界黑白分明的好，要不万一你要跟豆豆离婚，这财产怎么分割？"王小北哭笑不得："妈，您可真是！

好好的我离什么婚呀？"胡素云不高兴地在电话里嚷道："我是说万一！"王小北图穷匕见地说："没有万一，我是想让您帮助我一点儿……"

胡素云沉默了几秒，然后一本正经地回答说："你可能要失望了，儿子，我跟你爸也是挣死工资的，哪儿有钱给你岳父他们买大房子住？"王小北一看就要说岔了，赶紧更正道："不是给他们买大房子，我是想给您孙子弄个独立空间！"胡素云斩钉截铁地说："儿子，要是一万两万的你尽管开口，再多了我们也拿不出来。你别看我跟你爸整天出去旅游，那可是坐着廉价的绿皮车满世界晃荡，你别当我们是整天坐着'泰坦尼克号'到处享受！"王小北想要插话解释，胡素云却又紧跟着说道，"再说了，我跟你爸现在已经老了，没找你要钱养老就已经不错了。你想啊，要是我跟你爸正在医院等你交治疗费，你那时候该是什么心情？知足吧，儿子！"王小北的心里这时已经彻底失望了，但胡素云说的理由又实在是无可辩驳，王小北只得强颜欢笑地说："我刚说的只是一个想法，看起来现在条件还不成熟哈……哈哈……"胡素云总结性地加重了语气："没错儿，真的不成熟！"

潘豆豆所指的三条路被瞬间秒杀了两条，王小北因此陷入了深深的苦闷之中。正巧没心没肺的刘帅哼着小曲儿从远处走来，看见王小北立刻猛地跑过来大声问道："怎么垂头丧气的？潘豆豆今天没给你饭吃？"王小北急忙掩饰道："滚一边儿去，你家陈黛丝才没给你饭吃呢！"刘帅哈哈一笑，很欠揍地叫道："我不会没饭吃的，我家里的软饭多得吃也吃不完！"胡说八道完了，刘帅看着王小北并没有给出热烈的反应，马上换了一副一本正经的样子关切地问道："你今儿怎么了？是不是病了？"王小北没好气地嘟囔道："是病了……"刘帅马上瞪起眼睛叫道："那赶紧去医院呀？"王小北跟吃了黄连似的回答说："我这病他们还真治不了！"刘帅不解地问道："到底什么病呀？"王小北瞥了他一眼回答说："艾滋病！"刘帅听罢立刻坏笑着嗤之以鼻："你丫也配！"

因为今晚还要上节目，王小北跟刘帅聊了一会儿便匆匆告辞走了。今晚的《午夜电波》讲的是如何应付街头诈骗等一系列听众关心的社会问题。王小北是个敬业的人，在回家的路上还一直反复斟酌着今晚即将播出的内容。到了小区门前，他第一眼就看见了门前那个房产中介。犹豫了一下，王小北最终还是推门走了进去。他的出现马上受到了热情接待，因为这毕竟不是迪士尼乐园，闲着没事谁也不会跑进来。一个姓杜的业务员拉着王小北坐下，赔着笑脸儿倒水敬烟，周到得简直令人肉麻。听完王小北的诉求之后，小杜认真地查看了自己的电脑，然后抬起头望着王小北一本正经地问道："您的意思我清楚了，虽然不能完全满足您的要求，但是真有一个客户基本上符合您的要求……"王小北用期待的眼神看着小杜，尽量用沉稳的语气问："怎么个基本符合要求？"

小杜笑着介绍说："这套房子就在这个小区里的23号楼，说实话位置可比您那栋强多了。户型嘛，正好符合您的要求，多出来一室一厅，标准的三室两厅！可就是……可就是跟你说的价位有点差距……"王小北心里暗暗松了口气，望着小杜心怀忐忑地问道："这个差距是……"小杜拿起计算器飞快地按动着说："您的房子卖了，还要再加上补差款，跟您说的也就差三十多万吧！"王小北嘴上虽然没说什么，但心里却像是忽然被人塞进了一团乱麻，堵得简直快要透不过气来了。小杜发现王小北瞬间失神，赶紧凑过来殷勤地问道："王先生，你觉得怎么样啊？"王小北心事重重地敷衍道：

"好是挺好，让我先回去考虑一下……"

三十多万元当然不会平白从天而降，王小北躺在床上胡思乱想了一阵，始终不得要领，最后竟然迷迷糊糊地睡着了。等他一觉醒来时间已经差不多了，匆匆洗漱过后，吃了口饭就直接赶往了电台。当时钟敲过十二点之后，便是主持人与听众的互动时间了。一个家庭主妇唠唠叨叨地谈了自己因为参加减肥培训班受到了丈夫的责难，王小北马上耐心细致地解答了她心中的困惑。第二个电话却让王小北感到万分诧异，因为说话的人怎么听怎么像是刘帅。

"主持人你好，作为你资深的粉丝，我想知道你结婚前后对你的爱人感觉上有什么变化？"王小北只当刘帅是吃饱了撑的跟他斗咳嗽，马上一语双关地回答说："这位朋友你好，在回答你这个问题之前，我能先听听你在这方面的感受吗？"

刘帅沉默了不到半秒后回答说："当然可以。"王小北平静地催促道："那好，就让我和听众朋友们一起分享一下你对这个问题的感悟吧。"刘帅紧接着回答说："我是一个普通人，但也是一个对社会有用的人。我的妻子家境十分富有，人也长得很漂亮。结婚前我们就像好朋友一样，无话不谈。但现在我却发现我们之间开始有了秘密……"

这时王小北已经证实了自己的判断，认定这个通过电波跟自己交流的人就是刘帅了。这个念头在王小北的脑海里激起了一朵浪花，他意识到朋友的婚姻肯定出现了问题。否则，刘帅是绝不会通过这种方式跟自己进行交流的。想到这里，王小北插嘴问道："请问您说的跟妻子之间有了秘密，这个秘密到底是属于您还是您的妻子？"

刘帅毫不掩饰地回答说："属于我。"王小北心里一惊，又继续追问道："你认为导致这些秘密产生的原因是什么呢？"刘帅慢吞吞地回答说："是由于妻子家人的参与，也是由于我的自尊心。"

王小北不愿意让刘帅在这个场合加剧他和陈黛丝之间的矛盾，马上巧妙地转移了话题道："好的，就让我们来谈谈夫妻之间究竟该不该有秘密存在吧……"节目结束后，王小北马上第一时间走出播音室，掏出电话拨通了刘帅的号码："刘帅，你今天是怎么了？有什么事儿难道不能直接找我吗？"

刘帅举着手机出现在王小北的视野中，他一边慢慢地走向自己的好朋友，一边心事重重地回答道："这有什么？我当时真的把你当成存在于节目中的那个无所不能的主持人王小北了……"王小北望着已经近在咫尺的刘帅，依然在手机中问道："那么现在呢？"刘帅这时距离王小北已经不到一步之遥了，但他也对着手机回答道："现在我要跟我的好哥们儿谈谈自己的心事了……"

离开电台，两人来到一个二十四小时营业的小酒吧，找了一张桌子坐下来。王小北望着刘帅问道："今天怎么想起用这种方式跟我交流了？"刘帅刚要张嘴回答，王小北忽然严肃地提示道："先别说话，用一分钟时间回想一下当初思想者被田萱折腾的那种感觉。"刘帅居然没有反驳，而是顺从地闭上眼睛想了起来。

王小北替他掐着表，直到一分钟后才大声宣布道："时间到了，你现在可以说话了！"刘帅嬉皮笑脸地对王小北说："哥们儿现在特别空虚……"王小北打断他的话提醒道："打住，我怎么听着这像是要出轨的节奏啊？"刘帅刹那严肃起来："我已经出轨了！"

王小北端起杯子道："来，干一杯庆祝一下！"刘帅狐疑地问道："干什么？庆祝我出轨吗？"王小北和刘帅碰了杯，喝了一口回答说："庆祝我快要看不起你了！"刘帅把嘴一撇："还好哥们儿呢，我怎么没看见你看不起李晨曦呀？"王小北回答说："他那是中了美人计……"

刘帅马上拉着长声叫了起来："你什么意思？难道我出轨就是主动的？"王小北笑道："这一点儿毫无疑问，你是让别人算计的人吗？"刘帅端起杯提议道："来，再碰一下！"王小北顿时瞪圆了眼珠子："你还真出轨了？"刘帅没好气地回答说："我是感谢你对我的信任！"

两人相视一笑喝完了杯中的酒，刘帅按了桌上的呼叫按钮："咱们再喝两杯！"王小北摆出一副舍命陪君子的架势："喝就喝，反正有你这财主在这儿等着埋单呢，我怕什么？"两杯酒下肚，刘帅直奔今晚的主题："咱们还是说说我出轨的事儿吧……"王小北："你刚才没告诉我这是真的呀？"刘帅："还情感专家呢？我没有事实，只是精神出轨！"

王小北意识到刘帅今晚的举动有些反常，绝不是想拉他来喝酒这么简单。等刘帅手舞足蹈地讲完了他在长沙的艳遇之后，王小北轻松地笑道："小插曲，就是一段小插曲！你只要能把持住也就是了，还用愁成这样儿？"刘帅无赖地说道："把持住？要是所有的人都能把持住，你就没饭吃了！要是所有的人都能把持住，《诗经》的开篇也就不会是《关雎》了！"

王小北皱着眉头端详着刘帅，后者不满地叫道："别这么看我，弄得基情四射的！"王小北哼了一声道："我就纳闷儿，你小子整个一个卖油郎独占花魁女的现代版，怎么还有这样的心思呀？"刘帅恨恨地回答说："我就是受不了陈黛丝他们家对我的轻视！"刘帅刚提到陈黛丝的名字，陈黛丝的电话就打了过来。刘帅无可奈何地解释道："我两点多刚忙完，这不刚跟小北坐在酒吧里吗？"陈黛丝毫不含糊地命令道："用你的手机给我拍段视频，让我看看你说的是不是真话！"

刘帅答应着开启了手机的视频聊天功能，然后旋转了一圈儿，当摄像头从王小北的脸上扫过时，王小北还特意挥手打了招呼。陈黛丝没脾气了，让刘帅把手机交给王小北，嘱咐了几句后便说了再见。

刘帅抱怨道："看见没有？一点儿人身自由都没有了！"王小北有些郁闷地说道："我怎么觉得我今晚上跟你的同谋似的？"刘帅拉着长声说道："谁让你是情感专家呢？我是你的好朋友，当然有权优先倾诉了。"王小北一本正经地看着刘帅说："行了，你那段美丽的回忆就珍藏在心里吧，千万不要再招惹那个什么何思嘉了。"

说完这句话，王小北把桌上的餐单往刘帅面前一推："你是不是也得付点情感咨询费了？点两份简餐吧！"刘帅听罢叫道："这刚哪儿到哪儿呀？我想咨询的问题还没说出来呢！"王小北诧异地问道："还有什么问题？"刘帅愁眉苦脸地回答道："何思嘉说她过几天就要到北京来了……"

王小北不假思索地建议道："找个借口别见！"刘帅猛地站起来："那怎么可以？人家在长沙可是招待我来着。"王小北冷静地说道："不要单独接触！"刘帅死皮赖脸地试探道："那明天你陪我一起去见她？"王小北微笑着提出："也不是不行，但你得答应我三个条件。"刘帅想都没想就答应道："说吧，三百件都行！"

王小北玩味地笑着说道："第一，你必须把李晨曦也拉来！"刘帅点头答应道："没问题，他这几天正想着要见你呢。"王小北："第二，你只能在我们俩的陪同下把人家姑娘送到酒店楼下，然后咱们一起离开。"刘帅称赞道："够意思，你这是为了我好！"王小北："第三，明天请客的地方必须是王府饭店！"刘帅惨叫了起来："你这不是坑人吗？"

有些时候，男女之间的事儿就是说不清楚。比如，滕佳琪据理力争给靳东明争取到了许多便利，这背后就有着自己的心思。当天下午下班的时候，滕佳琪刚一出门就看见了远远站在那里等着她的这位小哥儿，她故意支开如影随形的古君钟，径自走到了一向对她不大理睬的靳东明面前，只是媚笑着不说话。

靳东明终于绷不住了，不好意思地笑着问道："今儿晚上有空儿吗？"滕佳琪的双眼直勾勾地看着靳东明那张漂亮的脸，回答道："只要是你请，什么时候都有空儿！"靳东明微微一笑，做了一个请的手势。滕佳琪当仁不让地拉开车门进到了兰博基尼的副驾驶位置上，仰起脸问道："都有什么安排？"靳东明诧异地回答说："吃顿便饭吧！"滕佳琪打了个响指嚣张地说道："吃完饭之后的事儿我来安排！"靳东明略一犹豫便笑着点了点头："悉听尊便！"

每个人都有权利选择自己的生活方式，无论是林虹那种纯粹为了爱情的方式，还是刘帅那种靠运气得来的幸福生活，全都无可指摘。可是还有一种模式就比较复杂了，那就是阿梅和李老那种，很难说清楚到底是因为爱情还是功利。

王小北在节目中了解到，阿梅来北京务工，以保姆的身份到了李老的身边。那个时候，李老只有六十出头，妻子已经去世多年，退休之后更觉得空虚和孤独。阿梅的到来让李老有了如沐春风的感觉。阿梅人很勤快，又爱唱爱跳，很快深深地打动了李老。随着时间的推移，两人都没察觉到他们的感情已经破土发芽了。李老把阿梅当成了解语花，阿梅则喜欢上了李老的知识和风度。

很快，阿梅就急匆匆赶回了老家，回来后却如同霜打了的茄子一般。李老仔细一问，才知道阿梅的丈夫有了外遇，跟她离婚了。在同情阿梅不幸的同时，李老终于向阿梅袒露了心声。两人从此坠入爱河，高高兴兴生活在了一起。可阿梅的内心却有顾虑，除了两人年龄悬殊，还有很多世俗和偏见，怕别人会认为是小保姆色诱了雇主。

王小北回答说："这样的事情无须顾虑别人会怎样看，问题是你们是不是真的相爱。"阿梅的回答异常坚定，坚称他们的爱情超越了年龄的限制。王小北在表达了自己的祝福之后建议道："你们的幸福也必须是所有家庭成员的幸福，希望你和李老把他的亲属找来好好谈谈，为今后的生活开辟一条平坦的道路。"阿梅觉得王小北的建议十分稳重和中肯，马上向这位专家级的主持人再三道谢。

节目结束时，王小北再次祝福了这对身份和年龄差异都很大的恋人，并将今日的小北格言送给了他们："爱情有一条原则，因为我爱，所以我爱；成熟的爱情的法则是，因为我爱，所以我被爱。享受被爱，珍惜亲密爱人的每一天。"

第十一章

王小北真的开始为钱发愁了，因为很快又有了一个让他赶紧完成换房壮举的理由。那一天，潘豆豆破例请了假没有上班，一大早就把刚刚睡着的王小北拉了起来："快起来，陪我上医院！"王小北虽然一下子从梦中惊醒，但还是马上做出了反应，关切地问道："豆豆你哪儿不舒服了？"潘豆豆望着迷迷糊糊好像撒癔症的王小北，笑着回答说："谁告诉你非得有病才能上医院的？"王小北一听，马上直挺挺地躺在了床上，拉过被子含混不清地叫道："你怎么净拿我开心？我刚才梦里买的彩票都中头等奖了，等我领了奖再说……"潘豆豆又好气又好笑地摇晃着眼看着又要进入梦乡的王小北叫道："赶紧的，我是去妇产医院检查，你可能又要当爹了！"

这一回王小北听清楚了，马上一骨碌爬起来，瞪大眼睛问道："你把刚才说的话再重复一遍？"潘豆豆没好气地重复道："我说你可能又要当爹了！"王小北马上做出了反应，一阵风似的跳起来飞快地穿上衣服道："你等等，马上就好！"潘豆豆嗔怪地说道："激动什么？别起得太猛了……"

到了医院，很快就得出了结论，潘豆豆真的怀孕了。王小北欣喜之余马上给家里打了电话，准备让父母跟着分享一下他的快乐。接电话的是胡素云，这个消息好像早就在这位前处长的意料之中，胡素云平静地回答说："祝贺你，儿子，我真替你感到高兴！"尽管母亲的这句话无可挑剔，但对于满腔热情已经接近沸点的王小北来说，却感到像是在三伏天喝了一杯温开水，没有一点儿预期的感觉。

王小北瞟了一眼正在诊室里跟大夫咨询着什么的潘豆豆，无声地叹了口气。胡素云那边却提醒道："你怎么不说话呀？"王小北只得回答道："没什么，我只是高兴而已……"胡素云叮嘱道："我跟你爸已经报名参加旅行团了，这一趟下来估计怎么也得半个多月，到时候你要是有什么需要就打我的手机吧！"

王小北忽然间感到十分失落，只得随口敷衍道："你们好好玩吧，反正你们已经有了一个孙子，再有第二个恐怕就没法再畅游天下了……"胡素云听到之后马上一本正经地说道："你不说我还忘了，带孩子的事情你们还是要多依靠你岳母那边儿，我们也是鞭长莫及啊……"王小北忍不住抗声道："人家已经管了一个了！"胡素云笑着回答道："养孩子跟放羊其实没有什么区别，一个是轰着，两个也是赶着……"

刚挂断电话，潘豆豆就来到了他的身边，亲热地挽着王小北的胳膊问道："刚才谁的电话？"王小北顺口回答说："我给家里打了个电话，让他们也跟着高兴高兴！"潘豆豆带着幸福的表情问道："你妈他们怎么说？"王小北言不由衷地回答说："当然是高兴蒙了呗！"王小北明白自己这句话里的水分有点大，说出口的时候都有些扭扭捏捏的。但沉浸在再次成为母亲的幸福之中的潘豆豆却浑然未觉，依旧陶醉在这种奇妙的感觉中。把这一切看在眼里的王小北的心中充满了无奈的感觉。

由于心情迫切，王小北终于在小杜的忽悠下交了定金。因为那套房子随时都会有被人买走的可能，真的属于过了这个村儿就没有这个店儿了。其实说小杜忽悠也是冤枉了人家，关键还是王小北用这种方式帮着自己断了后路，不成功则成仁嘛！当然成功的信心还是经济基础雄厚的刘帅和李晨曦。当天晚上，王小北便摆下鸿门宴，把两位好朋友聚拢到了一起。

菜上齐了之后，刘帅忽然望着王小北问道："今儿不声不响地张罗什么聚会，你是不是有什么事儿呀？"王小北苦笑着说："我现在遇上点事儿，都已经快变成秦琼秦叔宝了……"刘帅不读书的弱点很快又显现了出来："秦叔宝？那不是戏里的人吗？"还是李晨曦肚子里有墨水儿，马上结束了一进门就老僧入定般的状态，抬起头看着王小北问："当铜卖马，你是不是缺钱了？"王小北带着沉重的表情点了点头，紧接着就把自己宏伟的增加居住面积的计划讲了出来。刘帅很爽快地从兜里拿出一张银行卡："这里边儿有十万，是我家黛丝给我应急的！"李晨曦也笑着说："剩下多少我给你补齐了！"说完这句话又颇有感触地望着自己的两个同伴儿补充道，"现在毕竟不是那会儿了……"他说的那会儿是什么含义，王小北和刘帅自然不会不懂，想当初这位老兄差一点儿就折戟沉沙，直接离开北京回老家去了。

王小北的危机过去了，银行卡里已经有了足够的钱。虽然那天刘帅和李晨曦都表现得挺大方，但王小北心里明白，他俩其实各有各的苦衷。刘帅别看衣食不愁，但他那钱花起来其实也不怎么痛快。因为陈黛丝一旦把这件事透露给她的父兄，对于刘帅来说简直就又是一场人道主义灾难。李晨曦如今表面上光鲜亮丽，可头上也还有一大堆虱子挠不干净。王小北拿着银行卡感慨万端地想，下次只要不是天塌地陷，就绝不再给这二位增添烦恼了。

但新的烦恼不是想不要就不要的。王小北交完全款之后业务员小杜讨好地说了一句："您的大事儿全妥了，过两天办完手续就万事大吉了！"王小北欣慰地笑了，小杜又少油没盐地加了一句，"您赶上好时候了，再有几万块钱就彻底没事了……"王小北一听还要几万块钱，脸上的笑容一下子凝固了。他强装镇定地问道："为什么还要交几万块钱？我买房子交钱还不行吗？"小杜显然没体会到王小北此时的心情，而是继续笑着解释道："您买房子交的是房钱，但国家的税您也不能少了呀？"王小北瞬间反应了过来，点了点头又问："缴了税还有别的什么钱吗？"小杜坚定地摇着头回答说："没了！"王小北不确定地继续追问："真的没了？"小杜满脸坏笑着说："再交就是物业费了，不过以您的身份找个毛病吓唬吓唬他们，估计不交也没多大的事儿……"

作为一个正直的人，王小北自然不会去讹诈物业费。作为一个公众人物，王小北甚至对这样的提议颇为不屑。但不管怎么样，一个新的困难又摆在了王小北的面前，他又得张罗八万块钱去了。不愿让父母操心，不能让岳父岳母支持，朋友又刚刚被自己掏干净，王小北真的有些嘬牙花子了……

如果说每个人的心里都隐藏着一只魔鬼的话，那滕佳琪的心里隐藏着的魔鬼简直就不止一只，而应该说是一群了。而且这些魔鬼的品种绝不单一，全都有着自己的特长。不过不必担心，滕佳琪虽然不是茅山的女道士出身，但对付起一般的妖魔鬼怪倒还是游刃有余的。

古君钟其实并没有同性恋倾向，娘了吧唧也不过是因为打小在一帮姐妹中长大的罢了。这一天，他终于得到了跟滕佳琪约会的机会，因而满心狂喜。滕佳琪是天生品尝大众菜的口味，倒也不介意跟着这小子出去溜达一圈儿。何况古君钟在她的棋局里好歹也算个棋子，不敷衍一下实在是说不过去。但无论如何这事儿必须瞒过王小北，因为滕佳琪实在没有把握事事都逃过这位情感专家的法眼。临近下班的时候，滕佳琪略施小计就独自脱身出来，打发古君钟独自一人前往了约会地点。

滕佳琪掏出电话打给了吴奇伟，一上来就嗲声嗲气地问道："奇伟，最近忙什么呢？咱们的事儿你好像一点儿也不上心啊。"吴奇伟和滕佳琪的关系显然已经发生了质的变化，他马上在电话里叫起了撞天屈："佳琪，你这回可是冤枉死我了！这些天我全都在忙活着你交给我的任务呢！"滕佳琪笑着回应道："我这不是心里着急吗？"吴奇伟："不知道你那边儿进行得怎么样了？我昨天已经跟电视台的哥们儿说好了，承包一个时段应该不是问题！"滕佳琪一本正经地说："你放心，我这里也掌握了大量的客户资源，就等着你那里搞定之后大干一场了！"

说到这里，滕佳琪忽然话锋一转又道："对了，你的个人问题处理得咋样了？"吴奇伟顿时语塞，沉吟了好半天才讪讪地回答说："放心吧，我这儿已经开始了……"滕佳琪媚笑着追问道："于心不忍了吧？"吴奇伟沉默了一阵，忽然换作无比诚恳的声音："嗨，这事儿不是我忍不忍心的问题，就是没有你，我们俩也快过不下去了。就是财产分割什么的乱七八糟好多事儿呢，又不是家里养的猫不要了扔出去就行……"

滕佳琪忽然爆发出一阵大笑："你这人真是！咱们必须说明一点，你要跟老婆离婚可不是我挑的。咱们要是有缘分在一块儿当然好，你要是实在没办法咱们就一块干事业挣钱不也挺好吗？"这一招以退为进果然把吴奇伟给拨弄急了，他马上在电话里大声回应道："佳琪，你放心，这件事我一定会处理好的！要是连这么点儿事都办不利索，我这么多年真是白混了！"

滕佳琪委婉地撩拨起吴奇伟的怒火，然后转身去赴古君钟的约会了。刘帅那边也抖擞精神，准备晚上去迎接何思嘉。就在这个节骨眼儿上，陈黛丝忽然打来了电话。这位江南美女一上来就气哼哼地嚷道："刘帅，你到底还有没有家？"刘帅心虚地问道："怎么了老婆？是你爸他们又来了吗？"陈黛丝阴阳怪气地回答说："我们家才没有那么多事呢！"

刘帅立马反应了过来："那是我们家又有什么事儿了？"陈黛丝冷笑着说道："恭喜你，答对了，你爸刚才来电话了，说让你赶紧回去一趟呢！"刘帅奇怪地问道："那他怎么不给我打电话？"陈黛丝："你爸说了，你这人不靠谱儿，要我亲自把你押回去呢！"刘帅情不自禁地念叨道："这又是怎么了？"陈黛丝笑着说道："别瞎琢磨了，我快到你们单位楼下了，你赶紧请假吧！"

来到父母居住的小区，刚到楼底下就遇上了龙大爷的儿子。因为刘帅他们的鼎力帮忙保住了房子的缘故，这位龙大哥显得格外亲热，大老远就打起了招呼："哎哟，你们二位怎么来了？可真是有日子没见了！"刘帅笑着回应道："是呀，我这不是又让我妈念紧箍咒给拘回来了吗？"陈黛丝笑着问道："怎么没看见龙大爷？"龙大哥笑着回答说："还说呢，他现在让刘帅他妈给收编了！"陈黛丝奇怪地问道："我婆婆那可是广场舞专家，难道收编到舞蹈队去了？"龙大哥笑着回答说："你们这些天没来，咱们小区可出了不少稀罕事儿呢！"

在刘帅和陈黛丝的一致请求下，龙大哥终于说出了事情的始末。原来，热爱广场舞事业的刘妈在前进的路上遇到了新阻力。他们跳舞的广场附近，一位好静不好动的教授终于忍受不了一天数十遍的《月亮之上》等快节奏的舞曲，便接连去了居委会和派出所，坚决要求取缔小区里这些不安分的老太太的组织。让他万万没想到的是，刘妈组织的广场舞队伍经常获得区里乃至市里的奖项，为本地区争得了不少荣誉。再说，广场舞又是积极向上的群众文体活动，老教授的提议自然遭到了拒绝。又在不堪忍受中过了几天，老教授终于开始奋起反抗了。也不知道他老人家通过什么渠道鼓捣来了一个大功率的音箱，只要下边一跳，他就开始播放节奏舒缓但声音巨大的交响乐，搅得那帮老太太连点儿也踩不准了。

但人民的智慧是无穷无尽的，刘妈把大家召集在一起，很快便推出了新对策。她们集资买了一对更具优势的音箱，摆在那位老教授楼下。这一回老教授的音箱果然被压制住了，遭受的噪声袭扰反而更大了。龙大爷因为不怕吵，被刘妈鼓动去放音乐，跟老教授展开了不屈不挠的战斗。

陈黛丝和刘帅告别龙大哥来到自家门前，不想屋里却坐着好几个人，还有一名穿制服的警察。刘妈看见刘帅他们两口子来了，马上得意地对那名警察介绍说："这就是我儿子刘帅，在电台的要害部门工作。"刘帅向众人点了点头问："妈，这都是怎么个意思？"

居委会的主任站起身说道："没什么，没什么！我们正在跟你妈商量怎么才能让集体舞不扰民呢？"刘帅瞟了一眼旁若无人地坐在桌前画图纸的父亲说道："这个事儿呀。这有什么难解决的？"那名穿制服的警察笑着插嘴道："你就是刘帅吧？早就听说你见识广，主意多，赶紧给我们支两招儿吧！"一位干部模样的中年人也跟着帮腔道："没错儿，我们办事处也正为这件事儿犯难呢，我们现在是既不能扰民，也不能没了这支群众文体队伍呀！"

刘帅笑着回答说："你们几位都是咱们这个地区具体管事儿的领导，因为杂事儿太多才急糊涂了，干吗不让她们一人买一个蓝牙耳机，自己放音乐自己听，那不就彻底解决了扰民的问题吗？"说着话，刘帅又指了指心无旁骛的父亲："怎么使用蓝牙耳机的技术问题，我爸一个人就能解决了！"

刘父正要责怪儿子多事儿，刘母却用赞许的眼神看着刘帅称赞道："我说什么来着？我儿子就是有办法！"因为刘帅举手之间就化解了困扰大家的问题，大伙儿全都高兴地起身告辞了。当然，每个人都热情地表扬了刘帅，夸他解决了本地区的大问题。

客人们走了之后，刘母也没心思再跟他们两口子多废话了，欢天喜地地去找那些跳集体舞的成员报告好消息去了。刘父恋恋不舍地离开图纸，陪着他们有一搭没一搭地聊了几句，刘帅便拽着陈黛丝找了个借口跑了出来。

回到车上，陈黛丝用激赏的口吻对刘帅说道："刘帅，你还是那么聪明！"刘帅嬉皮笑脸地答道："不是我聪明，而是他们全都太脑残了！"陈黛丝突然刹住车，趴在方向盘上扭头望着刘帅痴痴地问道："刘帅，你还像原来那样爱我吗？"刘帅因为心虚，赶紧夸张地反问："为什么问我这个问题？"陈黛丝很直接地回答说："因为我还是那么爱你！"刘帅听罢心里一热，攥了攥陈黛丝的手说："我也是一样。"陈黛丝再次发动起了责问："那你最近怎么总是不回家？我还以为我已经在你那儿失去魅力了呢？"刘帅苦笑一声回答说："我只是想在你爸和你哥面前证明一下自己，你千万别误会！"

陈黛丝的心结儿算是打开了，马上温柔地说道："刘帅，晚上回家来吃饭吧，我等着你……"刘帅赶紧辩解道："黛丝，我明天一定早早回去陪你，今天晚上确实有个大客户需要应酬。"陈黛丝理解地一笑："少喝点儿酒，结束时记着叫代驾！"

面对自己的妻子，刘帅的心里感到了一丝负疚。陈黛丝心里原本藏着的不快却已经烟消云散了，她笑嘻嘻地说道："你爸和你妈真有意思，这么大岁数了还要发挥余热，一个迷上了广场舞，另一个整天窝在家里画图。"

刘帅笑道："现在的老头儿老太太还不都是这样儿？王小北他爸妈忙着全国各地到处旅游，李晨曦的岳母整天忙着搞对象，比大姑娘小伙子还热乎呢。"

陈黛丝笑了笑说："刘帅，不要继续用努力工作来麻痹自己了，我爸他们就是那个样子，我也没办法改变他们。"

刘帅哼了一声恨声回答说："我就是要让他们知道，这个世界上还有人比他们还忙！"陈黛丝白了他一眼道："我正是因为明白你的这种心理才故意放任你的，你今后要是再这么继续下去我可就不答应了。"

刘帅望着车窗外的人流心不在焉地说道："你现在的日子不是挺美吗？每天喝茶逛街，无忧无虑但却富足闲逸，这难道不是许多人心目中求之不得的阔太太生活吗？"

陈黛丝毫无征兆地翻了脸，猛地踩了一脚刹车眼泪汪汪地骂道："刘帅，你混蛋！"刘帅错愕地问道："我怎么混蛋了？"

陈黛丝第一次爆了粗口："我他妈的是个女人！"

刘帅郁闷的当口，滕佳琪已经在什刹海边上的酒吧里见到了等了老半天的古君钟。一看见滕佳琪从天而降，古君钟马上急不可耐地叫道："你怎么才来呀？"滕佳琪笑嘻嘻地伸出手拧了古君钟的脸一下，用嗔怪的眼神望着他说道："急什么呀，姐们儿，我这不是来了吗？"古君钟做了一个十二分女性化的动作，翻着眼皮说："你怎么老是姐们儿，姐们儿的！人家是个大老爷们儿！"

滕佳琪忍不住哈哈大笑，用手指逗弄着古君钟的下巴调笑着说道："你是不是老爷们儿我不清楚，我叫声姐们儿有什么呀？"古君钟瞪起眼，女里女气地嚷道："你在台里就整天叫我姐们儿，害得组里的人全都把我当成你的闺密了！"滕佳琪一本正经地回应道："那有什么不好？要不你整天苍蝇似的围着我，别人早把你当成职业流氓了！"古君钟两眼放光地打量了会儿滕佳琪，忽然凑到了她面前。这个动作把拿着菜谱的滕佳琪吓了一跳，她错愕地望着古君钟问道："干吗，你这是想吃人啊？"古君钟激动地说道："让我亲一下，让你体会一下我爷们儿的一面！"

古君钟鼓起勇气，努起嘴就往滕佳琪的脸上凑，结结实实亲了一口。滕佳琪那放肆的笑声很快又响了起来，幸亏室内小舞台上的驻唱歌手正在演唱着摇滚歌曲，否则真的就要把所有的目光都给吸引过来了。可能是感觉到口感不对，古君钟睁开眼睛一看，才发现自己刚才那一口竟然亲在了滕佳琪百忙中竖起的菜谱上。"佳琪，你可真是太机智了！"古君钟悻悻地摆了一个标准的美女造型。

第十二章

王小北第一次感到了窘迫，当初为了留在这座城市而努力时没有，甚至在街上跟刘帅和李晨曦叫卖袜子时也没有。但现在功成名就，这种一分钱难倒英雄汉的感觉却真的是挥之不去了。再找刘帅和李晨曦显然不可取，找自己的部下张嘴更是万万不能，因为那样很容易被人误解甚至曲解……找父母也许是目前唯一可行的办法，但王小北通过上次的事情有了新的感悟，觉得自己这个儿子做得很不够，因此这条路也不能走了……王小北胡思乱想着，显得心事重重，最后他不得不拿起电话拨打了小杜的号码。

听清楚了王小北的话之后，小杜惊诧地叫道："天哪，你真是太清廉了！要是我跟别人说您缺钱，打死他们也不会信的！"王小北无可奈何地跟小杜套着近乎："兄弟，帮哥想想，这笔钱能少交点儿吗？"电话那头，小杜沉默了一会儿才怯生生地说道："有倒是有，但说出来您可千万不能骂我呀？"王小北没想到小杜真有办法，但从对方的语气中明显感觉到对方肯定不会出什么好主意。大脑里闪电般快速判断了一下之后，王小北本着毒药也是药的原则笑着回答说："说吧，兄弟！说什么我也不怪你！"小杜马上压低了声音回答说："跟您爱人离婚，然后再跟您岳母办个结婚手续……"

回到家里，王小北转悠了半天之后终于鼓起勇气走进了厨房。岳母潘妈望着女婿诧异地问道："今儿怎么下班这么早？"王小北面容紧张地回答道："我是特意请假早回来的……"看着女婿欲言又止的样子，潘妈干脆关了煤气灶盯着王小北问道："咋了？有话要跟我说？"王小北把心一横说出了小杜给出的那个馊主意，然后就像做错事的孩子一样惭愧地低下了头。潘妈愣了一会儿终于点着头喃喃地说道："其实这倒也是个办法……"

不料话音未落，潘爸突然冒了出来。潘爸大马金刀地往门口一站带着戏谑的表情叫道："啥办法，那不是钻国家的空子吗？"潘妈和王小北瞬间石化，潘爸得意扬扬地说："那天你们闹腾着没钱，我就去给老孙头他们打了电话！"潘妈瞪大了眼睛看着老伴儿，好像对方刚刚干了什么伤天害理的事情。王小北也觉得自己的处境肯定比潘爸嘴里的老孙头强上百倍，因此带着羞愧说："爸，对不起了……"潘爸得意非凡地看着他们反问道："结果你猜怎么样？"潘妈摇了摇头，王小北也是满脸的迷惑。潘爸得意地说："市里出政策了，那些老技术工人都得到了补贴！他说明天就把钱给我汇过来！"王小北的身子不易察觉地晃了晃，一个声音在心底轰然作响："还是共产党好啊！"

　　王小北的尴尬终于过去了，整个人跟虚脱了似的如同大病初愈一般。刘帅却不是这样，当晚兴高采烈地在机场接到了何思嘉，但出乎众人意料的是，还有一位李书记与何思嘉同行。由于王小北的敲诈，现在已经不怎么在乎钱的刘帅果然在王府酒店定了一桌儿。李晨曦急着想见王小北，因此提早赶到了包间静候。王小北一进门就和李晨曦拥抱了一下，嘴里不停地感叹道："刘帅这小子就是有一套，还真跑到这儿来摆了一桌！"李晨曦笑呵呵地回应道："刘帅在电话里抱怨半天了，说都是你敲他的竹杠。"王小北高深莫测地笑着回答说："我这么也是为了他好！"李晨曦莞尔一笑："是怕他的钱晒得不及时会长毛儿吗？"王小北瞬间板起脸一本正经地说道："我是要告诉他一个道理，即便只是思想出轨也会带来成本的！"李晨曦心有余悸地点着头："是呀，这可真不是好玩的！"

　　坐下来之后，王小北转变了话题问道："对了，晨曦，听刘帅说你最近想要见我？"李晨曦叹了口气点着头没有出声儿。王小北仔细端详着李晨曦道："又出什么事儿了？"李晨曦回答说："我能有什么大事儿？还不是我那位焕发了第二春的岳母？"王小北关切地追问："跟你找别扭了？"

　　一向沉默寡言的李晨曦忽然间义愤填膺，撇着嘴回答说："你是不知道，前一段时间我们家那可是弓上弦刀出鞘，热血似狂潮啊！"王小北微微一笑："听你这意思最近应该已经平息了吧，那还找我干什么？"李晨曦苦着脸回答道："平息？我看现在才是暴风雨之前的沉寂，她和她新找的那个老头肯定没安什么好心。指不定想要怎么算计我呢……"

　　刚说到这儿，包间外传来了刘帅的声音："里边儿请吧，这是我们北京很拿得出手的地方了！"李晨曦赶紧打住了话头儿："咱们还是待会儿再说吧，晚上咱们喝咖啡去！"说话之间，刘帅已经陪着何思嘉和那位不知道什么单位的李书记走了进来。何思嘉果然像刘帅描述的那样，穿着一套剪裁得体的套装，脖子上还挂着一根应该是连着胸卡的带子。

争相谦让终于落座之后，刘帅指着何思嘉笑着介绍起了自己的朋友："来我介绍一下，这位就是我常说起的何思嘉，怎么样，果然是位大美女吧？"何思嘉亲昵但不失庄重地看了王小北一眼，嘴里逊谢道："别听他瞎说，我丑得都不敢见人了。"刘帅大大咧咧地又道："这位是我们台里的顶梁柱，优秀主持人王小北！"因为有了何思嘉先前的例子，王小北也跟着客气道："欢迎，欢迎，我可没他说的那么神！"

刘帅又把李书记介绍给了大家，王小北这才弄明白，对方原来是当地一个大型国企的书记。李晨曦被刘帅定义为成功人士，著名的企业家。这位思想者这会儿又已经进入了沉思的状态，只是笑了笑对这个说法不置可否。

李书记挨他最近，很亲热地凑到李晨曦的耳边同情地说道："你是被绑架来埋单的吧？"说完还轻轻地拍了拍李晨曦的大腿，以示同病相怜之意。李晨曦这人的特点就是外冷内热，再加上这么多年在商场摸爬滚打，竟然对李书记有了莫名的好感，笑着敷衍道："你这一路辛苦了，待会儿咱们多喝几杯！"

随着刘帅的提议，大家举杯向何思嘉表示了欢迎，酒宴正式在欢乐友好的气氛中开始了。不得不承认，何思嘉不仅长得很美，还是一个气场很强的女人。酒宴开始后她总能找到最佳的时机起身敬酒，而且提出的借口还都让人无法拒绝。喝了几轮之后，李书记就被灌得晕乎乎的找不着北了，不仅借酒撒疯地起身去王府饭店开了两个房间，回来的时候还扔给了每人一条价值不菲的软中华香烟。

王小北和李晨曦都不是那种平白受人恩惠的人，慢慢地将重点转移到了李书记身上。喝到最后，李书记第一个口齿不清地败下了阵来，王小北和李晨曦也全都熏熏然有了酒意。何思嘉倒很善解人意，娇滴滴地对刘帅说道："不能再喝了，否则老李就连房间也回不去了！"刘帅也懂得见好就收，马上大声宣布道："各位，咱们今天就到这儿吧？"

结了账大家离开了餐厅，何思嘉笑盈盈地对刘帅说道："送我回房间可以吗？"王小北一下子警觉了起来，赶紧拉着李晨曦道："咱们干脆把他们都送回房间去算了，你看老李走道儿都画八字了！"刘帅猛然反应过来，顺水推舟地叫道："对呀，送佛送到西嘛！"

安顿好醉汉老李，又跟何思嘉说了拜拜，三个人再次来到了王府酒店门外。李晨曦建议道："反正咱们也开不了车了，干脆就到这里的咖啡店去坐坐吧！"刘帅一听当时就叫了起来："李晨曦你有病吧？这儿的东西都贵他妈妈和贵他爸爸一块哭了，咱们还是换个地方吧！"李晨曦不解地问道："什么贵他妈妈他爸爸的？"王小北笑着启发道："他的孩子叫贵呗，刘帅的意思是说贵死了！"李晨曦破例哈哈大笑："走，咱们找个实惠的地方！"

刚走了没几步，就有一个打扮得漂漂亮亮的女孩走来，甜甜地笑着把一张传单递到了刘帅的手里。"姑娘，这是什么东西呀？"刘帅好奇地问道。李晨曦连看都不看就下了结论："肯定是促销商品呗！"那个女孩笑着反驳道："这是歌王大赛的宣传品，请您支持！"刘帅点着头接过传单，然后坏笑着对李晨曦说："奸商！

除了促销你丫还知道什么？"李晨曦正要反唇相讥，王小北却一把接过传单道："让我看看，我们组这回可是投入了大力量呢！"李晨曦大惑不解："你们广播电台跟人间歌王大赛挨得着吗？"刘帅鄙夷地看了他一眼道："看来你还不只是奸商，还是个不折不扣的土奸商！小北他们栏目的靳东明这次也参加了，《午夜电波》如今每天都在鼓动那些听众投票支持他呢！"

虽然被刘帅趁机揶揄了一番，但李晨曦却总算是弄清了事情的原委。刚才一直没说话只是低着头看海报的王小北却猛然间爆发，拍打着手里的传单大声地笑道："这小子还真争气！居然闯进了决赛！"李晨曦不认识靳东明，只在一旁跟着傻笑，刘帅却很欠揍地嘟囔道："这有什么可美的！还不是你们利用了《午夜电波》的那些粉丝……"

靳东明这时已经有些飘飘然了，恍然间觉得自己距离万众瞩目的歌王只差不长的距离了。他此时正坐在距离王小北他们不远处一家大厦的顶楼，一边享受着面前的美味儿餐点，一边心不在焉地跟一个朋友聊着天儿。那位朋友满脑袋的头发全都染成了时髦的奶奶灰，大热天的还穿了一件黑色的皮坎肩儿，腰里当啷着银色的链条儿，脚下的鞋上也缀满了细碎的银钉儿。他打量着靳东明拍着嘴说道："你丫原来那一撮儿金毛不是挺帅的吗？现在干吗鼓捣得跟国家干部似的？"

靳东明玩世不恭地看了他一眼回答说："还不是我们头儿不喜欢吗？"银发青年愤愤不平地说："你们台长？"靳东明嘴角露出一丝笑意："我们栏目组的主任！"银发青年用手点着靳东明道："你真活回去了，怎么连这么芝麻绿豆大的官儿都怕？"靳东明端起饮料喝了一口："人家够意思，我也不能太过分呀！"银发青年不解地望着靳东明："怎么够意思了？"靳东明幽幽地回答道："这次我参加歌王大赛他就没少帮忙，除了不用上班儿不扣工资之外，每天还都在栏目里帮我拉票呢！"银发青年顿时释然了："我还说呢，就你那哭爹的嗓子居然一下子闯进了决赛，原来这里边有猫腻呀！"

这句话靳东明可不爱听了，皱着眉毛瞪起了眼睛："你他妈到底会不会说话？我爹活得好好的，我哭你爹呀？"两人的关系显然很不一般，大笑一阵就把这个话题揭了过去。银发青年忽然奇怪地问道："你如今已经晋级歌王大赛的决赛了，怎么看着好像一点儿也不高兴啊？"靳东明哼了一声骂道："高兴个屁！我这次参赛可是损失惨重啊！"银发青年望着靳东明追问道："怎么损失惨重了？"靳东明望着窗外的夜空喃喃地说道："我差点儿被人给强奸喽……"银发青年听了两眼发亮，搓着手叫道："赶紧跟哥们儿说说！我就爱听这样的事儿！"

靳东明在那儿倒着苦水，王小北他们三个也在一家咖啡店里舒舒服服地坐了下来。王小北点了一杯咖啡，李晨曦要了一杯冰苏打水。刘帅坏笑着问道："今儿谁请客？"李晨曦马上举起手说："我，我请客！"刘帅解气似的叫来服务生："一杯雪顶咖啡，一份草莓蛋糕，再来一份火腿煎蛋！"李晨曦叫道："你刚吃完怎么还吃？"刘帅苦着脸指了指王小北道："都是这家伙，非去那么个地方儿，心疼得我都没吃出滋味来！"王小北和李晨曦对视了一眼，异口同声地骂道："德行！"

笑闹之后，刘帅兴冲冲地看着两位伙伴儿问道："怎么样，哥们儿这湖南妞儿不错吧？"李晨曦哼唧道："自古湘女多情，你小子最好小心一点儿！"刘帅鄙夷地回了一句："瞧你那点胆儿吧，才一回就吓成了这样儿！"王小北突然插嘴道："你这湖南妞儿很不简单，你还真得小心点儿！"刘帅满头雾水地问道："你为什么这样说？哪儿不对吗？"王小北开口问道："你们谁能告诉我，今儿整个一晚上，你们哪个听出何思嘉他们来北京干吗来了？"李晨曦想了想，摇起了头。

刘帅不服气地替何思嘉解释道："人家又不求你办事儿，干吗非得跟你说那么清楚？"王小北笑着分析道："不是这样吧？我总觉得那个老李根本就不是一个守口如瓶的人，而是每当他想要张嘴的时候，话头儿都被何思嘉抢过去了！"王小北身边那尊已经石化了的思想者雕像点了点头，刘帅也若有所思地回应道："好像还真是那么回事儿……"

王小北又接着说道："还有一个反常的地方，那就是何思嘉总是提你们俩在长沙喝酒逛街的事情，但却没有一句话涉及你们最初的相遇，你想过这是为什么吗？"李晨曦依旧摇头不语，刘帅有些不屑地问道："这又能说明什么？"王小北白了他一眼，李晨曦却接口说道："这样就会让那个老李觉得刘帅跟何思嘉很熟！"王小北重重点了点头，刘帅却哼了一声道："你们这是干什么呀？人家挺好的一个姑娘都让你们说成什么了？要按你们说的，现在打110都不一定赶趟儿了！"

李晨曦笑了，但王小北却没有笑，而是冷冷地问道："我问你，何思嘉的工作单位在哪儿？"刘帅这一下子可逮住了理，一拍大腿就站了起来："你要问这个呀？我还真的去过他们单位，亲眼看着她走进那个门里头的！"王小北先是一愣，继而笑道："那还好……"刘帅不服气地反问："什么叫那还好？"王小北回答说：

"你只要别跟她单独在私人空间相处，她一离开北京，你的危机也就解除了。"

刘帅不满地嘟囔道："说得跟《画皮》似的，有那么邪乎吗？"李晨曦拦住了王小北的话说："欸，我说，该聊聊我的事儿了吧？"刘帅不怀好意地笑道："看见没？王小北现在整得跟上医院挂专家号似的！"王小北笑道："不就宰了你一顿饭吗？至于吗？"

李晨曦把家里发生的事情一五一十地又说了一遍，王小北用奇怪的眼神望着刘帅道："可以呀，你居然还能给思想者出这么高明的主意？"刘帅笑道："你以为呢？《三国演义》里除了诸葛孔明还有军师庞统呢，别以为离了你就做不成槽子糕了！"

李晨曦可没心思听他们哥儿俩插科打诨，心事重重地问道："你说我下一步该怎么办？"王小北想了想回答道："你目前已经做得很好了，下一步就是继续保持你们家安定团结的局面。"

刘帅不满地插嘴道："捞干的说，怎么也不能让晨曦找把刀把他老丈母娘给剁了呀？"王小北故意板起脸瞪着刘帅道："说你没文化吧，你还不服气！你看，说着说着就漏气了吧？"

刘帅怒道："我说的是大实话，这跟我有没有文化……"说到这儿，刘帅才猛地反应过来，指着王小北叫道："欸，你怎么说话呢？我跟你们俩可是同一所大学，同一个班，同一个寝室的，你说我没文化不是等于骂你自己呢吗？"李晨曦冷不丁来了一句："我们上了多少课，你连一半儿都不到！"

打打闹闹之间，王小北还是给李晨曦出了主意，让他必须做到以下三点：第一是必须跟林虹保持高度的一致，只有夫妻举案齐眉，才能保证没有后顾之忧。第二是永远不跟他岳母正面冲突，因为一旦压不住火儿的话，大义名分就会同时失去。至于第三嘛，就没有那么光明正大了，那就是始终跟他的新岳父保持一种无声的默契，永远不给他开口发难的机会。因为这个岳父来路不正，绝不能轻易给他指手画脚的权力。

李晨曦对王小北自然是言听计从，刘帅也不得由衷地称赞道："你还别说，小北这家庭情感问题专家还真不是浪得虚名，难怪现在这么多人爱听他主持的《午夜电波》！"王小北听罢面有得色，不料刘帅接着又说了一句，"可我就纳闷了，你那么能耐怎么自己家的事儿老是摆不平？"

王小北嘿嘿一笑，模仿着影视作品里老神仙的样子，捋着根本就不存在的胡子拍着刘帅的肩膀做语重心长状："孩子，一切都会慢慢好起来的……"李晨曦爆发出今晚的第二次大笑，刘帅恨恨地叫道："你大爷！"

这场聚会就此结束，财大气粗的刘帅打电话叫了个代驾，还承诺把王小北平安送到楼下。李晨曦打车走了，相互约定过几天再探讨他们这些新上门女婿的烦恼。

在车上，刘帅跟代驾的师傅贫了几句，忽然又不安地向王小北问道："小北，你估计何思嘉接下来会干什么？"王小北看了他一眼道："肯定是先忙人家自己的事儿，然后再跟你深入地探讨人生呗！"

刘帅有些不安地又问："要真是这样我该怎么办？总不能天天陪她四九城瞎逛吧？"王小北道："我建议你在北京找个人潮人海的旅游景点逛一圈，然后玩个人间蒸发就行了。何思嘉在北京又没有根据地，待不了两天准会回去的！"

刘帅感觉有些不妥："那她要是找我怎么办？"王小北风轻云淡地回答说："你不会出差去？"刘帅叹了口气道："她要问我上哪

儿我怎么说？"王小北笑道："你干脆就真的制造个机会去出差，要是能去长沙最妙！"刘帅听罢心有所动，沉吟了半晌用玩味的语气喃喃地说道："有点儿意思！"

第十三章

王小北终于买了第一辆属于自己的车，兴奋之情溢于言表。望着浑身散发着金属和机械之美的车体，王小北对潘豆豆大声提议道："咱们带上你爸妈来一次说走就走的旅行怎么样？"潘豆豆拍手雀跃，大声表示了支持："我赞成！"

王小北笑道："看把你给高兴的！"潘豆豆正色道："别用这种小人乍富的眼神儿看着我！我这么支持其实还有一层意思……"望着欲言又止的妻子，王小北不解地追问道："别卖关子了，到底还有什么深意？难不成是想把他们骗到外地给卖了？"潘豆豆变了脸啐道："龌龊，怎么不说把你爸妈卖了？"说到这里，潘豆豆终于忍不住哈哈大笑起来。

笑够之后，潘豆豆才捂着肚子说："我是说咱们跟他们一起住这么久了，肯定积攒了一些矛盾，现在正好趁这个机会把矛盾彻底化解掉！"王小北深有同感地点着头，伸出大拇指带着谄媚的表情夸张地叫道："高，实在是高！"

这个提议得到了一家人的首肯，决定周六的凌晨开车出发。潘豆豆好心提醒王小北："咱们是不是应该去超市做些准备？"王小北如今事业有成，收入颇丰，得意地对潘豆豆说："啥也不买，咱们带着钱就行了。到时候儿高级住哪儿，什么好吃什么！"

周五晚上，潘爸和潘妈就开始了紧张的筹备。潘妈把电饭锅和勺子、铲子小心地包好装进了纸箱，可能是考虑到平日里的烹调习惯，还特意用报纸卷了几棵大葱。潘爸扛起厨房里的半袋子大米："还有这个，千万别给忘了！"

王小北和潘豆豆看傻了，互相无奈地对视了一眼。王小北咳嗽了一声，微笑着问道："爸，你拿这些玩意儿干什么？"潘豆豆听了赶紧上来帮腔："就是，咱们是出去旅游又不是去逃难？"要是换在平时，估计潘爸早就恼了。今天可能是满心对旅行充满了期待，只是笑了笑解释道："说你们年轻吧还不服气，这叫家里有粮心里不慌！"说完这句话，潘爸可能觉得刚才的态度太过柔和，有失他前副厂长的威严，又迅速补刀说："外边什么情况你知道吗？那么多有毒食品，卫生条件又那么差，吃出毛病来怎么办？"

潘豆豆还想争辩，却被王小北给悄悄拉住了。正说着，潘妈抱着一大堆床单被罩出现在卧室门前："你爸说得没错儿，别说吃喝了，就是旅馆里那些被褥其实也不干净！"得到了老伴儿的支持，潘爸顿时来了精神："你们俩别愣着了，赶紧帮着搬东西呀！"

后备厢很快被塞满了，车上除了坐人的地方，其他地方也被强行塞进许多东西。王小北看了半天，才无奈地问道："没落下什么吧？"潘豆豆捂着嘴无声偷笑，潘妈却忽然一拍脑门叫道："多亏你问了一句，我把切好的肉给忘在冰箱里了！"

一家人终于出发了，王小北开着负重的轿车上了路，潘豆豆兴高采烈地坐在副驾驶的位置上。因为装车耽误了时间，他们在高速收费站等了好久才终于出了城。谁知刚到中午，潘妈就提议道：

"咱们该吃饭了吧？"潘爸听后立即表示了支持："没错儿，停车吃饭！"王小北郁闷地望着窗外刚刚生动起来的景色不满地嘟囔道："这附近也没有合适的饭馆呀？"潘妈得意地回答："找啥饭店呀？我带着开水呢，咱们泡方便面！"

站在高速边的停车带里，王小北和潘豆豆捧着方便面相对苦笑。潘爸大马金刀地坐在事先带出来的钓鱼椅子上冲着潘妈大叫："再给我整点儿榨菜！"

一场说走就走的旅行就这样变成了重走长征路的红色教育，他们一路上按时按点地走走停停，潘妈熬粥做饭，潘爸大呼小叫地不停进行着忆苦思甜的教育。王小北和潘豆豆被他们搞得意兴阑珊，只能堆着满脸的假笑灰溜溜地当起了被教育对象。好不容易转完了预定的景点，很快就到了该返程的时候。潘豆豆不满地嘟囔道："还说走就走的旅行呢，现在是说回去就回去了，我连张好照片都没顾上照呢……"王小北忽然眼睛一亮："对了，咱们来的时候不是路过了一大片油菜花吗？明天到了那儿我好好给你照几张！"潘豆豆这才转忧为喜，搂住了王小北的脖子叫道："还是老公你想得周到……"

可惜人算不如天算，王小北的计划很快就被潘爸给打乱了。第二天一早，潘爸大声提议道："我跟你妈商量过了，来的这一路上小北太辛苦了，回去这一路我替他掌握方向盘！"打扮得光鲜亮丽的潘豆豆瞬间石化，小声向身边的潘妈吐槽："你们这是成心让我们俩挨着你们带的那些军用物资呀？"潘妈生怕老伴儿听见发飙，赶紧低声呵斥道："你爸他可是好心，千万别给淹浸了！"

返回的途中，潘爸牢牢地控制着方向盘以及掌控旅程的权力，潘豆豆看着车窗外飞掠而过的油菜花大声叫道："停车，我要照相！"潘爸理也不理，反而一脚油门直接冲了过去。不仅这样，他还满不在乎地嚷道："吵吵啥呀？那破油菜花有啥好看的？"潘豆豆失望至极，后座上的王小北终于忍不住发了声："爸，您停车，这是我昨天跟豆豆商量好的。"岳父理也不理，继续开车，坐在副驾驶位置上的潘妈充当起了丈夫的发言人："你们商量好有啥用？这不油菜花都已经过去了吗？"王小北望着几欲垂泪的潘豆豆终于恼了，大声反驳道："咱们是一起出来旅行的，不能都是你们说了算呀？"

原本一直不管不顾地开着车的潘爸大怒，猛踩了一脚刹车，使劲拍打着方向盘大叫："你说啥？有种你再说一遍？"潘妈和潘豆豆哑了火儿，王小北梗着脖子大声把自己的话又重复了一遍。潘爸把车发动起来停在路边，拉开车门，跳出车外，跺着脚大叫："你给我下来！"

一家人下了车，潘爸和王小北互相怒视着对方，潘豆豆拉着王小北不让他再搭茬儿。潘妈一副坐山观虎斗的模样儿，满脸都是爱莫能助的表情。潘爸气势汹汹地大声喝问："你再把刚才的话重复一遍！"王小北看出苗头不对，话茬儿也软了下来："爸，您听我解释……"

潘爸小青年似的剑拔弩张地冲到近前，用手指着女婿的脑门儿："我让你把刚才的话再重复一遍！"潘豆豆可怜兮兮地拉着王小北劝道："少说一句吧，求你了！"王小北柔情顿生，点了点头准备认怂。可潘爸偏不给他这个机会，又穷凶极恶逼问了一句，不仅如此还把余勇转向了女儿："照啥照？连个油菜花都没见过是咋的？"本来潘爸已经大获全胜了，谁知潘妈也跟着教训起了潘豆豆："你这个闺女就是不懂事儿……"

潘豆豆委屈得哭了，王小北再也看不下去了，马上挺身而出朝着潘爸叫道："有什么火儿冲我来！"说着余怒未消地瞟了推波助澜的岳母一眼又说，"豆豆想照几张相有什么错儿？一点错儿都没有！"潘爸瞬间火冒三丈，猛地一关车门跑到了路边："算你狠，老子不坐你车还不行吗？"说着很有气势地朝潘妈挥手叫道："走，咱俩坐长途汽车回去！"潘妈一看事儿闹大了，赶紧劝说道："你有话不会好好说嘛……"潘爸更加怒不可遏，干脆连他的同盟军也不要了，决绝地转过身冷笑着回答说："你没志气就坐人家的车吧，我一个人回去！"

闹到最后，潘爸终于没发现传说中的长途汽车。王小北也不得不在冷静下来之后过去认错。那天王小北使出了浑身解数，最后总算是在潘豆豆和岳母的帮助下把潘爸哄上了车，但这次旅行的代价实在是太过沉重了，不仅没达成潘豆豆化解矛盾的美好愿望，王小北还低声下气地被岳父冷嘲热讽了整整一个星期。

事后，王小北总算是总结出了心得：岳父这一代人没接受过爱的教育，就爱用责备甚至是骂街来表示他们的爱。因为他们根本没有沟通的技巧。最后还是在台里如日中天的王小北及时做了一些调整，让自己别再回忆这些不愉快的事情。

这件事终于过去了，王小北因为态度诚恳终于过了关，又获得了陪岳父下棋的特权。只不过他再也不敢主动攻城略地，生怕因此触怒了棋风不正的岳父。潘爸浑然不觉，反倒以为自己的棋艺有了大的长进。这天中午，王小北照例中午起了床，享用完岳母提供的加餐，便端着碗向厨房走去。当然，王小北是个有记性的人，这次只是想要将空碗放回去，不再试图从事其他容易引起家庭战争的家务劳动了。

潘妈正好从厨房里走出来，顺手接过碗说："下回就不用放回来了，过一会儿我会去收拾的！"王小北笑着回应道："那多不好意思……"潘妈笑道："咱们都是一家人，你非得跟我客气个啥？"王小北笑了笑转身要走，潘妈却叫住了王小北问道："对了，小北，你最近是不是对妈有什么不满的地方呀？"王小北猛地转过身，搔着脑袋叫道："妈，您怎么会这么想？"潘妈嘿嘿一笑，望着满脸无辜的王小北半开玩笑地说道："别这么看着我，下回有事儿就直说，别非得把家里的事儿弄到电台去说！"

王小北委屈莫名，用狐疑的目光望着潘妈问道："妈，您这都是听谁说的呀？"潘妈从容地回答道："你在上一期节目里自己说的，难道这么快就忘了？"王小北这才恍然大悟，原来岳母竟然也是他的忠实听众。王小北故作镇定地笑着回答说："嗨，您别往心里去，我那么说其实也是工作需要，就跟说相声的人有时拿自己家人说事儿一样！"潘妈开心地笑了，指着王小北半真半假地说道："若要人不知，除非己莫为！"

潘妈说完就忘了，但王小北却把这件事记在了心里。过了一会儿，王小北讪讪地问道："妈，您是什么时候开始听我这个节目的？"潘妈一边择菜一边回答说："大概是从二十多期开始的吧，你这个节目办得不错！"这个回答把王小北惊出了一身冷汗，他怎么也没想到，岳母从自己一进这个家门就开始对他实行监听了。就在这时，刘帅突然打来了电话，王小北急忙信步走到阳台接了。

"哥们儿，告诉你一件事儿！没想到你这个诸葛亮也有瞎菜的时候！"王小北一听这个气呀，马上用质问的口气道："我瞎什么菜？"刘帅没好气地叫道："你昨天那个破主意害死我了！"

王小北不解地问道："何思嘉直接去台里找你了？还是何思嘉去台里找你让陈黛丝碰上了？"刘帅不满地叫道："你小子总是盼着我倒霉是怎么的？哪儿有那么巧的事儿？"王小北哈哈大笑："你准是半夜回家做梦叫出了何思嘉的名字吧？"刘帅恨恨地说道："放屁！我回家从来不开手机，睡觉也从来不说梦话！"王小北更糊涂了："那能出什么事儿？"刘帅："今儿邱主任批准我去长沙出差了！"王小北："这不正是你所希望的吗？"刘帅："我把这个消息告诉了何思嘉……"王小北："说就说了呗，反正迟早要说嘛！"刘帅沮丧地回答说："她说她下午办完事儿也要赶回去，还跟我约好了在长沙见呢……"

王小北顿时无言以对，只得讪讪地说道："真是太巧了啊……"

这个夜晚深夜未眠的绝不只李晨曦夫妇，潘妈也蹑手蹑脚地起身来到阳台上，随手打开早就调好了频率的收音机，尽量将音量调到了最低。

收音机里传出了一个清晰的声音："欢迎您收听《午夜电波》，咱们下次节目再会！"潘妈狐疑地关上收音机，打开灯望着墙上的挂钟奇怪地自语道："这是怎么回事儿，是家里的表慢了，还是电台改时间了？"想着，想着，潘妈忽然感到十分愤怒。她站起身自言自语地说道："好你个王小北，你这是防着我呀？"想到这里，潘妈马上又笑着摇起头来："我真是老糊涂了，他哪儿有这么大的权力？"

与此同时，电台那边的王小北也开着车得意扬扬地暗笑，心说："您这回没想到吧？我今天可真是在节目里拿您举了不少例子呢！"

因为这个恶作剧般的想法儿，王小北感到十分得意，尤其是看着自己前不久刚买回来的新车十分顺眼。他望着眼前寂静无人的大街，猛踩了一脚油门，嘴里欢快地叫道："来吧，让咱也体会一下速度与激情的滋味儿！"

小何利用中午吃饭的时间私下会晤了他的宝贝表弟，眉头紧皱地问道："你跟那个滕佳琪到底怎么回事儿？"古君钟死没阳气地望着小何："怎么想起来问这个？"小何叹了口气道："最近台里的风言风语越来越多，你最好跟她拉开点儿距离。"古君钟一听不干了，拍着桌子叫道："什么风言风语？我怎么一点也没听说？"小何压低了声音说："昨天报社那个吴奇伟的老婆来台里了，大吵大闹要求台里处理滕佳琪呢！"

这句话果然引起了古君钟的注意，他很女性化地趴在桌上问道："滕佳琪怎么了？抱着他们家孩子跳井了？"小何循循善诱地说："咱们这种地方作风问题最敏感了，不管这件事儿是真是假，都会产生影响的。"古君钟冷哼道："产生影响能怎么的？那些影视圈儿的明星没事儿还想着弄点儿绯闻呢！"小何哑然失笑："人家那是为了炒作！在咱们台里可就不一样了，起码这一次她是别想转正了。"说到这里，小何又严肃地说道，"要是再这么下去，她现在实习的位置都别想保住！"

虽然小何千叮咛万嘱咐，古君钟还是忙不迭把这个消息告诉了滕佳琪。古君钟本来还喜滋滋地等着滕佳琪夸他呢，没想到滕佳琪却只是报以了淡淡的一笑。古君钟愣了一会儿终于怯生生地问道："佳琪，您说咱们俩到底算什么呀？"滕佳琪笑眯眯地看着古君钟随口答道："姐们儿呀！"

古君钟简直要崩溃了，满脸幽怨地叫道："跟你说真格的呢！"滕佳琪媚眼如丝半真半假地说："怎么？当姐们儿还委屈你了？"

古君钟嘟囔道："你跟我应该是恋人关系！"滕佳琪无可无不可地伸出手指挑了古君钟下巴一下："你是穿越过来的吗？还恋人，你土不土呀？"古君钟奇怪地问道："你的意思是？"滕佳琪嘿嘿一笑说："包子有肉不在褶儿上，咱俩好为什么还非得要个名分？"琢磨了半天，古君钟突然眼睛一亮："这么说你是真想跟我好了？"滕佳琪不置可否地望着古君钟柔声反问："你自己觉得呢？"

台里的高层最近也不淡定，随着书记和主管业务的徐台长退休的日期逐渐临近，对于红色接班人的人选问题，各方面也开始发表自己的意见了。在今天的班子会上，难得一见的正台也来参加了会议。佟书记忽然开口说道："我们都老了，培养新人的工作也该纳入日程安排了……"身为一台之长的正台只是微笑着点了点头，故意不在这个时候抢老同志的风头。

徐台长笑了笑说："我知道目前台里正在培养党办室的小何，他的工作能力的确很强。但是咱们单位专业性还是很强的，业绩不出众很难得到认可呀……"

正台瞬间就听明白了徐台长的潜台词，咳嗽了一声用诚恳的目光望着他说："您的意思是接班的新人业务一定要强，对吧？"徐台长哈哈一笑回应道："没错儿，主管业务的人不懂业务终究还是不妥啊……"佟书记一看两位台长笑眯眯地议论起了这个问题，马上笑着插嘴道："老徐说得对！管业务的自己首先得懂业务，这在咱们台里是不成文的例子。"

台长微笑着没有表态，只是端起了面前的茶杯反复把玩，一双眼睛有意无意地扫了假装低头看文件的办公室主任一眼。办公室主任果然不是浪得虚名，马上笑着提醒大家："几位领导，咱们今天的工作是总结前一段的工作啊。"台长听了马上放下茶杯，笑着接过了话茬："就是，就是，咱们先谈正事儿吧！"佟书记笑着打开了笔记本，徐台长也把即将出口的话咽了回去。

办公室主任打开笔记本说道："跟各位领导汇报一下，咱们台群众喜闻乐见的好节目已经评选出来了。有《经济新闻》《生活广角》《午夜电波》等七个节目。其中群众反应最强烈的还要数《午夜电波》……"说到这儿，主任情不自禁地感叹道："真没想到，王小北还真有两把刷子！他到《午夜电波》后，竟然把这个过去的冷灶真的炒热了！昨天还有人想调到他们那儿去呢。这要是放在以前，一听让谁去《午夜电波》，那简直比剥他的皮还要命！"台长马上笑着指了指徐台："慧眼识人，绝对是咱们徐台慧眼识人！"

徐台听罢开心地笑道："这个王小北啊，还真是给我争气！"主任点头称是，台长忽然想起了什么似的问道："对了，这么典型的事迹宣传了没有？"主任马上凑趣地问道："您的意思是？"台长笑道："我建议在全台范围内大张旗鼓地宣传，特别是徐台慧眼识人这一段儿更是重中之重！"主任笑道："没错儿，这个提议很好！咱们台里目前正在整顿，这就是标准的正能量嘛！"

徐台谦逊地说："王小北是该好好表扬，我就不要提了！"主任苦着脸说："您这可真让我为难了，这可是台长的指示呀！"台长正色道："年轻人有事业心虽然重要，但没有你这样的老革命关心爱护怎么会有今天？这事儿就这么定了！"

散会之后，佟书记笑着大摇其头："老徐呀，你这回明白什么叫捧杀了吧？"徐台长嘿嘿一笑："我其实是想提拔一下王小北，没想到就这么冠冕堂皇地把我的嘴封上了……"佟书记拍了拍徐台长的肩膀说："咱们台里跟邻省的同行合作得那么好，其实他这样做也不失为顾全大局啊！"徐台有些愤愤不平地说："真可惜，王小北的爸爸要也是邻省的台长就好了！"佟书记微微一笑反驳道："小北是业务尖子，其实这么早就浮在水面上也不好。到时候那些听众听不见他的声音，还不得把提拔他的人骂死？"徐台长莞尔一笑："还真是这么回事儿！"

台里是非不断，暗流涌动，个人的家庭中也多多少少有事情发生。要说这里边最出稀罕儿的还要数刘帅的妈，她一手制造的奇闻简直能够登在某些无聊的小报上了。但这件事也不能全赖她老人家，其实在很大的程度上还是因为刘帅让老太太们戴蓝牙耳机跳舞造成的恶果。

两个遛早儿的老头被吓着了，起因自然是看见了刘帅他妈和她的广场舞队伍。那个时间段连神仙也应该没起床，能让他们联想起来的当然只有来自灵界的朋友们了。因为平时她们总是在节奏明快的乐声中翩翩起舞，尤其是前一段跟老教授较劲时，那更是背景音乐震耳欲聋，隔着两条街都能听得清清楚楚。谁知今天大伙全都戴上了蓝牙耳机，外人一点儿动静都听不见，只能透过薄雾看见一大帮老太太悄无声息地跳舞，那情景还真的跟群魔乱舞差不多。活该那俩老头倒霉，他们看见的时候正赶上老太太们高举双手颤抖着仰面向天，难怪他们老哥俩做出了上面的反应。

毋庸置疑，办事处刚一上班就接到了群众的举报电话，其中一个老头的女儿措辞激烈地对办事处接电话的人嚷道："你们要是再不管管，我们可就自行采取措施了！"那位办事处的人员耐心地劝道："您先别生气，就算我要管也得师出有名呀？您教教我，我能给她们安个什么罪名儿？"

老头的女儿马上气哼哼地提示道："原来是扰民，这回……这回当然是吓人了！"办事处的人员苦笑着说道："听您那么一说倒真是挺吓人的，但我也不能一上去就说，大妈，你们今后不要再跳了，有人举报你们像鬼一样把居民都给吓着了！您觉得合适吗？再说也没有造成什么后果，我真的管不了……"

老头的女儿怒道："怎么没有后果？我爸都让他们给吓尿裤子了，这难道还不是严重的后果吗？"办事处的人员无可奈何地说道："姑娘，您觉得这个理由说得出口吗？"老头的女儿这时也冷静了下来，声音顿时也低了八度："那这回就算了，反正你们得想办法解决这个问题，这帮人实在是太讨厌了！"

刘帅此时没在北京，而是坐着飞机去了长沙。虽然在王小北等人的帮助下在北京躲过了一拳，但眼下却只能咬着牙跑到长沙来挨这一脚了。在刘帅与何思嘉这件事儿上，其实连老天爷也脱不了干系，因为他老人家从一开始就给了实在多的巧合。机场的偶遇还能勉强算是机缘巧合，但这次又一同回到长沙就真的有点儿恶作剧的意味了。反正每一步都跟算计好了似的，总是给刘帅制造太多的意外。

第二天下午，刘帅跟客户之间的事情就敲定了，何思嘉专门赶到宾馆跟他共进了午餐。饭后刘帅故意拉着何思嘉出去逛街，意在避免两人独处一室的尴尬。不想两人刚刚走出酒店没多久，一阵大雨就忽然落了下来。还没等他们做出反应，就已经成了落汤鸡。两人拔腿就跑，等反应过来的时候已经再次回到了酒店的大厅前。

刘帅笑道："咱们怎么又跑回来了？还不如干脆来个雨中即景

呢！"何思嘉抱着肩膀冷得直哆嗦，苦笑着回答道："看来老天爷这是不愿意让咱们满街乱逛呀！"刘帅抬头看了一眼阴云密布、风雨大作的天空，笑着提议道："赶紧到我的房间里去洗个澡吧，省得回头再感冒了！"

两个人回到了刘帅的房间，仍旧感到冷得发抖。刘帅建议道："你先去把湿衣服换下来吧，然后再冲个热水澡就好了。"何思嘉犹豫了一下道："这不好吧？我换衣服你怎么办？"刘帅想了想笑着说道："你现在就进去换衣服。我反正浑身上下也湿透了，干脆叫服务员过来给你拿去洗净烫干吧！"何思嘉点头表示了同意："也行，这倒是个好办法……"

何思嘉进到了卫生间，工夫不大就把衣服脱下来递了出来。刘帅手脚麻利地脱了自己的衣服，换上了旅行箱里备用的一套，然后打电话叫来了服务员，让她赶紧把这两套衣服拿走清洗熨烫。

过了一会儿，何思嘉身上裹着浴巾出来了，站在那儿不好意思地说道："你去拿热水冲一下吧！"刘帅这时虽然换上了干衣服，但是也感到身上很不舒服，想也没想就走进了浴室。在美美地享用了热水浴之后，刘帅穿好衣服回到了房间里。这时外边的风更大了，暴雨狂怒地扑打着窗子，完全就是一副毁天灭地的架势。何思嘉这时已经钻进了被子里，正在笑吟吟地望着他。刘帅尴尬地意识到，自己这间大床房只有一张双人床，他只得讪笑着坐在了沙发上。何思嘉很大方地对他说："你也别坐在那儿干挺着了，上来暖和暖和吧！"

刘帅大惊失色，连忙摆着手叫道："那可不行，那可不行！"何思嘉笑道："看你冷的那样儿，还硬撑着干什么？"刘帅讪笑着回答说："你要是长得丑一点倒也罢了，可是你实在是……现在又……"何思嘉笑道："行了，快上来吧！哪儿有你说的那么严重？还男子汉大丈夫呢！"

刘帅看了看屋里的环境，知道在那些加急熨烫的衣服送进来之前，何思嘉的提议无疑是眼下最好的选择了。何思嘉笑着给刘帅让了个地方，大大方方地伸出胳膊搂住了刘帅，咯咯地笑着说道："你这人可真有意思！"

刘帅感到自己的身体微微颤抖了起来，尴尬地笑着说道："咱们毕竟只是朋友，这样对你很不公平的……"何思嘉听罢哈哈大笑，掀起被子给刘帅盖上："就是呀，正因为咱们是朋友，这才没有什么呀？"刘帅感觉到了何思嘉的身体，下意识地躲开了一些，何思嘉却故意水蛇般抱住了他："你这人真是，我非要帮你改改这毛病不可！"

第十四章

在电台的大楼外，吴奇伟拿着一份文件神色激动地走来走去，时间不长就看见滕佳琪忙不迭地从里面跑了出来。吴奇伟得意地把手一扬："佳琪，咱们的合同终于签下来了！"滕佳琪用颤抖的手抢过合同，翻来覆去地看着，眼睛里放出异样的光彩。吴奇伟亲昵地对滕佳琪说："你这次该满意了吧？我婚也离了，咱们的事业也算是正式启动了，下一步可就全看你的了！"滕佳琪飞快地亲了吴奇伟一口，把胸脯儿一拍得意地叫道："放心，我这两天就去找主任辞职！"

　　且不管滕佳琪如何搅动风云，长沙那里刘帅还在试图从何思嘉的热情中保持清醒。很显然，何思嘉根本没给他这个机会。那边刘帅正在努力地想要挣脱，何思嘉这里却已经把脸靠在了刘帅身上，把脸凑到呼吸可闻的地方很霸道地望着刘帅说道："我又没打算破坏你的家庭，看把你给吓的！"

　　经过将近五分钟的搏斗，刘帅终于被制服了。他小心翼翼地搂住了何思嘉，呼吸也在不知不觉中沉重了起来。何思嘉很强势地命令道："好了，现在你不会再觉得处境难堪了，咱们开始聊天儿吧！"刘帅几乎是哀号般地叫道："这还聊得了天儿吗？"何思嘉媚眼如丝地望着刘帅笑道："那你还可以有两个选择！"刘帅不安地扭动着问道："什么选择？"何思嘉一本正经地说道："要么你现在就干脆保持这样的姿势睡一会儿，创造一个男女之间纯洁友谊的典范。要不你干脆就任凭这种状况发展下去，无论发生了什么都当是上帝的安排……"

　　刘帅最终还是选择了前者，在内心的挣扎与本能的煎熬中闭上了眼睛。屋里的气氛越发暧昧了起来，无论是什么人看见了，都会第一时间认定看到了一个偷情的场面。刘帅的理智坚强地守卫着最后一道闸门，何思嘉却满不在乎地搂着刘帅真正进入了梦乡。就在这个关键时刻，门铃的叮咚声突然传了进来，在静得掉根针都能听见动静儿的房间里显得异常的清晰，何思嘉懵懵懂懂地睁开了眼睛，刘帅却如逢大赦般地跳下床去，走到门前大声问道："谁呀？"门外传来了女服务员的声音："先生，您加急熨烫的衣服！"

　　五分钟之后，刘帅跟何思嘉全都换装完毕，重新坐在了沙发上。何思嘉目光专注地望着刘帅，喃喃说道："刘帅，你可真是个君子！"刘帅这时也已经还了魂儿，笑着对何思嘉说道："什么君子？我只不过是有贼心没贼胆罢了……"何思嘉对着镜子梳理着头发，看着镜子里的刘帅笑道："你错了，你的确是个君子！"刘帅笑着问道："何以见得呢？"何思嘉笑着回答说："否则刚才就是再没胆子的贼也不会像你这样儿！"

刘帅做了一个手势没有回答，何思嘉却突然看着他的眼睛问道："你现在对我是个什么评价？会不会觉得我是个坏女人？"刘帅郑重地回答说："我会把你当成好朋友，因为你绝不是一个坏女人！"何思嘉笑着问道："说说你的理由。"刘帅不好意思地说："其实刚才你只要再勾勾手指，我肯定就……"何思嘉满意地笑道："你这个回答我很满意！今晚请你品尝火宫殿的美食去！"刘帅高兴地答应了下来，坏笑着问道："别跟我说你刚是在考验我？"何思嘉笑道："你哪儿那么多废话？"

这一晚，两人玩了个痛快，不仅品尝了著名的火宫殿美食，还在一家超级豪华的KTV扯着脖子唱了一宿，直到第二天早上才结账离开。他们喝了整整两打啤酒，最后刘帅还依稀记得自己曾经跟何思嘉接了吻。何思嘉执意将刘帅送到了机场，直到分手的时候才好像忽然想起来似的问道："对了，过些天我要跟老李去北京，到时候麻烦你给当一天司机怎么样？"刘帅用一种正发愁无以为报的表情拍着胸脯儿表示："放心吧，绝对没有问题！"

时光飞逝而过，转眼到了冬季。刘帅和李晨曦的生活都没有发生大的变化，只是王小北显得有些郁郁寡欢，潘豆豆因为全力竞争栏目组的主任职务废寝忘食，致使他们的第二个孩子流产了。这件事引起了潘家和王家的集体重视，就连王小北那先贤孔子般周游列国的父母也专程打来了电话。在严肃批评了潘豆豆不能只要事业不顾身体之后，还转过来一万块钱让她好好保养身体。对这一点，潘爸和潘妈全都没有提出任何异议，反倒因此感到无比轻松。

台里的接班人问题也很快尘埃落定，小何已经被正式任命为台长助理，就等着徐台长正式退休之后将"助理"二字去掉了。王小北为此很是郁闷了一段时间，被这么一个名不见经传的小青年爬到头上真的很不爽。但王小北是有见识有胸襟的人，很快就放下思想包袱，加入到了那些见到小何张嘴必称何台的人之列。

李晨曦的家里也很和谐，新降生的女儿将李晨曦和林虹紧紧地联系在了一起。但这个小小的生命能拴住父母的心，却未能改变外婆韩玉萍和她的新任丈夫胡正文。这对虎老雄心在的新婚夫妻立志要完成环游世界的梦想，仿佛世界上没有什么事情可以成为他们的羁绊。李晨曦和林虹尽管对此不是很满意，但也乐得落个耳根子清静。一向没有参与儿子家事的李家这次却有了反应，李晨曦的父母表示一定找机会来北京找他们好好谈谈，无论如何也要要个男娃延续李家的香火。

在三家人里，最多姿多彩的恐怕就要数刘帅一家了。别的不说，光是刘母的广场舞事业，就很是闹出了几次大动静。她们先是遭到了附近居民的联合抗议，迫使她们的队伍无法在小区内继续翩翩起舞了。但这也难不倒足智多谋的刘母，她和舞蹈队的几名骨干分子很快就相中了小区对面一家新建的写字楼前的空场儿，每天都准时准点出现在那里。由于那里附近没有居民，新的业主也还没有完全接手，所以在很长时间内倒也没人干涉。可是好景不长，问题终于还是很快出现了。这个对广场舞运动横加干涉的人不是别个，正是这座新写字楼内唯一的成员——保安老吴。

这老吴今年已经五十九岁了，还有一年就要彻底离开工作岗位了。但在这最后一年中，他却因为没有文化外加没有技术被领导调到了保卫科工作。这样的人看家护院原本倒也没什么，但如今是太平盛世，集团大厦门前的保卫人员都是年轻力壮心思活泛的小伙子，其职责也就慢慢地演变成了指挥车辆外带迎来送往。从年轻的时候就因为脾气不好没有人缘儿，到哪儿都不受人待见的老吴自然也就没了用武之地。就在保卫科领导打定主意准备白养他一年之后，集团却突然买下了一座写字楼。就这样，老吴被领导本着秃子当和尚的宗旨发配到了那里。

那座六层的大楼一天二十四小时没人，除了老吴到处都空荡荡的。这样的活儿要是给年轻人干，非得精神失常了不可。但天生喜欢清静的老吴却对这个工作特别满意，乐得无拘无束清静自在。在度过了几天的绝对清静之后，广场舞队伍的到来彻底改变了老吴的一切。

一天清晨，老吴正在小屋里看着报纸打瞌睡，外边儿一阵悠扬的音乐声突然传了进来。老吴扒着窗户一看，见是一大群老太太在外边的广场上翩翩起舞。他苦笑一声回到座位上依然看报纸打瞌睡。可是这帮老太太实在是太执着了，早上跳完了中午跳，中午刚歇了没多大会儿晚上又过来了。可能是为了精益求精的缘故，一首舞曲翻来覆去的一天要放上好几十遍，老吴不胜其烦，心里的怒火终于被撩拨到了极致。忍无可忍的老吴推开玻璃大门走出门外，站在台阶上大声喝道："你们谁是管事儿的？"

毫无疑问，作为领队的刘母当然马上挺身而出，面不改色地回答说："我是管事的，有什么事儿跟我说吧！"老吴没好气地质问道："谁批准你们到这儿来跳舞的？"刘母当即反唇相讥："你是干什么的，凭什么盘问我们？"老吴气急败坏地叫道："这座写字楼是我们公司的，你们赶紧离开！"刘母冷冷一笑反问道："你哪只眼睛看见我们进你们写字楼跳舞了？"老吴冷冷地回答说："外边的地方也是我们公司的，你们没经过允许就不准来！"

这句话激怒了刘母，她马上鄙夷地笑着反驳道："你们公司的地方？告诉你吧，这里是中华人民共和国的领土，作为公民我们想来就来，不需要任何人批准！"刘母说完这句话便不再理睬老吴，转身对身后群情激奋的老太太们嚷道："别理他，姐妹们咱们继续跳咱们的！"随着这句话，老太太们立即行动了起来，在悠扬的乐声中，老太太们跳了起来，把脸色铁青的老吴晾在了一边。好像是为了宣示主权，乐曲的声音还比刚才更大了。

从这天开始，两边算是坐上仇了。老吴开始绞尽脑汁地想要赶走这群不知好歹的老太太。他马上打电话寻求组织的支持，不想保卫科长却在电话里回答说："老吴啊，跳广场舞的问题已经属于社会热点问题了，这也是你能解决得了的吗？咱们没入住之前让她们跳吧，难不成她们还能把门前的水泥地面蹦跶坏了？"不想这句话却让老吴灵光一闪，心里顿时有了主意，开始打起了地面的主意。

这时正值隆冬时节，老吴一大早就从写字楼里拉出一根皮管子，不辞辛苦地浇灌起了门前的水泥地面。隆冬时节滴水成冰，门前很快就结了一层厚厚的冰，老吴的脸上也露出了满意的笑容。忙活完这一切之后，老吴便得意地躲进了小屋，就等着那帮跳广场舞的老太太前来中招儿了。

七点钟左右，刘母果然带着一群人准时来了。其中一个老太太刚一走进这个区域就给滑了个趔趄，好悬没有摔倒在地。刘母意识到肯定是地面出了问题，她蹲下身仔细观察了一下之后，便果断地扬起一只手大声叫道："都别过来！那个老家伙把这儿给改成溜冰场了！"

这下一帮老太太可不干了，全都站在溜冰场的边上声讨起了丧尽天良的老吴。老吴躲在屋里乐得鼻涕泡儿都快出来了，忍不住得意非凡地低声骂道："跳啊，不怕摔死，你们就接着跳！"骂完之后老吴仍旧坐到自己那把破藤椅上，闭上眼睛打起了瞌睡。

也不知道过了多久，一阵急促的电话铃声终于把老吴给惊醒了。老吴接起来一听，原来是保卫科长打来的。老吴奇怪地问道："科长，您今儿怎么想起往这儿打电话来了？"科长连句寒暄的话儿都没有，直接愤怒地吼道："老吴，你他妈的不坑人就活不下去是不是？"老吴听罢奇怪地问道："我……我怎么坑人了？"

科长提高了声音叫道："怎么坑人？你吃饱了撑的还是怎的？干吗把楼前面鼓捣得跟溜冰场似的？咱们老总上午过去视察，一下车就摔了个大跟头！"老吴心里一紧，赶忙小心翼翼地问道："老总他没……没事儿吧……"保卫科长狞笑着回答说："没什么大事儿？现在他人都住进积水潭医院了，你说有事儿没事儿？"老吴傻了，愣了好半天才讪讪地问道："科长，您看我……我该怎么办？"科长更加猛烈地咆哮了起来："怎么办？我还不知道自己该怎么办呢？我限你一天之内把那些冰全都给我铲干净！"

后来怎么了？后来当然是老吴垂头丧气地铲了一整天的冰，刘母又很快率领着她的广场舞大军卷土重来，再次占领了这块阵地。刘父在这件事上表现得很淡定，始终窝在家里继续着他的设计。陈黛丝如今已经躺在床上当起了专职母亲，每天在保姆的配合下精心地照顾着出生不久的女儿。

　　刘帅最近越来越魂不守舍，因为何思嘉终于出现在北京，并且严重地影响到了他的生活。虽然他也隐隐预感到不是什么好事儿，但是有了上次那一出儿，他也只能努力使自己表现得够爽快，够仗义了！作为东道主，刘帅当然得给何思嘉接风洗尘了。在何思嘉的提议下，两人来到了一家因为价格居高不下而显得很安静的菜馆。点了几道菜之后，刘帅打量着何思嘉问道："怎么忽然到北京来了？"何思嘉叹了口气，满脸幽怨地望着刘帅说："不要问了，一言难尽啊！"刘帅不知怎的忽然有了心事，隐隐觉得何思嘉可能没他想的那么简单。何思嘉好像一眼看穿了刘帅的心思，很妩媚地笑了笑问："怎么？怕我在北京会给你添麻烦？"刘帅不好意思地笑了笑回答说："怎么会？我还怕没机会帮助你呢？"何思嘉把身子向前探了探，把自己那张俏脸停在呼吸可闻的位置上认真地反问道："真心话？"刘帅口不对心地回答道："真的！我敢发誓！"

　　何思嘉满意地点了点头，拿起桌上的白酒咕咚咕咚倒了满满两大玻璃杯。刘帅见了急忙劝阻道："别倒这么多，我酒量不行……"何思嘉媚眼如丝地望着刘帅说："相识就是缘分，别说什么会喝不会喝的，人生本来就是一场宿醉……"刘帅看着何思嘉仰头把酒全部喝干了，只得硬着头皮把酒杯凑到了唇边。在何思嘉的注视下，刘帅终于干掉了这杯不少于三两的白酒。由于酒精的作用，刘帅忽然感到人生其实就是那么回事儿，就好比现在自己跟何思嘉一样。何思嘉又倒满了两人面前的杯子，再次端起酒一饮而尽。

　　受到何思嘉的感染，刘帅终于再次端起了自己面前的酒杯。何思嘉伸出手将自己的杯子递到刘帅面前，瞬间做了个喝交杯酒的架势。刘帅这时还保持着一定的理智，马上警觉起来，半开玩笑地叫道："干……干什么，拉我下水？"何思嘉带着固执和娇嗔望着刘帅说："这辈子算了，下辈子跟你当夫妻……"刘帅感到气氛太过暧昧，急忙调笑道："我跟我老婆可是已经缘定三生了……"何思嘉表情生动地回应道："那我第四辈子嫁给你！"望着何思嘉决绝的表情，刘帅心头一热妥协道："好吧，为了第四辈子……"

浪漫而充满激情的一夜就这样过去了，第二天刘帅发现自己躺在一家桑拿的包房里。他不知自己什么时候换上的轻薄的桑拿服，原本穿的那套名牌衣服已经完全不知去向。刘帅忍着头疼欲裂的感觉挣扎着坐起米，按响了床头柜上召唤服务员的按键。工夫不大，一个年轻的服务生便出现在了他的面前："先生，您有什么吩咐？"刘帅指着身上的桑拿服迷迷糊糊地问道："我的衣服呢？"年轻的服务生不怀好意地笑道："昨晚那位女士让我们拿去洗了！"刘帅打量着服务生小心翼翼地问道："她是什么时候走的？"服务生暧昧地笑道："她跟您睡到九点才走的，您不知道吗？"刘帅苦笑着点了点头吩咐道："麻烦你了，兄弟！"

第十五章

周一上午，刘帅嬉皮笑脸地凑到老邱面前，低声下气地祈求道："邱主任，我昨天跟您说的事儿怎么样了？"老邱叹了口气拿出一张纸条，审慎地打量着刘帅问道："你的孩子不是刚出生吗？怎么这么着急忙慌地联系幼儿园？"刘帅像大烟鬼见到了烟枪一样，一把抢过老邱手中的条子，眨了眨眼答道："我这不是帮别人办事呢吗？再说您爱人就在教育局，我不找您找谁？"

老邱担忧地看了刘帅一会儿，压低声音提醒道："刘帅，你可千万别忘了自己是台里连续两年的先进工作者啊，千万别在这个节骨眼儿上出什么稀罕事儿呀？"刘帅诧异地问道："邱主任您这话是从何说起呀？"老邱带着一脸哭笑不得的表情回答说："你的业绩虽然没下降，但现在一个礼拜能在外边忙活五天，这样下去同志们是会有意见的……"刘帅心头一凛，马上郑重保证道："邱主任您放心，我今后一定会注意的！"

离开单位，刘帅开车来到了城西一座国家级研究机关的附近，将车拐到家属区门前，拿出手机拨打了何思嘉的号码。不想刚一接通何思嘉就挂断了电话，弄得刘帅有些不知所措。好在没过五分钟何思嘉就拉着一个四五岁的孩子来到了刘帅面前，甜甜地笑着埋怨道："这孩子真是不懂事儿，又哭又闹的，连个接电话的空闲都没有！"

刘帅还是第一次见到这个孩子，忍不住好奇地问道："这就是你说的那个孩子？"何思嘉无可奈何地笑着解释道："谁说不是？我哥离了婚没人帮他带，这不我还得替他照顾着？"刘帅笑道："你哥也不是外人，帮个忙就帮个忙呗！"何思嘉试探着问道："幼儿园的事儿你联系好了？"刘帅自负一笑回答说："这有什么难的？我们邱主任的爱人就在区教育局工作，她已经帮我写了条子！"

这张条子果然管用，那家本来门槛儿很高的幼儿园当即接纳了何思嘉领去的孩子，并且同意这个孩子当天就可以加入何思嘉志在必得的长托班儿。何思嘉听了感到十分欣慰，高兴地对刘帅说道：

"这下好了，一个礼拜接一次，无论是我，还是我哥，都可以缓口气儿了！"

刘帅笑了笑刚要回答，幼儿园的老师却走过来说道："对了，像你们这种情况属于插班生，按规定必须要一次性交够半年的费用！"说到这儿，老师把一张缴费单子递给了何思嘉，指着楼梯的方向说道："下楼左拐就是财务室，你们先去把费用交了吧！"何思嘉拿过那张条子只看了一眼，脸上便露出了失望的神色，望着刘帅不好意思地说道："刘帅，咱们还是先把孩子领回去吧……"

刘帅是个机灵人，马上就看出了何思嘉的窘迫，一把将条子抓到手里道："不就是一两万块钱吗？我先替你把卡刷了！"何思嘉眼圈儿一红，含着眼泪说道："这绝对不行，上次我哥要做生意，已经借了你两万块钱还没还呢！"刘帅仗义地说道："别跟我这样儿，你借了又不是不还。你在北京就我一个朋友，除了我谁还能帮得上你？"何思嘉听了这句话顿时低下了头，眼泪扑簌簌地掉在了地上。

交了费把孩子安顿好，刘帅便开车带着何思嘉离开了幼儿园。在车上，刘帅笑着提议道："思嘉，反正现在咱们已经没事儿了，不如我请你去喝个咖啡？"何思嘉点头答应道："好吧，这次来北京咱们还真没好好聊过呢！"刘帅点了点头回答说："就是，我也正想跟你好好聊聊呢！"在马路转角的地方，刘帅把车停在了一家上岛咖啡前："咱们就这儿吧！这天寒地冻的去哪儿也是受罪！"何思嘉美目中波光流转，嫣然一笑说："都听你的！"

因为天儿冷，咖啡厅里已经坐满了人，刘帅皱了皱眉对迎上前来的服务生抱怨道："这儿怎么跟下饺子似的？有没有清静点儿的地方？"服务生抱歉地说道："我们这儿还有包间，就是收费高一点儿……"刘帅财大气粗地吩咐道："行了，领我们去包间吧！"

进到包间，两人点了些饮品后开始了何思嘉到京之后的第一次畅谈。刘帅很不解地问道："思嘉，你好好的公务员不当，怎么想起跑北京来了？"何思嘉握着杯子喃喃地回答说："我也不想这样儿，还不都是因为我哥的事情……"

在楚楚可怜的何思嘉面前，刘帅心底的最后一道防线彻底沦陷了。因为直到现在他也没闹清楚那一晚在桑拿到底发生了什么？虽然他认为自己没干什么出格的事儿，但也很清楚那仅仅是自己大脑清楚的时候。至于在何思嘉口中的那场人生宿醉之后，发生了什么，一切就只有老天爷知道了。刘帅尽管很后悔自己可能存在的行为，心里也充满了对陈黛丝的负罪感，可同时也产生了一种奇怪的信念，觉得自己也得对何思嘉负责，尤其是对方正处在人生谷底的关键时刻。"那晚上咱们到底怎么了？我没……没干什么吧……"刘帅可怜巴巴地望着何思嘉，真希望对方能说一句："那天你醉得跟一摊泥一样！"不料何思嘉俏脸一红，含情脉脉地望着他说："你应该知道！"

刘帅与何思嘉互诉衷肠之际，滕佳琪也愁眉不展地来到了王小北的面前。王小北早就看出来最近滕佳琪总是一副魂不守舍的样子，正想找机会和她聊聊，没想到今天滕佳琪主动来找他。看着滕佳琪愁眉不展的样子，王小北突然问："你周末晚上有空儿吗？"滕佳琪一愣，不解地问："我？"然后停了两秒钟好像突然明白了什么似的，笑眯眯地回答："有啊！"王小北顿了一下，严肃地说："那就早点睡吧，听说你每周一都迟到，这可不好……"然后再也憋不住，哈哈大笑起来，"不好意思啊，开个玩笑，我看你最近老是心事重重啊。"滕佳琪重新回到愁容满面的样子，突然冒出一句话："主任，我对不起你的培养和爱护……"然后就欲哭无泪地望着王小北。

王小北不解地看着滕佳琪，不知道她是把天捅了个窟窿，还是在外边祸国殃民了。也许是看出了王小北的疑惑，滕佳琪板着脸喃喃地说道："主任，我想辞职……"王小北愣了几秒之后终于拍案而起："这怎么可能？你上个月才刚刚转了正！"滕佳琪摆出一副楚楚可怜的样子说："主任，我真有不得已的苦衷……"王小北这时也冷静了下来，叹了口气皱着眉头回答说："你可是跟台里签了十年之内不得辞职的合同啊！"滕佳琪："您就帮我想想办法吧！"王小北两手一摊为难地说："你又没犯什么大错误，我怎么能帮得上你？"

有些事看着复杂其实很简单，有些事则是看着简单其实很复杂，王小北在节目中就遇到了一件这样的事儿。女方要出国学习三年，害怕男友在国内变心，于是便开始胡思乱想，到最后甚至想设计把男友给弄到监狱里住上三年。不料这个计划却被男友知道了，因此认定她心如蛇蝎，要跟她一刀两断。女方自然是不能接受这样的结果，于是就在节目中把这个问题摆在了王小北的面前。

对于这样的问题，王小北没有直接回答，而是提前在节目中给出了如今已经颇具知名度的小北语录。王小北说："传说有一个特别馋嘴的新娘，她偷吃了丈夫的烧饼，然后就飞到月亮上去了。所以过去我一直以为这是情人之间最远的距离，还好现在人类已经可以登月了，所以只要在这个地球上，情人之间的距离就不会遥远。出国也没什么可怕的，打一个电话过去就可以为你们的相思开出一剂药方，每年打十二次电话，一次打三十天。 男人是泥，女人是水，泥多了水变浑，水多了泥变稀，不多不少才能塑出一对亲密爱人。"

然后……然后节目就继续进行了。王小北没再提这件事该如何处理，那个女孩也没有再进行追问。但王小北坚信，那个女孩自己会慢慢从这则格言里体会出一些什么……

何思嘉的哥哥刘帅倒是见过一面，是个看上去老实巴交的农民，上次见面借钱给他做生意时，除了一句"谢谢"就再没说过一句话。刘帅不解地问道："你哥怎么了？难道他惹的事儿竟然让你连饭碗也保不住了？"何思嘉深深地叹了口气说道："你在北京天子脚下，地方上有些事儿你是不知道的！"刘帅认真地说道："不管多大的事儿你都说出来听听，没准儿我还能帮得上忙呢！"何思嘉端起咖啡喝了一口，这才开始了讲述。

通过何思嘉的讲述刘帅才弄明白了事情的始末。原来何思嘉那位其貌不扬的哥哥竟然是湖南一个县里的矿主，也曾有过上千万的身家。后来因为发生矿难，矿上死伤了不少人，等赔偿完那些死难者，再加上一笔巨额的罚款，何家的家业就已经接近赤贫了。本来何思嘉的哥哥还能从银行贷款东山再起，没想到当地一个有背景的人却公然霸占了他家的矿山。何思嘉本来准备向上级申诉，不料却被对方诬陷为妨碍司法公正，连公职也被开除了。

刘帅听到这儿眉毛已经拧成了一个疙瘩，愤愤不平地说道："思嘉你那句话算是说对了！我真是在天子脚下生活得太久了，这样令人震惊的事情还真是闻所未闻。你放心，咱们的政府是绝不会容忍这种事情发生的！你说吧，咱们明天先从哪个部门开始，我非要帮你讨回这个公道不可！"何思嘉冷静地回答说："这件事你还是不要插手了，你好好工作吧！有你在北京我就放心了，要是没有你的话，这会儿我估计早就流落街头了……"

刘帅"啪"的一声将手中的咖啡杯放在桌上，义愤填膺地说道："咱们的社会不能容忍这样的蛀虫存在，你要不告倒了他们，还会有别的人跟着受害的！"何思嘉压低了声音对刘帅说道："告诉你吧，我已经找到了一位家乡籍的老首长，他答应要亲自过问这个案子呢！"

刘帅听罢大为放心，当场表态道："思嘉别怕，在北京一切都有我呢，有什么困难你就尽管开口！"何思嘉苦笑一声望着刘帅的眼睛慢慢说："刘帅啊刘帅，你就不怕我是个骗子？"刘帅把脖子一梗郑重地说道："思嘉，你太小看我刘帅了！你就真是个骗子，我也不会恨你的！"何思嘉诧异地问道："这是为什么？"刘帅坦然地回答说："因为你是第二个让我动心的女人！"

何思嘉俏脸一红没有说话，眼睛里的目光却已经变得含情脉脉了。刘帅急忙解释道："思嘉你别误会，我说的动心是在心里，咱们就是再钻一回被窝，我还是不会越过雷池一步的！"何思嘉深深地看了刘帅一眼道："刘帅，你这样的人真的应该活在古代……"

郎情妾意的场面维持了不到一分钟，何思嘉终于望着刘帅吞吞吐吐地开了口："刘帅，你娶了我吧！"刘帅的脑袋嗡的一声，讪笑着看着何思嘉说道："别开玩笑了，你排在第四辈子呢……"何思嘉郑重地摇了摇头："不，我现在一辈子也不想等了。"刘帅挣扎着提醒道："思嘉，你这可犯规了！"何思嘉用玩味的眼神望着刘帅幽幽地说道："不，我现在不想管什么戒律清规了，你必须是我的！"刘帅低下头弱弱地答道："思嘉，你不能这样儿！你想过没有，我老婆她很无辜……"何思嘉看着眼神游移的刘帅缓缓说道：

"刘帅，被爱情冲昏头脑的女人没有理智可言，请原谅！"

说完这句话，何思嘉慢慢站起身，带着抱歉的笑又补充道："我已经知道她的情况了，我会去当面恳求她的！"刘帅摇摇欲坠地问道："求……求她什么？"何思嘉义无反顾地回答道："求她把你让给我！"刘帅沉底崩溃了，伸手抓住了何思嘉的胳膊低声叫道："别去，求你别在这件事情上开玩笑！"何思嘉浅笑着说："我连打官司的十万块钱都还没有着落呢，你觉得我这时候能有心思开玩笑吗？"刘帅听了马上忙不迭地叫道："钱的事儿我给你想办法！"何思嘉微微一哂："我就想要你，因为我不能在感情和事业上全都输得精光！"

三天之后，刘帅和王小北依然雷打不动地坐在了楼下的咖啡厅里。一向油嘴滑舌的刘帅居然始终愁眉紧锁，王小北看在眼里关切地问道："刘帅，你最近怎么好像心事重重的？"刘帅敷衍道："没什么，我好好的呀。"王小北哼了一声回答说："说实话吧，是不是那个何思嘉的画皮破了？"刘帅撇着嘴回答说："小北，你的眼睛真是越来越厉害了！"王小北微微一笑又道："说吧，让我听听能不能给你帮上点儿忙。"

刘帅垂头丧气地回答说："何思嘉也不知道怎么从我的手机里弄走了黛丝的电话，昨晚她已经把电话打到我们家了……"王小北心里大吃一惊，表面上却不露声色地追问道："黛丝什么反应？"刘帅可怜兮兮地回答说："何思嘉没说什么，只是问黛丝是不是我老婆然后就挂断了……"王小北听了这才放下心来："还好，看来只是威胁你。"刘帅欲哭无泪地反驳道："好什么呀？我大舅哥、老丈杆子那儿她也打了！"

王小北沉吟了半晌望着刘帅嘱咐道："记住，千万别给她钱，否则你的噩梦就算是开始了！"刘帅用有气无力的腔调望着王小北无助地说道："可我给了……"王小北问："给了多少？"刘帅头也不抬地回答道："十几万吧！"王小北望着刘帅斩钉截铁地说："告诉她，你老婆已经把你的银行卡收了，她要再闹就一分钱也没有了！"刘帅像个闯祸的孩子般问："接下来呢？"王小北面沉似水地说："你也调查她！我就不相信她说的那些鬼话！"

刘帅这些天的日子很不好过，老狐狸和他最最敬爱的大舅哥专门飞抵了北京，开始对刘帅进行不间断的轮番审讯。幸亏刘帅打小儿就是铁嘴钢牙，要是换了李晨曦那号的实在人，估计早就撂了。最后还是陈黛丝看不下去了，出面帮着一通遮掩，这才让刘帅赢得了苟延残喘的时间。为了彻底摆脱王小北预言中的噩梦来临，刘帅干脆找到过去的几个哥们儿，让他们临时充当起了私人侦探的角色，开始暗中调查何思嘉在北京的一举一动。李晨曦觉得这件事自己也责无旁贷，于是掺和进了对何思嘉的侦察行动中。

这天，刘帅再次跟王小北来到了楼下的咖啡厅里。王小北不等刘帅开口就抢先安慰道："想开点儿吧兄弟，晨曦他们迟早会找到何思嘉的破绽的！"刘帅木然地摇了摇头："没用了，她昨天已经通知我了，明天就来台里找领导！"王小北诧异地问道："你不是没怎么她吗？她凭什么来找领导？"刘帅几乎带着哭腔儿说："前边倒是没什么，就是那一晚我喝多了，实在想不起在桑拿里发生了什么……"王小北听罢勃然大怒："不是不让你跟她单独相处吗？"刘帅点了点头刚要开口解释，王小北的电话却突然响了起来。

刘帅识趣地闭上了嘴，只听见王小北对电话里的人说道："没问题，他就在我对面儿！"刘帅不解地问道："谁的电话？"王小北面容严肃地回答说："是李晨曦，他约咱们下班后一起聚聚呢。"刘帅推辞道："恐怕不行，我今天还有点事儿……"王小北脸若冰霜地摇着头说道："不行，你今天必须去！"刘帅不解地问道："出什么事儿了？"王小北低头端详着手里的杯子回答说："具体我也不知道，但晨曦说你必须要去，不去就没救儿了！"刘帅半死不活地回答道："去吧，反正黛丝也不让我回家了……"

当晚，三个好朋友又聚在了一起。李晨曦一见面就神色焦急地问道："刘帅，你跟那个何思嘉到底还干过什么别的事儿没有？"刘帅死没阳气地回答道："除了吃饭喝酒之外，我就连跟她有没有过男女之间那点儿破事都不知道！"李晨曦严肃地点了点头："那还好！"王小北这时才恍然大悟，忍不住插嘴问道："晨曦，你说的十万火急原来就是这件事儿？"李晨曦点了点头说："是的，为了救他，我也只能这么办了！"

刘帅低声咕哝道："就这事儿呀？我还当什么大不了的呢？"李晨曦压低了声音说："刘帅你还别掉以轻心，这件事儿我看真有可能往大了发展！"王小北忽然惊奇地问道："晨曦你是怎么知道的？"李晨曦不答反问："还记得上回见过的那个李书记吗？"刘帅点着头回答说："记得呀，那又怎么了？"

李晨曦神色紧张地说道："上次吃饭的时候我们不是交换过名片吗？前几天我主动找了他，想了解一下何思嘉的底细……"结果李书记说何思嘉骗了他一百五十多万！人家已经在当地报了警，让我给刘帅传话，务必把何思嘉的行踪说出来……"说到这里，李晨曦顿了顿又接着说道，"那个老李特地叮嘱我好好问清楚刘帅，最好别跟何思嘉有过什么别的事情！"

刘帅面带不忿地说道："那个老李也是，按理说他早就该直接来找我！"王小北皱着眉头提醒道："我觉得这件事也很严重，你该先跟老李通个电话，起码也得把你跟何思嘉辦扯清了才好！"刘帅回答说："我跟她之间有什么好辦扯的？我又没参与过任何事情！"李晨曦郑重地提议道："要不咱们三个人一起见见那个老李，日后有事我们也好帮你做个见证！"刘帅沉吟道："这倒是个好主意……"王小北不解地问道："咱们去长沙找他？"李晨曦摇着头回答说："他这几天就在北京！"

饭后，李晨曦打电话给老李，约定半小时后在他住的酒店里见面。等三个人出现在那个酒店的大堂里之后，那位上次见过的李书记果然愁容满面地出现在了他们的面前，身后还跟着两个神情严肃的中年人。

几个人在酒店的茶吧里要了个雅间落座之后，刘帅马上开口问道："李书记，听说何思嘉骗了你的钱？"老李垂头丧气地点了点头："没错儿，是有这么回事儿！她骗的那可全都是国家财产啊！"沉默了片刻之后，老李急急地对刘帅说道："刘先生，听说她现在就在北京，求求你告诉我她现在住在哪儿吧！"这句话一出口，老李身边那两位中年男人的神情也紧张了起来，全都把目光聚焦在刘帅身上，焦急地等待着他的回答。

刘帅淡淡一笑，没有直接回答老李的问题。王小北淡淡一笑说道："这件事真是太意外了……"李晨曦忽然插了嘴，打量着老李道："老李，我们凭什么完全相信你？你当初毕竟是跟她一起来的！"王小北也镇定地问道："没错儿，我们凭什么相信你说的全是真的？"

老李扭头看了看身边的两位中年人，其中一个马上接口道："刘先生，这件事情你完全可以通过你们当地公安部门查证，如果必要我们可以帮着安排。"刘帅淡淡一笑说："这个似乎没有必要。"那人笑着说道："我要是你的话，这会儿应该先把自己择清楚。"刘帅马上反唇相讥道："有这个必要吗？"那人把两道犀利的目光停留在刘帅的脸上："冤有头债有主，我希望你是百分之百清白的。"王小北刚要插嘴，刘帅却神色坦然地说道："可以，你看我应该从哪儿说起呢？"那人用鼓励的口吻回答说："就从你们第一次认识讲起吧。"刘帅应承道："可以，反正我也没什么好隐瞒的。"

用了大约半个小时的时间，刘帅终于完成了他的讲述。他如释重负地对老李说："我该说的全都说了，有事你就直接去找她吧！"王小北和李晨曦对视了一眼，然后说道："老李，事情的来龙去脉你也清楚了，既然刘帅跟何思嘉之间没有任何特殊的关系，那今天咱们就先聊到这儿吧！"

说罢几个人起身要走，刚才一直没说话的另一个中年人却起身拦住了他们。其中那个年长一些的开口说道："刘帅，你的朋友要是想走倒是可以，你最好能留下来再跟我们谈谈。"刘帅反唇相讥道："我为什么就要跟你谈，我们很熟吗？"那位中年人笑了，意味深长地回答说："因为这样对你有好处……"

刘帅脖子一梗就想犯浑，王小北却看出了端倪，笑着问道："请问您是干什么的？"李晨曦故意自作聪明地点破了对方的身份："你们是律师吧？我早就看出来了！"中年人笑了笑掏出一个证件递给了王小北："我们跟律师也算是一个系统的！"王小北接过证件一看，这才明白对方的身份竟然是湖南警方专门负责经济侦查的警官。就在这一愣神儿的工夫，对方已经收回了证件，好整以暇地对王小北说道："怎么样？还是劝劝你的朋友吧！"

刘帅不满地咕哝道："警察有什么了不起？难道他们就可以随

便刺探别人的隐私吗？"年长的中年人还没开口，那个年轻一些的警察却拿出一封写好了抬头的介绍信递给刘帅说："如果你觉得这个场合不够正式，我们明天也可以登门拜访！"刘帅接过来一看，顿时哑口无言。王小北叫道："刘帅，眼下只有他们能救你！"李晨曦也急切地催促道："就是，不相信警察你还相信谁？"

警察这个职业就是这样，不仅能震慑触犯了刑律的人，就是没是没非的好人也会感到发怵。刘帅不再说废话了，看了对面的那个警察一眼和解地说道："算了，算了！咱们还是在这儿谈吧。"几个人重新坐了下来，年轻一些的警察拿出本子做好了记录的准备。警察问了半天，刘帅也不厌其详地回答了许多细节。

等一切都告一段落的时候，刘帅对那位警察说："行了，你们想要了解的事儿我全都说了，这里应该没我什么事儿了吧？"那位警察笑道："恐怕不行，因为你还是有义务帮我们和当地警方抓住她和她的丈夫，我们绝对不能再听任他们逍遥法外了……"刘帅听了马上失声问道："什么？她丈夫？"警察点了点头："没错儿，据我们了解这个人才是真正的幕后黑手。这家伙很狡猾，平时总是以他哥哥的面目出现。"

刘帅一下子成了闷葫芦，低着头一言不发，也不知道在琢磨些什么。两名警察对视了一眼，全都没有出声。倒是那位上了当的李书记插嘴劝道："刘先生，帮帮忙赶紧把这个小娘们儿抓住算了，再这么下去她还指不定会糊弄谁呢！"刘帅默默点了点头，李书记自以为得计，马上关切地加了一句："刚才从你说的话里不难听出，你其实也没少出血，难道你不想追回这些损失吗？"那位年长的警察也帮腔道："对呀，早点帮着我们了结这桩案子，我们也好尽力帮你挽回损失啊……"

刘帅慢慢地抬起头，目光变得坚定了，他一本正经地对领头的警察说道："何思嘉她犯了国法，作为一个国家工作人员我肯定不会包庇她的！但我有个要求，还请您能够满足。"那名警察笑道："你说吧，只要我们能办得到的，我们一定尽力。"刘帅淡淡一笑说："我希望妥善安置何思嘉的孩子，别让孩子跟着受刺激！"警察郑重地点了点头承诺道："放心吧，她的姑姑已经来了，一旦刑事拘留了他们夫妇，那孩子很快就会交给她的。"刘帅抬起头面无表情地说道："好，我带你们去抓人吧……"

处理好了何思嘉的事情，刘帅告别了王小北和李晨曦回到了家中。在进门之前，他看了看腕子上的手表，已经快要午夜十二点了。由于屋里的暖气很足，一开门就有一股温暖的气息扑面而至，孩子的啼哭声也随之响了起来。在浓浓的人间烟火气息中，刘帅第一眼就看见了抱着孩子迎过来的陈黛丝。两人对视了一眼，陈黛丝的脸上还像以往那样带着不满的神色。

刘帅俯身亲了亲孩子稚嫩的小脸儿，用温柔的语气哄道："宝宝不哭，爸爸回来了！"陈黛丝见了马上轻声责备道："你刚进门浑身冰凉的，当心把孩子给激感冒了！"刘帅俯身亲了陈黛丝一下，用抱歉的口吻说道："对不起，黛丝，我今后一定会当心的。"陈黛丝一下子愣住了，满脸都是"今天太阳打西边出来了"的表情。

第十六章

这一夜，刘帅表现得极其乖巧，甚至后半夜还偷偷起来深情地端详妻子的脸庞。陈黛丝虽然紧闭双眼，假装睡熟了，其实也只是很难受地躺着根本没进入深度睡眠。

好容易熬到了第二天早上，刘帅终于起身离开了床。陈黛丝装出睡意蒙眬的样子问道："你今儿起这么早干吗？"刘帅一本正经地回答说："没什么，只是今后不想再睡懒觉罢了……"陈黛丝深深看了丈夫一眼，目光里全是温柔。刘帅的目光迎着陈黛丝望去。两人的目光紧紧地交织在一起，彼此谁也没有挪开的意思。

就在夫妻四目相对的时候，家里请的月嫂听见动静闻声过来敲门，接过孩子抱到了自己的房间。陈黛丝看着刘帅狐疑地问道："你今天这是怎么了？"刘帅伸手揽住陈黛丝的腰，走进卧室顺手带上了门。陈黛丝伸出鼻子闻了闻笑道："没喝酒呀。你今天怎么这么反常？"刘帅问道："我怎么反常了？"陈黛丝回答说："你昨天一进门就跟笑面虎似的，该不是出了什么事儿吧？"刘帅大模大样地往沙发上一坐："我算是想开了，哪儿也不如自己的家好！也算是对人生有所感悟了吧……"刘帅带着一脸大彻大悟的表情说道。陈黛丝不由得万分诧异："你怎么会突然这么想？"刘帅注视着自己的妻子，有些做贼心虚地回答说："没什么，真的只是感悟而已……"

陈黛丝不解地问道:"你感悟到了什么?"刘帅瞬间恢复了嬉皮笑脸的表情,搂住陈黛丝笑着说道:"我还能感悟什么?当然是觉得老婆孩子是我最亲近的人呗!"陈黛丝嗔怪地反问:"我还以为你是准备要闹事呢?你不是因为嫌我们家里的人看不起你,连家都不愿意回了吗?"刘帅认真回答道:"再烦也不能不要老婆孩子呀?你放心,我今后一定会调整好工作时间的。再说我堂堂的男子汉,不怕任何人瞧不起!"

陈黛丝的脸上掠过一丝幸福的表情,但这个表情还没来得及在脸上完全化开,刹那之间又重新聚集在一起,很快形成了一个苦脸儿。刘帅诧异地问道:"老婆,你又怎么了?"陈黛丝苦笑着说道:"我今天本不该扫你的兴,但有些事还是要告诉你的……"刘帅吃惊地问道:"有什么不好的事儿吗?"陈黛丝点了点头回答说:"有,还不止一件呢。"

刘帅着急地问道:"到底是什么事儿呀?你倒是赶紧告诉我呀!"陈黛丝轻声慢语地回答说:"昨天晚上没敢告诉你,你妈跳广场舞出事儿了,都已经闹到派出所了……"刘帅不解地问道:"跳广场舞怎么能出这么大的事儿呀?"陈黛丝叹了口气说:"她们在人家楼前的广场上跳舞,人家嫌烦,就借口要整修地面,给地上抹上了一层胶。你妈她们去得太早,结果有不少人踩了上去……"刘帅嗔怪地看了陈黛丝一眼笑着说道:"不就是踩了点儿胶吗?回去擦擦不就得了?"

陈黛丝突然扑哧一声笑了出来:"哪像你想得那么简单?那胶据说很厚,听派出所的人说,你妈和好几个老太太都给粘得牢牢的,他们赶到的时候,那几位还跟做慢动作似的在上面挣扎呢!"

刘帅听了也忍不住咯咯笑着说道："那有啥了不起，警察给她们弄下来不就完了？"陈黛丝愁容满面地回答道："是完了……"刘帅把手一摊不明就里地问道："那还能算是什么坏事儿？"陈黛丝欲哭无泪地回答说："因为她打电话来的时候我笑出了声儿，所以你妈当时就跟我恼了……"刘帅哈哈大笑，指着陈黛丝无可奈何地说："你呀你，放下电话再笑不行吗？明天我又得去给你擦屁股了！"陈黛丝不好意思地说："谁让你是我老公呢，你不去谁去？"

看着刘帅仰面躺在了床上，陈黛丝凑到他跟前小心翼翼地又道："坏事还不止这一件呢……"刘帅无可奈何地闭上了眼："说吧，不是你连我爸也给惹翻了吧？"陈黛丝索性躺在了刘帅旁边，把一张俏脸凑到刘帅身边喃喃地说道："你爸倒没事儿，可是我爸明天却要找你……"刘帅听罢一骨碌爬了起来，明显有些心虚地问："你爸？他……他找我干什么？"陈黛丝："他说要找你谈谈，看样子也不像是什么好事儿……"刘帅听罢捂着脸夸张地叫道："我怎么这么命苦呀！"

刘帅命苦，王小北也不见得比他好多少，一上班就赶上了一屋子人闹哄哄地围着他的办公室伸头往里看。尽管王小北是出了名的好脾气，但面对这种情景也终于发起怒来。他咳嗽了一声大声嚷道："干什么？我的办公室里着火了还是进了贼？今天是不是给你们放大假不用干活儿了？"大家看见老大发了威，全都乱纷纷作鸟兽散，只剩下内勤小丁愁眉苦脸地望着他，一副欲言又止的样子。王小北诧异地问道："小丁，你这是怎么了？到底出了什么事儿呀？"他不问还好，这么一问小丁的脸一下红了起来，扭扭捏捏地站在那儿一副为难的样子。王小北看见忍不住有些烦躁地喝道：

"快说！有什么大不了的！"小丁听了不敢再迟疑，只得期期艾艾地说："主任，您的办公室里出事了……"

大约五分钟过后，王小北终于弄明白《午夜电波》栏目组真的出事儿了。他办公桌上赫然是一个塑料袋，上面放着一个用牛皮纸包着的用过的避孕套，最恶心的是避孕套里还有着不少来自男性的分泌物。王小北厌恶地问道："这是从哪个废纸篓里发现的？"小丁指了指大门后最不易被发觉的位置说："就是那儿！是大刘一上班来发现的……"王小北刹那明白了自己的栏目组发生了什么事情，肯定是有人昨晚在办公室里发生了性行为。

王小北是个不折不扣的读书人，最见不得这种龌龊的事情。他虽然很想当场发作，但一想到这种事情很可能会引发命案，还是极力克制自己隐忍了下来。他挥了挥手对小丁吩咐道："私下告诉大伙儿，这件事谁也不准外传……"不料他的话音未落，小丁就小声反驳道："主任，这件事怕是捂不住了……"王小北瞪大了眼睛问道："为什么呀？"小丁低着头嘟囔道："刚才大刘在外边胡说八道来着，这会儿估计台里的人都已经知道了。"

小丁的话音未落，办公桌上的电话就响了起来。王小北接过来一听，电话原来是新官上任刚刚宣布去掉了"助理"二字，直接变成了何副台长的小何打来的。何台叹了口气问道："小北，你们组里发生的稀罕事儿你已经知道了吧？"王小北还没来得及解释，何台长就严肃命令道："限你下班前查清楚，我一定要追究当事人的责任，真是太不像话了！"

既然接到了台长的命令，这件事的性质也就立马跟着升了级。王小北开始逐个儿把组里的人叫进办公室里谈话，试图成功地扮演一回神探狄仁杰的角色。第一个当然是询问当事人大刘，顺带着敲打他嘴快的毛病。大刘是个明白人，先是义愤填膺地表示了一番，紧接着听出了王小北的话茬儿不对，又赶忙连连批评起自己那张管不住的贱嘴来。

第二个人是古君钟，一进门就贼溜溜地给王小北献计道："主任，这件事儿其实好查！你只要搞清楚大家下班儿以后谁回来过不就得了？"王小北听了连连点头，古君钟扭动着腰肢噘着嘴压低了声音："我估计这事儿跟靳东明有关！"王小北大惑不解地叫道："靳东明？他……他跟谁……"古君钟的脸上露出玩味的表情，期期艾艾地望着王小北很别扭地笑着就不吭声儿。王小北刚要发怒，心里却突然想到了一个人。古君钟好像看出了王小北的心思，满怀幽怨地叹了口气，然后又轻轻地点了点头。答案已经呼之欲出，王大主任马上盯着古君钟问道："滕佳琪昨晚上值班了没有？"古君钟有气无力地回答说："主任，不值班她也能回办公室呀！"

接着就是提审重大嫌疑人滕佳琪，这个丰臀肥乳的女人一进门就对着王小北伸手做了个类似于交警指挥车辆前进的手势。"主任，你甭查了，这事儿是我干的！"滕佳琪这个斩钉截铁的回答令王小北有些不知所措，事先摆好的官威也一下子跑了个干干净净。

"你为什么要这样？"王小北有些讪讪地问道。滕佳琪满不在乎地笑了笑回答说："主任，我思想道德不好！你把我开除了就是了！"说着话，滕佳琪从兜里拿出一份事先写好的报告往王小北的办公桌上一放，"您千万别为难，直接报上去把我开除了就是了！"一听见这句话，王小北马上明白了事情的来龙去脉，知道了滕佳琪是在用这种特殊的方法来摆脱电台对她的束缚。事情看似简单，但这样的事儿显然不是一个人就能出的。王小北拿起那份报告一看，发现滕佳琪根本没有想连累别人的打算。只是说自己跟一个外地来的老同学相谈甚欢，以至于发生了这样不能被电台所容忍的事情。王小北苦笑着问道："我怎么听说这件事儿跟靳东明有关？"滕佳琪撇着嘴淡淡一笑："说这话的人肯定是古君钟，这小子是觉得人家比他强才这么说的！"

滕佳琪的话音刚落，古君钟和靳东明就一前一后走了进来。靳东明刚要张嘴，古君钟就乜着眼睛看了滕佳琪一眼："主任，这一回你可得问清楚了！可千万不能放过任何一个坏人！"靳东明大怒，劈手抓住古君钟的衣领就想动手。滕佳琪却猛地蹿过去，拦住了靳东明的手，鄙夷地对古君钟说道："你是不是特别想当这件事的男主角？信不信我现在就去找台长，说你小子对我意图不轨来着？"说着话，滕佳琪凑到靳东明的面前说道："你跟着凑什么热闹呀，好像咱们俩真的出过什么事儿一样。赶紧出去吧！"

这件桃色事件后来很快就有了结论，滕佳琪如愿以偿地被电台低调处理，志得意满地离开了《午夜电波》。靳东明和古君钟从此成了仇人，每天见面都摆出一副剑拔弩张的模样儿。根据台里的指示，这件事被下了封口令，很快就再也没人提起了。只有刘帅热衷于这样的花边新闻，特地趁着没人的机会拉着王小北问道："怎么回事儿？那个避孕套到底是滕佳琪和谁用的？"

王小北眉头深锁地望着他反问："你真想知道？"刘帅觍着脸猴急地回答道："废话！要不我问你干什么？"王小北叹了口气道："这都是滕佳琪的金蝉脱壳之计！要不这样的话，电台跟她之间的合同有规定，她十年之内不能调离！"刘帅感兴趣地追问道："她为什么非要调离？"王小北无可奈何地看了他一眼，叹着气说道："这里边的事儿多了！她跟报社的那个吴奇伟从电视台承包了一个时段，准备出去赚大钱呢！"刘帅搔着头皮不解地问道："不是说跟她那个的是靳东明吗？怎么又扯出了一个吴奇伟？"王小北没好气地解释道："滕佳琪的事儿可比你的那档子破事儿复杂多了，人家跟古君钟好是为了能拉近跟何台的关系，跟吴奇伟则是为了长长久久。至于靳东明嘛……"王小北说到这个节骨眼上故意停了一下又道，"那恐怕纯粹只是为了兴趣！"刘帅听罢很不厚道地随口说道："看你这个主任当的，简直是管理混乱啊！"

被刘帅这么一纠缠，王小北回到家已经很晚了，他掏出钥匙蹑手蹑脚地开了门。不想刚伸进一只脚，房门就被一下子拉开了。潘妈手里晃悠着婴儿的奶瓶说道："现在孩子还小，一会儿醒一会儿睡的，你不用这么小心。"王小北笑了笑跨进来换着拖鞋，嘴里抱歉地说道："妈，真是辛苦您了！"潘妈撇嘴一笑，不酸不淡地回答说："我辛苦点儿没啥，反正生孩子的是我闺女。但你妈他们是不是也太放心了？别忘了，这孩子可是你们老王家的根儿呀！"王小北听出话茬不对，只得讪笑着点点头逃回了卧室。

王小北好不容易回到了屋里，却看见潘豆豆正瞪着眼将一根手指伸在嘴边，向他做了个噤声的动作。王小北诧异地停住了脚步，却见潘豆豆指了指床上熟睡的孩子，用口形无声地说道："轻点儿，孩子刚睡！"王小北轻手轻脚地脱了衣服，溜出去洗漱了。

躺到床上之后，王小北凑到潘豆豆的耳边小声问道："你妈今天都说什么了？"潘豆豆皱着眉轻声回答说："赶紧睡，有话明天早上再说！"说完也不等王小北回答，便啪嗒一声关掉了光线微弱的夜灯。王小北虽然满肚子的疑问想要跟潘豆豆交流，但面对此情此景也只得在黑暗中闭上眼睛，打消了这个念头。

第二天一早，孩子还在酣睡，夫妻俩显然仍旧没法交流。今天该正常上的王小北赶紧起了床，轻手轻脚地爬起来洗漱完毕，然后赶在潘妈逛早市回来之前吃完早餐悄悄地溜出了门儿。

下楼坐进了车里，王小北才感到浑身的活力又重新回到了身上。在舒展地伸了个懒腰之后，王小北开着车驶出了小区。

王小北决定赶紧将事情解决掉，因为知道父母有早起的习惯，他将车停在路边，掏出手机拨打了家里的电话。电话很快就接通了，但铃声响了很久却没人接听。王小北只得再次拨打了母亲的手机。过了一会儿，电话里果然传出了胡素云睡意蒙眬的声音："小北，这么早打电话来有什么事情吗？"王小北用无奈的口吻问道："妈，您这是在哪儿呀？"胡素云回答说："我和你爸现在正在去成都的路上，中午就能到了。"王小北极力压抑着心中的不满，叹了口气说："妈，你和我爸还真打算当旅行家呀？这段时间你们是不是已经把全国各地都跑遍了？"胡素云轻声说道："卧铺里的人还全都睡着，等我到车厢头上再打给你吧！"说完便径自挂断了电话。

因为道路拥堵，王小北的身后开始有车辆不停地按起了喇叭。王小北只得发动起车向前开了一段，找了个不碍事儿的地方停下车等着母亲的电话。谁知左等也不来，右等也不来，上班的时间却已经快到了。王小北只得再次主动拨了过去，电话里却传来了对方不在服务区的语音提示。联想到山多洞多的八百里秦川，王小北只得开着车直接去上了班。

刚来到台里的停车场前，王小北就看见台里的新贵何台长气急败坏地从楼里跑出来，手里还不停地挥舞着一张纸条。眼看着何台长已经来到车前，王小北赶紧下车问道："何台，你这是要找我吗？"被称作何台的小何回答道："赶紧去这个地址，救人如救火，一刻也别耽误！"王小北接过条子瞟了一眼，满头雾水地问道："何台，这到底是怎么回事儿呀？"何台心急火燎地说："我已经让你们组的人带着器材先过去了，你的一个粉丝非要见你，现在已经上了楼顶，说再见不到你就真要跳了！"王小北不敢多问，马上拿着纸条向自己的车跑去，何台在他的身后大声地嚷道："记住，一定要妥善处理，千万不要搞出人命来！"王小北拉开车门头也不回地大声答应着："您放心吧，我会见机行事的！"

说完这句话，王小北就发动汽车蹿了出去，朝着十几公里外的出事地点疾驶而去。就在这个节骨眼儿上，他母亲胡素云却突然打来了电话。王小北这时候哪儿还有心思接电话？瞟了一眼副驾驶座上的手机，仍旧义无反顾地驾驶着汽车继续赶往了出事地点。

第十七章

李晨曦虽然没有王小北这样的紧急任务，但其实一点也不轻松。因为他原来只要应付好岳母韩玉萍就可以了，现在多出了胡正文这么个高级参谋，局势显然就更令他担忧了。好在韩玉萍也没打算跟他打持久战，这会儿正准备去旅游呢。

在机场外，提前早到的韩玉萍看了一眼腕子上的表，噘着嘴不满地嘟囔道："都赖你，老是催催催！"胡正文很有风度地笑道："都是我不好，行了吧？我这不也是吸取上回迟到的经验教训吗？"韩玉萍笑了笑挽着胡正文的胳膊提议道："早就早吧，咱们正好逛逛机场里的小店！"韩玉萍深深地望了胡正文一眼，心里不由暗自感叹道："真是造化弄人，当初要是遇上他那该多好？"

就这样，两人开始挨家逛起了小店。在浏览的过程中，两人不知不觉来到了国内航班出发的大厅。韩玉萍不安地对新老伴儿说："你说咱们总是脚不挨地的飞来飞去，我闺女他们该不会有什么意见吧？"胡正文嘿嘿一笑，自信地回答说："你就别在这儿自作多情了！你要总是赖在家里，人家恐怕才嫌你烦呢！"韩玉萍不解地问："为什么？"胡正文解释道："你想啊，你我这么一走，人家小两口儿不正好享受二人世界吗？"韩玉萍笑着点了点头，算是默认了胡正文的话。

　　说着话，韩玉萍的目光无意中一瞥，不想却有了新发现。她神神秘秘地拉住胡正文小声问道："老胡，你看那是不是咱们家女婿李晨曦呀？"胡正文顺着韩玉萍手指的方向一看，马上就证实了她的判断："没错，还真是他！"韩玉萍自语道："他一大早跑到机场来干什么？"胡正文伸长了脖子向着李晨曦所在的方位看去，韩玉萍却已经掏出手机准备拨号。胡正文惊讶地问道："你这是要打给谁呀？"韩玉萍没好气地回答说："当然是打给林虹了，你没看见李晨曦正在那儿跟一个哭哭啼啼的女的告别呢吗？"胡正文伸手按住了韩玉萍拨号的手叫道："你先看清楚了再打，没看见那女的是在跟另外一个小伙子告别，李晨曦只是在那儿劝呢吗？"由于有了胡正文传达的正能量，好战分子韩玉萍这才悻悻作罢，重新把心思放在了旅游上。

　　其实，当时李晨曦正面对的是接受了何思嘉委托的那名警察。望着李晨曦，警察笑了笑说："麻烦你回去转告刘帅一句话，那一晚在桑拿什么都没发生过！"

　　李晨曦其实也偷眼看见了岳母他们，他很识趣地跟即将回去接受审判的美女骗子拉开了一些距离。正是这一退，让李晨曦看到了机场巨大的玻璃窗外明净的天空，看到了云朵之上高不可测的苍天。李晨曦的眼睛没来由地湿润了，第一次感到自己在命运面前竟然是如此渺小，如此微不足道……

当年在学校，李晨曦其实根本就没机会跟林虹这种校花级别的美女接触，就更不要说得到她的垂青，甚至像现在这样跟她一块儿同榻而眠，养娃过日子了。那时候的他真的很傻，也很自卑，满脑子就是想要赚钱贴补自己可怜的自尊，为毕业后能留在这座城市打基础。也正是由于这个原因，他跟林虹的关系才得以拉近，并且真正认识到了这位美女对他的款款深情。

在大学最后的这一年里，李晨曦终于跟几年来一直形影不离的王小北和刘帅把酝酿了很久的创业计划付诸了实践。当然，他们肯定会遭受许多的挫折，卖烧烤时不小心遇到了闹肚子的顾客，导致他们的万丈雄心惨淡收场。接下来的举动更是无厘头，将摊子摆在了城管队门前（因为那里没人抢地盘儿），全军覆灭，但事情过后却成了哥儿几个大吹特吹的资本。卖袜子的行动直接终结了他们的创业失败，连财迷心窍的李晨曦从袜子事件后也不再提经商致富的事情了，只是面沉似水地给大家分了剩下的袜子，发还了当初共同募集的创业基金的余存。能在短时间内挖到人生中第一桶金的希望全都走向了破灭。

"看起来，不是所有的年少轻狂最终都能杀出一条血路来的，还是踏踏实实服从命运的安排吧。"心里那些总指望出现奇迹的理想浪花在现实的礁石上撞得粉碎，他不由得叹了口气。

那次卖袜子失败后，没心没肺的刘帅独自跑去了电影院，捧着爆米花哈哈傻笑。王小北则再次义无反顾地徜徉在了知识海洋里，而且达到了物我两忘的境界。李晨曦跟着林虹并肩坐在校园的角落里晒月亮。李晨曦将一只胳膊支在腿上，握成的拳头抵在下巴上，又是那副十足的思想者风范。穿着打扮永远透着欧美范儿，既不张扬也绝不落伍的林虹坐在一旁静静地望着她心仪的男友。两人就这么默契而无声地享受着月亮的银辉。

"你在想什么？"林虹幽幽地开口问道。李晨曦依然雕塑般一动不动，他的声音却清晰地传了出来："我在想我们快毕业了……"林虹完全无视了李晨曦的声音里饱含的无奈与落寞，而是满怀憧憬地轻声答道："真是太好了，那咱们就可以真正在一起了……"林虹身边的雕像终于换了个姿势，用几乎自嘲，听起来却又像在发问的语气说道："毕了业，许多麻烦就该出现了。我没有人家王小北那股子治学的精神和灵动劲儿，更不像刘帅除了北京户口还有能帮上忙的爹妈……"

林虹轻轻一笑，依然是一副心驰神往的模样儿。李晨曦看在眼里，不由得苦笑了一声问道："再问一遍那个你始终没能给出答案的问题。"林虹在月光下扬起自己那张俏脸，认真问道："你还是想知道我为什么会选择你吧？"李晨曦这位校园内著名的寒门学子点了点头，眼睛里全都是期待与疑问交织在一起的复杂眼神。林虹嫣然一笑，柔声说道："还是那句话，我就是喜欢和你在一起的感觉。"

想到这里，李晨曦忽然有了想要大哭一场的感觉。因为他觉得生活对他还是很厚道的，毕竟给了他一系列的机会，其中包括节衣缩食供他读书的父兄，相濡以沫互相扶持的兄弟，还有给了他一切美好的感觉，陪着他品尝了一切苦难的林虹。他不知道该用什么来形容这一切，一个声音在他的心里轰然响起："既然你不离不弃，我必生死相依！"这句话尽管多次被网友诟病，认为爱是不能加上前提的。但在眼下这种物欲横流的社会中，李晨曦则认为仍旧不失为一句铿锵的爱情誓言。

长叹一声过后，李晨曦转身迈开了脚步。这位血液中不乏钢铁成分的西北硬汉彻底感悟了，他要尽快离开这里回到家里去。因为那里有他的妻子在等着他的归去，准备倾尽一生跟他一块儿欢笑，一块儿流泪……李晨曦第一次感到自己很不淡定，基因深处的狼性终于被完全激发了出来。这位沉默的硬汉在心里暗暗发誓："一定要在短时间内让自己的事业迈上一个新台阶，让林虹成为这个世界上最骄傲的女人！"在这种野心与理想交互掺杂的心情煎熬中，李晨曦这一夜彻底失眠了。

刘帅在家里做出了种种忏悔的举动，西北硬汉李晨曦则是先被柔情融化得稀里哗啦，紧接着又被自己的野心煎熬得寝食难安。我们的王主任又何尝不是这样呢？不得不承认，王小北是三个后来集体成为上门女婿的伙伴儿中最严谨、最刻苦的人。为了理想他是真的做到了兢兢业业、一丝不苟。虽然他当年也参与了李晨曦那不符合实际的创业行动，但剩下的时间他可没有任其荒废！

那次做完生意回到校园，在城管的火眼金睛下劫后余生的王小北很快便平复了剧烈跳动的心，从一个无照经营的小贩变回了不折不扣的大学生。李晨曦跟林虹卿卿我我地去花前月下，刘帅蹦蹦跳跳地去看夜场电影，只有王小北独自走进了自习室，准备在毕业考试时取得一个过硬的好成绩。

坐在书桌前，王小北并没有马上进入到课本的内容当中，思绪天马行空般奔驰了起来。这也许就是爱情的魔力吧！这一段时间，王小北想得最多的就是上次卖袜子时在现场遇到的那位电台女记者，虽然谈不上特别漂亮，但她脸上那种仿佛能融化一切的亲和力给他留下了极其深刻的印象。回想着对方举手投足间某种精灵味儿十足的魅力，一向信奉"事业未竟，何以家为"的王小北居然有了怦然心动的感觉。从来不胡乱发誓的王小北不由得暗想："要是能跟她在今生今世来一场轰轰烈烈的爱情，我宁愿拿出属于自己的一切来进行交换！"当时这些想法只是发生在一闪念当中，不久之后王小北就从无限的遐思中回到了现实中，开始如饥似渴地学习起了明天可能涉及的考试内容。

那时候真的年轻，以至于当晚自习结束那悦耳的乐声响起的时候，王小北才猛地惊觉，再一次从知识的殿堂回到了红尘中。也许正是这种精神感动了上天，老天爷这才把一个机会在最不经意的时候给了他。要是没有这个机会，这座城市恐怕以后就不再会有他的身影，更不会有他和潘豆豆那段不知牵扯几世的姻缘了。也正是由于这次机会，命运将他和潘豆豆再一次拉近了。

王小北揉着太阳穴走出了自习室。还没等他走完从教室到寝室的几百米路，看完夜场赶回来的刘帅却突然大喊大叫地出现在了他的视野当中。也许这小子因为晚上看武侠片受到了感染，一见面就拉着王小北来到一座某著名教育家雕像的背后，急不可耐地喘息着对王小北说道："小北，告诉你一件事，但你必须得挺住……"

想到这里王小北不禁哑然失笑，回想起当初刘帅那个劲头儿，就好像是由工商和城管等部门组成的联合执法队已经找上门来。虽然才过了没多久，岁月甚至还没来得及在他们身上刻上更多的痕迹，但无论如何当时他们身上青春的标记要比这时明显得多，也要更加不羁和张扬一些。事情的结果是王小北参加全国主持人大赛的通知已经到了，王小北有了为理想真正放手一搏的机会。

比赛几天后就开始了，由于毕业考试已经结束，李晨曦和林虹特意请假去给王小北助阵，刘帅也自告奋勇地临时充当起了王小北的贴身随从。

几个人离开学校，打了一辆出租车直奔比赛地点，前呼后拥的架势倒也给王小北增添了几分威势，引得周围的人全都向这里观望，以为来了什么明星大腕儿。

在大赛的签到处报了到，王小北被告知被排在第二个出场。由于第一个选手这时已经开始候场了，王小北便在工作人员的引导下来到了供选手使用的化妆间。对着镜子，王小北深深地吸了口气，认真检查起了自己今天的造型。

看着镜子中的自己，原本还有些小紧张的王小北忽然平静了下来。他习惯性地清了清嗓子，信心百倍地对着镜子做了个努力拼搏的动作。王小北的心里很清楚，一个在自己的人生中谈不上最重要但却十分关键的时刻已经到来了。如今他已经到了该毕业的时候，能不能留在北京就看能不能一举进入那些在全国人民心中占据着重要地位的单位了。如果能在这次大奖赛中一击即中的话，他不仅将从北京赛区中脱颖而出，进入到全国的比赛当中，势必也将引起一些用人单位的青睐。

想到这里，王小北缓步走出了化妆间，向舞台的方向望去。他再一次提醒自己，只有在这个舞台上取得胜利，才能迈步走向下一个更大的舞台。而那个舞台，则很可能关系到他今后的人生，让他在这座城市中获得一个坚实的站立点。否则……这个词刚一出现在脑海里便被王小北恶狠狠地抹掉了。王小北仿佛听见自己心里有个声音轰然响起："不！根本就没有什么否则，这一次真的必须得赢！"尽管王小北事先就估计到了一举战胜众多具有专业对手的难度，但必胜的信心还是病毒般让他感到了一阵兴奋的战栗。

刚想到这里，便有一个工作人员探头进来，轻声提醒该他上场了。王小北微笑着点头答应，面色从容地带着破釜沉舟的悲壮向对方使劲儿点了点头。

由于这次大奖赛的规格属于国家级，虽然仅仅是初赛，但评委的阵容还是异常强大。除了一名泰山北斗级别的播音导师之外，还有两名年轻的专业播音员和主持人。

潘豆豆争取了一个机会以助理的身份来到了现场，准备亲眼看见这次盛事。就在王小北刚刚走上舞台的时候，潘豆豆第一眼便认出了这位卖袜子的大学生。

王小北简短的自我介绍刚一结束，潘豆豆的心里便有了明确的答案。她觉得面前这位跟自己年龄相仿、浑身上下充盈着活力的小伙子真的具有很大的潜力，光是他那副带有磁性的嗓音就很容易在第一时间征服面前所有的人。

助理席的潘豆豆换了个舒服的姿势，身心放松地欣赏起著名诗人徐志摩的代表作《再别康桥》。随着王小北充满激情的声音，潘豆豆忽然感到了一丝久违的享受。闭上双眼，潘豆豆好像真的看到了云霞下那座美丽的桥……

此时此刻，置身于舞台中央的王小北并没有感到一丝一毫的紧张。他感觉到聚光灯将他瞬间拉到了另外一个空间里。光亮之外完全是一片漆黑，静悄悄的没有任何声音，仿佛整个世界都在屏息聆听。

王小北心无旁骛地开始了朗诵，像每次练习时那样，面前很快便出现了康桥那绝美的身姿。他朗诵完最后一句之后，并没有期待中的掌声，四周仍然是一片宇宙洪荒般的寂静。直到他弯腰向下面的观众鞠躬行礼的时候，一阵雷鸣般的掌声才骤然响起，强烈地刺激着他的耳膜。王小北的心一下子变得无比轻松，他很清楚地知道，这一次自己的水平又得到了很好的发挥，并在同一时间获得了大家的认可。王小北怎么也不会想到的是，自己除了这些之外还大有收获，那就是让潘豆豆也记住了他的名字。

比赛结束后不久，王小北果然如愿以偿地接到了参加复赛的通知。这次，比赛的内容已经不再是朗诵一首诗那么简单，各种各样的项目几乎涵盖了他这几年所学的全部内容。除了这些正经八百的问题之外，还有许多知识面分布很广的问题也接二连三地摆在了他的面前。也许王小北的执着感动了冥冥中的某位神圣，这些刁钻的问题竟然没有一个能难住他。

在新的一轮期待后，王小北终于在漫长的等待中接到了决赛的通知。那天的场面热烈而残酷，仿佛美国大片《饥饿游戏》中凯特尼斯的求生之战一般，除了一路同样过关斩将的高手之外，对手中甚至还有已经在电视荧屏上占据了一席之地的成功人士。

现场不断有小道消息传来，以至于还没轮到王小北上场，大家便对本次决赛的胜负有了民间版的定论。但这种不利的情况却激起了王小北的斗志。他的人，面带微笑地坐在椅子上候场，完全是波澜不惊的样子。他的心，却在沸腾的血液中呐喊挣扎，狂热甚至是疯狂地渴望着胜利。

现场虽然看上去气氛轻松，但却到处都弥漫着看不见的硝烟。台下的贵宾席上，一些来自电视台和广播电台的领军人物都在注视着台上选手的表现。虽然他们心里基本上已经有了志在必得的目标，但仍然本着审慎而苛刻的原则在进行着最后的筛选。王小北那种有如神助的临场状态再次降临，又淋漓尽致地发挥了自己最好的水平，尤其是他假扮成茶壶用西北方言表演的小品更是让他赚足了噱头。比赛结束了，王小北的心里充满了期待，因为他知道自己已经踢开了命运之门，剩下的就只是如何走好门后那条陌生的道路罢了。

这个答案如今算是已经有了，走起来尽管仍旧会磕磕绊绊但毕竟不再有方向性的问题。剩下的事情当然还有很多，跟岳父一家相处，跟比自己年轻许多的台长相处，还有……

李晨曦骨子里也有着致命的缺陷，那就是只要是家乡人就无条件地充满好感。这天我们的李总刚到公司，秘书便走上来对他说："李总，昨天有个人来找你，说是你的乡亲……"李晨曦眉毛一扬略显激动地问道："他叫什么？人在哪儿呢？"秘书微笑着回答说："他说他叫李满墩儿，是慕名从家乡来找您的。"李晨曦听罢大为兴奋，马上兴奋地叫道："他留下联系方式了吗？"秘书回答说："他说他今天还要来……"李晨曦高兴地吩咐道："他来了一定要好好招待！"说到这儿，感到自己有些失态的李晨曦急忙又笑着解释道："在我们那儿，怠慢乡党可是罪过！"

第十八章

处理好粉丝的事情回来的路上，王小北终于跟母亲通上了电话，胡素云兴致勃勃地向儿子讲了一大通在成都的观感，然后才忽然想起了什么似的问："对了，小北！你这几天一直给我打电话，到底有什么要紧的事儿？"王小北犹豫了一下说："我是想跟您谈谈孩子的问题……"胡素云感到有些诧异："孩子的问题？孩子病了？"王小北叹了口气回答说："妈，孩子毕竟是咱们老王家的根儿，您是不是也该关心一下他的成长教育问题了？"

胡素云顿时沉默了，过了好半天才郑重地对王小北说："儿子，这的确是个大问题，你的意思是？"王小北苦笑着回答道："我的意思是您跟我爸是不是该再过来露上一面儿呀？"可能是听出了儿子语气中的不满与无奈，胡素云笑着回应道："没问题，等这次成都回去之后，我跟你爸就到北京去看孩子！"说到这儿，胡素云又补充了一句，"说实话，我跟你爸也挺想孩子的……"

治标不治本地解决了迫在眉睫的家庭危机，王小北却没因此感到一丝轻松，因为他都不明白自己这样做的目的究竟是什么。说句良心话，父母没什么可以指责的，因为他们已经为自己操劳了半生，怎么也该是为他们自己活着的时候了。更何况王小北也没有把孩子交给父母带回西京的打算，一来是父母有言在先，不想让孩子打乱他们的生活。二来潘豆豆是北京户口，北京的各种条件无论哪样都具有明显的优势。他之所以这样做，其实无非是平衡一下包括他自己在内的各方感受罢了。当然，这里还有一个不能说出口的原因，那就是他真的很希望孩子能跟着自己的父母长大，因为结果是显而易见的，那样对孩子今后的养成无疑会大有裨益。但是……但是一切都还取决于他目前仍旧十分薄弱的经济基础，他没能力在北京这样一座大都市中买一座像样的房子来实现这一理想，也无力改变现在条件下他这种独特的上门女婿所面临的境遇。

旅游看来也是一种毒药，虽然不至于要命但也很容易上瘾。这天中午，潘妈笑眯眯地凑到王小北的面前，人还没挨近就能感觉到那种挥之不去的亲热劲儿。王小北敏锐地感觉到，这样的举动一定意味着没有好事儿。就在早已经被岳父一家打通了任督二脉的王小北凝神戒备的当口儿，他的预感果然应验了。

潘妈笑容可掬地开口问道："小北啊，最近工作忙不忙呀？"王小北急忙朝着正在逗孩子的潘豆豆望去，后者却有意识地回避了给他提供任何情报的义务。王小北只得小心翼翼地回答道："最近台里刚换了领导，正是眼珠子也不敢乱眨的时候……"潘妈奇怪地问道："你跟豆豆不是一个单位吗？她怎么没忙成这样？"潘豆豆听了嫣然一笑，不酸不淡地插嘴了一句："人家是主任，我一个小兵当然不能和他比了。"

潘爸听见哈哈大笑，潘妈和潘豆豆也跟着笑了起来。就在王小北尴尬非常的时候，还是潘豆豆冲出来给他解了围。潘豆豆亲昵地扶着王小北的肩膀说道："我妈这人就是爱兜圈子！还是我跟你说吧！"潘妈听了如释重负，笑着摆手道："你说！还是你说！"

潘豆豆果然直截了当，很快就把事情的来龙去脉给说清楚了。原来是他们也要去旅游了！王小北听罢如释重负："去玩玩好！这对身心都有好处！我坚决支持！"潘豆豆飞快地和母亲对视了一眼，然后坏笑着对王小北说："你别以为我们走了你就轻松了，我不会让你闲着的！"

潘爸好心地插了进来："玩儿就玩儿吧，人家小北好不容易清静几天，你还想让人家干啥？"潘妈看来是早就跟闺女预谋好了，上来就给了丈夫一肘子："人家两口子说话呢，有你个死老头子什么事儿？"潘妈的武功果然厉害，这么轻轻的一招儿，顿时把潘爸的丈夫气给打了个烟消云散。潘爸用无限同情的目光望着王小北，摇了摇头表示爱莫能助。

王小北正在那儿傻愣愣地坐着，潘豆豆这边已经把任务给布置了下来："这几天你回来也搞搞扫除，咱们这屋里的死角儿都得给整干净喽！"王小北一听原来就这么点破事儿，马上如释重负地笑着答应道："好说，你回来验收就是！"潘豆豆满意了，脸上全都是得胜而归的表情。潘妈也笑得合不拢嘴儿了，忙里偷闲地安慰说："放心，我们一共才去七天，也就一眨眼的工夫儿！"

潘豆豆一家果然雷厉风行，第二天一早就走了个干干净净，把王小北一个人扔在了家里。王小北看着空荡荡的家，心里感到十分惬意，不由得意万分地起身来到了台里。

临近中午，他的手机突然响了起来，低头一看竟然是滕佳琪的号码。王小北笑着问道："佳琪，找我有什么事儿吗？"滕佳琪说话还是那么嗲声嗲气的，她笑着问道："王主任，啥时候赏光吃顿饭呀？"王小北一时间竟然不知道该如何作答。滕佳琪却已经笑着说道："明天晚上吧！给您一天时间跟嫂子请假！"说完也不等王小北说话，就已经干脆利索地挂断了电话。

中午的时候，刘帅贼兮兮地告诉他说："知道吗，小北？那天我到机场去送何思嘉了。"王小北哼了一声道："你怎么知道她坐哪个航班的？"刘帅回答说："这还得感谢李晨曦，是那位李书记把这个消息透露给他的。"王小北诧异地问道："李晨曦也去了？你为什么不告诉我一声？"刘帅苦着脸回答说："谁敢呀？那次头天晚上不是跟我说何台长第二天一早要找你谈话吗？"王小北这才释然地点了点头："对，是有这么回事儿。"

王小北静静地看着刘帅，后者则不无感慨地说道："警察把她和她丈夫带上了飞机，她临走的时候让警察给我带了句话，说那晚上我们之间什么也没有发生……"刘帅的讲述到这儿便戛然而止，王小北翻了他一眼问道："这就完了？"刘帅有些茫然地回答说：

"完了，要不还能怎么样？"王小北笑道："得了，噩梦醒来是早晨，你还是回家好好过日子吧！"

刘帅叹了口气道："还好好过日子呢，我脑袋上的虱子怎么也挠不干净，都快给烦死了！"王小北故意逗他："怎么？你除了何思嘉还有别的女人？"刘帅一听顿时瞪起了眼睛："你怎么这么没劲？还情感专家呢？什么叫我有女人？何思嘉她是我的女人吗？只不过是……只不过是……对不对？"

王小北笑道："得了，我就是逗逗你，看你急得，怎么连话都说不清楚了？"刘帅作了个揖道："专家，给我指点一下迷津吧？"王小北故意摆出爱莫能助的架势："你让我指点迷津，李晨曦也让我指点迷津，那我自己的迷津谁来指点？"刘帅坏坏地笑了一下道："要不咱们晚上聚聚？"王小北点了点头。刘帅满意了，高高兴兴地跑了，那样子何思嘉在他心里留下的阴影已经大部分烟消云散了。王小北忽然冒出了一个念头："我要是也像他那样没心没肺该有多好？"

提起刘帅的没心没肺，那可真是可圈可点，自打王小北认识他的时候就是那样。想当年上大学的时候，刘帅就显得在苦难面前特别经得住摔打。他大学的时候曾经梦想着要当电影明星，结果到头来还是玩了一场猴子捞月亮。这么大的打击过后，他居然还能表现得跟没事儿人一样，最近有时甚至还会主动拿这件事儿出来调侃。这次何思嘉的事情虽然不至于在内心深处刻上一道永久的伤痕，但无论如何自我治愈的能力也太强了一些……

那时正是毕业季来临之际，也是他们三个人创业的最低谷。他们承包录像厅做贼似的搞起了午夜剧场，但最终还是因为胆怯畏法而草草收场。大大咧咧根本就是败家子的刘帅却满不在乎，仍旧在人前大言凭着自己的一双臂膀能在这块神奇的土地上杀出一片属于自己的黎明。

很快，刘帅就不知道跑到什么地方高乐去了，而且一整天没看见他的影子。傍晚，正当王小北走到走廊中间的时候，刘帅却像一颗出膛的炮弹般飞到了他的面前。王小北踉跄着终于站稳了脚跟，嗔怪地望着刘帅："你这一整天干什么去了？"刘帅得意地笑了笑："当然是干该干的事情！"王小北好心劝诫着自己的伙伴儿："眼下最重要的事情应该是毕业考试！"刘帅没有像每次被他戳中痛点后那样立即举手投降，而是一脸严肃地收敛起满脸的笑意："答错了，扣十分！"王小北糊涂了，忍不住问道："那正确答案该是什么？"刘帅一本正经地望着王小北："当然是毕业后的去向！"

王小北瞬间被面前这位新鲜出炉的哲人震撼了，不由自主地点起了头来。的确，刘帅说得一点错没有，这的确是目前摆在他们面前的头等大事。"你去联系工作了？"王小北试探地问道。刘帅很潇洒地把头一扬："当然，先下手沾光，后下手遭殃嘛！"看着刘帅胸有成竹的样子，王小北忍不住问道："这么说你的工作有着落了？"刘帅鄙夷地望着王小北："什么话？你应该说已经联系好了！"

这一回，王小北的胃口被真的吊起来了，忍不住伸手抓住刘帅的肩膀使劲儿晃悠了起来："什么单位？干什么？"刘帅扒拉开王小北的手，夸张地揉着肩膀叫道："干什么？干什么！知不知道男男授受不亲……"嘴角很个性地浮现出一丝笑意，王小北很郑重地伸出手握住了刘帅那只到处胡乱挥舞，其实根本没想以这种方式表示礼貌的手："祝贺你！"说完这句话，王小北转身就走，把自以为赚足了噱头的刘帅独自扔在了身后。带着一脸失望的表情，刘帅顿足捶胸地问道："你也不问问我联系的工作是什么？"王小北停下脚步，忍着笑沉声答道："你可以说出来听听……"

刘帅快哭了，几乎是号叫着："你这是什么态度？我都要当电影明星了你也不问问，还假模假式地说可以说来听听！"王小北哈哈笑着转过了身："对付你这样的人就得这样！刚才我要是主动求着你说，你非得摆半个小时的臭架子。这不，略施小计你就上赶着招了。"王小北精辟的分析让刘帅更加欲哭无泪，他幽怨地看着王小北叫道："你可真阴险！"

接下来王小北又数次略施了几种小计，急于找自己人吹牛的刘帅便和盘托出了自己即将参加某剧组演出的事情。原来，这小子是看了晚报上的一则启事后自己找上门去的。对方看了他的简历，又让他耍猴般演了个片段，便果断答应接收他成为正式的跟组演员。刘帅高兴地告辞出来，却完全不知道所谓跟组演员其实也属于街上找来的群众演员，还以为自己很快就要红透整个华人世界了呢。

坐在通往寝室的路边长凳上，王小北用整整一刻钟时间终于让刘帅搞清楚了什么是群众演员，而群众演员里相对固定的一种又被称作跟组演员这一事实。刘帅沮丧地骂道："真他妈的晦气！老子还以为很快就能跟刘德华一块儿喝咖啡了呢！"说到这里，这小子又跟往常一样在王小北面前展示了自己粗壮的神经和坚强的心理素质。只见刘帅贼兮兮地笑着朝王小北望去："哥，你一定不会把这件事告诉别人的，对吗？"王小北冷笑着连连摇头："那可不行，让大家都跟着普及一下影视常识有什么不好？"刘帅脸上的笑容更加灿烂，更加谦卑："小北，你说吧，让我怎么办，你才答应不说出去？"王小北强忍着随时都会发出的笑声："现在天挺热啊，不冷静一下我没法回答你这个问题……"刘帅顺着王小北的目光一看，不远处正是学校里到处都摆放有的饮料自动售卖机，顿时明白了对方的用意，马上忙不迭地跑了过去。

工夫不大，一罐打开拉环的可乐便递到了王小北的面前："小北哥，您请……"王小北看着被自己随意摆布的兄弟暗暗好笑，故意老气横秋地接过了可乐："行，你这孩子还真懂事儿！"刘帅奴颜婢膝地连连讪笑，却趁着王小北得意扬扬地喝下了一大口可乐之际突然发难，一巴掌打在了他的后背上。王小北猝不及防，嘴里的可乐立即化作一阵漫天花雨喷了出去，一个穿牛仔裤的学妹不幸中招儿，她的惊叫声立即在同一时间响彻了云霄。撒腿就跑的刘帅狂笑着躲在树后，高兴地欣赏着不远处打躬作揖，一个劲儿赔不是的王小北。"报应，这就是报应！"刘帅解恨地自语道。

这场闹剧过后，刘帅又开始神龙见首不见尾。不过这小子算是学精了，每次回来都主动给王小北送上一罐饮料，而且花样翻新绝不重样儿，生怕王小北一不高兴说出他错把跟组演员当成电影明星的糗事儿。

王小北笑了一会儿，便摇着头回家去了。因为他已经领受了潘豆豆安排的任务，还要回去打扫卫生呢。回到家里，王小北总算是长出了一口气，因为潘妈手脚勤快，屋里的卫生基础还是不错的。简单吃过晚饭，我们的王主任就开始动手打扫起卫生来。十二点不到，整个屋子已经窗明几净，干净整洁得就跟刚刚搬进来时一样了。王小北得意地吹了声口哨，顺手拉开冰箱门准备来瓶饮料犒劳一下自己。谁知随着冰箱门的开启，王小北脸上的表情却跟着凝固了。

冰箱里的东西满满当当的，还有一些本来不属于冰箱的东西也被塞了进去。更可气的是，冰箱里许多位置都长了毛，而且那些霉菌的颜色和形态各异，争奇斗艳，红的灰的不一而足。王小北看在眼里，恼在心头，哇呀呀的真恨不得来一段秦腔抒发一下愤懑的心情。在对着冰箱运了半天气之后，他终于还是把冰箱里的东西全都拿了出来，一件件擦干净之后放在外面晾着，然后撸胳膊挽袖子地仔细擦拭起冰箱来。

王小北从小生活在一个知识分子家庭，家里总是一尘不染，物品的摆放也都很得体。偏偏潘豆豆一家粗枝大叶，经常出现这种令王小北无法容忍的现象。但是王小北发现自己最近越来越被他们同化，毕竟他们那种虽然有些过火但却亲密无间的氛围是他所喜欢并期望的，想透了这一层，王小北的脸上浮现出了无可奈何的苦笑。

李晨曦终于如愿以偿地见到了乡党李满墩儿，并很快就拉得十分近乎了，因为两人不仅是同一个县，还是同一个乡。在李晨曦的盛情邀请下，两人中午在公司不远处的饭店里要了一个包间，还特意开了一瓶颇有象征意义的西凤酒。酒过三巡之后，李晨曦笑着问道："满墩儿，你是怎么知道我的？"李满墩儿笑着说："听一个客户说的，他原本跟你一起做过买卖。昨天闲聊的时候说起了家乡的事儿，我就跑过来看你了！"两人说着又干了一杯，李晨曦望着李满墩儿问："你这次来北京干什么？"李满墩儿笑着回应道："我是来买大豆的……"李晨曦奇怪地问："咱们那儿没卖大豆的吗？"李满墩儿歇歇虎虎地瞪起眼睛说："差价，咱们那儿跟东北的差价太大了，一吨就是这个数儿！"看着李满墩儿用手指比画的数字，李晨曦不由得大吃了一惊，瞪大了眼睛吃惊地问道："天哪，怎么会这样？"

李满墩儿笑着拉开随身携带的皮包，拿出一份文件递给李晨曦："我本来不是做生意的，这不是因为有个娘舅在市里炼油公司当董事长嘛，这才注册了一个公司跑来了北京！"李晨曦在生意场上也算是摸爬滚打过的，拿起批文仔细看了一遍，然后抬起头略显狐疑地问道："天底下还有这么好的买卖？"李满墩儿满不在乎地回答说："其实也没啥，我舅他拿大头儿，我也就是跟着热闹热闹罢了……"李晨曦觉得这个回答挺靠谱儿，于是便试探着问道："这次来北京还顺利吗？"李满墩儿咧嘴苦笑着回答说："还行，就是数量太少了……"李晨曦抛出了自己的最后一个疑问："你为啥不直接去东北？那里是产地，应该更便宜才对啊？"李满墩儿回答说："我买的是这边儿积压的，比当地便宜多了……"

酒足饭饱之后，李满墩儿告辞走了，李晨曦不失时机地问道："满墩儿，我帮你联系联系这个业务怎么样？"李满墩儿不无遗憾地回答说："我这次的任务已经完成，明天就该回去了。"说到这里，李满墩儿看着面露失望之色的李晨曦安慰道："你联系吧，我下次来的时候直接找你！"

第十九章

中国版图上帝王之气最重的城市——西京城内，王小北的父母正在谈论着他们的儿子。穿着一身高档家居服的母亲姿势优雅地坐在沙发上，端起手里的杯子很文雅地抿了一口："我说老王，小北催咱们去北京呢，你到底是怎么打算的？"

被称作老王的人就是王小北的父亲王瑶卿，他抬起自己那犹如八九十年代宣传画里标准科学家形象的脸望着老伴苦笑："我能有什么打算？其实咱们早就该去看看孙子了……"

母亲很有教养地将手中的茶杯轻轻放回原处，又细心地盖上盖子："没错儿！这小子有意见了！"说完这句话，她又随即补充道，"谁让他非得留在北京，要不孙子就得是咱们照顾了……"父亲的嘴角牵动了一下，笑望着老伴："不回来也好，你要是让小孙子缠住了，还怎么去周游天下？"老伴一听情不自禁地站起来，不耐烦地将手按在王瑶卿面前的图纸上："你这话算是什么意思？"

　　王瑶卿心疼地伸手去捂桌上的图纸，并将它们瞬间移动到了安全的地方。做完这一切，王瑶卿嗔怪地解释道："别激动，我的胡处长，我这句话没有任何贬义……"

　　原来，王瑶卿和老伴儿都是国家级驻西北科研机构的处级干部。跟只是享受处级待遇的老伴儿不同，胡素云显然很享受自己的这个官称儿，因为她当年可是机关里正经八百的处长。"总之咱们尽快过去就是了。"王瑶卿看着已经平和下来的胡素云细声慢气地解释道："孙子是咱们家的未来，咱们怎么也该去尽尽心了！"

　　胡素云被老伴儿说服了，点了点头再次端起茶杯："倒也是这么个理儿……"说到这儿，胡素云想起了什么似的将刚刚掀起了一半的茶杯盖轻轻盖了回去，满腹心事地追问了一句："他现在是功成名就，最好别让孩子成为拖累。也不知道他跟他的岳父岳母相处得到底怎样。"

　　王瑶卿笑着答道："要相信咱们的儿子！养养精神准备去旅游吧，钱咱们可都交了！"胡素云的心里刹那涌起了对儿子的信任，点了点头很讲究地品了一口茶，脑子也跟着转移到了不久前刚报名参加的旅行团上："你说这家旅行社靠谱吗？我怎么觉得旅行提示少了？"王瑶卿笑着提醒道："咱们上次去美国黄石公园就是这家……"

三个朋友的聚会又一次举行了，在谈到刘帅前不久那次有惊无险的艳遇时，王小北端着杯子说道："刘帅，你今后真得吸取教训了！"李晨曦也跟着郑重地连连点头，眼睛里全都是责备的目光。刘帅很难得地低着头嘟囔道："这有什么？我以后改了就是……"说完这句本来很到位的话之后，刘帅忽然不怀好意地看了李晨曦一眼，"男人嘛！李晨曦不是也犯过这样的错误吗？"

　　李晨曦是个内向的人，居然没有反驳，只是重重叹了口气。王小北摇头苦笑，李晨曦却忽然没头没脑地问道："小北，怎么就你没遇上过这类的事儿？"刘帅阴阳怪气地插嘴道："这有什么稀罕？人家是情感问题专家嘛！"王小北正色回答道："什么专家不专家？是你们跟自己的家人接触得太少了！即便是每天都见面，但你们还会像过去热恋时那样沟通交流吗？"刘帅瞪大了眼睛叫道："你现在还跟老婆进行那么深层次的沟通？"王小北苦笑着回答说："我虽然也做不到，但我却一直在努力！"

　　"给我们出出主意吧，怎么才能做到？"李晨曦在一阵埋头沉思后仰起头很真诚地问道。王小北笑着提议道："我看咱们下次再聚会干脆变成扩大会议吧！"李晨曦不解地问道："怎么个扩大法儿？"刘帅马上接口说道："你傻呀！就是把夫人们也带上呗！"

　　转眼一个月的时间过去了，这期间又发生了许多鸡毛蒜皮的小事儿。比如，王小北在潘豆豆面前刚抱怨了一句冰箱的事儿，就立马遭到了排山倒海般的反击。王小北当时虽然有点接受不了，但过后还是很享受这种人间烟火味儿很浓的插曲。再有就是滕佳琪，那天晚上她跟王小北这位前上司吃了一顿饭，提出了许多需要帮忙的事情。王小北想想全都是举手之劳，便一拍胸脯答应了下来。后来跟刘帅聊起这件事时才知道，滕佳琪终于成功戗走了吴奇伟的老婆，现在已经是明媒正娶的吴太太了。不仅如此，这位新鲜出炉的吴太太如今身价不菲，听说她的公司因为承包电视台的栏目资本已经过亿了。最值得一提的是，扩大聚会范围的提议得到了家人的一致支持，在家待得确实有些久了的潘豆豆、陈黛丝、林虹群起响应，并对此充满了期待。

那个李满墩儿终于去而复返，一见面儿还真给了李晨曦一个订单。李晨曦回到家中跟林虹讲起这件事，后者却是大摇其头："晨曦，你现在生意做得好好的，有必要再跟着你这老乡去买卖大豆吗？"李晨曦对此嗤之以鼻："有生意可做难道还得挑剔一番吗？"林虹白了他一眼说："我是怕你不懂这一行儿里的道道，回头让人家坑了还帮人家数钱呢！"李晨曦不满地强调说："李满墩儿是我老乡，坑了我还怎么在家乡混？"林虹摇着头望着丈夫连连苦笑："这话有点过了，难道你们家乡的法院就没审理过诈骗案吗？"李晨曦满不在乎地反驳说："你就看着吧，这笔生意肯定没错儿！"看着满脸固执的李晨曦，林虹摇着头低声咕哝道："你呀，就爱轻信别人，否则当年也不会让那个田萱利用了……"

这句话令李晨曦的情绪低沉了下来，他赶紧讪笑着转移了话题。原因不足与外人道，他是因为林虹提起了他一辈子当中唯一，也是仅有的那次桃色事件而别扭，想起那个叫田萱的女人，他心里总觉得跟吃了苍蝇似的，很是别扭。

那还是他跟林虹的小公司刚刚创办不久的时候，在一个偶然的机会遇到了那个差点要了他的命，终结了他那回肠荡气的爱情的女人。那时经过协商，他们那小小的广告公司发生了变革，由林虹接手与电台有关的业务，李晨曦则被赋予了具体落实项目的职责。因为李晨曦与林虹已经正式宣布将在那年年底正式举行婚礼的消息，王小北和刘帅很够意思地开足马力，一连给他们介绍了好几笔生意。正是由于这个原因，李晨曦也就忙了起来。

有一天，李晨曦为了给一个客户寻找合适的户外广告位，干脆沿着对方划定的区域溜达着寻访了起来。当他走到景山附近的时候，一块还没有内容的大广告牌，马上引起了他的注意。像一只饿了好几天的狼发现了一只肥美的羊一般，李晨曦围着这块广告牌子转悠了起来，越看越舍不得离开。就在这时，一个外边穿着剪裁合体的浅灰色套装，里边衬着一件很显眼的桃红色衬衣的女子出现了，饶有兴趣地站在一旁默默观察起了李晨曦。

这个女子就跟她的这身打扮一样，虽然没有令人惊艳的美丽，却有着一股深入骨髓的魅惑。直到李晨曦意识到该去打听一下这块广告牌的拥有者时，那女子才洞彻人心地浅笑着走了过来。在露出一个很难让人拒绝，尤其是异性根本没办法拒绝的微笑之后，女子伸出白皙的手用甜腻、地道的北京话率先开口说道："认识一下吧，我是大田广告的田萱！"李晨曦迟疑了一下，伸出手很礼貌地回应道："太巧了，咱们是同行……"田萱回应了他一个明媚的笑容："猜到了，你刚才那神情不是同行才怪！"

两人就这么认识了，开始在四周最具北京特色的街道上慢慢溜达，探讨起了他们共同关心的问题。"你知道刚才那块广告牌子是哪家公司的吗？"李晨曦很直接地问道。田萱笑而不答，却反问道："如果那块牌子交给你，你有项目吗？"李晨曦的心中升起了一丝希望，赶紧回答说："我的确有个合适的项目……"田萱随手比画了一下说："这块牌子属于当地的老年活动中心，他们要求既能宣传他们所要求的标语口号，又能提供一些资金给他们开展活动。"李晨曦明白了,这么好的地方竖起这样一块牌子,其实是地方政府的一种扶持政策。

"我刚刚办了一家小广告公司,只是还没有具体项目。但如果你有,我倒有办法拿下这块牌子。"田萱很坦诚地将底牌亮给了李晨曦。"你说吧,多大的项目才能满足你的要求?"李晨曦有些迫切地问道。田萱不动声色地说了一个数字,李晨曦大为诧异:"你确定真的够了吗?"田萱妩媚一笑,回答说:"我说的只是成本。"李晨曦笑着拍了拍自己的脑门儿:"你看我笨的!忘了问一下你的要求了……"田萱摇了摇头回答说:"我对单一项目没具体的要求!"李晨曦不解地问:"你的意思是?"田萱带着放在古代足以迷惑君王的笑容望着李晨曦轻声开出了价码:"我要跟你的公司合作!直到你帮着我把我的小公司盘活为止!"两人就这样在街上顺利结成了战略合作伙伴,后来又一块儿去愉快地共进了午餐。

由于田萱的关系,李晨曦的生意果然谈成了。思想者跟田萱的关系也变得微妙了起来,一个美丽的陷阱也由此在一无所知的李晨曦面前铺下了。广告牌子的事情终于搞定了,条件也很优惠,广告上面四分之三的版面是一幅老年人开展文体运动的宣传画,剩下的地方则是客户的广告。老年活动中心满意了,客户也痛快地结了账。李晨曦按照田萱的要求,把属于她的那份儿全部提成现金,装进提包来找田萱。

田萱没有出现在她的办公室里,李晨曦只见到了一个负责接电话兼看门的小女孩。他不愿意带着好几万现金在外边晃悠,便拨通了田萱的手机。

田萱听清了李晨曦的来意后说:"你倒真是个君子,送钱也这么及时!干脆麻烦你给我送到家里来吧。"李晨曦苦笑一声说:"可我不知道你住在哪儿呀？"田萱咯咯一笑："很近，我们办公室的小张会把你送过来的……"李晨曦如释重负地把手机递给了小张，对方接过电话嗯啊了两声儿，便挂断电话带着他出发了。

果然如同田萱说的那样，她家住得真的很近。李晨曦在小张的指引下按了两扇气派的大红门旁的门铃，田萱那张俏脸很快就出现在了他的面前。如果不是看过太多的电视剧，李晨曦简直不敢相信自己的眼睛。进到院里，无论是漆成了朱红色的柱子，还是脚下镜面似的水磨青砖，哪样都是高档货，不知道田萱怎么会住在这么一个贵气逼人的小院中。田萱仿佛早就料到李晨曦会有这样的表现，笑吟吟的一言不发，带着他走进了正面的屋内。

这间屋子里的陈设更加让李晨曦叹为观止，一水儿的清式红木雕花家具，博古架上琳琅满目的全是名贵摆设。李晨曦跟参观博物馆似的凑到近前，近距离瞻仰起博古架上陈列着的一只虫草小碗来。田萱看在眼里，笑了笑轻声说道："喜欢就拿起来看看吧。"李晨曦赶紧不好意思地笑着说："还是算了，你这屋里的东西太名贵，弄坏了哪件我也赔不起呀！"田萱轻描淡写地回答说："这些都是高仿的，真的谁敢摆在这儿？"

说话之间，两人已经分宾主落座，田萱麻利地给李晨曦倒上了茶。李晨曦感叹道："没想到你家竟然是这样！那你还出来做什么买卖呀？"田萱有些妖媚的脸上带着迷人的浅笑，俏皮地眨巴了一下眼睛没有说话。

田萱不说，李晨曦也不好再问，只有些尴尬地把目光转向了屋内的陈设，心不在焉地浏览了起来。恍惚之间，他觉得自己已经穿越时空，变身为《聊斋志异》中某个故事的男主角，而对面正坐着一位化作了美女的千年狐妖。想到这一层，这座小院也显得不怎么真实了，好像只要一声惊雷响起，这里就会变成一座破败的荒郊孤坟。

田萱喝着茶慢慢地欣赏着李晨曦白痴似的表现，终于开口说道："这些全是我父亲生前留下的，如今就只剩下一个空架子，大不如前了……"

李晨曦终于回过神来，拿出那笔钱整整齐齐摆在田萱面前，抱歉地一笑："你看，我几乎把正事儿给忘了！"

田萱扫了一眼桌上的钱："你还是先拿回去吧，就算是我先期的投资。"李晨曦急了："这怎么能行？这钱本来就该是你的，再说咱们目前不是还没有合适的合作项目吗？"田萱嫣然一笑："也行，那我就谢谢了！"

人恐怕是世界上好奇心最重的生物了，看到田萱收好了钱，李晨曦还是忍不住问道："冒昧地问一句，你父亲到底是干什么的？"田萱以一种很好看的姿势捂着嘴开心地大笑起来，笑够了才对李晨曦招手示意："我给他老人家弄了间纪念室，你进去一看就明白了。"

在田萱的带领下，李晨曦走进了小院儿的西厢房，来到了一间黑漆漆的房子中。就在李晨曦诧异的时候，田萱啪的一声打开了电源开关，屋里一下子亮起了柔和的灯光。这间纪念室被田萱布置得如同博物馆中的陈列室，图片和文字介绍以及一些不同年代的生活用品全都呈现在李晨曦的面前。当中一张很大的黑白照片，一位老人正在望着李晨曦微笑。李晨曦一下子认出了照片中的人，正是前两年不断被媒体报道的大收藏家田北川。

出于发自内心的恭敬，李晨曦在照片前深深鞠了个躬，田萱看见轻声地说了句："谢谢！"

离开纪念室回到刚才的屋内，李晨曦带着倾慕的眼神再次感叹道："真没想到，你居然是田北川的女儿！"田萱微微一笑，用开玩笑的口吻说道："这么喜欢我爸爸？那你干脆当他的女婿算了！"说到这儿，田萱还摆了个夸张的架势："那样的话，他的女儿和曾经属于他的一切就全都归你了。"

李晨曦自嘲地笑着摆了摆手："别拿我开心了，我哪儿配呀？"田萱身姿妙曼地移到李晨曦身边，媚眼如丝地望着他说："我要是觉得你配呢？"李晨曦下意识站起身来，假装浏览墙上的一幅山水画，迅速跟田萱拉开了距离。田萱没动，李晨曦连头也不敢回地说："看来我真的是没这个命啊，我很快就要结婚了！"

田萱不动声色地追问道："她漂亮吗？"李晨曦点了点头，田萱又看似若无其事地问了一句："你确定自己真的爱她吗？"李晨曦的心头闪过一丝警觉，笑了笑回答说："我们是大学同学，彼此早就把后半辈子交给对方了！"说罢，李晨曦就拿起自己的提包起身向田萱告辞："好了，我的任务也完成了，就不打搅你了！"田萱忽然板起脸半真半假地说道："对不起，我还真不能让你马上就走……"

李晨曦一听，顿时愣住了，心说："怎么着？接下来还真的该像《聊斋志异》里边的情节一样，先给我使个美人计，然后就要动手挖心了？"李晨曦停住了脚步笑着问道："怎么，你还有事儿？"

田萱回答说："我刚才故意逗逗你，看把你个大老爷们儿给吓的！我还有个很大的项目要跟你谈呢……"李晨曦心下释然，暗暗责备自己心术不正，所以才把别人也想歪了，赶紧和解地笑道："没问题，我洗耳恭听！"

后来的事情真的有些令李晨曦不堪回首了，他真的感谢他的朋友和他的妻子。那次的事情要是没有他们，最后的结果完全不是他李晨曦玩个西北硬汉就能处理得了的。想到这里，李晨曦不禁打了一个冷战⋯⋯

第二十章

尽管已经回到了家里，李晨曦还是感到心有余悸。好在岳母和新上任的岳父正在遨游四海，相濡以沫的妻子林虹也正躺在床上呼呼大睡。李晨曦蹑手蹑脚地躺到林虹身旁，闭上眼睛，记忆又回到了那次让他刻骨铭心的事件里⋯⋯

当然，那天的事还得从王小北后来的讲述开始。那天王小北跟潘豆豆一直待到很晚，回到他们所住的小院前的胡同时已经夜静人稀。因为那条胡同最近正在修理地下管道，王小北在胡同口外便下了车。长长的胡同里只有路灯在孤独地欣赏着自己的倒影，王小北一路低头猛走，冷不防电线杆子后突然有人叫他的名字，还伴有女人凄凄惨惨的哭声。王小北鸡皮疙瘩都起来了，还以为自己真的遇上了传说中挖眼开膛的女鬼。他猛地转身，看见一个白衣女子正从电线杆后走出来。定了定神后，王小北终于认出了那个女人，原来是穿了一件白色风衣的林虹。王小北失声叫道："哎呀，我说林总，你知不知道这样子会吓死人的？"

看来真的不是每句玩笑都会引起放松的效果，被王小北这么一说，林虹竟然又凄凄惨惨地哭了起来。王小北心中暗想："刚才林虹幸亏是慢慢走出来的，要是猛地蹦出来，我不被她吓晕了才怪！"想是这么想，但王小北还是赶紧走上前劝慰道："林虹你先别哭了，快告诉我到底发生了什么？"

林虹虽然仍在悲悲切切地抽泣，但是很快就将新一代陈世美李晨曦的罪行数落了一遍。这个意外的消息令王小北惊呆了，没想到这对儿在他心中跟琼瑶小说中的人物相差无几的恋人还会有这样的事情。他掏出手机一看，已经快午夜十二点了，就问林虹："你给他打电话了没有？"林虹泪眼婆娑地回答说："起先我打电话他还接，说是一会儿就回来！但后米干脆连电话都不接了，我一打他就给按了……"王小北替李晨曦解释道："他没准儿是陪着客户……"下边的话还没说出口，林虹就哭着说道："他是跟一个女客户在一起，他们最近的接触频繁得绝对超出了常理！"

王小北没想到老实巴交的李晨曦还有这两下子，不禁怒从心头起，当时就掏出电话把刘帅叫了出来。好在他们现在的地点已经距离小院很近，没过几分钟刘帅就气喘吁吁地赶了过来。当他听清楚了王小北的讲述之后，马上耸了耸肩对林虹说："你最好擦干眼泪马上回去，李晨曦回来后你就假装睡着了什么也别说，明天早晨也必须这样儿……"王小北一听就火了："怎么着？他李晨曦反倒成了惹不起的了？"

刘帅冲着王小北叫道："懂什么，懂什么，你懂什么呀你？你难道准备劝林虹积极备战，待会儿跟着公审李晨曦不成？"刘帅的话点醒了王小北，马上意识到在这个节骨眼儿上扩大战争的确不是好办法。刘帅用少有的严肃口气对林虹说道："要是不这样，你就找不到那个女人到底在哪儿，也别想知道他们之间究竟发生了什么。在这个时候你必须站在李晨曦的立场上，共同对付那个可能成为敌人的家伙！"

看见王小北和林虹瞬间失声，全都眼睁睁地看着他，刘帅压低声音说："解铃还须系铃人，不首先确定干扰他的女人是谁，等他们转入地下，这件事会越来越麻烦的！"说着，刘帅拉着林虹往回走，一边走还一边面授机宜。跟在后边的王小北听了心里很是佩服，没想到平日里毛头神一样的刘帅竟然具有这样的战略眼光。

李晨曦今晚真的是喝了不少酒，一是因为田萱劝酒的招数实在高明，二是这个书呆子根本就不知道洋酒的厉害。等头疼欲裂的李晨曦醒过来之后，才发现身旁的手机上已经出现了好几个林虹的未接电话。他又看了看手机上显示的时间，意识到今天的事情已经变复杂了。

刚才他在昏昏沉沉之中做了个怪梦，只觉得自己置身于一团化不开的浓黑之中，只有头顶上方有一个硬币大小的光斑正在由远而近地飘落下来，渐渐形成了一束光源。他挣扎着向光源走去，却看见田萱含情脉脉地站在那里，脸上浮现出迷人的浅笑。田萱一下子投入了他的怀抱，两人开始拥抱接吻，仿佛天地之间再没有什么能够阻止他们……

想到刚才梦中的情景，李晨曦顿时就惊出了一身冷汗。他下意识地撩开被子，发现自己的衣服还好好地穿在身上，这才放下了心来。田萱悄然出现，还适时地送上了一杯热茶。她看着满头大汗的李晨曦，用温柔的语调说："喝点水再躺一会儿吧，还不到一点呢……"李晨曦咕咚咕咚地将温热的茶水喝下，头疼顿时感到减轻了许多。

李晨曦不顾田萱的劝阻挣扎着下了床，站起身一边向门口走，一边抱歉地对田萱说："真对不起，刚才喝多了，我得赶紧回去了！"田萱媚笑着问道："你担心你老婆着急，怎么就不怕我伤心呢？"

李晨曦一边整理衣服向外走，一边笑着解释道："咱们是朋友，你多担待就是，改天我一定好好报答你！"说到这儿，李晨曦还特意强调说："家里那位可是我的结发妻子，真的不能伤了她的心……"田萱冷笑一声，仍旧用柔媚入骨的声音说道："李晨曦你这话就不对了吧？刚才你搂着我又亲又摸的，要不是你今天喝得实在太多，我估计这会儿什么也都发生完了，你不会一转脸就变得这么狠心吧？"

李晨曦停下脚步僵住了，田萱笑着说道："我给你的那个项目是什么意思？还不是真心为了你好？再说咱俩从认识到现在，我从来都没有逼过你，你这样毅然决然的多伤人啊。"

李晨曦意识到自己必须赶紧离开这里，慌乱中词不达意地说道："对不起，真是对不起……"田萱柔媚入骨地笑道："告诉你李晨曦，可不要太小看我这个弱女子啊！没准儿我还能帮你成就好大的一番事业呢……"

李晨曦静静地站在那里听着，内心深处也好像有个声音在用充满诱惑的语调提醒着他："李晨曦，你可要把握住呀！你这时进一步可以鲤鱼跃龙门，直接实现所有的人生目标。要是退的话就会前功尽弃，别的不说，光是面前这笔桃花债就不难让你厄运缠身，让林虹跟你玩命。"

想到这儿，李晨曦的内心深处第一次产生了令自己感到羞愧的动摇。但这动摇仅仅发生了不到一秒，就被他义无反顾地抛到了九霄云外。在电光石火的一瞬间，李晨曦明白了自己内心深处认为最珍贵的是什么。那是林虹在自己人生最不确定时不离不弃的陪伴，是火车站那场细雨中把自己硬拉回到这座都市的手。李晨曦下定决心，无论如何也不能辜负林虹这样一个把一切都寄托在自己身上的女子。

事情到了这一步，李晨曦反倒冷静了下来。他语气平和地对田萱说道："咱们这几天不是还要继续那个大项目吗？我还是先回去吧，否则这些日子真就什么也干不成了！"田萱被李晨曦镇定的表现惊呆了，开始仔细品味着李晨曦的话，在僵持了不到一分钟之后，田萱幽幽地看了他一眼，默默起身去帮他开了门。

回到居住的小院，已经是凌晨三点钟。林虹按照刘帅的计策按兵不动，只是一个劲儿地在黑暗中流泪。李晨曦心里有鬼，生怕林虹跟他交流，一上床就双眼紧闭，装出一副已经睡着了的样子。两人就这样在黑暗中各自想着心事，谁也没有主动开口。

第二天，果然一切如常，林虹照例做好了早饭，只是埋怨李晨曦不该喝那么多酒。很快，刘帅和王小北也来吃早饭了。别看刘帅平时不怎么愤世嫉俗，但今天却很例外，吃着饭还唠唠叨叨的不闲着。刘帅吃饱喝足后把碗一撂愤青般说道："现在的电视节目真是太没水准了！昨晚那个相亲节目整得跟歌厅里挑小姐似的，什么玩意儿！"王小北可不是刘帅那样不管不顾的人，他从李晨曦的脸上隐约读出了些什么，因此朝刘帅使了个眼色说："管那么多干什么？反正那节目又不是你导演的……"

要是换成别人，估计心领神会就不再说了。偏偏刘帅是个死眼皮，不依不饶地用挑衅的口吻叫道："这么说你是不怎么太反感这样的节目了？"王小北淡淡一笑，回答说："是挺恶俗的，谈论它干什么？"刘帅摆出一副你不说清楚不行的架势，盯着王小北说："听听你的高见，既然这类节目如此恶俗，怎么还能上电视？"王小北瞥了一眼愁眉苦脸的李晨曦，轻轻地叹了口气说："开导开导你倒也无妨，如今相亲秀节目大行其道，摆明是电视节目策划者利用当代社会一些扭曲的价值观，一味迎合低级趣味的产物。他们把庸俗当脱俗，让低级趣味成为流行，随意贬低主流价值观，突破社会道德底线……"

刘帅听到这儿马上站起身来："小北，别贫了！咱们该上班儿了！"满脸黑线的王小北大为郁闷："这么急着上班儿你还非得问我干什么？"刘帅坏笑着说道："昨天老邱提过这个话头儿，不从你这儿趸点儿理论待会儿还不让他小看了咱们？"王小北摇头苦笑："扯我干什么？他最多小看了你……"

王小北和刘帅终于上班走了，公司聘用的两名员工也陆续来上班了，一切全都平静得跟什么都没发生过一样。就在这时，李晨曦的手机响了。平时听到这悦耳的铃声李晨曦都会马上接听，但这一次他却跟听到了《午夜凶铃》般情不自禁地哆嗦了一下，然后瞟了林虹一眼才把目光投向了手机。看到手机上的来电显示后，李晨曦长出一口气，如释重负地按下了接听键。

几分钟后，李晨曦便走出了胡同口，见到了依旧嬉皮笑脸的刘帅和面沉似水、一脸疾恶如仇的王小北。刘帅笑着开口道："思想者，你小子惹祸了吧？"李晨曦正要开口解释，王小北已经抢过了话头儿："我跟刘帅估计那个女人该给你打电话了，所以才故意把你叫出来的。"

李晨曦的脸白了，知道无论是面前这两位兄弟，还是小院里神色如常的林虹，都已经知道了他和田萱的事情。犹豫了一下之后，我们的西北硬汉李晨曦终于嗫嚅道："你们哥俩儿得救救我……"

王小北和刘帅对视了一眼，王小北轻轻地叹了口气，刘帅嬉皮笑脸地说道："晨曦，现在能救你的只有你自己！"

李晨曦跟着刘帅和王小北去了电台，王小北因为很快就要上新节目了，所以没时间陪伴他们。刘帅就拉着李晨曦顺便去儿童栏目组拜访了老朋友。那位人缘儿不佳的主任倒是很买林虹的账，一见面就不住嘴地称赞林虹做的菜地道。刘帅趁机让李晨曦拨通了电话，还特意当着面把主任大人对她的称赞转达给了林虹。林虹知道李晨曦真的跟他们在一起也就放了心，还乖巧地再次向主任发出邀请并立即获得了成功。

离开儿童栏目组，刘帅陪着李晨曦来到楼下的大厅，在咖啡厅里把他详细地审问了一遍。听完思想者李晨曦的讲述之后，刘帅揶揄道："行啊，你个李晨曦！不吭不哈地走起了桃花运！"

李晨曦叫道："还他妈桃花运呢？简直就是桃花劫！"刘帅故意阴阳怪气地自语道："你说我怎么就遇不上这样的好事儿呢？美貌出众还家财万贯，要不你就从了她得了……"李晨曦连连苦笑，本着人在屋檐下不得不低头的态度哀求道："刘帅，你是我亲哥！就别再拿我开涮了，赶紧帮我出个主意吧……"

刘帅这才收起笑脸正色道："知道怕了？"李晨曦使劲儿地点了点头，刘帅无声地叹了口气说："看来你还有救！"李晨曦满怀希望地看着他，刘帅摆出一副诸葛孔明的架势说："这几天你先稳住那个女的，继续去跟她谈那个项目，有麻烦及时跟小北商量。"李晨曦吃惊地问道："那你呢？"

刘帅嘿嘿一笑答道："我先去趟杭州把自己头上的虱子挠干净了再说！"说到这儿，刘帅指了指大门的方向对李晨曦说道："去找那个女的谈项目吧，记着一定不能再跟人家喝酒了，关键时刻你可一定要把持住自己啊！"

李晨曦经过刘帅的特工训练后主动去找了田萱，时间一晃过去了一个多星期，李晨曦仍然坚持着每天跟田萱去谈那个大项目。田萱仍然是笑语盈盈地跟他出双入对，只是偶尔暗示他不要忘记了那一夜酒醉之后的情景。李晨曦把这件事告诉了王小北，后者也看不出其中有什么破绽，只是嘱咐他可以慢慢跟田萱疏远了。他们为此特意打电话给刚刚动身前往杭州的刘帅，谁知这小子的看法却明显不像他们那样乐观。

刘帅站在杭州机场的大厅里忧心忡忡地说："晨曦，我要是你的话现在就去找林虹自首，我估计那个叫田萱的女人不是耐心快耗尽了，就是正在琢磨新招儿……"李晨曦虽然满口答应但并没有付诸实施，因为去找林虹自首需要的勇气实在是太大了。

不管你想说刘帅是乌鸦嘴也好，或者干脆称赞他是诸葛再世也罢，反正这一次又让他给说准了。这天晚上，李晨曦和林虹刚刚睡下，一个陌生的号码就打来了电话。李晨曦接起来一听，电话却是田萱打来的。田萱这次完全没了以往那种柔媚入骨的语调，而是像《聊斋志异》中终于露出了原形的鬼怪那样，恶声恶气地说道："李晨曦，我现在失眠了，你赶紧过来陪我说话！否则我待会儿就开车过去找你，咱们三个人一块儿谈！"

李晨曦拿着电话傻了，黑暗中的林虹却柔声说道："去吧，看看她说什么？"李晨曦这会儿死的心思都有了，结结巴巴地试图解释："林虹你听我说……"林虹平静地拦住了他的话头儿："去吧，这件事我早就知道了，相信你会处理好的！"

李晨曦默默打车来到了田萱家，还没等伸手去按门铃儿，两扇红漆大门就无声地打开了。田萱浅笑着看了看李晨曦："没想到你还真出来了！"李晨曦并没有马上跨进门去的意思，而是紧紧地盯着自己的脚下回答道："这难道不正是你所希望的吗？"田萱忽然变了脸，退后一步做出了要关门的架势，神情狰狞地说道："你走吧，等我想见你的时候会打电话通知你的！"

李晨曦仍然低着头一副思想者的模样："既然我已经来了，咱们还是好好谈谈吧！"田萱冷笑着反问："要是我不叫你，你会主动跟我谈吗？"李晨曦敷衍道："我们不是每天都见面吗？"田萱冷笑一声回答说："从明天开始你不必每天来糊弄我了，等你什么时候真想找我谈的时候再说吧！"

田萱关上了门，李晨曦转身向胡同外面走去。他身后红漆大门里的田萱的声音突然又清晰地传进了耳朵："李晨曦，你还有两个月的时间！到时候要是你自己还没想找我，我会主动去找你的！"

李晨曦返身跑回红漆门前诚恳地说道："田萱，咱们干脆好好聊聊吧。能告诉我你为什么盯着我不放吗？"田萱冷笑着回答说："我是看你长得周周正正的，一表人才，才跟你接近的！既然万贯家财打动不了你，你就等着瞧吧！"李晨曦带着一脸无辜的表情辩解道："可我又没把你怎么样？"田萱隔着门哈哈大笑："说得真好听！那你敢不敢现在就上街，随便找个女人又亲又摸，完了再告诉人家你没把人家怎么样？"李晨曦辩解道："那天是你把我灌多了，我根本不知道发生了什么。"

李晨曦又说了几句，但门缝里却再也没人回答，显然田萱已经真的走开了。李晨曦叹了口气，慢慢走出了胡同，一屁股坐在了社区运动器械旁的石凳上，一副灰心丧气的模样。就在这时，一只手轻轻地按住了他的肩膀，林虹的声音突然响了起来："我已经听清了你们俩的对话，咱们回家去吧！"李晨曦百感交集，抓住林虹的手伤心地抽泣了起来。林虹柔声安慰道："这不怨你，你也是为了咱们这个家才惹上那女人的。"说到这儿，林虹的语气变得坚定了起来："咱们一起来对付她吧！我倒想看看她有什么神通！"

想到这里，李晨曦看着林虹的眼神变得温柔了起来。他情不自禁地伸出手轻抚妻子的发梢，思绪又渐渐回到了那段对他而言简直可以用惊心动魄来形容的日子……

第二十一章

后来的争斗的确很艰苦，因为田萱的图谋显然很不简单。想到这里，李晨曦重重叹了口气，仿佛再次看见了田萱那不依不饶的样子，也看到了林虹和他的朋友们是怎么了结这个麻烦的。

那一天，王小北和刘帅针对田萱发起的进攻商量起对策。既然这样，话题很自然地就转到了李晨曦的身上，王小北愁眉苦脸地告诉刘帅："那个女的最近又变了招儿，不直接刺激思想者，却专门去坏他的客户。你走了这才没几天，李晨曦他们两口子几乎要失业了……"刘帅吃惊地叫道："怎么会是这样？"

说句唯心的话，李晨曦天生就是个受罪的命。充满艰辛的创业之路刚刚迎来一个机遇，就惹上了田萱这个心理严重变态的女魔头，使得他每天都带着沉重的心理负担，继续经营着自己的小公司。那个曾经被田萱当作诱饵的大项目其实很难做成，光是启动资金就令人望而生畏。田萱当然早就明白这一点，因此干脆旗帜鲜明地高调退出了。对方现在每天都给李晨曦打电话，希望他能帮自己盘活这个项目。李晨曦心里也很清楚，这个项目要真的做成了的确是改变命运的好事儿，但他现在一边要对付田萱，不让她不停地蚕食自己的客户，一边还得分心去想这个，着实是太难为他了。

这天，李晨曦独自去到胡同里的小超市买烟，不想却被多时不见的田萱拦住。李晨曦一时没有反应过来，张口结舌地愣在了那里。田萱笑容灿烂地用柔媚的声音说道："李晨曦，你是不是以为咱俩的事儿已经完了？"

李晨曦皱着眉问道："你到底还想怎么样？"田萱笑着回答说："出钱帮你盘活那个大项目……"

李晨曦不明白田萱的葫芦里到底卖的什么药，犹豫着正要开口说话，田萱就笑着走上前来说道："怎么，怕我吃了你？"李晨曦缓慢但坚决地开口说道："田萱，咱们的确已经到了该好好谈谈的时候了，咱们之间也许完全可以不是这样的……"

田萱一笑："那就要看你的诚意了？"说着话，两人一起走出了胡同，坐着田萱的车向前行驶。李晨曦有些紧张地问："咱们去哪儿？"田萱握着方向盘回答说："当然是去我家了！"李晨曦指了指前面的十字路口建议道："还是去前边的咖啡馆吧，那里说话很方便的！"

尽管面露鄙夷和不满，但田萱还是把车开到了咖啡馆前。要了一间包房，两人终于面对面谈了起来。

田萱一上来就咄咄逼人地质问："最近为什么一次也不跟我联络？"李晨曦经过这么多天的沉淀也已经冷静了下来，他望着田萱那张冷酷的俏脸说："是你让我回去等的！"田萱恼了，提高声音喝问："你难道就不怕我告你酒后强奸？"李晨曦面无表情地回应道："证据呢？"田萱哼了一声："自古奸出妇人口，就算没有实质性的结果，你总是亲我摸我了吧？起码也是个未遂！"李晨曦的脸上浮现出痛苦的神色，他静静地望着田萱："咱们之间难道非谈这个不可吗？"田萱冷笑着问道："那你说咱们谈什么？"

李晨曦按了桌上的呼唤按钮，叫来服务生点了一壶茶，田萱要了一杯冰咖啡。目送着服务生走出包房，李晨曦低头望着面前的茶几问道："这儿只有咱们两个，我也可以用人格担保没带任何录音设备……"田萱直视着李晨曦："你这话什么意思？"李晨曦："我很想知道，你为什么会把目标锁定我？"田萱不带任何感情色彩地回答："咱们是偶遇，后来成了合作伙伴。因为看你还算老实，就把你请到家中做客。结果你酒后乱性，虽然没最后形成事实，但还是猥亵了我。要知道，我可是个还没结过婚的大姑娘呢。怎么，我连给自己讨个说法儿也不行吗？"李晨曦听罢马上抗声道："田萱，这一切并不是这样的，你心里很清楚！"田萱眉毛一扬："李晨曦！你跟我来这儿就是为了教训我这个勾引你的坏女人吗？"

李晨曦缓缓地摇着头说："我来是想解决问题的！"田萱当即应战道："说吧，你准备怎么解决？"李晨曦依旧低着头面无表情地说道："你说吧，要我怎么做你才满意？"田萱把头往沙发靠背上一扬："很简单，娶我！"李晨曦摇着头说："不可能，谁也不能把我跟林虹分开！"田萱轻蔑地一笑："别说得那么情比金坚，她现在跟你只是未婚同居罢了。"

说完这句话，田萱话锋一转，忽然变作了笑脸说："你要真是个男子汉的话，咱们先来谈谈生意吧！"李晨曦知道该来的早晚会来，他平息了一下胸膛里不停升腾着的怒气，苦笑了一声："说吧，这笔生意要是真做成了的话，咱俩也正好可以有个交代……"

田萱在一秒钟之内翻了的脸重新变得云开月明："还是先别把

话说这么绝吧！"顿了顿，田萱提出了自己的条件，"全部启动资金你来出，把这个项目做下来好处二一添作五。至于咱们之间如何了断，一切等这笔生意做完了再说吧！"说好了这件事，田萱提议请李晨曦吃饭："喝一杯吧，咱们又暂时是盟军了。"李晨曦连连摆手道："还是算了！我虽不是什么君子，但'君子不二过'的道理还是懂的！"

田萱浅笑而去，李晨曦抱着头坐在包间里发呆。一个女人在田萱的手接触到门把手的前一秒转身离开，径自走出了咖啡馆。田萱瞟了一眼被折磨得精神几近崩溃的李晨曦，面有得色地走出咖啡厅，来到了停车场。

就在这时，一个苗条高挑的女人忽然闪身拦住了田萱的去路。田萱下意识地一连躲了两躲，那个女人却始终一言不发地挡在她的面前。田萱恼了，冲着这个身材和相貌都明显超出自己一筹的女人吼道："有你这么走路的吗？"对面那个美女轻轻一笑，开口说道："我是来帮你的，不拦住你怎么说话？"

"帮我？"田萱吃惊地打量着对方，然后狐疑地问道："我们见过？"对面的女人依然笑容不减："这不是就算见过了吗？"田萱停住脚步迟疑地问道："你能帮我什么？"对方伸手指了指远处的咖啡馆慢悠悠地说道："当然是帮你把那个酒后无德，对你又亲又摸的流氓送到派出所去了！"田萱顿时反应了过来，镇定地望着对方说道："你就是那个跟李晨曦未婚同居的林虹吧？再不闪开我可要报警了！"

林虹将手里的手机拨好了110，笑嘻嘻地递到田萱面前："来吧，号码都替你拨好了！"田萱恼怒地摆出拼命的架势："我再说一遍，赶紧躲开，否则我就真不客气了！"林虹笑得更加灿烂了：

"还是不要吧。我从上初中起就是我们那儿的武术冠军，劝你不要自讨没趣儿！"

对峙了一秒之后，田萱的心理防线终于垮塌了，她色厉内荏地叫道："你敢动我一根毫毛的话，我就告你个倾家荡产！"林虹轻蔑一笑："你哪个大学毕业的？"田萱迟疑了一下，把下巴一扬："我没上过大学怎么了？你很了不起吗？"林虹不紧不慢地回答说："我是我们那所大学的高才生，没事儿的时候还修了个法律专业的学士，跟你比自然是了不起的！"

田萱终于有些害怕了："你到底想干什么？"林虹平静地把自己的想法告诉她："我只想找你好好谈谈，绝不会伤你一根毫毛的！你要真是有理，那个傻了吧唧的李晨曦让给你也不是不可以！"田萱自问文打官司武打架都占不了便宜，就是当场喊救命也没准会被对面这个娘们儿揍上一顿。她终于气馁地妥协道："谈就谈，有理走遍天下！"

关键时刻，林虹挺身而出走到了台前，与田萱展开了面对面的对决。两人再次走进了咖啡馆，重新要了一个包间。坐稳之后，林虹很直接地问道："你们发生关系了吗？"田萱摇了摇头："我们发生了除此之外一切的事情……"

林虹又问："他当时强迫你了吗？"田萱诡谲地一笑："虽然他当时醉了，但法律上也没有醉酒的人就可以胡来这一说呀？"林虹轻蔑地笑道："那么说倒是你主动的了？"田萱也觉得这个话题令自己很难堪，便瞪起了眼睛："这种事儿都是自然而然的，谈不上谁强迫谁。"林虹笑道："谢谢你的坦诚，你倒没诬赖他强奸未遂……"田萱陡然蹿起一股无名火儿："我也是真的喜欢他，诬赖他干什么？"

听到这儿林虹从随身的包里拿出一支录音笔，轻轻按了停止键。田萱骂道："你真卑鄙！"林虹笑道："其实你应该觉得我很厚道……"田萱冷笑着反问道："不知此话怎讲？"林虹笑着回答说："我要不厚道，就接着录，把你涉嫌诈骗的事情也全都录进去了。"田萱失声叫道："你吓唬谁呀？我又没有诈骗！"林虹伸手虚按："坐下，你知道什么叫诈骗吗？"田萱下意识坐了下来，眼神明显有些慌乱，"你说出来听听！"林虹："虚构主体就是诈骗！你的那个公司存在吗？"田萱傻了，结结巴巴地说道："我正在办手续，今明两天执照就下来了，你……你告不了我……"林虹叹了口气："告诉你个常识，执照上都有发证日期，你是赖不掉的……"

田萱刹那明白自己一直在被林虹牵着鼻子走，猛然间变了脸叫道："你还真是厚道！这段儿话你要是录上了，我倒真的该怕你了，可惜呀，你还是有妇人之仁呀……"林虹笑着又从包里拿出了一支录音笔："忘了告诉你，我一共带了两支……"田萱真的傻了，林虹却大度地说道："但愿我的这些录音派不上用场啊！"说到这里，林虹笑着打开了自己的包儿给田萱看："这回真的没了，咱们好好谈谈吧！"这时的田萱已经无计可施了，只得苦笑着问道："咱们谈点儿什么呢？"林虹郑重其事地回答说："我就先来讲讲我和李晨曦的事情吧！我真的很爱他……"

大约两个小时之后，林虹和田萱一同离开了咖啡馆。出门时两人还发生了一番小小的争执，最后还是林虹把这个表示和解的机会让给了田萱。在停车场分手的时候，田萱满怀歉意地对林虹说道："对不起了，姐们儿，回去跟你的李晨曦好好过吧！给你添麻烦了……"林虹笑着回应道："放心，那两支录音笔我也会好好放起来，绝不会让你我之外的第三个人知道的！"

回到四合院，林虹迎面碰见了刘帅。后者不无得意地对林虹说："林虹，我们已经有了对付那个女人的办法了！"林虹停住脚步真诚地说道："谢谢你，刘帅，没有你和小北的帮助，我和晨曦肯定走不到今天。"刘帅谦虚地一笑，林虹便开口问道："怎么没看见小北？咱们晚上出去聚聚吧？我请客！"刘帅嬉皮笑脸地回答道："好啊，那我得把我家黛丝叫上！"林虹笑着应承道："没问题，你不说我也得逼着你把人家叫上！"

在刘帅给大家提供的小院里，李晨曦正坐在林虹对面，听她讲述着不久前大战田萱的英雄事迹。"以后她再给你打电话，你就说你现在很忙，让她有事儿找我！"林虹一本正经地嘱咐李晨曦。李晨曦把一个惭愧的目光投向林虹，充满感激地说道："这次真是给你添麻烦了。"林虹眼睛一瞪，嗔怪地说道："你觉得这句话用在咱俩之间合适吗？"李晨曦无言以对，低下头用蚊子般的声音说了句："对不起……"

林虹又好气又好笑地开口说道："你想知道田萱为什么一听我说诈骗就老实了吗？"李晨曦抬起头用疑惑的目光望着林虹说："我……我还真没弄明白……"林虹忽然来了气，挥起粉拳就是一通捶打："你个傻东西，什么都不明白你就跟人家谈业务？什么都不明白你就跟人家喝酒？"李晨曦一声不吭地死扛着，脸上的表情简直尴尬至极。也许是打累了，林虹停住手用手指使劲儿地点着李晨曦的脑门儿教训道："让我来告诉你到底是怎么回事吧！"

通过林虹的讲述，李晨曦终于明白了事情的前因后果。原来，那个要跟他们合作大项目的人其实就是田萱的老公。当然，李晨曦出现的时候他们已经离婚一年多了，应该叫前夫。两个人之所以搅在一起，是因为田萱的父亲去世不久时他们共同经营的一个项目。

那时，田萱刚刚继承了大笔遗产，简直可以用富甲一方来形容。由于那位老收藏家生怕女婿日后生出异心，特意在察觉自己身体开始恶化时让他们签署了一份协议并注明，自己死后现有的房产和所有藏品完全归田萱支配，与她的丈夫无关。由于我国有夫妻婚内财产归夫妻双方共同拥有的规定，田萱经律师提醒还特意跟丈夫去公证处进行了公证，让她丈夫公开声明放弃对上述财产的权利。

两年之后，收藏家真的过世了，田萱一下子从富家小姐变成了女富翁。她一心想拿这些东西发展事业，便让她的丈夫四处寻找项目。恰好这时，有一位商人在北京一块黄金地段征了一块地，准备盖成多功能城市联合体。谁知就在开工后不久，自己的企业资金链断裂，一下子从巨富变成了穷光蛋。那块地上刚刚建成的一层多建筑也因此陷入了停工状态，成了市区内著名的烂尾建筑。不仅如此，那位富商的债主这时也纷纷找上门来，逼得他不得不四处寻找买主。由于这个烂尾建筑已经跟建筑单位签订了合同，所使用的建筑材料也面临涨价，所以根本没人肯接。一个狡猾的中间商撺掇田萱的丈夫当了冤大头，用很低的价格买下了这座烂尾建筑。

就在他们踌躇满志的时候，各种麻烦接踵而至，让原本没把这个工程放在眼里的田萱很快面临破产。夫妇俩因此不睦，并很快离了婚。由于夫妻关系存续期间的债务要由他们共同承担，他们不得不一起去寻找能接下这个项目的人。要找这样的人其实很不容易，因此田萱才最终相中了对此一窍不通的李晨曦。为了拉近和李晨曦的关系，她甚至不惜重金买断了李晨曦看上的那块广告牌子，从而获得了李晨曦的信任。但田萱明白，这个项目他们说得再好，别人接手时一问律师就露馅儿，要想平稳地完成这个嫁祸于人的过渡，就不能让李晨曦具有清醒的头脑，于是乎就发生了后边的一切……

李晨曦听罢大汗淋漓，心有余悸地想："这个田萱真是可恶，差一点儿就害我掉了脑袋……"想到这儿，李晨曦忽然不解地问道，"这么机密的事情，你怎么会知道呢？"林虹庆幸地回答说："这一切多亏了田萱那家假广告公司的小女孩……"

前一段时间，由于田萱越闹越凶，林虹便按照李晨曦平日说的公司地址，找上了门去。也是命里该着，那天田萱正巧不在。林虹索性假扮客户，很快就从看门的女孩那里套出了这家公司根本没有执照这一事实。在不长的谈话中，林虹看出那个女孩其实根本不懂广告业务，很快就再次获得了一个新情报，那个女孩其实是田萱家的保姆。林虹意识到李晨曦已经卷入了一个阴谋，便重金收买了那个女孩，陆陆续续得到了这些情报。在掌握了绝对的主动优势之后，林虹终于正式现身，与田萱展开了面对面的对决。其实，田萱并不会因为林虹掌握了她弄假公司的事情就轻易就范，真正让她心虚的是怕牵扯出后边惊天的骗局。

李晨曦听了大呼侥幸，知道要没有林虹，自己肯定会迫于压力，签署合同接手那个一定会让他万劫不复的烂尾工程。林虹看了看面无人色的李晨曦，微微一笑说："实话告诉你吧，就这两天，我的一个朋友就会出面去接下这个项目。一旦这个项目正式签约，其中的一部分工程就要真的归到咱们公司名下了……"

李晨曦一听顿时跳了起来，急赤白脸地叫道："林虹，你是不是不想要脑袋了？"林虹瞟了他一眼笑着说道："你急什么？先听我把话说完！"李晨曦望着林虹连声催促："你赶紧说呀，我都快让你给急死了！"林虹笑着趴在李晨曦的耳边嘀咕了几句，李晨曦这才放下心来。过了最多一秒，李晨曦又不安地问道："林虹，这事儿能办成吗？"林虹望着他郑重点了点头："放心，绝对没有问题！"

第二天，李晨曦的眼珠子都快掉出来了。因为林虹打扮得漂漂亮亮的和刘帅与陈黛丝准备出发去找田萱和她的前夫谈判了。王小北笑眯眯地站在一旁，捅了李晨曦一把说："看来你只能当个思想者，真正做买卖还得看这几位的！"李晨曦目瞪口呆，忍不住失声叫道："你们可别上了那女人的当啊！"陈黛丝哈哈一笑回答道："放心吧，要论做买卖，十个田萱也不是对手！"

刘帅也跟着起哄架秧子："在家好好待着吧，看我们家黛丝是怎么做大生意的！"王小北笑道："看你那一副小人得志的样子！没有人家陈黛丝你狗屁不是！"林虹和陈黛丝相视大笑，刘帅满不在乎地反击道："说什么风凉话？是不是看我如愿以偿当上了上门女婿眼热呀？告诉你们，你俩迟早都有这么一天！"王小北不屑地回了一句："我可没你那么幸运，我找的只是个普通人，怎么也成不了上门女婿的……"李晨曦虽然刚惹完大祸，不敢过于放肆，但也是大声吐出了一个不屑的字眼儿："切！"林虹听见马上瞪起眼睛叫道："李晨曦你少跟我玩西北硬汉，老老实实在家等着我挣了钱回来娶你吧！"刘帅有了强援，高兴地大叫："狂什么？等着当上门女婿二号吧你！"

在天伦王朝顶楼的餐厅里，刘帅和陈黛丝终于见到了传说中的田萱和她的前夫。林虹这回充当的是中间人，大马金刀地坐在了中间的位置。几个人微笑着点头致意之后，林虹第一个开口说道："田萱，这可是我的朋友，你们那边儿的情况我都已经告诉他们了，咱们就不必拐弯抹角了，两边全都有话直说吧！"田萱点头答应，还热情地招呼服务生上酒上菜。

尽管如此，但生意却谈得不很顺利。田萱始终纠结着以前投入的资金。她那个窝囊丈夫坐在一旁一个劲儿地抽烟喝茶，一句话也不肯多说。陈黛丝用秀气的手指敲打着桌子，面无表情地说道："咱们大家都是忙人，谁也不要耽误谁的时间。说实话，你们当初接手这个工程就是不慎重的，现在咱们还是谈谈如何尽快把这个项目盘活吧！刚才我给出的条件已经很优惠了，估计你再也找不到我这么慷慨的客户了。"

田萱心有不甘地笑道："我们前期可是投入了大笔资金的，这一点你们不可能不考虑吧？"陈黛丝笑道："我建议你把这个问题抛开吧，你现在必须首先考虑的是怎么才能全身而退……"田萱的前夫冷笑着说道："你们不要乘人之危，其实还是有人愿意跟我们合作的！"刘帅不耐烦地对陈黛丝和林虹说道："人家不在乎眼前的危机，咱们还是不要插手吧！"

田萱用一个严厉的眼神制止了仍要开口争辩的前夫，望着刘帅回答说："刘先生，我们是急于寻找合作伙伴，但也不至于有什么危机，你是不是有点儿危言耸听了？"

刘帅笑了笑不再言语，陈黛丝却面无表情地拉开挎包，拿出一张纸瞄了一眼说："那好，据我所知，三个月后国家就要根据规定收回这块地的使用权。到时候建筑方向你们追讨工程款，银行找你们要贷款，他们可不会考虑你们前期的那些投入的！"

田萱没词儿了，她的前夫厚着脸皮说："既然你们都知道了，我也就不再跟你们兜圈子了。但这么大一个项目，你们不可能一点好处也不让我们沾吧？"陈黛丝笑着将那张纸收回了挎包，刘帅也交叉着双手没做出任何表示。林虹冷冷地提醒田萱："我不得不告诉你，过了这个村儿可就没这个店儿了，你们可一定要想清楚。"

田萱其实来之前就想好了，只要陈黛丝肯接手这个项目，她就算脱了干系。但由于内心的侥幸心理，她又临时起意，想着能从陈黛丝这里尽量挽回一点儿损失。林虹这么一说，她虽然心里认可但表面上却仍旧不肯表态。双方就这么相互僵持了几分钟，谁也没有率先开口。

陈黛丝更绝，干脆笑眯眯地跟刘帅拉起了家常："咱们中午请林虹去哪儿吃饭合适？你觉得西湖印象怎么样？那可是标准的杭州菜……"刘帅懒洋洋地站起身来说："杭州菜还是算了，还是我领你们去个好地方吧……"林虹朝田萱深深地望了一眼："田萱，既然大家谈不拢就算了，你再慢慢找找吧，也许会有人给出的条件对你更有利！"田萱依然硬撑着不肯松口，她抱歉地对林虹笑了笑："谢谢你林虹，不管成与不成，你这个情我都会记在心里的。"

刘帅和陈黛丝起身告辞，林虹也跟着他们一起离开了餐厅，桌上丰富的菜品一筷子也没动。就在几个人的身影快要消失的时候，田萱的前夫有些焦急地问道："你真打算就这么让他们走了？"田萱自负地回答说："你数十个数儿，我估计他们还会回来稍做让步的。事情到了这个地步，能挽回一点儿是一点儿！"田萱的前夫半信半疑地开始数数儿："一……二……"

刘帅他们这时也在谈论这件事，心情一点儿也不比里边的那两位轻松。刘帅悄悄回了一下头对陈黛丝说："你不是说他们会追出来吗？"陈黛丝风轻云淡地回答说："放心，我说会就一定会的！"林虹无奈地叹了口气："这个田萱可真是的，这不成了耍人吗？要是早点儿这么精明，当初也不至于蒙受那么大的损失！"陈黛丝笑道："我爸爸说过，只有想骗人的人最终才会上当，看来真的是一点不假！"

餐厅里，田萱的前夫已经数完了十个数儿，但却仍旧看不见有人回来。他望着田萱不安地问道："现在怎么办？"田萱叹了口气回答说：“还能怎么办？快去把人家请回来吧！”

接下来的事情果然被陈黛丝猜中，田萱的前夫终于在他们拉开车门的一刹那叫住了他们。重新返回餐厅之后，谈判果然顺利进行。双方商定，由田萱和陈黛丝一起去办过户手续，将这个项目正式无偿转让给陈黛丝。

签约成功后，陈黛丝立即打了个电话，将这个消息通知了正在杭州等结果的陈思淼。得知这件事情顺利办成了，陈思淼第一次由衷地将刘帅称赞了一番。

第二十二章

且不管李晨曦因为往事再次陷入了沉思，三家人在一起聚会的提议很快得到了实施。还有值得一提的是，李满墩儿那笔生意还真的做成了。虽然他在林虹的眼里有着太多的疑点，但平白拿走了李晨曦垫付资金购买的大豆之后，没几天就真把钱打过来了。林虹没词了，李晨曦却因此万分得意，望着自己的老婆踌躇满志地说道：“放心吧，我们那儿民风淳朴，没你想得那么坏！”

周末的时候，刘帅特意打来了电话：“小北，地方我已经订好了，待会儿我就把地址发过去，你们俩明天可一定要早点儿出发呀！”王小北不解地问道：“聚会不都是老地方吗？怎么又换了地点？”刘帅埋怨道：“多久没出过门儿了？那家饭店正装修呢，我特意给那个老板打了电话，说怎么也得一个月呢！”

王小北看着手机上刘帅发来的地址叫道:"你怎么不把这次聚会定在美国?"刘帅笑道:"怀柔那还算远?再说你们家豆豆早就该出去溜达一趟了!"王小北学着台湾腔回答道:"好吧,被你给打败了!"

刘帅的提议很快得到了妻子们的支持。第二天上午十点钟左右,大家就全都开着车来到了预定地点。几个人凑在一起都很兴奋,尤其是几个女人,简直兴奋得像孩子一样。王小北笑着指了指面前的大门:"生存岛。你怎么想起到这儿来了?"

李晨曦仍旧是一副半死不活的样儿,没头没脑地插了一句:"这个名字倒真不错,咱们是该探讨一下生存问题了。"潘豆豆笑道:"你们有什么生存问题?吃得饱喝得足还在这儿无病呻吟!"陈黛丝笑着支持道:"他们就是这样,永远都是装出胸怀大志的样子。"林虹最干脆,用最简短的语言声援道:"德行样儿!"李晨曦两手一摊辩解道:"这地方可是刘帅挑的,跟我们有什么关系?"这句话马上招致了现场所有女性的回击,陈黛丝第一个脱口而出:"你们是一丘之貉!"潘豆豆笑得花枝乱颤:"没错儿,太精确了!"林虹也跟着莞尔一笑:"死样儿!"刘帅幸灾乐祸地哈哈大笑,李晨曦满脸都是无辜的表情。王小北伸手按了刘帅的脑袋一下:"说你呢,听见没有?"

既然是聚会,自然少不了会餐。餐桌上潘豆豆笑着称赞道:"刘帅,你的消息就是灵通,这个地方真挺好玩的!"林虹也意犹未尽地附和道:"就是,我真的很喜欢做陶艺的那个项目!"刘帅得意扬扬,冷不防陈黛丝却板起脸问道:"刘帅,你到底怎么知道的这里?"李晨曦这个死家伙居然落井下石地帮腔道:"老实交代,到底跟谁来过?"刘帅一听马上叫起了撞天屈:"看,看!你们就这样怀疑一个好同志！我还在电视里了解过巴黎呢，你们该不会认为我还有法国情人吧？"众人大笑，但陈黛丝却显得有些不大自在。王小北看在眼里，马上笑眯眯地替刘帅解了围："你们这些人啊，看来真是不常听广播！这里今年的广告就是刘帅他们做的！"陈黛丝听了这才释然，笑着掐了刘帅一把，一副量你小子不敢有什么非分之想的表情。

丰盛的菜肴摆了上来，因为开了车不能喝酒，所以桌上只摆了饮料。热闹了一阵之后，林虹突然开口道："说真的，我还真怀念过去上大学的时候，那时候咱们哪儿有这么多的心理负担呀？"这句话立即引起了众人的共鸣，刘帅感叹道："这话一点没错。哪像现在呀，除了单位的事儿还得顾着家里……"李晨曦颇有感触地接了一句："家里的事儿有时候比外边儿还乱乎呢！"

潘豆豆看了看一言不发的王小北，嗔怪地推了他一把道："你今儿这是怎么了，好像得了失语症一样？"王小北很深沉地撇嘴一笑，慢悠悠开口说道："有什么好说的？我只不过是在追忆一下逝去的青春罢了……"潘豆豆听了马上咕哝道："那也不用阴谋家似的吧？"林虹捂着嘴笑道："我看他是有话不敢说吧？"潘豆豆笑道："我又不是专制的法西斯，他哪儿有那么多的顾忌？"

王小北似笑非笑地看着周围的众人，还是一副高深莫测的样子。李晨曦促狭地叫道："小北，你什么时候也变成思想者了？"刘帅故意装出伤心已极的模样，一边做着抹眼泪的动作，一边儿用哭腔学着王小北的语调对潘豆豆说道："看你把我给迫害的！"潘豆豆拍案而起，撸胳膊挽袖子地冲向刘帅，嘴里恶狠狠地叫道："好你个死刘帅，看我不打死你！"陈黛丝笑着起哄道："对，好好地替我教训教训这个家伙！"刘帅起身要跑，却被林虹和李晨曦联手拦住，刘帅顿时陷入了娘子军的包围之中，他一边抵挡一边对自己的两个伙伴儿嚷道："你们怎么都是这种人呀？一个看热闹，一个还出卖哥们儿！"王小北欣赏着狼狈不堪的刘帅，终于大声提议道："赶紧吃饭吧，饭后咱们到山顶上去看日落！"

王小北的提议得到了大家的一致拥护，几位女将立即抛下刘帅回到了各自的座位上。望着瞬间进入饕餮状态的众人，刘帅贱兮兮地叫道："还有人打没有？要真没人打我可吃饭了？"陈黛丝在咀嚼之余忙里偷闲地骂道："你可真贱！"王小北拉着刘帅坐了下来："快吃吧，待会儿还得爬山呢！"李晨曦瞟了刘帅一眼附和道："就是，赶紧用吃的把嘴堵上！"陈黛丝虽然嘴上这么说，但向刘帅看去的眼神里却充满了激赏与温柔。刘帅猴精八怪，自然看得出陈黛丝眼睛里隐含的意思。他笑着用同样的眼神回应着妻子，回味着他们第一次见面时的情景……

那时候的刘帅完全不是这样，起码在电台里还属于猫嫌狗憎，自己又不努力的人物。这不，广告部的主任老邱一大早就把刘帅叫到了自己的办公室里。他稍微琢磨了一下措辞，便发起了第一轮攻击："刘帅，我不得不说你几句了……"

刘帅很有眼力见儿地给老邱把茶杯加满，乖孩子似的坐在了老邱的对面："老大，您尽管说，不用给我留面子！"这一来，老邱反倒不好意思了，原本准备好的硬话顿时软乎了很多："其实也没啥，就是你最近工作总不出成绩，让人有点儿说不起话啊！"

刘帅一听马上叫起了撞天屈："老大，我……"因为谈到实质性问题，老邱决定再严厉一些，于是绷着脸插话道："叫主任！老大，老大的，听着跟黑社会似的！"

刘帅仍旧不屈不挠地称呼道："老大，我是个明白人，也是您的心腹！您就说吧，我怎样才能让您满意？"邱主任无奈地笑了，面对这个自称是自己心腹的青年人，他真的很没脾气。"你这段时间公关搞得倒是挺火，可业务实在是不怎么样啊，这个月你的任务指标都没完成……"刘帅腾地一下站了起来，老邱下意识地瞪大了眼睛："你什么意思？"

刘帅一本正经地说道："这个月不是还有五天才过完吗？您看我的，绝对不会让您说不起话！"老邱长出了一口气："这还差不多！"刘帅打蛇随杆儿上地跟着表示："您放心，不光是完成任务，我还得让您表扬我！"说完这句话，刘帅也不等邱主任表态，便毅然决然地转身走了，把一肚子话没说出两句的邱主任扔在办公室里，不知道是该哭还是该笑。

刘帅不是不能干，他主要是没把心思放在正地儿上。这段时间客户倒是拉不少，但几乎都被他用一通组合拳转化成了私交，把业务巧妙地接引到了李晨曦的小公司。李晨曦因此发了笔小财，他自然也是跟着不显山不露水地赚了个盆满钵满。但这么一来，他自己的任务就没工夫儿打理了，任务肯定是完不成的。既然今天老邱出面敲打了他，刘帅不得不赶紧拿出一部分精力来完成任务了。就在他琢磨着先拿哪个客户开刀的时候，却有个从没见过面的美女主动送上了门来。

一个身材颀长、精明强干、还有着一双动漫人物般大眼睛的美女出现在刘帅的面前，用很悦耳的浙江普通话问道："请问你就是刘帅吗？"刘帅不知道对方何以一进门就找上了自己，迟疑了一下满脸堆笑地点了点头："没错儿，您是？"漂亮干练的浙江女大大方方地坐在刘帅对面，拉开皮包拿出了一份文件："自我介绍一下，我叫陈黛丝，是浙江凯瑞丝驻北京的业务代表。"刘帅刚想跟这位美女客气一下，对方却把那份文件推到了他的面前："这是我们公司上个月在你们这儿做的广告，方案听说是你做的？"

刘帅勉强把到嘴边的话咽进了肚子里，拿过那份广告策划案一看，正是自己的大作。刘帅心想："坏了，这个女人八成是来砸场子的！这要是让老邱看见，准又得教训我！"刘帅偷眼打量了一下对面那个相貌清秀模样漂亮但却不带任何感情色彩的姑娘，抱着破罐破摔的念头开口说道："是我做的……当时我……"对方没等他把话说完，就抢过话头儿，以不容置疑的口吻径自说道："还不错！现在咱们就来谈谈下一步的合作。不过价格你必须给我优惠！"

终于把心放回肚子里的刘帅瞬间还了魂儿，心里琢磨道："好嘛，你这是表扬我啊？差点给老子吓出心脏病来！"刘帅这个人就是这样，一看人家不是来砸他场子的，马上就耍开了贫嘴："我可以称呼您黛丝吗？"本来已经准备进入主题直接谈正事儿的陈黛丝点了点头，刘帅板起脸一本正经地提议："我先问您三个问题可以吗？"陈黛丝抬起头用疑惑的眼神看了他一眼。也正是这一眼，让陈黛丝对刘帅产生了兴趣。因为她对面的那张脸上有着一种她从没有见过的组合。在英俊而具有男性魅力的脸庞上，偏偏搭配着一副赖了吧唧的表情。陈黛丝点了点头，还给了刘帅进屋以来的第一个笑容。

"第一个问题是，您知不知道自己很漂亮？"刘帅恬不知耻地直视着人家问道。陈黛丝对这个跟工作没有半毛钱关系的问题没有任何思想准备，马上拧起了眉毛问道："这跟我的广告业务有关系吗？"刘帅不愠不火地点了点头："当然，否则我也不会这样问的！"陈黛丝骄傲地扬起下巴，算是回答了这个无聊的问题。

刘帅更加笑容可掬地又问:"您知不知道,您笑的时候更漂亮?"陈黛丝一听这个气呀!当时就想发作,但不知怎的,心里忽然生出很想听听这个家伙第三个问题的念头。陈黛丝笑了,就是刘帅说过很好看的那种。"第三个不算问题,就当是建议吧!您只要再增加点儿亲和力,您简直就完美了!"刘帅不再发问,直接说出了第三个问题的答案。

陈黛丝这个郁闷呀,心中暗想:"这三个问题怎么会跟业务有关呢?"她收起笑容就准备提醒刘帅别东拉西扯,但一想到刚才对面的这位帅哥说自己缺乏亲和力,这时再刺上他两句就显得自己更没品了,陈黛丝只得没好气地问道:"咱们可以谈业务了吗?"刘帅自然懂得见好就收,在拐弯抹角地闹腾够了之后,他恢复了严肃的面容:"好,说说您的打算吧……"

要说刘帅就是有才,不到半个小时就把陈黛丝给白话晕了,看他的目光也柔和了许多。刘帅仰起脸直视着陈黛丝问道:"我说的您还满意吗?"陈黛丝点头肯定地说:"满意,满意!你的构思的确很精妙!"

谈好创意,又敲定了其他问题,刘帅便趾高气扬地走进了老邱的办公室,很快就把盖过章的合同拿出来递给了陈黛丝一份:"合作愉快!"

他这么正正经经地一弄,陈黛丝反倒不适应了。跟他握手回应了一句"合作愉快"后,依然站着没动。刘帅其实一直就等着这个场面出现呢,假模假式地问道:"您还有什么事儿吗?"陈黛丝恢复了跟刚进屋时一样的冷峻,带着挑衅的神态反问:"我好歹也是你的客户,你也不说送送我?"内心早就期待这个结局的刘帅心中暗喜,故意死没阳气地做了个请的手势:"当然要送,您请吧!"

刘帅陪着陈黛丝出了门，屋子里沉寂了几秒钟之后终于爆发出了一阵大笑。一直都在冷眼旁观的同事们对刘帅的精彩表演大为叹服，纷纷议论起了刘帅欲擒故纵的高招儿。老邱听见外边喧闹，板着脸出来弹压。当问明白了事情的原委后也不禁莞尔，但他很快就摆起了老大的架子，极力抑制着不停往上涌的笑意教训起了部下："别光看笑话！你看人家刘帅，谈笑间就快完成这个月的任务了！你们好好学着吧，跟人沟通可真是门大学问！"

就这样，刘帅跟陈黛丝这个桀骜不驯的杭州姑娘搭上了关系，成功地实现了接近对方的第一步计划。在停车场里，陈黛丝拉开车门望着刘帅狐疑地问："你怎么忽然变得这么严肃？"刘帅小声咕哝道："笑得再甜你也不请我吃饭！"陈黛丝却真的笑了，扶着车门认真地说："那今儿晚上请你吃饭吧。"刘帅的脸上马上阳光灿烂，连珠炮似的说道："那好，正巧我今晚上有空儿，从现在开始到十二点前全都可以！"冷峻如陈黛丝也跟着笑弯了腰："你怎么这么愿意让别人请你吃饭？"刘帅猛地收起笑容正色答道："不，因为这顿饭是你请的我才这么高兴。"陈黛丝大惑不解："这有什么不同？"刘帅回答说："还是那句话，因为你漂亮，笑起来也很好看！"

刘帅特立独行的处事风格引起了陈黛丝的极大兴趣，好感也在同一时间油然而生。刘帅心里也憋着坏一心要驯服高傲的对方，这对欢喜冤家就这样在打打闹闹中开始了第一次约会。

凯瑞丝是以生产机械配件闻名全国的大型民营企业的代表。这个凯瑞丝，说白了就是陈黛丝的家族企业，她父亲就是企业的董事长，掌握着百分之五十一的股份。陈黛丝打小就在大家的恭维声中长大，从来没人跟她大声说过话，更没人在她面前耍过花枪，所以这次一遇上刘帅，立马被他给吸引住了。按理说，陈黛丝这种人应该待在家里当大小姐，现在跑出来当自家驻北京的业务代表，一是因为她的家族有让孩子从小就出来闯天下的习惯，二是陈黛丝自己很喜欢北京这座城市。

半个月之后，刘帅把自己交上了女朋友的消息告诉了自己的父母，立即引发了家里的激烈争论。母亲还像当年在电台当政工干部时那样，凡事都能挑出毛病来。她很舒服地坐在椅子上望着躺在沙发上的刘帅问道："小帅，按你说的这姑娘又漂亮，家里又有钱，怎么会看得上你？"

刘帅鼻子发出一声冷哼，显然是不屑回答这个问题。父亲一边翻阅着面前厚厚的技术资料，一边替儿子回答道："你儿子差呀？他可是全国第一大电台的正式工作人员！"母亲瞬间也觉出了儿子的好处，不禁一边反思，一边自语道："我明白了！"叨唠完这句话，母亲猛地提高了音量，就像街头爱上当的老妇人揪住了骗子一样："儿子，你可别让人家给骗了！"

刘帅猛地坐了起来，父亲转过了身，两人诧异的目光就像两道交叉的火力，全都锁定了母亲。刘母没好气地埋怨道："你们都看着我干吗呀？"

刘帅不动声色地问道："想听人家怎么骗我，是重金收买呀，还是色相勾引？"母亲微微一笑，很权威地说："都有可能！"看着刘帅刹那又躺回沙发上，闭上了眼睛，老伴儿重新转过身再次开始翻查资料，母亲果断地说出了自己的依据："因为你是北京户口，她们家只是南方的土财主……"

这个不愉快的话题很快就此打住，一家人一起享用了半成品居多的午餐。刘父不满地嘟囔道："你看看，你看看！你这家庭主妇除了买现成的，就不能做点儿什么吗？人家集体食堂还得花样翻新呢，你怎么老买这几样儿？"母亲把眼睛一翻发起了反击："现成的怎么了？我又没饿着你。难道就该我伺候你吗？你怎么不炒几个菜替我分担一下？"看见刘父和刘帅闷头吃饭，既不反击也不回应，刘母一下子火了："你们这都是什么态度这是？倒是说句话呀！"刘父说："我知道了，还说什么？"刘母感到诧异："这么快你就知道错了？真是难得！"

刘父鄙夷地说道："谁错了？我是说我知道咱家为什么总吃这几样东西了。你跳广场舞的那附近只有卖馒头和花卷儿的，旁边的摊儿就是卖凉菜的！"刘帅跟着帮腔道："您这话可冤枉我妈了，她老人家除了跳广场舞还参加本小区乃至办事处范围内的一切社会活动，这得多忙啊？您就凑合一下吧！"刘父接口道："忙也是自己找的！上次超市邀请附近的居民代表去监督服务质量，她是整整一个礼拜都没顾上回家吃中午饭……"

刘母怒极反笑："你个小兔崽子别变着法儿地向着你爸！告诉你吧！他比我还不顾家，整天就知道鼓捣他那些烂书！"狠狠地指责了老伴儿之后，刘母再一次将火力对准了刘帅："我告诉你小帅，我可把丑话给你说在前边儿，一是上了当可别找我，再有就是，以后有了孩子也别指望我给你看着！"刘帅惨叫了起来："这刚哪儿到哪儿，您就这么说？您还是我亲妈吗？"

这顿饭吃完的时候，屋外已经是日影西斜了。在王小北的带领下，大家开始慢慢向远处的山顶走去。经过大约两个小时的跋涉，他们终于站到了山脊线的最高处。迎着扑面而来的山风，王小北猛地转过身向着身后陆续到达的伙伴们嚷道："来吧，咱们都来大声说出自己的心里话吧！"

李晨曦闷声对着脚下山谷喊道："让我赶紧拥有一个真正属于自己的家吧！"陈黛丝微微喘息地扶着刘帅的肩膀问："你怎么不去？"刘帅做了个鬼脸说："我喊什么，是祝福我妈获得广场舞世界大赛第一名，还是祝愿你爸和你哥永远不再踏进北京？"陈黛丝听了脸上不动声色，手上却使劲拧了刘帅一把。刘帅像触电一般蹦跳着跑到了刚刚喊完的王小北身边，这才揉着胳膊发出了一声悠长的惨叫。林虹马上插嘴戏谑道："这不行，学狼叫不能算数儿！"

每个人都喊出了自己要说的话，只有刘帅站在那儿唐僧似的双手合十，嘴里嘟嘟囔囔的却不出声儿。陈黛丝在他身后连掐带拧地忙个不停，刘帅却左躲右闪依然故我。李晨曦悄悄地碰了碰王小北低声说道："看来你这个提议不怎么好……"王小北坏笑着回答道："那是你们心里有鬼……"李晨曦微微一笑没有答话，却出人意料地扯着脖子唱起了陕北信天游。这个举动惊呆了包括林虹在内的所有人，因为在场的人还都是第一次看见思想者引吭高歌。古朴苍凉的曲调回荡在午后的山峦之间，隐约传来的回响深深震撼了大家的心。李晨曦的歌曲早已经停止了，众人还静悄悄地沉浸在刚刚逝去的歌声之中。

李晨曦一曲歌罢，默默坐在了一块大石头上。这时天已经暗下来，夕阳已经亲昵地与远处的山脊线进行了亲密的接触。天地间被金红色的阳光覆盖，每个人都成了一个黑色的剪影。这些生活在都市中见惯了城市中一切的男女，现在在大自然无可抗拒的美感之前尽情地享受着人与自然之间最完美的互动与融合。

王小北忽然望着远处北京城的方向开口说道："远处这座城市很对得起我了，让我有了自己的事业，得到了心爱的女人！"潘豆豆用深情的目光注视着自己的丈夫，眼睛望着山脊线上还剩下一半儿的夕阳幽幽地说："剩下的话我替你说了吧，你的努力在不久的将来一定会获得丰厚的报酬。到那时，你会和你的妻子和孩子住进一所宽敞的大房子，你所从事的事业也会给你迎来大家发自内心的尊重……"

潘豆豆的话感染了所有的人，就连唯一没有表过态的刘帅也动情地接着说道："北京是我生长的地方，从小就让我享受到了首都的各项优惠政策，让我长大成人，找到了我现在的老婆和两个可以真正称作朋友的人，我知足了！"陈黛丝把嘴一撇说："其实我知道你内心深处的痛苦，你总是想干一番事业，生怕我家里的人看不起你。"刘帅原本郑重的神情瞬间不见了，马上又换上了平时嬉皮笑脸的模样："还是老婆你了解我！"

陈黛丝顿了顿又道："但不管怎么说，你始终是我爱的那个刘帅。不过你也不用担心，达成你心愿的机会马上就来了。"这句话引起了所有人的兴趣，潘豆豆更是急不可耐地问道："什么机会呀？"陈黛丝笑了笑大声宣布道："我家的企业面临着关停或者转产，我爸让我转告你，准备正式邀请你一起参加决定家庭命运的讨论呢！"刘帅一听人来疯的劲头又上来了，马上扭着东北大秧歌唱起了流行歌曲："我在仰望，月亮之上！有多少梦想……"林虹笑道："看见没有？这就是大妈们最热爱的广场舞！"李晨曦嘟囔道："人家是祖传的嘛！"

第二十三章

虽然刘帅的抗击打能力最强，但他能顺利当上陈黛丝家的上门女婿，也是历经了大大小小不少的磨难。无论是他的父母还是岳父岳母，全都在这件事上毫不吝啬地给了他大量考验。

家长里短是最烦人的事情，因为它不仅无处不在，涵盖生活的各个侧面，而且它还有一个特点就是，公说公有理婆说婆有理，各执一词谁也说不服谁。节目中王小北就遇到了这样的事情，通过一个年轻的媳妇了解到了错综复杂的家庭矛盾。

那个女青年经人介绍嫁给了现在的老公，老公家地处城乡接合部，一直过着世外桃源般的生活。最近，这个村被划入了市里的高新技术产业园区，发财梦陡然降临在了这个家庭。像他们的乡亲一样，他家所有的地方都盖满了房子，就等着拆迁的时来个鸟枪换炮了。

你还别说，这些房子如今都租给了进城务工或经商的外地人，每月的租金成了一笔可观的收入。老公是他们家的独生子，老爹去世后跟寡居的妈妈相依为命。结婚前连自己的工资都是交给老娘，自己就留一点零花钱。家里那些房子的租金，和好几亩地的土地占用费都是老太太一个人攥着，真的是大权独揽。儿媳妇的家里比较穷，老太太说话做事都透露着一股莫名的骄傲。她跟老公刚认识那会儿，婆婆就拉着她的手曾许诺，将来他们结婚之后，家里房子收租金的事就交给她这个新当家人了。儿媳妇自然是感激涕零，觉得婆婆既然这么信任自己，将来自己一定要好好孝敬她老人家。

由于婆婆这催化剂，他们很快就结婚了。因为婚前两人同居怀孕了，观念非常传统的婆婆对此极为不满。媳妇一家对此自然是更为不满，亲家也不是吃素的，两家人因此就埋下了矛盾的种子。

后来媳妇生了个女儿，婆婆的态度明显变得冷淡。之后媳妇提起当年婆婆关于财产的许诺，两人之间的矛盾冲突不可避免地爆发了。婆婆指责媳妇，不想着靠自己的劳动创造财富，而是惦记着婆家那点老本太没道理。媳妇则说当初婆婆为了骗自己进门欺骗了她。再加上双方的家属跟着一个劲儿地推波助澜，好好的日子眼见着就过不下去了。媳妇越想越憋气，干脆就找齐娘家人来大闹了一番，彻底撕下了最后一层面纱。现在媳妇很是后悔，但又不敢去面对丈夫和婆婆，因此才利用节目播出的机会来向王小北求助。

王小北当然是劝和不劝散，因此直截了当地对那个媳妇说："我觉得问题还是出在你身上，即使是你婆婆当初许过愿也是因为喜欢你，后来一直没兑现则是你表现得不够好，对你产生了不信任。你应该好好反省自己，改变自己。"那个媳妇不服气地说："可他们老是合起伙来欺负我，不反抗一下日子真的就没法过了。"王小北一针见血地指出："面对矛盾，你拿不出正确的解决办法，却拿不让看孩子来要挟婆婆，又让自己的爸爸和弟弟参与到你们的家庭矛盾之中，让本来就紧张的婆媳关系雪上加霜，甚至危及你们夫妻的感情，我认为你首先应该认真反思一下自己的问题。"那个媳妇心生悔意，声音也低了很多："那我婆婆当初也不该拿让我管钱的事来欺骗我呀。"

王小北单刀直入地问道："难道你当初嫁给你丈夫是为了你婆婆许诺的钱？"媳妇急了："当然不是！"王小北循循善诱地劝慰道："那就对了，每个家庭都有自己独特的理财之道，你既然嫁到这个家庭就要融入这个家庭。遇事换位思考一下，别一味找别人的缺点。"媳妇突然没了声音，王小北乘胜追击又问："因为你自己一意孤行，现在显然把事情搞砸了，我想你也应该后悔了吧？"媳妇终于承认了："我现在特别后悔，我真不想再闹下去了……"王小北抓住机会赶忙劝说道："我建议你还是想办法和解吧！争取老公和婆婆的原谅才是你目前最需要做的。"

时光荏苒，刘帅和陈黛丝的关系也发生了质的飞跃，从一开始的拉着手促膝长谈变成了动辄就深情相拥，现在甚至到了一日不见如隔三秋的程度。刘帅特意邀请陈黛丝到他家去做客，刘母破例没有购买半成品应付，而是亲自下厨做了不少好菜。

午餐结束，刘帅和陈黛丝一起告辞走了出来。刘母忙不迭地将收拾残局的重任交给刘父，自己心急火燎地赶去参加流水席般永不断档的广场舞活动。由于小区里停车位越来越紧张，陈黛丝的跑车只能委屈地停在了小区外。陈黛丝一针见血地指出："听你妈高谈阔论了一中午，刚才想想，除了广场舞她等于要紧的话一句没说。"

刘帅莞尔一笑："她不是夸你漂亮吗？"陈黛丝委屈地哼了一声："她还说我不是北京户口，跟你好就等于是沾了天大的光儿。"刘帅满不在乎地笑着回答说："不要管她说什么，咱俩好才是最重要的！"陈黛丝认可了这个说法，向刘帅投去了深情的一瞥。刘帅就势搂起陈黛丝的腰，大声提议道："走，咱们看电影去，今天是《饥饿游戏》的首映式，去晚了可就买不上票了！"

别看陈黛丝有时候嘴硬唠叨两句，但其实现在事事都唯刘帅的马首是瞻。发动起了跑车后，陈黛丝一边向刘帅指定的电影城开去，一边顺嘴揶揄道："你可真是好命，看个电影都那么大的谱儿！不仅有我这样的美女陪着，还得专门开跑车负责接送……"

刘帅得意扬扬地自我吹嘘："咱哥们儿也不辱没你呀，高大、阳光、帅气！名牌大学毕业，全国最著名的电台工作，还是北京……"他本来想说还有北京户口，但忽然想起陈黛丝最烦听的就是这个，便猛然改了口，"还是北京本地通，又心甘情愿委身于你，整天自告奋勇地去当你家上门女婿，这样的人你上哪儿找去？"陈黛丝听罢哈哈大笑："这么说我还真是捡了宝了？"刘帅："那是当然！没事偷着乐吧！"

陈黛丝摇着头笑了笑，忽然想起了一件事："对了，下个周末带你去杭州转一圈儿！"刘帅不解地问道："去杭州干吗？"陈黛丝笑着回答说："当然是给你个去当上门女婿的机会呀……"

这次机会很快就来了，一向胆大包天的刘帅却突然胆怯了。但是这种事是人生道路上不可避免的，刘帅因此心怀忐忑地跟着陈黛丝开始了这次意义非凡的旅行。刘帅跟着陈黛丝到了杭州，一走出机场，立马受到了从未有过的待遇。先是一个西装革履的小伙子礼貌地给他和陈黛丝献了花，紧接着便引导着他们走到了停车场，拉开一辆大奔的门客气地对他们说："刘先生、黛丝姐，你们请上车吧！"

刘帅趁着上车的工夫悄悄问身边理所当然地享受着这一待遇的陈黛丝："这都是你爸手下的员工？怎么整得跟黑社会似的？"陈黛丝开心地笑了："你就等着吧！待会儿我爸非把你剁了熬汤不可！"

说话之间，汽车已经飞快地奔驰了起来。过了半个小时左右，便路过了一座很牛的大楼。刘帅看到上面金光闪闪的"浙江凯瑞丝集团"字样，忍不住咂舌惊叹道："好大的买卖呀！"陈黛丝笑着推了他一把："别弄得跟乡下来的似的行吗？这是私人企业，我家就住在后面。"

司机被他们的谈话给逗乐了，但却只是笑笑并不搭话。转眼间他们就来到了一座别墅前，陈黛丝推了推身边迷迷糊糊好像在做梦一般的刘帅一把："到了，下车吧！"

下边我们又该讲狐狸的故事了，对，就是狐狸的故事。因为陈黛丝的爸爸看上去就像一只老狐狸，虽然好像总是在眯着眼睛笑，但眼睛里却透着仿佛能洞察人心的目光。刘帅自然就是那只小狐狸了，他虽然心里扑通扑通一个劲儿乱跳，但表面上却显得波澜不惊，依旧是那副嬉皮笑脸的模样。老狐狸亲热地跟他握了握手，爽朗地笑着说道："欢迎你啊！你这就来向我求亲吗？我可只收上门女婿，谁想娶黛丝都必须以我家为主，你明白吗？"

要是换个人一上来准被老狐狸弄蒙了，但堪称小狐狸的刘帅却依然眉开眼笑地回答道："我这不就是来投奔您了吗？"

老狐狸大喜，笑着对那位正拉着陈黛丝笑眯眯看着的太太说道："黛丝的眼光不错，这小子我很喜欢！"那位珠光宝气风韵犹存的夫人很得体地笑道："这小伙子的确不错！"

刘帅的杭州之行大获成功，很快就跟陈黛丝家的老狐狸打成了一片。这样一来，初到贵宝地的尴尬倒是没了，但新的问题很快又摆在了他的面前。他未来的大舅哥陈思淼就是这些新的问题之一。长得斯文秀气，有着跟妹妹陈黛丝一样高挺的鼻梁，说话也是细声慢气的陈思淼是第三天才赶回来的。他一见面就文雅地握住了刘帅的手说："第一眼就看出你是一个有本事的人，我这个妹妹天不管地不收也从来没看好过谁，一下成了你的女朋友就是最好的证明！"刘帅在一秒钟内就听出了陈思淼话里的火药味儿，正准备好好利用自己那令人景仰的工作单位反击一下对方，不料刚从厂区视察回来的老狐狸听见，马上笑着插嘴道："我跟刘帅都说好了，他今后就是咱家的上门女婿了！"

陈思淼微微一笑，亲热地拉着刘帅坐在了沙发上："那好啊！今后事业上就有人帮我分担了……"说到这里，陈思淼又小声地补充了一句，"不过家产日后你也有份儿了，你的愿望是不是也达成了？"刘帅脸上愤怒的表情一闪即没，马上同样笑容可掬地回答说："大哥你可真是个风趣的人，我们电台好歹也是天字第一号，还不至于养不起老婆……"沉默了几秒后，两人相视大笑，好像刚刚说完了一个彼此都很感兴趣的笑话。

陈黛丝正准备挺身而出，她那位雍容华贵的老妈却懒洋洋地开口说道："要聊你们今后有的是机会，赶紧准备吃饭吧！待会儿我还得去银行的VTP协会应酬呢。"老狐狸也感觉陈思淼和刘帅有点不对劲儿，赶紧大声叫道："对，吃饭！我今天特意请了厨师来家烧皇帝鱼，不吃你们会后悔的！"

刘帅不知道啥叫皇帝鱼，便小声问陈黛丝。不想这句话却被陈思淼听见，他马上又话里带刺儿地调侃道："就是河豚，因为肝脏有剧毒，一般人还真不敢吃。"说到这儿，他还意味深长地加了一句，"不过不要怕，冒死吃河豚嘛！万一毒不死就能品尝到人间美味，很值的！"刘帅心里虽然有气，但也只得怀着扮猪吃老虎的心思装起了傻："是吗？那还真让我赶上了，这鱼一改名果然就气势多了，哈哈……"

明争暗斗接连不断，机智百变的刘帅和阴损中透着酸劲儿的陈思淼各有胜负。老狐狸装聋作哑，只是亲热地招呼刘帅吃菜。陈黛丝的母亲优雅地用完餐就匆匆告辞离去，陈黛丝显然拿大哥没办法，只能在一旁不时地给刘帅助战。好在这时李晨曦打来了一个电话，正好给了刘帅一个台阶儿。

李晨曦："刘帅你快回来吧，那边儿已经动手了！"刘帅不愿意当着陈思淼说这些花花事儿，便故意往生意上引导李晨曦："你们那个项目现在谈得怎么样了？"李晨曦回答说："项目倒是不错，就是启动资金困难。再说我也没心思跟她那种人再做买卖了呀……"刘帅风轻云淡地问道："你就说需要多少启动资金吧？"李晨曦苦着脸说："怎么也得一两百万……"刘帅有意无意地咳嗽一声，瞟了一眼正在一旁支着耳朵听着的陈思淼回答说："好，我争取明天就赶回去帮你想办法！"

陈思淼看着挂断了电话的刘帅问："你刚才说的那个项目到底是个什么买卖？听着好像很大呀？"刘帅故意轻描淡写地回答说："没什么，帮我一个朋友而已。"陈思淼放下一分钟前还很明显的敌意问道："你在北京能接触到很多商机吧？"刘帅故作谦虚地笑了笑："我可没那么大的能耐，只不过是我们电台能辐射到各方各面，人际关系多一些罢了。"

陈思淼天生就是个精明的商人，自然很能理解刘帅话里的含义。他满面春风地对刘帅说："今后如果有好项目大家一起做吧，反正咱们就快是一家人了……"刘帅爽快地回答说："没问题，今后有好事儿我一定想着您！"

说得好好儿的，陈思淼却突然间又变回了原先的嘴脸，很欠揍地望着刘帅说道："可有一条儿，不能跟别人合伙儿骗我，北京那边的骗子很多的！"

刘帅打定主意告辞回北京了，老狐狸特地在晚饭后把全家召集在一起，正式跟刘帅摊牌了。陈思淼显然是事先接到了老狐狸的指示，老老实实坐在那里一言不发。陈黛丝的母亲雍容地坐在那里，满脸都是慈祥的表情。陈思淼的媳妇儿也露了面，一声不吭地坐在那儿专心致志地修理着指甲。陈黛丝亲昵地坐在父亲身边，神情紧张地准备处理突发事件。目前仍是外人的刘帅坐在老狐狸对面，怎么看着都有种正在接受审判的感觉。

老狐狸笑眯眯地望着刘帅说道："刘帅，跟你讲句老实话，我本不打算把女儿嫁给北方人的……"刘帅带着一脸人畜无害的表情端坐静听，好像一个刚刚受洗的教徒正在聆听本堂神父布道。老狐狸继续说道："这几天我接触了你，感觉小伙子还不坏！我也通过北京的朋友打听了你家的情况，的确是个本分人家！既然你们俩两相情愿，那我们也就不做拆散你们的恶人了！"

老狐狸在那儿爱抚地拍了拍陈黛丝的手，陈黛丝的母亲也对刘帅报以了一个亲切的笑容。"可是你在北京混得太差了！当然你还很年轻，有的是机会！"在第二次表现了自己的宽宏大量后，老狐狸又继续说道，"我也是个苦出身，目前的家业都是一点点打拼出来的！但思淼和黛丝他们从小就没受过苦，我也真的不想看着他们受罪……"说到这儿老狐狸动了感情，眼睛也湿润了。他的夫人还很煽情地掏出一块绣花手绢儿，在一旁很默契地抹起了眼泪，好像刘帅马上就要让陈黛丝去跟他到王宝钏苦守了十八年的那座寒窑里受罪。刘帅无语了，一时间竟搞不清自己跟陈黛丝的爱情是不是真的得到了上天的允许，也想不通为什么自己在北京的幸福生活在他们眼里竟然是这样儿。

"回去把结婚证领了！车，我给！房子，我也给！你今后什么也不用操心了！"老狐狸很有气势地说出了这些话，然后又迅速追加了一句，"但你们必须单过，不能跟你的父母住在一起！"始终保持沉默的陈思淼也突然插嘴道："今后你必须要以我家为主体，你父母不能干涉你们的生活！"刘帅本能地刚要出言反击，老狐狸却已经用欣赏的目光看了儿子一眼，大声地肯定道："对，对！就是这个意思！"

刘帅回到北京，陈黛丝则已经完全将他视作了自己的丈夫，整天张罗着去看房子、看家具。刘帅很快就发现，才短短的几天，整个世界就变得不一样了。

第二十四章

王小北的父母终于要来北京一段时间了，王小北忽然之间有了一种要哭的感觉。这一下他总算是能对岳父岳母有个交代了。这件事的意义远比《午夜电波》又增加了很多粉丝，新上任的小何台长在大会上公开表扬王小北主任工作认真实际得多。想到这里，王小北用轻松的目光看了看站在身边的潘豆豆，脸上的笑容也变得灿烂了许多。

思绪将王小北带回了学生时代，那次在潘豆豆的掩护下成功脱身之后，王小北发现自己对这个电台女记者已经再也忘不掉了。王小北深情地注视着妻子，心里不由得感慨万千。潘豆豆这时其实也在想着同一件事，而王小北如今不单是她潘豆豆家的上门女婿，还是他们活泼可爱孩子的父亲。潘豆豆感到十分庆幸，因为这样的好男人毕竟已经不多见了。比起自己刚到电台时遇到的那些所谓的成功人士，潘豆豆觉得自己真是独具慧眼。

那时候潘豆豆正在苦恼工作的事。虽然已经有人向她透露了台里将要留用她的意思，但还是没能使她这种情绪缓解。不知道出于什么原因，自打她开始代班主持一档不起眼的小节目后，受到的骚扰便如雨后春笋般多了起来。那些只闻其声不见其人的追求者不光经常以各种借口打来电话，有的还直接将各种礼品或是求爱信快递到台里，害得她经常要往传达室跑，一向低调的她感受到了来自不同方向质疑的目光。到后来，她干脆跟传达室的大爷说好，凡是不写手机号的快件一律拒收。有的同事笑话她太过谨慎，那种表面的善意下面夹杂了太多的东西。

潘豆豆觉得自己必须这么做。因为孤身一人生活在这座大都市里，除了学校寝室那张床位外，这个城市中真正属于她的东西实在是太少了，少得让她很缺乏安全感，她更要提醒自己戒除对这种虚无缥缈的东西带来的转瞬即逝的依赖，她怕自己会上瘾。有人劝她找个男朋友，彼此好有个依靠。潘豆豆也不是没有思考过这个问题，但她心里还没有明确的择偶标准，不知道自己到底应该是冲刺一个豪车名宅的成功人士，还是该找个青涩但青春洋溢的同类，比如……比如……那天看到的那个卖袜子的大学生那样的。这是一个可怕的念头，一个看似比自己还张皇的少年，却又是如此地挥之不去。

潘豆豆有了新的烦恼。因为一个执着的企业家干脆抛开了打电话或是送快递的方式，勇敢地找上了门来。为了达到见到潘豆豆本人这一目的，那家伙竟然提前一小时就堵在了电台的停车场出口，准备按照前不久电台播出的一则新闻中的潘豆豆照片按图索骥。潘豆豆果然中招，下班刚一进停车场便被一名浑身上下一水儿"阿玛尼"的家伙拦住了。

"请问您是找我吗？"潘豆豆努力使自己保持着公众人物的亲民风范。"当然，我已经在这儿等你快一个小时了……"年纪不大但却显得很世故油滑的阿玛尼抬起胳膊看了一眼百达翡丽腕表，不无炫耀地说道。潘豆豆几乎在一秒钟内就明白了对方倾慕者的身份，但还是故作迷惘地看着对方："我们认识？"

那个阿玛尼自负一笑后，递上了一张带有董事长头衔的名片："这不就认识了吗？"潘豆豆接过名片一看，眼睛里顿时生出了怒火。因为这个家伙虽然第一次见，但自己对他的名字却实在是耳熟能详了。这个已经有了家室的家伙真把自己当成了现实版的钻石王老五了，光是这个月就已经往电台的办公室打了好多回电话，每次都是想尽办法套取她的手机号。如今整个电台都笑谈潘豆豆这段时间又被大款给盯上了。更糟的是，这个家伙的老婆前不久也掺和了进来，不问青红皂白地对每一个接电话的人指责潘豆豆勾引她的老公。

潘豆豆还没决定如何应对面前这位早就没了资格的倾慕者，对方就已经带着商人特有的自来熟搭讪了："交个朋友好吗？"潘豆豆从容不迫地笑道："好，我们就算是朋友了，改天再聊。"阿玛尼很腻地跟上来见缝插针："跟我去出席一个晚宴，我已经跟朋友们吹牛说认识你了。"潘豆豆扑哧一笑："认识我？我一个实习记者有什么好吹的？再说我们好像还没熟到这个程度。"阿玛尼没词儿了，潘豆豆礼貌地点了点头转身就走。

"我知道现在的人都是无利不起早，回头送你一辆车怎么样？"阿玛尼忽然很无厘头地加了一句。潘豆豆给气乐了，停住脚步转过身迷人地一笑问道："奔驰还是宝马？该不会是兰博基尼吧？"阿玛尼脸上的笑容一下子僵住了，足足过了大约两秒钟后才讪讪地笑道："悦达起亚怎么样？我认为这款车很适合你的，小姑娘开的车太招摇不好。"

潘豆豆又好气又好笑地望着阿玛尼："对不起，我不能接受你的提议！"对方带着如假包换的不解问道："为……为什么？"潘豆豆一本正经地说道："自古道'礼下于人必有所求'，我认为自己没有可以报答你的能力，再见！"阿玛尼不甘心失败，觍着脸还要纠缠。潘豆豆忽然变了脸轻声说道："对不起我还有急事！"阿玛尼一惊，下意识让出道来。

潘豆豆坐在公交车的最后一排，看着华灯初上的街道和车流，不由得陷入了沉思。作为一个美丽的公众人物，她的那些前辈们每天都会有无数莫名其妙的追求者献殷勤，她们都能大方和轻巧地一笑而过。但自己，一个貌不惊人的小实习生，一上来就遇到这么个麻烦人，真是让她不知所措。一来自己不能表现出过度的反感，她怕别人觉得她没见识或者故弄玄虚，二来她也没办法愉快地接受：这本来就是个无稽之谈。她也不敢激怒阿玛尼，她怕他再干出点儿什么出格的事情让自己丢了快到手的饭碗。这样的烦恼不知道还要继续多久，难道是命运故意跟自己开的玩笑吗？潘豆豆再次摇头苦笑。天色暗了下来，潘豆豆望着前方满眼都是的红色尾灯，忽然冒出了一个奇怪的念头："我今后到底会嫁给一个什么样的人呢？这个人如今身处何方？现在又正在干什么呢？"

那一天，他们都没怎么说话，而是用夫妻之间特有的默契进行了沟通。那是一种甜腻中掺杂着少许悲壮色彩的神秘气氛，那是一种人类摆脱了用语言、肢体和眼神来表达、传递信息的高级交流方式。通过这种交流，王小北由衷地感叹道："自己这一辈子算是真正找对了人！"

千呼万唤之后，生养了王小北的那对老菩萨终于真的到了。王小北心里十分高兴，潘豆豆也觉得同样有面子，在她的鼓动下，潘家举办了一次规格很高的宴会，热情地接待了老亲家。晚宴过后，胡素云悄悄将潘豆豆叫住，微笑着提议道："豆豆，咱们娘俩儿随便溜达溜达吧？"面对一向对自己客气有加但却始终有着距离的婆婆，潘豆豆迟疑了一下之后还是亲热地挽住了胡素云的胳膊。

王小北跟三位老人站在门口寒暄，潘爸却笑着推了他一把说："看，豆豆陪你妈散步去了，你也赶紧跟你爸爸好好聊聊吧！"王瑶卿跟潘爸握了握手笑道："老潘啊，你可真是有福气呀！自己的女儿天天守着你不说，我养了这么大的儿子也归了你……"平时总是显得有些不太着调抑或是曲高和寡的潘爸今天也显得有些深沉，亲切地拍了拍王瑶卿的手背回答说："亲家，你们老两口儿天南海北地周游天下不是很好吗？"

王小北站在一旁笑眯眯地听着，心里也很想倾听一下这两位父亲对人生的感悟。王瑶卿苦笑着摇了摇头："看上去真的很好，夫妻俩隔三差五就出去旅游，其实这里边也有不得已的地方啊……"潘爸给亲家递了根烟，一边给王瑶卿点着火儿，一边由衷地说道："老兄，我真的很羡慕你们啊！"王瑶卿抽了一口烟，吞云吐雾地说道："那好办，改天咱们可以换换！说真的，我们之所以那样，也是因为孩子不在身边呀。"王瑶卿说到这儿看了一眼在旁边赔着笑的王小北又道，"其实我们也很想念小北，有时候甚至想，就算他忙，要是他的媳妇或是孩子能在我们身边也好啊！"说完这句话，王瑶卿又爽朗地笑道，"但他们都忙，都有自己的事业，咱们也不能硬逼着他们做出什么选择呀。"

王小北感到自己的心猛地收缩了一下，空落落的很不是滋味儿。他在一分钟之前还在心里埋怨父母，嫌他们如今生活得太过自我，没想到父母竟然有着这样的失落与无奈。王小北动情地插嘴道："爸，我和豆豆今后一定会常回去看你们的，其实我也很想念你们……"潘爸笑道："这事儿好办，你们干脆也搬到北京来不就得了？大家都在一块儿，串个亲戚不也方便吗？"这一次王瑶卿却叹了口气回答道："谈何容易呀？我还真没有你们两口子的那种魄力！"

潘妈距离他们比较远，哼着小曲儿不停地哄着孩子。她走到王小北身边笑眉笑眼儿地吩咐女婿："小北，赶紧去打辆车，我跟你爸先带着孩子回去。"王瑶卿俯下身看着熟睡中的孙子，眼睛里全都是慈爱的目光。王小北感到心里一热，痴痴地想："当年父亲也是用这种眼神看我的吧？没想到现在事业上有了成就，却连这些最宝贵的东西也给忽略了……"

潘妈眼看自己的话没得到回应，推了推王小北又重复了一遍。王小北猛然醒悟了过来，不好意思地笑着回应道："对不起，妈，我刚才走神了。"王小北仿佛是为了弥补自己的失误，立即轻声提议道，"豆豆和我妈估计没走远，要不我把她喊回来一块儿走吧？"潘妈听了马上制止道："你这孩子，千万不要去叫豆豆！"看着王小北满脸愕然的样子，潘妈亲热地压低了声音说道："傻小子，你真是不懂！儿媳妇和婆婆能处成这样儿你就烧高香吧，这样的机会你平时上哪儿找去？"

当晚，潘豆豆的确回来得很晚，送走潘爸和潘妈后陪着父亲聊天儿的王小北不安地看着腕子上的手表说："我妈跟豆豆也不知道是去哪儿了，再不回来，我晚上直播的时间都快到了。"王瑶卿笑了笑安慰说："耐心等着吧，惯着自己的老婆也是一种美德。"

王瑶卿的话音刚落，潘豆豆就挽着胡素云回来了。两人的样子都显得十分疲惫，但精神状态却明显十分亢奋。潘豆豆把手里的大包小包放在宾馆床上，一副"我已经被累死了"的表情。胡素云则眉飞色舞地说道："小北，你给我找的这个儿媳妇真棒，不仅是个好参谋，还帮我付了账呢！"王瑶卿用责备的语气说："你看你这个当婆婆的，怎么还能让豆豆给你花钱？"潘豆豆毫不见外地对公公说："爸，您这么说可真就见外了！"

王小北赶紧打起精神装出兴趣浓厚的样子翻看着那些商品凑趣地说道："就是的，儿媳妇孝敬婆婆您也管？"胡素云笑着插嘴道："他哪儿是外道呀？我看八成是吃醋了！"王瑶卿刚要反驳，胡素云却已经将一件包装很精美的物品抛给了老伴儿："别着急，这是给你的！"王瑶卿乐呵呵地接过来，不好意思地辩解道："我哪儿有那么小气？"胡素云打开拉杆箱掏出一个小盒递给了潘豆豆："豆豆，这是妈送给你的！"潘豆豆一下子跳了起来，嘴里喊着"谢谢"刚要打开，胡素云却跑过去伸手按住，神态亲昵地说："回去再看！"

因为时间的缘故，潘豆豆决定先开车送王小北去台里。这会儿司机已经换成了王小北，潘豆豆在一旁急不可耐地打开了手中的小盒子。她拿出一个绿松石戒指，戴在手上翻来覆去地欣赏着，嘴里高兴地称赞道："你妈还真有审美观！"王小北对此嗤之以鼻："你可真是小神灵，这么点儿香火就满意了？"潘豆豆这时又从小盒子里拿出了一只玉手镯，戴在腕子上得意地炫耀着："看见没有？还有呢！"

王小北笑着问道："你们今儿聊得不错吧？"潘豆豆收起胡素云杂七杂八的馈赠，深有感触地说道："小北！我觉得你好像是误会了你妈他们……"王小北不动声色地开着车问："你是怎么得出这样的结论的？"潘豆豆动情地说道："今天晚上我跟你妈聊了很多，这才知道他们其实很想跟我们住在一起。因为儿子媳妇还有孙子哪个也摸不着，人家老两口儿这才到全国各地去散心的。"

王小北无声地点了点头，过了半晌才自言自语般地说："是呀，现在的都市生活的确是丰富多彩，但过去许多好的东西也在无意间丢掉了。原本我还一直埋怨他们，也是今天才有了这样的感受。"说到这里，王小北抬起头望着天边的明月喃喃地说道："人有悲欢离合，月有阴晴圆缺，此事古难全呀！"潘豆豆默默点着头，眼睛里闪动着晶莹的泪光："没错儿，谁让咱们不是一个地方的人呢？"

王小北忽然激动了起来，目光炯炯地注视着前方说："咱们其实不该怨天尤人，咱们应该为自己生在这个时代而庆幸。如今在距离你我家乡故土千里之外的北京有了咱们的事业，有了咱们的孩子，咱们难道还有理由埋怨吗？只要咱们敢于正视矛盾和问题，这世界上没有什么能够难住咱们！"潘豆豆没有回答，只是用热切的目光望着自己的丈夫。

第二十五章

　　说话间，王小北已经把车开到了电台的楼前。王小北笑着对潘豆豆说："路上开慢点，到了家给我发个信息。"两人相继下了车，潘豆豆坐到了驾驶员的座位上，王小北则微笑着举起手准备告别。潘豆豆忽然笑着问道："今晚的节目你准备说些什么？"王小北嘿嘿笑着回答说："我想让如今的年轻人明白一个道理，理解自己的父母其实就是最大的孝顺。珍惜身边的亲情，就能获得最大的幸福。"潘豆豆坏笑着提醒道："我指的不是这个！"王小北奇怪地问道："你想说什么？"潘豆豆笑着说道："给你透露个信息……"王小北诧异地问道："到底什么事儿呀？"潘豆豆诡异地一笑回答说："我妈已经知道了你们节目的新时间，现在是每一次都不落趟！"

　　王小北听罢大惊失色："坏了，我昨晚上拿她举例子她是不是也知道了？"潘豆豆笑着连连点头，王小北想了想又平静了下来："没事儿，我有办法了！"潘豆豆两手一摊做了个鬼脸："这回怎么不求我帮忙了？"王小北郑重地回答说："因为我今晚还要拿她举例子！"潘豆豆不解地叫道："怎么胆子忽然大了？"

　　王小北正色道："因为我今晚已经彻底想明白了，咱们的父母其实都有各自的苦衷，有老年人青春易逝的悲哀。我要告诉我的听众，不管他们如何，我们这一代人首先应该摆正事业与亲情的位置。既不能守在家里当一事无成的啃老族，也不能把事业当成借口忽略真正爱我们的人！"潘豆豆满意地笑了："看来你这回是真正想明白了。今后不会再跟我抱怨什么上门女婿了吧？"王小北深深地望着妻子，一本正经地点头答道："当然不会了。"说着又亲昵地问潘豆豆："你呢？"潘豆豆莞尔一笑："我比你清楚！"

王小北对昨晚的举例心有余悸，再上节目的时候就多了几分小心。偏偏今天的话题又有些敏感，是子女跟老人发生矛盾了该怎么办？为了不再授人以柄，王小北决定今晚一定要多加留心。但想得多明白也是白费，王小北一进入播音室就物我两忘，不再是他王小北，而是彻彻底底变身为这座城市的情感问题专家。

今天参与互动的人很多，王小北不得不减少了与每个人交谈的时间。一个老大妈言之凿凿地说："老人无法跟孩子沟通是孩子的问题，而不是父母的问题。因为这直接关系到子女是不是孝顺，小时候是不是受过良好的家庭教育。"另一个小伙子一上来就驳斥了老大妈的观点："如果说非要区分一下责任的话，我觉得那主要是因为家长给孩子的关注、关怀太少了。因为年轻时你们就对他指手画脚习惯了，所以对孩子了解得根本不够深切！"老大妈的同盟军也大有人在，一位老大爷气势汹汹地表达了自己的观点："你这样说根本就不对！你们年轻的时候，要是没有父母的指点能成事儿吗？如今翅膀硬了倒反过头来倒打一把，你们还有良心吗？"

王小北采取了上帝心态，除了偶尔发表一下意见以外，把大多数时间交给了各抒己见的听众。几轮交锋过后，年轻人一方巧妙地转移了话题，把问题变成了："如果父母子女间发生争吵，谁会是最终的赢家？"老人们一时之间没反应过来，全都稀里糊涂地加入了这个问题的谈论。王小北却从中悟出了一个真理，不慌不忙地加入了战团。"天底下没有能赢过子女的父母！"王小北提出了自己的观点之后，故意沉默了一会儿才继续说道，"既然是争吵，大家自然是都想赢。父母要想赢，就必须忍痛对子女进行一定程度上的打击。但所有的父母都很清楚，对子女的爱难以割舍，所以父母很难赢过子女。"

王小北的观点瞬间折服了所有的父母，也给子女们带来了强烈的震撼。王小北适时补充道："其实这个问题无关输赢，是一个关于爱的问题，其中的哲理希望大家慢慢体会……"

刘帅摆脱了一切困扰，从沙漠回到单位后，浑身上下都充满了活力。虽然依旧废寝忘食地工作，但一到下班时间就马上撂下手里的活儿，一分钟也不肯多待。老邱奇怪地问道："刘帅，你最近这是怎么了？"刘帅狐疑地望着老邱反问："老大，您难道看我有什么不对劲儿的吗？"老邱笑眯眯地回答说："当然不是，你的工作无可挑剔，连台长在跟部门主任吹风的会上都表扬了你好几次呢！"

刘帅放下心来，瞬间恢复了往常嬉皮笑脸的神情："老大，那您刚才到底想问我什么？"老邱很亲热地搂着刘帅的肩膀低声问道："我想知道你最近为什么不加班了？"刘帅贱兮兮地笑道："当然是工作能力加强了，手头的工作很轻松就完成了呗！"老邱似笑非笑地看着他不置可否，刘帅这才低声补充道："谁让我是老大您的亲信呢。实话跟您说吧，我是赶着回家去伺候老婆！"邱主任满意地笑了，忽然又板起脸来问道："这就对了，听着才像实话！"

刘帅报以纯真无邪的傻笑，老邱忽然神秘兮兮地问道："周末有时间没有？"刘帅不解地问道："老大你有什么吩咐？"老邱笑道："想请你吃顿便饭……"刘帅大惊："老大，您到底是什么意思呀？"老邱趴在刘帅的耳朵边小声嘀咕了起来，刘帅听完带着满脸难以置信的表情问道："您说的是真的？"老邱故意拉长了脸："当然，我还是沾了你的光呢！"刘帅信誓旦旦地说："老大放心，您多会儿都是我的老大！"老邱郑重其事地嘱咐道："这件事天知地知，你知我知，绝不能让第三个人知道！"刘帅笑容可掬地保证道："您放心，就是王小北我也不告诉！"

临近下班时间，刘帅突然接到了王小北的电话，约他下了班跟李晨曦一起共进晚餐。刘帅有些为难地表示："你想害死我呀？我刚刚跟陈黛丝发誓赌咒地表示每天下班按时回家，你这不是让我自食其言吗？"王小北满不在乎地回答说："这有什么难的？回去把陈黛丝接上不就得了？"刘帅喃喃地回答说："带着她说话方便吗？"王小北立即反唇相讥地问："你难道还想干点什么别的？"刘帅马上反应了过来："你没事儿拿我开什么心？"

陈黛丝对刘帅接她去吃饭很高兴，亲了刘帅一下高兴地说道："老公，你现在真的是个模范丈夫！"刘帅笑得跟花儿一样："我什么时候不是这样儿？"陈黛丝把嘴一撇嘟囔道："得了吧，你前一段打着加班的招牌不肯回家，这会儿怎么不承认了？"刘帅笑着把嘴巴凑到陈黛丝的耳边小声说了几句，陈黛丝又惊又喜地问道："这是真的？"刘帅点了点头笑着回答说："我什么时候跟你说过假的？"陈黛丝喜形于色，亲昵地搂着刘帅起腻道："这回你的心结算是解开了吧？"刘帅摇了摇头回答说："还没有。"陈黛丝大惑不解地问道："这还不行？你心里到底想了些什么？"刘帅解释道："那倒不是，但没到手的东西就不能做数儿！"

饭桌上只有李晨曦和王小北，陈黛丝好奇地问道："豆豆和林虹呢？"王小北笑着回答说："今晚的事情用不着她俩，主要是我们三个要谈点儿事。"陈黛丝失望地叫道："那你们叫我来干什么？"王小北笑着指了指刘帅："因为你们家的家法严呀，你不来刘帅现在都不敢一个人出门儿了！"众人大笑，陈黛丝也是面有得色。一直没吭声的李晨曦忽然毫无征兆地插嘴道："没想到刘帅也有今天！"王小北与陈黛丝相视莞尔，刘帅拉着长声叫道："思想者你小子这是什么意思？"李晨曦面无表情地问道："我怎么了？"刘帅愤愤地叫道："你幸灾乐祸！"

笑闹之后，众人开始坐下来享用桌上的美食。刘帅眨巴着眼睛问道："你们今晚找我有什么事儿吗？"王小北恍然大悟地看着李晨曦问："就是，我也忘了问了，你约我们出来有什么事情？"李晨曦笑吟吟地环视了众人一圈，慢条斯理地开口道："那我就进入正题了啊？"王小北笑着点头，陈黛丝也好奇地抬起了头。刘帅急不可耐地催促道："哎呀，你赶紧说吧，我脚都急出汗来了！"

李晨曦说："事情是这样的，我决定要做一个大生意！希望你们能够用自己的积蓄投资我的公司。"刘帅夹了一块肉嚼着问道："说吧，是个什么项目？"李晨曦回答说："这个项目很快就成热点了，一定能有很大的收益。"说到这里，李晨曦拿出了一份计划书，开始详细讲解了起来。陈黛丝天生对生意上的事情敏感，马上插嘴道："这个项目真的一定能赚钱！说吧，你到底需要多少？"李晨曦嘿嘿一笑："我不是缺钱，是想拉着他们哥俩共同干点儿事业！"陈黛丝明白了，笑着说道："李晨曦你真够意思！"

王小北犹豫了一下说："说实话我对做生意没什么兴趣，要不我拿出个十万八万的试试水？"李晨曦点头答应道："没问题！"刘帅把目光转向陈黛丝："老婆，我最近让你帮我攒的钱有多少了？"陈黛丝想了想回答说："也就二十来万吧！"刘帅把脸转向李晨曦："就这么多，全都交给你！"

这次谈话过后，刘帅第二天就把钱打给了李晨曦。因为忙着工作上的事情，刘帅几乎把这件事忘在了脑后，只有陈黛丝提到的时候才猛然想起还有这么一档子事儿。很快就到了三个月之后，老邱向刘帅透露的消息还是一点动静也没有。平生第一次守口如瓶的刘帅甚至开始暗自庆幸，当初没有一激动把这个消息告诉别人。

这一天，陈黛丝正在屋里看着保姆抱着孩子来回走绺儿，刘帅突然开门走了进来。陈黛丝把惊奇的目光投向丈夫，不明就里地问道："刘帅，你今儿这是怎么了？"刘帅激动得满脸通红，语无伦次地说道："天上真的掉馅饼了，没想到我还能挣这么多的钱！"陈黛丝拉着刘帅坐到身边，伸出手摸了摸刘帅的脑袋："你哪儿不舒服？"刘帅一跃而起，拦腰抱住了陈黛丝使劲儿亲了两口，吓得小保姆赶紧抱着孩子躲进了里屋。陈黛丝满面绯红地挣脱开来，嗔怪地叫道："你疯什么疯？难道中了彩票吗？"刘帅得意扬扬地说："老婆，你真傻！难道除了中彩票我就不能大把挣钱了吗？"

刘帅几乎陷入了癫狂的状态，连比画带蹦跶地把兴奋的原因告诉了陈黛丝。原来，李晨曦拉着他入股的那个项目出现了奇迹，这段时间钱都几乎赚疯了，刚才特意很不淡定地通知刘帅，他名下已经有了一百三十多万的进账。陈黛丝听了居然没有任何激烈的反应，只是淡淡地说了句："没赔就好，要不我还真没办法跟老爸交代了。"很显然，陈黛丝是误会了刘帅的意思。原来，这个项目刚起步的时候就像一只吸金的老虎，需要大量的资金注入。刘帅投进去的那点儿资金根本连个浪花儿也翻不起来。还多亏了陈黛丝假公济私，按照银行的利息挪借了几笔贷款进去，这才稳住了阵脚。这样陈黛丝前前后后拆东墙补西墙地注入了将近一百万的资金，要再算上刘帅自己投进去的，也就挣了几万块钱罢了。

刘帅这时已经从狂热当中清醒过来，他握着陈黛丝的手认真地说："老婆你误会了！你借给李晨曦的钱他明天就会连本带利还给你，我说的那一百三十多万是我名下产生的收益！"这一下陈黛丝算是听懂了，愣了好半天才不解地问道："你们怎么会挣这么多的钱？"刘帅得意扬扬地回答说："这还不是你老公我的功劳？我把咱们思想者介绍给了一个跨国集团的大老板，人家一下子就付给了李晨曦十年的费用！"陈黛丝也兴奋了起来，捧起刘帅的脸用热切的目光望着他说："老公，你终于凭着自己的本事成了成功人士！"刘帅嬉皮笑脸地答道："没有老婆你的支持我又能干成什么？"

正在夫妻二人你侬我侬的时候，突然传来了敲门声。刘帅走过去拉开门一看，门外的人赫然便是岳父老狐狸跟大舅哥陈思淼。刘帅赶紧笑着侧身让出了通道："爸，这是哪阵风儿把您给吹来了？"老狐狸异常亲热地叫道："老岳父来看看女婿不可以吗？再说我的闺女和小外孙女也老是让我牵挂着，不来怎么放心得下？"

就在刘帅备感温暖之际，陈思淼却不阴不阳地哼了一声："还愣着干什么？为什么不把孩子抱来让我这个娘舅看看？也好让我出点血呀？"刘帅财大气粗地笑道："你是亲娘舅，出的哪门子血呀？太见外了！"一家人寒暄到这个份儿上本来已经可以打一百分了，但天生嘴贱的陈思淼偏不这样儿，马上很欠揍地笑着回应道："哟，看来最近这是发了财呀？说话的口气也不一样了！"

刘帅被气得差点翻了白眼儿，陈黛丝却跳出来替他抱打不平了。陈黛丝尖刻地说道："哥，你这话我可不爱听了，我们家刘帅什么时候说话不是这样？"正哄着孩子玩儿的老狐狸看见了这个场面，马上和起了稀泥："你们兄妹俩怎么这样？一见面就吵个不停。"

陈思淼哼唧道："没事儿，反正我也不会计较的，我忙着挣钱还来不及呢。"陈黛丝嗤之以鼻："挣钱？你以为就你自己会挣钱吗？"陈思淼不怀好意地瞥了刘帅一眼："反正比你老公能挣！"陈黛丝冷笑着说道："我们刘帅三个月就挣了一百三十万,六七倍的纯利,你行吗？"陈思淼瞬间瞪大了眼睛："这不可能吧？"老狐狸的耳朵也一下子竖了起来："什么买卖这么挣钱？"说着还走过来拥着刘帅坐在了沙发上,满脸殷切地催促道："赶紧给我讲讲！"刘帅无奈,只得一五一十地把李晨曦的那个项目说了出来。老狐狸听罢之后先是愣了一会儿,然后才惊叹道："我的妈呀,真是好大的手笔！"

居然连见过世面的老狐狸都这么震惊,这个项目到底是什么呢？原来,这个项目其实并不是李晨曦独自想出来的,而是源自王小北和刘帅之间的一次逗贫。只不过他们俩是说完了就忘,反倒是李晨曦这个有心人牢牢地记在了心里,并开始了不懈的努力。其间王小北和刘帅也没少跟着帮忙,这才最终使这个传说中的项目变成了事实。

那天,三个人在聚会后喝了不少的酒,干脆跑到立交桥上欣赏起了北京的夜色。满目霓虹高楼鳞次栉比,万家灯火发出璀璨的光华。但这并不是北京的特色,环路上熙熙攘攘的车流形成的独特景观,才是北京真正的特色。放眼望去,上行的车辆尾灯如同无数红色的宝石,下行的车辆大灯齐开,真的是浩若星辰。王小北感慨地叫道："快看,眼前的这一切不正是人生的写照吗？无论你朝哪个方向行驶,最终都会到达理想的彼岸！"刘帅不屑地搭腔道："大哥,你发感慨怎么也不挑个地儿？你看下边堵得根本就是寸步难行嘛！"王小北白了他一眼说："这就对了,人生就是充满了艰辛磨难，哪有一帆风顺的道理？"刚好一辆经济型小轿车在此时脱颖而出，看准时机左冲右突地很快窜到了前面，渐渐消失在了茫茫的车河中。书生意气挥斥方遒的王小北指着这辆车嚷道："看见没有？这就是积极寻找机遇的成功者！"刘帅嘟囔道："成功个屁，待会儿交警准把他逮住！"李晨曦也长叹一声道："理是这么个理，但机会哪是这么容易找到的？"

这句话要在平时，最多也就是引起三个人的一阵感伤。但今天却不一样，因为平时一贯稳重的王小北今天喝多了酒，他马上在酒精的作用下拿出了当年在大学校园中舌战群儒的劲头，很豪迈地挥动手臂指着灯火辉煌的北京城反驳道："谁说没有机会的？这北京城里要是找不到机会的话，那只能说是你的脑瓜子太笨！"刘帅坏笑着说道："今儿正好咱们哥仨都在，你就给我们找个机会看看吧！"李晨曦笑着揶揄道："对，你就在这儿给我的小公司指点一下迷津吧！"

王小北血液中不肯服输的劲头上来了，他指着远处的大厦说："你为什么不想办法让你的广告遍布北京？"刘帅大笑，李晨曦却若有所思地问道："怎么个覆盖法儿？"王小北在紧张的思索后，脑子里灵光一现："你可以建立一个联合体，把楼里电梯间附近的广告位都利用上！"李晨曦笑了："是挺好，但人家凭什么跟我合作？"抒发变成了抬杠，依然不肯认输的王小北梗着脖子强词夺理地回答说："要是我就去找那些物业，让他们跟我合伙，大家四六分账，专做他们那些客户的广告，都得把你给撑死！"李晨曦若有所思地陷入了沉默之中，刘帅落井下石地嚷道："我看你今儿晚上就是撑的！"

接下来的活动当然是追打嘴贱的刘帅了，等王小北跟刘帅在桥上跑了整整一圈回到原地之后，才发现石化了的思想者陷入了沉思。王小北拍了拍他的肩膀："想什么呢？"李晨曦这才反应过来，笑了笑说："自然是在想你刚才说的那个主意……"李晨曦因此受到了刘帅的讥笑，连出主意的王小北最后也跟着笑闹了起来。但是谁也没有料到，李晨曦竟然真的把这件事情给办成了，不仅真的跟上千家的物业管理公司签订了最少十年的合作合同，还将其中许多人发展成了他手下的业务员，每天都不遗余力地替他游说着大量的客户。

在后来的聚会中，王小北又在不经意间出了一个好主意，建议李晨曦把这些客户给整合成一个联合体。刘帅当时对此很不以为然，但架不住李晨曦执着的请求，终于通过一个客户帮李晨曦达成了心愿。

第二十六章

老狐狸啧啧称奇，用幽怨的眼神望着刘帅说道："想不到你们的聚会还真这么有用……"说到这儿还特意看了身边跟听天书般的陈思淼一眼责备道："你不是也整天吃吃喝喝吗？怎么就没能想出这样的好主意？"陈思淼极力掩饰着沮丧回答说："我又没有王小北那样的思维，也没有妹夫八爪鱼一样的业务关系，怎么可能办得到？"老狐狸恨铁不成钢地说："现在不是时兴头脑风暴吗？你就是不肯多用脑子！"陈黛丝终于捕捉到了报仇雪恨的机会，马上不酸不淡地插了嘴："就这样我老公还只是业余时间玩玩呢，要真是做起生意来，你们谁也不是对手！"

陈思淼居然没有反驳，垂头丧气的不出声了。商人出身的岳父老狐狸却眼珠一转望着刘帅说道："你干脆不要在电台干下去了，过来帮着你大哥打理咱们自家的生意吧！"这句话令刚才还白话得口沫横飞的刘帅愣住了，好一阵才张口结舌地说："这……这怎么行……"真正对他刮目相看的岳父笑着用手指点了点刘帅："你那电台有什么好的？也就是名字响亮一些罢了。我已经老了，这家业还不迟早是你们几个的？"刘帅笑着拒绝道："还是算了，我已经跟黛丝说好了，要凭着自己的双手打天下！"说完又觉得有些吃亏，指着陈黛丝补充道："您的家业还是该由大哥和黛丝继承才对，我根本不是那块料儿……"

这个话题其实根本就是老狐狸释放的烟幕弹，目的主要是拉拢女婿，以便达成他真正的目的。老狐狸笑着改了口："刘帅呀，咱们家的企业目前面临着环保改造，有几个重点治理的项目还得另外寻找地方。我看不如你明天去跟李晨曦说说，以后由我来跟他继续合作！"刘帅茫然地问道："爸，您的意思是？"陈思淼插话道："刘帅你怎么连这个都不懂？爸的意思是让他在李晨曦的这个项目里入一股！"老狐狸用激赏的眼神看了儿子一眼，笑着帮衬道："如果你怕他不愿意，就明告诉他，我可以为这个项目注入大量的资金！"

在此之前，刘帅曾经无数次地听陈黛丝讲述过老狐狸的商战传奇，知道岳父十分善于以跟别人合作为名抢滩登陆，然后挤走对方。刘帅自然不肯让岳父故技重演断了李晨曦的生计，便哈哈一笑回答道："这真是个好主意，改天我一定找机会跟李晨曦好好说说！"老狐狸眯着眼睛建议道："我看你明天就可以跟他明说，你是这个项目的合伙人，自然有这样的权力！"刘帅装出一副苦脸回答说："您要是早来两天我还真的有这种权力，但现在却只能从朋友的角度去跟他说说了。"老狐狸焦急地问："怎么回事？难道这个项目里已经没有你的份儿了？"刘帅做张做智地叫道："您是我亲岳父，我在您面前还能说瞎话？"陈思淼很不理解地问道："是他不要你继续参与了吗？"刘帅说："他当然巴不得我继续跟他合作了，是我主动退出来的！"陈思淼皱着眉头失声叫道："你是不是傻了？"刘帅没好气地回应道："我现在的工作太忙，所以才决定放弃这个项目。"

老狐狸用看傻子一样的目光注视着满脸无辜的刘帅，终于叹了口气恨恨地问道："刘帅，我可是始终把你当成亲儿子看的，也不知道你今天说的到底是真是假？"一看岳父对自己十二分的不满外加满脸不信任，刘帅马上笑着反问："您怎么会这么认为？"老狐狸哼了一声刚要开口，陈思淼已经抢过话头儿质问道："这还用问，因为这个项目明显比你的电台油水大多了嘛！"一直冷眼旁观的陈黛丝直到这时才插嘴说道："话不能这么说，我老公如今是重点培养对象，很快就要成为这个国家级单位里的中层领导了！"

要说老狐狸发家致富绝对不是凭着侥幸，他身上的许多优点都是一般人所不具备的。听女儿这么一说，他马上飞快地分析出了一系列信息，觉得刘帅要真是如陈黛丝说的那样，无疑也会给整个家族带来许多无形的好处。他在一秒钟之内脸上就又变得春风和煦波澜不惊了，笑眯眯地问道："这当然好了，只是什么时候能成为现实呀？"刘帅也没过脑子，马上随口应付道："快了吧，没准儿就在这一两天吧……"老狐狸盯着刘帅的眼睛慢条斯理地说："那好，这几天我正好要在北京联系项目搬迁的事情，到时候好好地给你庆祝一下！"刘帅正准备逊谢，冷不防老狐狸又接着说道，"到时候要还是没动静儿，可别怪我逼你离职跟我一起做生意呀？"

随后几天的日子刘帅很不好过，度日如年地盼着台里宣布对他的任命。好在同样焦急的人还有老邱，两个人倒是可以不时长吁短叹地互相安慰。昨天晚上，老狐狸又去了家里，还特意重申了此前关于逼刘帅离职的事情。理由也很难反驳，以刘帅的聪明才智当然要给自家效力，没理由拼了命地给单位使劲儿。老狐狸甚至已经打好了如意算盘，准备开一家广告公司交给刘帅和陈黛丝去打理。这样既不怕刘帅不卖力气，也可以充分利用他这两年攒下的人脉关系。刘帅敷衍道："爸，咱们现在谈这个事儿还为时过早，要是我的任命明天就宣布了呢？"老狐狸笑道："那还用问，我当然是要给你好好庆祝一下了！"

老狐狸这一回可真失算了，刘帅这一次真的是"一语成谶"，第二天一上班就被叫到了组织处。张处长和蔼可亲地笑着对他说："刘帅，根据台里的工作需要和办公会的决定，准备任命你为广告部主任，能谈一下你的想法吗？"

当晚，刘帅神气活现地回到家，把这个消息告诉了不知正在跟陈思淼和陈黛丝唠叨些什么的老狐狸。见女婿一下子成了电台的中层领导，老狐狸只得收回了想要趁机惩戒一下女婿的打算，马上笑着回应道："祝贺你，你可真是我的好女婿呀！"

刘帅也瞬间原形毕露，嬉皮笑脸地回答说："一般，一般，全国也就排在第三吧！"

要说最舒心的人，眼下恐怕就要数王小北了。身为主持人的他这时不仅已经声名鹊起，主持的节目也获得了空前成功。曾经困扰着王小北的那种寄人篱下的上门女婿情结如今也已经彻底被浓浓的亲情溶解。那天晚上在节目中的一番真情告白，使得岳母成了他坚定的支持者。更重要的是，原本心高气傲的潘豆豆此时已经决心要做贤妻良母了，许多过去的努力也随之改变了方向。生活上那些曾经令王小北难以忍受的细节全都慢慢地磨合好了，只要本着彼此宽容的心态就根本不能再称之为问题了。除了岳父潘爸偶尔露峥嵘地表示一下个性之外，几乎再也没了烦心的事儿。更让王小北感到踏实的是，李晨曦的那个项目也给他带来了一笔可观的进账，再也犯不上为了柴、米、油、盐发愁了。

但人生就是这样，永远也不可能没有缺憾。自打刘帅升职的消息传开，王小北还是感到了一阵小小的遗憾。虽然王小北在台里依然很吃香，但要想再朝着仕途努力，显然是没什么指望了。道理其实很简单，王小北主持的节目越出色，领导就越不可能让他去担任台里的行政职务。别的不说，就光是《午夜电波》那日益壮大的听众群体就谁也不敢招惹。因为按照眼下这个架势，要是《午夜电波》突然间更换了主持人，第二天就准得有人跑到电台门口来上吊。好在王小北心里原本也没有这样的愿望，只是一心朝着全国著名主持人的方向一个劲儿地高歌猛进罢了。

生活其实很对得起王大主播了，起码给了他一个妻子，给了他一个家。不仅如此，当初以上门女婿身份进入潘家的他，如今还当上了父亲，按说实在没什么可抱怨的了。想起自己和潘豆豆从相识到相恋的过程，王小北时至今日仍旧能感到一丝带着苦涩的甜蜜。

那天，潘豆豆的家里为了庆祝她转正就给她买了一辆高尔夫，让潘豆豆成了有车一族。王小北殷勤地帮潘豆豆倒上饮料："你开车不能喝酒，我就拿这个敬你吧！"潘豆豆妩媚地一笑："这就算谢我了？"王小北随口说道："当然不是，今后我一定结草衔环……"这句玩笑话被刘帅听进了耳朵里，马上提高了音量叫道："还结草衔环呢，你酸不酸呀？干脆直接说以身相许不就得了？"王小北大窘，潘豆豆却镇定地笑着瞪了刘帅一眼。

聚会结束了，大家尽欢而散。潘豆豆被刘帅和广告部的主任老邱联手灌了两杯，失去了开车的资格。刘帅真的很够意思，故意善解人意地将打车送潘豆豆回家的重任交给了王小北。不用问，王小北显然是正有此意，潘豆豆客气了两句也爽快地答应了下来。刘帅家的四合院位于市区中心的位置，溜达不了几步就是什刹海。两人本来计划着走出胡同打车，但不知不觉却来到了什刹海的边上。

这时还不太晚，也就晚上九点钟左右。夜风吹拂着水边的柳丝，水面波光潋滟，倒真是充满了诗意。王小北得知潘豆豆跟他们是一届的大学毕业生后，不由得震惊万分："小潘你真有本事，如今都已经是栏目的主播了！"联想起自己到如今还是在观察学习，王小北的心里充满了惆怅。潘豆豆笑着回答说："放心吧，你也很快就会如愿以偿的！我现在好像比你进步得快些，其实完全是机缘巧合。"

王小北很感兴趣地望着邻家女孩般俏皮却又有几分英气的潘豆豆，眼睛里全是期待和诚恳："什么机缘巧合？方便点拨一下吗？"潘豆豆爆发出一阵爽朗的大笑，背靠着水边的栏杆仰起头逗趣地说："传授你两招儿也不是不行，只是这样一来你欠我的人情就更大了，我怕你将来真会还不起了！"

潘豆豆的样子在王小北看来简直是风情万种，他脑子因此不大灵光了，一颗心扑通扑通的，悸动不已，感觉就像情窦初开的少年第一次面对心仪已久的姑娘。"这也许就是传说中的一见钟情吧……"王小北有些慌乱地想。

个性爽直开朗的潘豆豆没听见王小北的回答，又在一串儿笑声中不依不饶地开始了进攻："心虚了吧？怕还不起人情你可以放弃刚才的请求！"王小北被潘豆豆感染了，脑子又重新灵活了起来，人也放得开了："古人不是说'朝闻道，夕可死'吗？这回我也豁出去了，你就尽管说吧！"潘豆豆今晚的情绪似乎很好，笑得花枝乱颤地对王小北说："你还真当真了？我所说的机缘巧合就是偶然认识了台里的一位前辈，比你们早几个月开始实习罢了。"

王小北知道潘豆豆这么说其实很客气，就像他说的那样，能在不到半年的时间里从实习生一跃成为正式员工，而后又跻身于为数不多的栏目主持人之列，已经是台里的异数了，没有超强的专业实力和良好的人际关系，想做到这一步简直就是痴心妄想。

潘豆豆见王小北又陷入了沉默，好奇地眨巴着眼睛问道："听了很失望吧？"王小北赶忙笑着回应："哪里，哪里。我只是在琢磨着今后该如何还你的人情罢了……"潘豆豆笑了："现在就给你个机会，请我喝瓶饮料吧！"

王小北笑着积极响应，一句玩笑话也跟着脱口而出："没问题！我还以为是以身相许呢！"话已出口，覆水难收，王小北深为自己的唐突而懊恼。但好在潘豆豆很快又笑了起来，令王小北的尴尬也为之缓解。刚刚高兴了不到一秒，潘豆豆下边的话就很耐人寻味了："你真逗！你害怕我逼你以身相许吗？"好在王小北也很机智，马上接了一句："要真那样，我高兴还来不及呢！"

喝完了饮料，潘豆豆觉得自己喝的那点儿酒不算什么了，决定回去开车。王小北坚决要求将她送回家。两人商量了一下，最后达成了潘豆豆开车回家，王小北跟车护送的协议。由于刚才那几句玩笑，两人之间的气氛变得微妙了起来。潘豆豆再不像刚才那样放声大笑了，王小北平日里的机智幽默也不知跑到了哪里。在车上，两人有意无意地互相介绍了一下自己的情况，倒很像相亲时谈论的内容。

潘豆豆熟练地驾驶着轿车在市区里穿行，用了一个多小时才到达目的地。在一个依旧灯火璀璨、人间烟火味十足的小区门口，潘豆豆踩住了刹车："好了，我到地方了！"潘豆豆指着不远处一栋楼对王小北说。王小北不解地问道："你怎么会租这么远的房子？上班方便吗？"潘豆豆笑着说道："这是我家自己的房！"说到这里，潘豆豆抱歉地一笑解释道："要不是今天太晚了，真应该请你上去坐坐，我爸我妈最欢迎咱们台里的人了。"王小北不好意思地笑道："我还以为你跟我一样是外地人呢，真不好意思！"潘豆豆笑着回答道："我当然是外地人！我老家是东北的，我们家只有我一个人是北京户口！"

因为时间已经太晚了，这段对话没有继续下去，王小北礼貌地告了别，径自打车返回了小四合院。潘豆豆对他的这次护花行动给予了高度的评价，还表示今后可以继续给王小北提供还人情的机会。王小北今晚的心情格外舒畅，作为曾经跟时尚界里那些精英女模特打过交道的男士，王小北也算是见识过真正美女的人了。但那些美女却没有谁令他真正有过怦然心动的感觉，甚至暗地里不止一次地觉得这些花瓶似的女孩儿没有一点内涵。但潘豆豆却不是这样，尽管她没有她们前卫漂亮，但身上那浓得化不开的女孩儿的味道和爽朗得很容易感染到周围一切的性格，让王小北有一种如沐春风的感觉。

说实话，王小北没想到潘豆豆刚参加工作不久就有车有房，还隐隐成了台里最具实力的女主播。他倒是宁愿潘豆豆是个家境清贫的弱女子，自己也好彰显一下骨子里的大丈夫气概。但不管怎么说，王小北这一夜失眠了，真切地体验了一把《诗经》开篇之作《关雎》中辗转反侧的感觉。躺在床上，王小北仰望着头顶的天花板，也当起了思想者。他知道自己真的爱上了潘豆豆，或者说在潜意识里早就埋下了这颗种子，只不过是这颗种子直到今天才找到了机会破土发芽而已。

第二十七章

如今已经发生了太多的改变，不仅王小北的声望和地位已经不可同日而语，就是婚后的生活主体也悄然发生了改变，由单纯的浪漫与激情变成了人间烟火气太足的市井生活，但就是这样的生活，当初也经历了不少磨难呢！

经历过那次的事件之后，潘爸的目光终于锁定了围着女儿打转转的王小北。这天，潘豆豆做好了上班的准备，潘爸这时已经晨练结束，正坐在沙发上看着刚买回来的报纸。母亲准备好了丰盛的早餐，大声招呼着自己的女儿："赶紧的！要不我一早上就白忙活了！"

潘豆豆笑了笑坐在了餐桌前，潘爸给了老伴儿一个眼神，潘妈很默契地开始了行动。她突然很神秘地问道："昨天谁送你回来的？"潘豆豆大惊："我回来的时候都快十点半了，你的情报工作怎么这么厉害？"母亲得意扬扬地回答说："告诉你，这小区里到处都是我的眼线，赶紧从实招来吧！"潘豆豆哀叹道："天哪，我的隐私！"

母亲得理不饶人地继续逼问："快告诉我那小伙儿是谁？"潘豆豆如实回答说："我们台里的同事！"看报纸的父亲一动没动，带着权威的声音从报纸后传了出来："哪天带回来让我见见！"

潘豆豆叫道："我们只是普通朋友！"父亲固执地说："我不信！普通朋友能送你横穿大半个北京然后再自己打车回去？"母亲狐假虎威地帮腔道："你们这帮孩子啊，还嫩得很呢！"欲哭无泪的潘豆豆放下碗筷抓起挎包，头也不回地嚷道："你们啊，这让我哭的心思都有了……"

既然窗户纸已经临近捅破了，潘豆豆决定让王小北尽快走到台前。由于刘帅和李晨曦全都大大地夸大了初次拜见岳父岳母的恐怖，以至于王小北第一次来到潘家进门时感到有点腿软。但他很快就在心里暗暗骂起了李晨曦，因为他所感受到的只有一团火似的热情。

叫过"叔叔阿姨"坐下来之后，潘豆豆的爸爸便拉着王小北来到了阳台上，指着一副精美的红木象棋提议道："来，咱们爷俩下一盘，让她们先去张罗饭菜！"说完这句话，我们的潘爸爸还友好地朝王小北挤了挤眼，压低了声音说道："那根本就不是咱爷们儿该干的活儿！"王小北一下子轻松了起来，一边摆着棋子一边客气道："我下棋真的不行，到时候输了您可别笑话我呀。"潘爸爸宽容一笑，满不在乎地表示："男子汉大丈夫，拿得起放得下嘛，输赢算得了什么？"

很快，王小北就觉出不对劲儿了。潘爸爸的棋艺实在不敢恭维，你跳马他愣是看不出人家一下子就能踩了他的炮，他那儿明明别着象眼却举棋不定，一个劲儿用手比画。尽管存心相让，王小北还是很快来了个三连冠。但潘爸爸棋瘾还真的挺大，硬拉着王小北继续再下。

旁边的厨房里，潘豆豆母女却已经笑成了一团儿，潘豆豆捂着嘴笑道："完了，小北让我爸给缠上了！"她妈妈嗔怪地瞪了她一眼说："笑吧！待会儿你爸不赢一盘儿不让他吃饭，有你哭的……"

王小北终于等到了解放者，饭菜刚一上桌潘豆豆马上就过来搅局了。这位女主播二话不说上来就把他们面前的棋子拨弄乱了，还叉着腰用不容置疑的口吻大声命令道："别下了，都吃饭去。"

受到攻击的潘爸赶紧举手投降，潘妈在一旁看见不禁莞尔，戏谑地望着老伴儿问："我说，下了这么老半天，一共赢了几局呀？"王小北笑着插嘴道："叔叔好几次逼得我手忙脚乱的……"潘妈立马接口道："你不用替他瞒着了，要真是你输了那才真是怪事儿呢！实话告诉你，他下棋从来就没赢过！"潘爸却丝毫不以为意，一边大吃大嚼一边忙里偷闲地说道："输赢有什么关系？下棋最要紧的是图个高兴！"潘妈没好气地揭短道："既然这么轻松的事儿，你干吗买那么多棋谱回来整天捧着看？"

这句普普通通的回答差点儿引发了餐桌上海啸般的效应，不仅潘妈自己开心地大笑了起来，潘豆豆也显得乐不可支，就连第一次上门拜见准岳父的王小北也一个劲儿强忍着，生怕自己很不争气地笑出声来，失了潘爸的颜面。

潘爸没话可说了，只好盛了一碗汤响亮地喝了起来，嘴里含糊不清地嘟囔道："跟你说不明白……"王小北终于有了讨好的机会，赶紧笑着当起了辩护律师："叔叔研究的全是高深的棋艺，如今正在返璞归真的阶段，估计很快就没有几个对手了！"潘爸听了大喜，用手背很不雅观地抹了抹嘴角儿叫道："还真就是这么回事儿！"

饭菜很美味，纯粹的北方口味也很符合王小北的胃口。吃饭的时候话题也很轻松，让独自一人在北京打拼的王小北很有家的感觉。但潘家的菜样子却不怎么美观，一律用结实的大盘子大碗盛着，只能说实惠但却绝对称不上精致。

午饭结束后，因为王小北巧妙地替潘爸解了围，因此受到了潘爸的格外厚待，把家里名贵的茶叶和高级香烟全都拿出来款待了他。王小北虽然心里对这家人不怎么讲究生活细节的做法有些腹诽，但这一点点的心理阴影很快就被浓郁的人间烟火气和潘家的热情与真诚融化掉了。饭后潘妈像小时候对待来找潘豆豆玩耍的小同学那样，打算让他们单独聊一会儿。但这个提议却被意犹未尽的潘爸当场否决了。老两口为此还争论了起来，潘妈叫道："别不知道咋回事儿啊，人家小北是专门来找你的吗？"

潘爸反唇相讥："那当然了！他们俩在一个单位里天天见面，来咱家可不就是来看咱们的吗？"潘妈讥讽地说："就你这张老脸有啥看头？"潘爸很自负地争辩道："没啥看头你当初嫁给我干吗？还不是看我是厂长，你这个技术员才上赶着巴结我？"潘妈扑哧一声笑了出来，用手使劲儿点着潘爸的额头提醒道："吹啥呀？你那个厂长是副的，别老总是厂长、厂长的！"

东北的乡音中带有丰富的词汇，嬉笑打闹中营造出了很好的家庭氛围。眼前发生的这一幕让王小北心生向往，真的挺喜欢这个家庭。潘豆豆在整个过程中一直跟着插科打诨，使这种轻松的气氛更是不断升华。

笑闹够了之后，王小北又被潘爸借口了解一下他的情况再次裹挟到了装修精致的阳台上，摆上棋子后两人又开始了新一轮漫长的鏖战。王小北一边认真地跟潘爸交谈，一边心不在焉地敷衍着面前的棋局。

"跟豆豆相处了这么久，有啥想法吗？"王小北随口回答道："豆豆她人很好……"潘爸对此毫无异议："没错儿，我这个闺女可好了，打小就特别善良。"

潘爸说到这儿忽然发问："我知道你就一个人在北京，没车没房的，想过今后咋生活吗？"潘爸的问话直指王小北的内心，他一不小心被潘爸的马踩了车。"我们工作都很不错，今后一同努力就是。"王小北弱弱地回答道。

潘爸摇着头拦住了王小北下边即将脱口而出的话，挥舞着手臂做指点江山状："年轻人就是欠考虑，奋斗可不像你想的那么容易！你看我家这房子，那可是我们老俩卖了老家的房子又买断了工龄才换来的。我们为啥追着她来到北京？就是为了守着她，舍不得呀！"

在忽然出奇兵干掉了王小北的一个炮后，潘爸又深情地说道："虽然有句老话叫'莫欺少年穷'，但没点基础还真的让人很不踏实呀，等我们临到闭眼你们却还在奋斗，你说我们这眼睛能闭得上吗……"王小北只得垂头丧气地回答道："闭不上……"

潘爸的直率与真诚令王小北恐慌莫名，始终没办法再组织其有效的棋局攻势。在魂不守舍之际，潘爸那儿却高歌猛进，连克雄关，很快又收拾掉了王小北好不容易过河的卒子和左边的士，逼得王小北只得把老将请了出来。

"但有一点你得记住！"潘爸忽然晴转多云般严肃起来，甚至还举起了一根手指，跟电影《精武门》里陈真的做派一样，很有气势地在王小北眼前晃了晃说："吃饭穿衣量家当！"王小北自然是发誓赌咒，诚恳地向潘爸表示，一定永远爱护潘豆豆，回去就跟父母商量，争取在他们的帮助下在北京站稳脚跟儿。潘爸满意了，用手指点着棋盘提醒王小北："孩子，你输了……"

出了门让风一吹，王小北才感到自己这次真的很失败。虽然告辞的时候潘爸客气地亲自将他送到门口，反复提醒他有空儿过来下棋。潘妈也真诚地表示，只要做了好吃的，一定让潘豆豆通知他过来品尝。但王小北的心中还是产生了很不好的挫感，他在楼门口就心烦意乱地谢绝了还准备继续往外送的潘豆豆，望着头上的天心事重重地说道："你赶快回去吧，就要下雨了……"

潘豆豆抬起头望了望天，又伸手摸了摸王小北的额头："没发烧怎么就说起了胡话？这天像能下雨的吗？"看穿了王小北的心思后，潘豆豆笑着走上前来，亲昵地替他整理着根本不需要整理的衣领，轻声地劝慰道："别想太多，他们毕竟是要嫁女儿，不是推销保健品，哪儿有那么痛快的？"相视而笑，辛酸苦辣尽在不言之中。两人又沉默了一会儿，王小北笑着说出了自己最关心的话题："咱那事儿怎么样了？叔叔还是坚持原来的意见吗？"潘豆豆低着头看不见脸上的表情，只是情绪低落地回答说："没错！我现在还在跟他冷战呢……"

王小北失望的神色在脸上一闪而没，旋即又无奈地建议道："你不能试着争取一下阿姨？"潘豆豆抬起头苦笑着说道："你不了解我们家的情况。别看这一次是我爸跳出来跟我决战，平时我妈要是少叨叨两句也不至于成了现在这样！"

王小北大为郁闷："难道我真的让他们看着这么不放心？"潘

豆豆平静地回答说："这不能怪你，你也不能怪他们！"王小北没好气地问道："那到底该怨谁？"潘豆豆幽幽地回答说："谁让你要娶的是他们的女儿，而不是上门去推销保健品呢？"王小北理解地笑了："这件事慢慢再想办法吧，我先努力把我的那个栏目弄火了再说！"

烧热一个冷灶显然具有相当大的难度，挑战《午夜电波》这种死没阳气儿的节目当然就更有风险了。不过有句话古话叫"吉人自有天相"，王小北很快就等到了这样一个机会，也同时弄懂了潘豆豆为什么老爱用保健品来举例子了。

事情永远不会按照计划进行，王小北与潘豆豆的恋爱关系也是如此。很快，他们就到了正式摊牌的时候。这个摊牌当然不是指王小北和潘豆豆，而是他们共同把难题推到了潘爸和潘妈的跟前。

王小北今天的心情已经不能仅仅拿郁闷来形容了，因为他好不容易鼓起勇气发起的主动进攻刚刚蒙受了惨败。潘家人对他还是十分的热情，招待甚至比上次还要到位。饭后，王小北主动提出陪潘爸下两盘棋。潘爸自然是积极应战，马上拉着他来到了阳台。开战后，王小北吸取上回的教训，除了不再步步紧逼，还恰到好处地让其中一局成了平局。

趁着潘爸高兴，他马上提出了一个本来很合理的要求："叔叔，我跟豆豆……"潘爸笑着打断了他的话，很绝情地说道："大晚上的就别再出去了！再说你俩的关系也没定下来，总是这么形影不离的影响不好！"

王小北愣住了，忍无可忍的潘豆豆却愤怒地叫道："我要干什么不用你管！"说完这句话还故意走到王小北身边，挽着他的胳膊示威道："小北，咱们走！"潘爸拍案而起，怒视着女儿很没风度地吼道："你敢？你要是敢出去就永远别回来！"

不得不说，潘豆豆这一手实在太不高明了，让王小北夹在中间进退两难。犹豫了几秒钟后，王小北朝着目瞪口呆、自始至终没插上嘴的潘妈和怒气冲冲的潘爸深鞠一躬，说了句："对不起！那我先告辞了。"然后就径自拉开门走了。

王小北还没走到电梯口，就听见潘豆豆愤怒的声音从背后传了过来："躲开！再拦着我可就不走楼梯了！"潘爸气急败坏地喊道："有种你打开窗户跳下去！"紧接着就听见潘妈高声地叫骂："你个老土八犊子，少说一句会死啊？"王小北径白摇了摇头，带着一脸的无奈走进了电梯。

刚刚走出电梯，王小北就已经泪奔了。他不明白到底问题出在哪儿，然后他立刻明白过来，自己目前的状况，属于三无人员，无房、无车、无户口。平心而论，如果自己有一个宝贝女儿，也不太敢支持这样的毛头小伙子。想到这里王小北立刻英雄气短。他不知道自己该干什么，只好在潘豆豆家楼下溜达，豆豆家的厨房正对着一条马路，马路边恰好有一张长椅，王小北坐在椅子上盯着厨房的灯发呆。好几次他掏出手机来，想给潘豆豆打个电话问问情况，但最后又都颓然地将手机放回了兜里。这时的他，脑子里几乎一片空白，前几天在台里过关斩将的劲头早就无影无踪了，取而代之的只有无穷无尽的沮丧。一个声音在他的心里咆哮："天哪，老子什么时候能买一辆车、一套房来换取自己想要的爱情呀！"

一个小时以后，王小北招手打了一辆出租车，直接赶往了电台。这个时候他已经完全调整过来了，信心满满，因为今晚还有《午夜电波》的节目，此时的他也正有一肚子的话想要说给他的听众。

《午夜电波》的片头过后，王小北推出了一首歌曲，是苏芮演唱的《牵手》。当唱到"所以快乐着你的快乐，追逐着你的追逐"时，他慢慢地拉低音量，定了定神，他那浑厚的声音很快随着电波飘荡在夜空中，传到了千万个听众的耳朵里："亲爱的朋友们，大家好。今天在节目的一开始，我想和大家分享一封信，这是一位听众写给他女朋友父母的……我们都说爱不需要理由，但有时却会在为爱埋单时遇到很多困难。我们到底是应该屈服于社会上这些固有的陋习呢，还是不顾一切相信纯洁的爱情……"

也许是这期节目本来就是有感而发，抑或是王小北忘情的讲述使这期节目具有了极强的感染力，节目开始后不久，《午夜电波》的几部热线就发疯般响了起来。在接连切入了几个很有代表性的电话之后，王小北终于打手势给导播，让他们终止了这次讨论。

身心疲惫的王小北在节目结束后离开电台，打了一辆夜班出租车准备回去睡觉。就在这时，他的手机突然响了起来。王小北一看是潘豆豆打来的电话，赶紧接了。"小北，你快过来！"潘豆豆几乎是带着哭在电话里嚷道。王小北一问才知道，自己离开后潘豆豆就从家里跑了出来，开着车四处乱转，最后竟然鬼使神差地来到了机场附近。机场虽然远离市区但毕竟还能很快开回来，倒霉的是潘豆豆的车却在这个节骨眼上突然罢工了。王小北安慰了潘豆豆两句之后，赶紧大声对司机说道："师傅，去机场高速！"

出租车高速地穿行在都市的夜空下，飞快地碾过已经变得寂静无人的街道，载着心急火燎的王小北急急地赶往目的地。平时要行驶一个小时左右的路程，只用半个多钟头就到了。王小北很快在路边发现了潘豆豆的车，还有车旁迎风而立的潘豆豆。王小北交了钱迅速拉开车门，在冰凉如水的夜风中来到了潘豆豆的面前。别看城里已经车流稀少，但这条高速路上却不时有车开着大灯飞驰而过。

明灭不定的车灯配合着夜风营造出一个很煽情的场景，两人就这样互相对视。"小北！"潘豆豆带着哭腔扑了过来，王小北没有出声，只是张开双臂默默地迎接了自己心爱的女人。

夜幕下，两人就这样紧紧地拥抱在一起。在这个瞬间，王小北忽然下定了决心，一定要让固执的潘爸低头！

王小北至今仍记得那天的事情。在充满激情的拥抱后，王小北拨打救援电话将潘豆豆的汽车修好。由于已经是清晨了，王小北只得鼓起极大的勇气把潘豆豆送回了家。敲开门之后，王小北再次见到了怒容满面的潘爸和一脸无奈的潘妈。潘豆豆一言不发地径自跑进了自己的房间。

潘爸盯着王小北看了好一阵儿，直到王小北已经被他看得发毛时，潘爸才扑哧一笑对潘妈说："你就别愣着了，赶紧鼓捣早点去，让他俩吃完上班去吧！"王小北刚刚松了一口气，潘爸忽然再次开口说道："小北，我这可不是针对你，等你以后当了爸爸就知道了，谁不想给自己的孩子找个好归宿？"

从进屋到现在，王小北好不容易才有了插话的机会，赶紧笑了笑轻声说道："我会好好努力的……"已经顺手抓起喷壶开始浇花的潘爸爸看了看窗外已经露出的朝霞回答说："好哇！那就努力给我看吧！这年头没人愿意听空话，你说对吗？"王小北点了点头回答说："您说得没错儿……"

吃完了丰盛的早餐，两人一起上班去了。潘豆豆一边开车，一边提起了话头儿："你跟我爸的对话我都听见了。你准备怎么奋斗，也跟李晨曦似的去做生意吗，还是干脆和刘帅一样一边上班一边做生意？"

王小北看了潘豆豆一眼不解地问道："你怎么知道我现在正在

想这件事儿？"潘豆豆笑着答道："我越来越觉得自己开始了解你了。"王小北欣慰地一笑："给个建议吧。"潘豆豆一本正经地回答说："不管是李晨曦还是刘帅的方式，你都不用考虑，因为成功的案例几乎全都是不可复制的……"

王小北有点儿糊涂了："难道你有更好的主意？"潘豆豆转动方向盘将车拐进了主路："当好你的主播，搞好你的《午夜电波》！"说到这儿，潘豆豆又加重了语气，"因为你就是你，你只有走好自己的路才能达到事半功倍的效果！"

王小北努力地想要消化潘豆豆话里的深意，潘豆豆也不再说话了。直到电台的大楼已经遥遥在望，王小北才暂时将思绪搁置在一边，开口说道："今儿晚上一块儿吃饭吧？"潘豆豆摇了摇头："明天吧。"王小北问道："今儿晚上你有安排了？"潘豆豆把车开进了停车场，回过头来笑着解释道："为了你的《午夜电波》，我希望你今天好好地补补觉……"

第二十八章

就跟周星驰的电影《功夫》中那个遇到乞丐向他兜售"如来神掌"秘籍的人一样，上街闲逛的潘妈很快就被一大帮兴高采烈的老太太给吸引住了，她顺手拉住本小区熟识的刘大妈好奇地问道："她刘大姨，你们这是干什么去呀？"刘大妈神秘地对潘妈说道："听讲座领鸡蛋去呀！"潘妈疑惑地问道："听讲座还领鸡蛋？该不会是骗子吧？"刘大妈不高兴了，看着潘妈说："骗子？人家又不用你掏钱？能骗什么呀？"潘妈想想也是，便用商量的口吻问刘大妈："那……那我能去吗？"刘大妈想也不想地回答说："怎么不能？咱们去了就是给他们捧人场！"

跟着刘大妈来到附近一家宾馆的大会议室，潘妈立即被眼前的一幕给惊呆了。只见能容纳三四百人的会议室已经坐得满满当当。一个身披彩带的工作人员走了过来，客气地将他们让到了后边为数不多的空位上。潘妈暗想："妈呀，什么讲座这么吸引人？这要是来晚了还真就没地儿了……"还没等她的感叹发完，身边的座位就已经全满了。会议室的大门随即关闭，讲座终于正式开始了。

十几名身披彩带的工作人员分布四周，一阵激昂的音乐响起，一个身穿红色连衣裙的主持人和一个梳着大背头、西装革履、打着一条红色领带的中年男子被六七个工作人员簇拥着，神采奕奕地走上了舞台。那阵势，堪比巨星登场。

红连衣裙举起话筒热情洋溢地说道："在座的各位妈妈，你们好！请允许我给你们介绍全国著名的保健专家蒋钦先生！"红连衣裙的开场白热情而不失亲切，全场立即响起了一片雷鸣般的掌声。紧接着，那些现场的工作人员一起动手，从外边搬来了一箱箱的鸡蛋。这一举动立即在全场引起了一阵骚动，许多老人的眼睛都放起了光。但鸡蛋仅仅是搬来而已，那位蒋先生的话题并没有跟鸡蛋扯上关系。不得不承认的是，这位被红连衣裙称作"保健专家"的蒋先生的口才还真是不错，一上来就抓住了老人们的心。

最多过了十几分钟，现场的老人们就鸦雀无声了。因为蒋先生的话确实打动了他们，好像要是不吃他刚才讲的那种叫"回生液"的保健口服液，死神就会随时出现在他们的身边一样。

有个老太太沉不住气了，竟然大声问道："蒋先生，你这回生液多少钱呀？"蒋先生笑着回答道："一天一瓶，七瓶一个疗程。每个疗程一万八，吃个七八个疗程就差不多了……"

昂贵的价格立即打倒了现场所有的老人，许多人顿时就萌生了退意。本来就对保健品很感兴趣的潘妈一听这么贵，当时就想走人，连待会儿的免费鸡蛋都不想要了。

就在这个关键时刻，那位蒋先生却忽然提高了嗓门儿，振聋发聩地叫道："但你们今天赶上好时候了！不仅保健品白送，临走每人还免费赠你们两个鸡蛋！"这句话让现场重新静了下来，有的老人还情不自禁地鼓起掌来。蒋先生拿起一瓶回生液大声说道："我现在当场征集一百名试用者，你只要承诺认真填写这段时间内服用回生液的体会，就能免费领走价值九万元的回生液八个疗程……"他的话还没说完，老人们立即蜂拥而上，争着要当这个占了天大便宜的试用者。

红连衣裙满面春风地解释道："请每位准备好五千元的押金并留下详细地址，总部在收到你们书写的服用八个疗程的体会后将把押金如数返还给你们！"虽然有些老人悄悄地挤出人群走了，但还是有很多人按照现场工作人员的提示，跑到宾馆内的提款机前取出了押金。潘妈这天因为刚刚领取了退休金还没来得及存，几乎连想也没想就数出五千元，举着现金勇敢地冲了上去。

就在潘妈认真填写个人资料时，突然又有一伙人冲进了会议室内。一个身材魁梧的大个子举着一个镶着警徽的证件大喊："民警办案，全都原地别动！"他的话音未落，楼梯上便响起了震耳欲聋的脚步声，许多全副武装的警察分成两队跑进了会议室，脚步不停地封锁所有的门窗。红连衣裙被当场戴上了手铐，抢占了先机正准备跳窗逃走的蒋先生也被按在了地上。

　　后来……后来当然是警察取证后带走了蒋先生、红连衣裙和所有身披彩带的工作人员。紧接着又举办了一场别开生面的讲座，历数了这些骗子前边几起作案的经过。潘妈被警察教育了一顿，领回了差点被骗走的五千元现金，回到家就第一时间把事情的始末详细地告诉了潘豆豆。又好气又好笑的潘豆豆在下班后约会时把这件事告诉了王小北，这位新上任的主播大受启发，回去后立即奋笔疾书，洋洋洒洒写了到《午夜电波》后的第一篇文章。

　　当天晚上，王小北坐在直播间里开始了他精彩的讲述。由于这个话题很吸引人，许多还没睡的人都不在不知不觉中收听了起来。由于事先没时间跟警方沟通，王小北隐去了具体的时间地点，只是用幽默的语言简单讲述了事情的经过。在说完了这件事情后，王小北开始放慢语速，换了一种深沉的语调说道："大家可能都觉得这些老人很可笑吧。但你们想过没有，正是这些人用尽一生的精力含辛茹苦地把我们养育成人，让我们终于到了自认为可以笑话他们的年龄。你们想过没有，无论是谁都会有老去的一天，到那时你们会不会也重复他们今天这个看似可笑的举动呢？"

　　电波将王小北的声音传向了四面八方，许多人跟着他的声音开始默默思考，有的人还在不知不觉中流出了眼泪。《午夜电波》的热线电话开始陆续响了起来，本以为自己只是来当摆设儿的实习生顿时忙碌了起来。在有限的时间里，王小北让导播将好几个电话切了过来，并跟他们进行了现场沟通。一个离家出走的女子哭着表示她要立即回家尽孝，再也不跟爸爸闹别扭了。还有个年轻人直率地阐述了自己的看法，认为关注老年人生活远比等骗子冒出来再去抓有意义得多。总之，当王小北说出"感谢大家收听《午夜电波》，明天同一时间再见！"这句结束语的时候，他自己的眼睛也湿润了。

《午夜电波》一眨眼已经播出了半个多月，徐台长又心甘情愿地给王小北增加了两部热线电话，还将三个刚来的实习生调到了他那儿。如今的《午夜电波》已非昔日吴下阿蒙，这个栏目的每个人忽然之间都显得高调了起来。王小北也像发现了一个新天地般全身心投入，不仅抽出了两名实习生专门四处寻找关于家庭的社会热点，还将自己对生活的感悟也真实地带进节目。如果说只有当一名优秀的将领将灵魂注入自己手下的军队，这支军队才能无往而不胜的话，《午夜电波》现在就是如此，正是王小北给这个本来没什么救的栏目重新注入了灵魂。

王小北和他的《午夜电波》开始扬帆出海了，很快就取得了预期之外的效果。这种效果不仅让徐台长跟着受了益，就连刘帅也因此被老邱委以了重任，正式跻身邱主任的亲信行列。

这天，徐台长陪同总台领导佟台长到宣传部去汇报工作，竟然因为临时起意将王小北调到《午夜电波》应急的事情受到了表扬。那位领导目光炯炯地看着他说道："你们那个《午夜电波》办得不错，很接地气！"徐台长笑了笑没有多做解释，只是默默接受了这份意外的荣誉。领导不无担心地说："这样好的节目一定要办下去，可千万不要半途而废呀！"徐台长谨慎地回答道："您放心，我们总台已经加大了投入，一定会继续大力扶持他们的！"

看到领导满意地微微颔首，徐台长又接着说道："其实这都是佟台的功劳。"作为系列台的台长能够陪同总台领导参加这样的会议，要么就是首长有意提携年轻人，要么就是对老同志额外的奖励。徐台显然属于后者。"佟台一直关心这个节目，多次亲临第一线直播间指导，并且指出这个节目的价值，利用它召唤亲情，唤起大家的社会责任感，不间断地传播正能量嘛……"说到这儿，徐台长还特意补充了一句，"这个节目的主持人王小北就很有潜力，还获得过上一届全国主持人大赛的一等奖，是我们电台刚刚挖掘出来的，这个主持人大赛就是佟台长亲自负责的项目，在社会上相当轰动。"领导满意地看了看佟台回答说："不错，多亏你慧眼识人啊！"

徐台长高兴地返回了台里，一路上都沉浸在《午夜电波》给他带来的赞扬中。不能不承认，徐台长当初把王小北调到这个冷灶上完全是出于临时应急的需要，当时实在是没有老人可用。但中肯地说，对于新人的人选他还真是认真斟酌了半天，也希望能让这个节目慢慢好起来。没想到，这个平时看上去不怎么起眼的王小北还真没让他失望，很快就得到了听众的拥戴，将一个半死不活的栏目做得风生水起，引起了上级的关注。

徐台长决定先不大张旗鼓地公开表扬王小北，因为年轻人最容易膨胀，还是等他先把这个好势头儿保持住了再说。但徐台长决定亲自到栏目组去看看，毕竟用自己的实际行动去鼓励他们一下还是很有必要的。

徐台长走进了栏目组的套间，正赶上王小北在里屋跟手下的几名实习生慷慨激昂地讲着什么，徐台长不禁好奇地停住了自己的脚步。就在这时，两名衣冠楚楚的客户走了进来。其中一个很客气地小声问徐台长："先生，这里是《午夜电波》栏目组吗？"徐台长点了点头，然后又指了指里边正白话得天花乱坠的王小北。客户识趣地站在了那里。

徐台长小声地问道："你们有什么事儿？"那个客户回答说："我们想跟他们联合搞一期节目，顺便谈谈他们这个节目的广告。"徐台长好奇地问道："我们电台那么多栏目，你为什么非要选择

《午夜电波》呢？深更半夜的做广告有人听吗？"

正在这时，栏目组的一个实习生出来倒水，一下子发现了徐台长。没想到台长大人居然光临了他们栏目组，实习生当时就想上前招呼。徐台长看见，马上用眼神制止了他。客户没注意到身边发生的这个细节，兀自回答着刚才的问题："我们是经营中老年化妆品的，主要面对的就是家庭主妇，那些人白天都忙着炒菜做饭伺候孩子，夜静更深睡不着，不正好听广播吗？"说到这儿，他还神神秘秘地告诉徐台长，"不瞒你说，我们的竞争对手就是《午夜电波》的第一个合作者，那效果还真挺不错！"徐台长高兴得满面春风，笑着点起了头。他又接着问道："您是做哪个节目的？"还没等回答，屋里正在义正词严声讨家暴问题的王小北终于结束讲话走出了门来，他马上失声叫道："徐台！您什么时候来的？"

徐台长笑着摆了摆手："我是顺便来看看的，想了解一下你们还有什么需要台里支持的地方。"说着话，徐台长一指身边那位已经傻了眼的客户说，"先跟人家谈正事儿吧，我改天再来！"

徐台说完就转身走了，那位客户惊叹道："你们台长人真不错，可惜这样的领导现在越来越少了！"这句话自然全被没走多远的徐台长听在了耳朵里，又美滋滋地接受了这个当下很有点儿高度的赞扬。看着这档原来无人问津的节目竟然连广告也陡然变成了香饽饽，徐台长真的开始盘算起把这个栏目定义成自己旗下的主打节目。毫无疑问，那个初出茅庐的王小北也在同一时间里成了徐台长心目中的重点培养对象。

生活中问题迭起，节目里各种事情也全都等着王小北解决。对于这些事情王小北仿佛更加上心，因为他知道自己属于这座城市，是这座城市里的听众最先把他捧上情感问题专家这一宝座的。有时虽然会遭遇尴尬但他从不气馁，有时会遇到自己也无法解开的难题，但他会认真走访调查，寻求尽可能尽善尽美的解决方式。

给别人挠虱子并不等于自己的头上没有，王小北其实也没少面对来自家庭的困惑。今天的节目里，一个老头很尖刻地提出了跳广场舞扰民的问题。王小北耐心地解释说："其实我们不要这么消极地看待这个问题，现在跳集体舞的大都是二十世纪五十年代前后生人，他们把一生全都无私地献给了家庭和社会。虽然有家庭，其实却没有爱情，没有真正谈过恋爱。他们不甘心自己的人生就这样老去，去跳广场舞，其实是他们在秀自己所剩不多的青春，在秀他们身上逐渐消失的美。"

好多期节目没有遇到这样的问题了，一个准丈夫公开宣称，未来的老婆不想跟自己的父母住一块儿。"咋办啊？主持人，你觉得这样的想法正确吗？"王小北笑着回应了他："我觉得这个问题主要取决于你未来的妻子是不是真的爱你。"准丈夫无奈地回答说："她……她说现在流行这样，没人愿意跟老人住在一起……"王小北嘿嘿一笑："流行？我怎么不知道啊？"

准丈夫哼唧道："就是，我身边的朋友怎么都是跟父母住一块儿的啊？可她却偏说这真的是属于时尚。"王小北正色道："这要真是时尚，那岂不是标志着父母可以不要了吗？社会进步了，钱是多了，难道也可以成为不要老人的理由了吗？"准丈夫也有点反应过来了，语调慷慨激昂了许多："没错呀，可她非说跟老人一起过舒服不了，我听着就觉得刺耳！"王小北笑着指责说："光青年人自己舒服就行了吗？你不妨帮着她分析一下，我们自己以后也会老的，老了就不能跟自己的孩子和亲人住一起吗？"准丈夫愤愤地说道："对呀，人家老外是流行不跟父母住一块儿，说什么年轻人要独立，但是我们是生活在中国啊。"

王小北抓住这个机会说："你说得没错，中国的传统就是要孝敬老人，所谓百善孝为先！"准丈夫忽然男子汉气概爆棚，提高了声音叫道："我让她弄得心情很不好，这回我算明白了，再不行我就跟她分手！"王小北没想到自己的一番说教竟然威力如斯，要真是这样的话那可就违背了节目的原则，等于是解决了一个旧矛盾，然后又制造了一个新矛盾。想到这里，王小北急忙改变了进攻的方向："其实我倒觉得没这么严重，她能坦诚地把自己的想法说出来就是对你最大的信任。"准丈夫狐疑地问："小北，那你说我该怎么办？"

王小北带着强烈的感情色彩说："告诉她，改正这种想法，善待自己的老人。等你们老了动不了的时候，你们潜移默化教育出来的孩子一定会主动关心照顾你们的。要知道，在咱们中国，榜样的力量是无穷无尽的！"这个节目进行的过程中充满了浓浓的亲情和满满的正能量，以至于在节目结束时王小北还仍然处于亢奋之中。今晚的小北格言是："女人需要承诺，男人就许下承诺。男人的承诺是一颗定心丸，虽然它的药效还有待我们考证，可女人总是心甘情愿地吃下它。"

刚刚跟大家寒暄完毕，老邱就把刘帅叫进了自己的办公室，直截了当地给他下达了任务："你能回来太好了，有件事儿非你去办不可！"刘帅诧异地问道："邱主任，你老人家怎么还有必须我的时候？"老邱心急火燎地反问道："你不是我的心腹吗？我不找你找谁？"刘帅嬉皮笑脸地叫道："老大你发话吧！甭管是让我去给火星安灯泡儿，还是上月亮上植树，你吩咐一声就得了！"

老邱笑着骂道："我还想派你去粪坑里滚屎蛋呢！你跟王小北

的关系不是特别好吗？去把他们下个月剩下的广告全给我拿过来，指标算他们的，客户我来指定！"刘帅笑道："我说老大，这大冷天儿的您也不至于中暑呀，要《午夜电波》的广告干什么？"老邱叹了口气解释道："你以为《午夜电波》的广告很容易要吗？那是老皇历了，要不是一个多年的朋友求我，我这广告部的老大还至于找你？"

刘帅打电话通报了自己回来的消息，午饭后便跟王小北一起坐到了咖啡厅里。刘帅吃惊地发现，好几个原本在台里鼻孔朝天的家伙都跟王小北打了招呼，好像关系一直都比他还铁。刘帅终于相信了自己一上午钻刺打探的结果，《午夜电波》火了，王小北牛了！

天花乱坠地说完自己的杭州之行，刘帅得意地总结道："革命成功了！我终于当上上门女婿了！"看着王小北一脸的不屑，刘帅主动反击道："你还别这样儿瞧着我，你早晚也有这么一天！"眼看着临近下午上班时间了，王小北站起身说道："走吧，有什么话回去再说！那个李晨曦还等着你去救命呢！"刘帅伸手拦住了王小北："等等，我还有件事儿让你帮忙呢！"

王小北果然很够意思，一口答应了所有的要求，让刘帅在老邱跟前赚足了面子，觉得这个朋友真是太给力了。

第二十九章

　　生活中永远存在着各种各样的矛盾，只要这件事儿顺了，必定会有新的事情跳出来惹人烦恼。尽管已经很想得开了，但王小北却难免对电台的用人方法腹诽不已。他有些气愤地想，当初要不是他，本来已经到了无人问津的《午夜电波》，怎么会有今天的起色？

　　当然，事情还得从王小北到电台后不久谈起。王小北一直在为之奋斗的事业终于露出了曙光，主管业务的副台长一大早就把他找去谈话。因为徐台长是个严厉的人，所以凡是去见他的人都难免会有些心怀忐忑，但王小北却不是这样。尽管跟潘爸的那次会面让他有点儿魂不守舍，但他并没有把这种负面情绪带到工作中，所以听到这个消息后显得十分坦然。

　　在副台长那面敞开的办公室门前站定之后，王小北轻声问道："徐台，您找我？"正在书橱里翻找着什么的徐台长继续着自己的行动："小北来了，快进来帮我把门带上！"

　　关上门，又过了一会儿，徐台长终于找到了他想要的书，回转身看了王小北一眼，指了指对面的椅子向王小北示意："坐，快坐下！"王小北坐定之后试探着问道："您找我有什么事儿？"徐台听了望着他揶揄地反问："你这年轻人还真是性急！你认为我找你会是什么事儿呢？"一句话让王小北突然有了天威难测的感觉，原本还是比较放松的心情一下子变得紧张了起来。"估计是好事儿吧？"王小北有些惴惴地回答。徐台的脸上浮现出高深莫测的笑容："这么理解也可以……"带着玩味的表情又拖了几秒之后，徐台才说出了下边的话："经过台里的办公会讨论，我们决定让你再多挑点儿担子！"

王小北长出了一口气想："天哪，原来真是好事儿！我还以为自己干了什么该打板子了呢！"徐台神情严肃地告诉王小北："你分到咱们台里的时间也不算太短了，你播的那些广告听着效果还不错……"说到这儿，徐台顿了顿又说，"何况你还在全国主持人大赛中得过一等奖，本身素质就挺好嘛！从今天开始，你就把《午夜电波》这个栏目接过来吧！时段和内容安排全都不变，希望你尽快干出个样子来！"

王小北激动了，正如每一个士兵都会梦想着自己有朝一日成为将军一样，整个电台上上下下，又有哪个不盼着自己能成为主播呢？由于幸福来得太突然了，王小北愣了足足好几秒，才高兴地起身向徐台长表了决心。

在兴冲冲回到原来的办公室告别时，王小北才知道自己真的是被徐台长"委以重任"了。电台的各个栏目的确都很火，不是涉及某一部门，就是在某种程度上代表某个方面起着重要的喉舌作用。唯独这个《午夜电波》跟谁都不一样，是台里最冷的冷板凳，不仅播出的时段不长，播出的时间也特别缺德，正好是最容易闹鬼的午夜十二点。说实话，这个时间段要是讲点儿鬼故事什么的没准还有些听众喜欢，起码能给那些上夜班的工人和开出租车的的哥们儿提提神，可这档节目的内容偏偏是情感类的。虽然按照规定在节目内容上尽可以花样翻新，但主题却绝对不能改变。试问忙了一大的人到这会儿谁还愿意听这些家长里短的？除非你能真的做出花儿来，否则你就是再使劲地翻炒也还是一锅冷饭。因此这档节目的听众反馈率一直很低，连栏目的广告也无人问津。刚才还以为自己已经出人头地的王小北一下子蔫了。再打听才知道，原来是因为这个栏目的前任主播小李调动了工作，自己才被领导突击提拔到了这个位置上，成了闻名全台的"冷宫之主"。

王小北独自一人坐在新搬进的办公室筹备着即将推出的新节目。对于接手了姥姥不疼舅舅不爱的《午夜电波》，王小北不仅没有感到丝毫的遗憾与失落，还因此充满了斗志。因为他终于拥有了一片属于自己的独立空间。他决心在每天的栏目中把自己对生活的感悟带进节目，结合一些社会热点问题进行点评，先跟亿万不见面的听众混个"脸儿熟"再说。带着这个想法，王小北再次造访了徐台长。后者没料到王小北居然如此敬业，马上给予了他充分的肯定，并大笔一挥批准了他增设热线电话和工作人员的申请。

《午夜电波》起死回生，还后来居上成了台里的主打节目。王小北不久后和潘豆豆携手走进了婚姻的殿堂，正式成了潘家的上门女婿。在这个大前提下，王小北的地位也跟着水涨船高，不仅有了很高的知名度，也有了能在社会上干点实事的话语权。

这天王小北下班回来，一进门就看见了潘妈在厨房里忙碌的身影，他急忙撸胳膊挽袖子的就准备过去帮忙。一回头却看见潘豆豆已经躺倒在了床上，舒服地伸着懒腰，一副刀枪入库马放南山的架势。

王小北扒着门框好心地提醒道："豆豆，咱们去给你妈打打下手吧？"潘豆豆鼓捣着手机头也不回地说："你是会炒还是会炖？

老实待着吧！"王小北无奈，只得叹了口气独自讪讪地走进了厨房。正当他刚要开口说出自己的想法时，忙碌中的潘妈已经笑着命令道："赶快出去，这里到处都是油烟！"王小北嘿嘿一笑："我还是帮您干点儿什么吧……"潘妈坚决地表示："不用！等着吃就行了！"

王小北走出已经确定真不需要他的厨房，不想迎面碰上了刚刚从门外走进来的潘爸。王小北刚叫了一声"爸"，潘爸就拉着他的手说："正好，赶紧跟我下趟楼！"王小北还以为有什么搬搬抬抬的活儿要让他帮忙，赶紧点头答应，跟着潘爸坐电梯来到了楼卜。

在体育彩票捐助的体育设施前，潘爸指着王小北得意扬扬地叫道："这就是王小北，那个《午夜电波》的主持人，我女婿！"直到这时王小北才明白自己来干什么了，只得笑着跟那些老粉丝打起了招呼："叔叔，阿姨，你们好！"

潘爸得意扬扬地炫耀着自己的女婿，老人们七嘴八舌地称赞着《午夜电波》。王小北没想到自己主持的这一档情感类节目还这么有市场，便不厌其烦地解答起老人们各种稀奇古怪的问题。一开始还属于正常的互动，但说着说着，老人提出的问题就开始下道儿了。

"你们播音的时候要是急着上厕所怎么办？就那么憋着？"一个估计是前列腺有毛病的老头儿设身处地地问道。潘爸听见不高兴地抢过话头儿："你这算啥问题呀？你没事儿就爱往厕所跑，还以为谁都跟你一样是咋的？"一阵哄笑声中，那个老头儿不好意思了，讪讪地答道："看你说的，我就是瞎问……"潘爸哼了一声提醒道："赶紧说正事儿！"

一大帮老头儿老太太簇拥着王小北坐在了草地旁的长椅上，一个老太太啰里啰唆地说道："我说小北，有件事儿你可不能不管！"

说到这儿，她又看着潘爸说："我们跟你岳父那可是老邻居了，从这个小区一落成就在一块儿了……"王小北认真地点着头，血液里新闻工作者的责任感已经开始沸腾，可这个老太太却跑了题，唠唠叨叨地埋怨起这个小区里的物业公司来。她指着远处的一大片楼房愤愤不平地说道："咱们这个小区里的物业太次了，光知道收钱，一点也不干事儿……"旁边儿一个老太太听了赶紧提醒道："说正事儿，说正事儿！"老太太不满地嘟囔道："这也是正事儿啊。"潘爸插嘴道："还是先说你刚才说的那件事儿，我们还等着回去吃饭呢！"老太太不好意思地笑了笑："行，我就先说说那件事儿吧……"

不得不承认，潘爸还是很有新闻嗅觉的，老太太说的那件事儿还真的引了王小北的兴趣。回到家吃过饭，王小北就钻进屋里开始伏案疾书，整理起了思路。潘妈看在眼里，好心地用王小北做榜样教训起了潘豆豆。

潘妈叹了口气对女儿说："豆豆，不是妈说你！你看人家小北工作多认真。你在电台工作了这么长时间，我一回都没见你干过正事儿！"潘豆豆哭笑不得地叫道："您这话可不对了，我怎么就不干正事儿了？台里的工作在台里就应该完成，回家干只能说明他的水平不如我！"潘妈瞪了潘豆豆一眼，嗔怪地说道："你这孩子，说一句都不成？反正咱们小区里听《午夜电波》的人多了去了，有人主动找你说过《经济新闻》的事儿吗？"潘豆豆坚定地反击道："那是因为你们这些老头老太太不关心经济发展！"

潘妈一时想不出该用什么话来反驳，只得笑着嘟囔道："我不管你什么经济不经济的，反正你那个节目我从来都没听过！"正在笔记本电脑上忙活着的王小北一直有一句没一句地听着这对母女间的对话，直到这时才嘴角抽动得意地笑了。

潘豆豆笑嘻嘻地搂着潘妈的肩膀问道："没听过我们的节目不要紧，可小北主持的《午夜电波》你就听过了？"潘妈一本正经地回答说："你说对了，我还真是每期都听！连他在节目里说我坏话我都知道！"

王小北刚喝了一口水，听到这儿差点儿全给喷出来。他赶紧站起身走出房门委屈地分辩道："妈，你这可冤枉我了，我做梦都不敢说您的坏话呀！"潘妈和潘豆豆闻声转过头去，看着一脸狼狈的王小北哈哈大笑，潘妈笑着反问："这个话题咱们先撂在　边儿，你知道我是什么时候开始听你节目的吗？"王小北茫然地摇了摇头，潘妈得意地说："那天晚上我半夜起来上厕所，你爸那个老东西人睡着了但收音机却还开着。我就过去想给他关上……"

潘豆豆大叫一声："妈呀，你真是太有才了！"潘妈瞟了女儿一眼："别打岔，这有啥有才不有才的？"潘豆豆咯咯笑着解释说："不是打岔，我只是觉得你说得太像恐怖片了！"潘妈笑着继续说了下去："我一听小北正在里边儿说上回我们领鸡蛋的那件事儿呢，就干脆坐下来把节目听完了。"王小北苦着脸分辩说："可我也没说您坏话呀？"潘妈就像是抓住了半夜溜进厨房偷东西吃的小孩儿，一本正经地望着王小北说道："你不是说我岳母就是其中的一个吗？咋这么快就忘了？"

潘豆豆跟着起哄架秧子，用手指点着王小北的脑门儿叫道："让你再胡说八道！这下好了吧？"正当王小北唯有尴尬地苦笑之际，潘爸却过来解围了。他很有气势地叉着腰叫道："你们还让不让人家小北干正事儿了？"说到这儿，潘爸还望着老伴儿加了一句："知不知道电台里说的话叫啥？那叫新闻！提提你咋了？成了新闻人物还没找你收钱呢！"

由于潘爸的加入，战争迅速地走向了拐点，交战双方由潘家母女瞬间转换成了老两口儿。其实王小北心里倒并不排斥这种战争，起码跟打开电视看小品没什么区别。更何况大家都本着娱乐的心态，只是笑着斗斗嘴皮子增添一些人间烟火气罢了。

潘豆豆乐不可支地在一旁煽风点火，落在下风的潘妈立即开始组织起有效的反击："啥新闻呢？别唬人了！不就是楼下的吴老太太瞎唠唠的吗？她都说了一整天了，还新闻呢？"潘爸不服气地据理力争："别管是吴老太太说的还是张老头说的，物业公司把老年人活动室租出去就是不对！"潘妈冷笑一声："明明是吴老太太说的，你提人家张老头干啥呀？心虚还是咋的？"潘爸："别瞎掰了，我还想说你跳舞的时候总跟那个胡工跳呢！"潘豆豆故意夸张地叫了起来："绯闻，这绝对是绯闻呀！"

不管潘家的小品上演得多么频繁，也不管出身于知识分子家庭的王小北对潘家不注意生活细节的问题曾有过多少次腹诽，但王小北不能不承认，这个家里充满了浓浓的生活情趣，置身其间倒也身心轻松。在岳父大人的关照下，那则关于物业公司为了利益侵占老年人利益的节目提前播出了，并立即在社会上引起了强烈的反响。尤其是王小北在节目中引用了孟子的那句"老吾老以及人之老"和一大堆煽情的发挥，让物业公司终于顶不住了。不仅专门给小区里的老人们重新安排了一间老年人活动室，还增加了许多棋牌和设施。物业公司的老总连续三次上门道歉，让潘爸感到脸上特别有光。为了犒赏女婿，一连几天都没有下楼闲逛，而是专门陪着他下棋"娱乐身心"。

第三十章

王小北家的后院又起火了，纵火的自然还是他的岳父。王小北最近一段时间特别忙，潘豆豆她们最近也在进行内部业绩考核，家里的事情就因此撂给了潘妈一个人。劳累之余，不堪重负的潘妈终于到了不发泄一下不行的地步。干完了所有的家务活儿，潘妈看了一眼正在阳台上潜心钻研棋谱的老伴儿，阴阳怪气地问道："瞎琢磨啥呀？反正你这么多年也没赢过谁，要是我早就连棋盘带棋子儿一块儿扔楼下去了！"

潘爸爱理不理地摆出一副大师般的模样："谁说我没赢过？昨天我还赢了小北三盘呢！"潘妈听罢火往上撞，冷笑着反驳道："快拉倒吧，那是因为他是女婿！"潘爸烦躁地挥着手："快走吧，我这儿忙正事儿呢！"潘妈把手里的拖把很有气势地往地上一躓："还正事儿呢？那个老赵上礼拜刚学会下棋，这一周就连着赢了你七八次，还研究呢！"潘爸猛地站起身望着老伴儿叫道："你是不是没事找事儿呀？"潘妈点着头郑重地回答："没错儿，我就是来找事的！"潘爸诧异地问道："我又咋的了？"潘妈解下围裙扔到沙发上："我嫌你油瓶子倒了也不扶，整天一点活儿也不知道干……"

潘妈跟所有传统的中国女性一样，发完牢骚就继续去干活儿了。不想说者无心听者有意，潘爸却把这件事儿记在了心里。

当晚吃饭的时候，潘爸谈笑风生，饭后还建议王小北和潘豆豆陪着老伴儿、带着孩子出去走走。正好附近一家商场新开业，潘豆豆马上响应了父亲的这个提议。尽管王小北累了一天不想动，但最后还是拗不过生拉硬拽的潘豆豆和满脸殷勤不停劝说的岳父，只得违心答应了下来。

潘爸满脸堆笑地把他们送到电梯口，嘱咐一定要好好转转再回来。王小北不解地问潘妈："我爸这是怎么了？"潘妈也显得有些茫然，潘豆豆笑着加了一句："看我爸那样真的挺反常，就跟一个准备干坏事的小孩似的。"潘妈笑道："别理他，难道他还敢把房子给点了？"

且不说潘爸有没有点房子的勇气，但干点别的事情还是完全可以的。等王小北他们转完回到家里，一出电梯就闻见了一股刺鼻的气味儿。王小北和潘豆豆吸着鼻子闻了闻，目光全都指向了自家的方向。潘妈掏出钥匙打开门，警察办案般地冲进门内⋯⋯

屋里的情景大大出乎所有人的意料，味道的始作俑者自然是今天表现反常的潘爸。他正拿着一把刷子仔细找补着家里的餐桌，满屋刺鼻的油漆味和他脸上得意非凡的表情形成了鲜明的对比。潘豆豆惊叫一声冲上前去，心疼地看着油漆未干的桌子大叫："爸，你好好的刷什么油漆呀？"王小北耸动着鼻子一言不发，转身去打开了屋里所有的窗户。潘爸恼了，指着王小北大声质问："你这是干啥？"王小北无言以对，只得颓丧地停住了开窗户的动作。潘豆豆顿足嚷道："妈呀，这一屋子油漆味还让不让人睡了？"

潘爸终于爆发了，猛地扔掉手里的刷子指着潘妈高声叫道："她老说我不干活儿！这是我不干活儿吗？你们这个态度我还怎么干？"潘妈欲哭无泪地插嘴道："我的祖宗，我以后再也不多嘴了，不会干就别干了！"说到这里潘妈又狠狠补刀说，"对了，我忘了你是副厂长了，领导哪有会干活儿的？"潘爸也意识到了自己四面楚歌的境地，梗着脖子回击道："我不会干活儿？我干的活儿难道不地道吗？"

说完这句话潘爸转身冲进卧室，砰的一声关上了门。潘妈满怀幽怨地看着王小北喃喃地说："把窗户都打开吧，赶紧的！"

潘爸果然是条汉子，不久之后就又一次采取行动来证明自己的能力了。那天王小北和潘豆豆有事不在，潘妈独自带着孩子出门去玩。不想他们前脚一走，潘爸就又闲不住了。他背着手来到家里刚买的烤箱前，戴上花镜仔细地看起了说明书。

潘妈和孩子正玩得高兴，王小北和潘豆豆回来了。几个人说了没两句话，就有一个邻居跑过来指着楼上的一扇窗户问道："我说，那是不是你家的窗户呀？"几个人闻声望去，只见他们家的窗户大敞四开，滚滚的浓烟正从里边冒出来。"着火了！"一个危险的信号在王小北的脑海里闪过，潘豆豆下意识抱紧了孩子。潘妈担心老伴儿，已经撒脚如飞地跑了出去。

到家一看，又是虚惊一场。原来是岳父趁他们不在家，自作主张地烤起了面包。可他又不会操作，理所当然地把面包烤成了碳化物，糊了。好在屋里的烟雾已经散去不少，一家人就这么大眼瞪小眼地互相看着。孩子忽然毫无征兆地大哭了起来："面包，我的面包！"

潘豆豆这才发现忍痛给孩子买的高档面包就是潘爸这次行动的牺牲品。潘豆豆没好气地对孩子喝道："面什么包？没看见让你姥爷烤成煤球儿了？"潘妈也愤愤地指责道："你说你，挺大的人了，怎么一点好事不办？"

这一顿数落让潘爸颜面扫地，脸上一阵青一阵白地不停变化。王小北叹了口气说："算了，算了！反正已经这样了，咱们待会儿出去吃吧！"说完又朝着潘爸说："您下回还真得注意点儿，这些电器不懂千万不要瞎鼓捣……"这句话成了整个事件的导火索，潘爸怒不可遏地朝着王小北嚷道："你凭啥教育我？我爱动什么就动什么！"王小北生气地转过了身，潘豆豆却不干了，嘟嘟囔囔地说："自己干了错事儿还冲别人发脾气，您真是越来越长进了！"潘妈这一次终于站到了正义的一面，也跟着插嘴道："求求你了，以后千万啥也别干了！"

潘爸气得原地打转，然后猛地一拍桌子瞪起了眼睛："你们都嫌弃我是不是？此处不留爷自有留爷处，我走！"潘妈冷笑着问道："你要去哪儿？"潘爸火冒三丈地答道："回东北！"潘妈掏出钱包阴阳怪气地问："车票钱够不够？"话音未落，潘爸已经摔门而去。王小北将询问的目光投向了岳母，潘妈却满不在乎地说："别理他，转悠够了他就回来了……"

潘爸这一次比较能坚持，当晚十二点才醉醺醺地回到了家里。好在一家人早就明白了他这些套路，全都假装什么也没发生过。从那以后，潘爸还真没犯过类似的错误，更加专心地研究起了棋艺。王小北和潘豆豆噤若寒蝉，小心翼翼地不再去蹚雷区。潘妈也长了记性，绝口不提嫌弃他不干活儿这个茬口儿。

王小北可以超然世外，但却不代表身边的人个个能这样。随着曾经在他手下的小何当了副台长，刘帅和李晨曦就觉得已经到了该彻底劝劝不知上进的王小北的时候了。由于刘帅的倡导，这次的聚会终于返璞归真了，地点也由事先定好的那家具有小资情调的咖啡馆改在了空气中飘荡着麻辣鱼味道的餐馆的包间里。刘帅极力要求李晨曦埋单，如今财大气粗的李晨曦慨然应允，并执意将大家平日喜爱的二锅头换成了能满足他乡土情结的西凤酒。

刘帅不管三七二十一，也不等今天的开场白说完就开始大吃了起来。王小北笑眯眯地指点着他们道："看看你们俩，这才毕业多久就变得这么世俗了？典型的追求口腹之欲！"刘帅望着他笑道："看什么呢？我脸上有花儿还是怎么的？"王小北扑哧一笑揶揄道："你的经历让我想起了一部世界名著……"刘帅警惕地问道："小北，你是不是又想糟蹋人了？"林虹插嘴问道："名著？什么名著？"王小北哼了一声道："尼古拉·奥斯特洛夫斯基写的《钢铁是怎样炼成的》，没想到才三四个月的时间，刘帅就已经百炼成钢了。"刘帅哈哈一笑，一针见血地反驳道："小北，我怎么听着你像是在损我呀？我刘帅别的不说，人是最仗义不过的了！你说吧，我有好事儿什么时候忘过自己的哥们儿？"

林虹马上点头表示赞同，李晨曦也啧啧有声地跟着赞叹了起来。王小北无语了，只得报以和解的一笑。刘帅自得其乐地对他说道："小北，你说《钢铁是怎样炼成的》那是抬举我，其实我更像一本前一段儿流行的网络小说，人活着就得混，要混就得混好，否则还活着干吗？"李晨曦笑着问道："哪本？该不会是《甄嬛传》吧？"刘帅带着一脸无害的笑容呸了一声："《甄嬛传》？还《武则天秘史》呢！我说的是网络巨著《流氓是怎样练成的》！"屋里马上响起了震天的笑声，王小北也跟着大笑起来。在笑声中，王小北忽然心有所悟，有点明白刘帅是怎么混起来的了。这整个儿就是一个宠辱不惊、笑看红尘的绝世高手。

李晨曦端起酒杯喝了一口，很鄙夷地看了王小北一眼没有搭腔。刘帅也是依旧忙着咀嚼，干脆连眼皮都没抬。王小北感到很没趣，索性拍着桌子叫道："你们怎么全是这个德行？要光来这儿有吃有喝的有意思吗？"出乎王小北的意料，平日里一向鸡吵鹅斗的李晨曦和刘帅今儿却出奇团结，几乎异口同声地回答道："有意思！"

王小北哈哈大笑，喝了一口酒说："行啊，你们这是对我有意见是怎么的？"趁着饕餮的空隙，刘帅居然瞪起了眼睛："王小北，你这是跟谁说话？"王小北诧异万分，不由得大声回答道："刘帅啊，怎么不对吗？"说完还好整以暇地带着讨好的神情望着李晨曦。刘帅不无挑拨地说道："看见没有？越来越没大没小了！"王小北怒道："刘帅，你到底什么意思？今儿怎么一进门就开始找我的麻烦？"说着端起酒杯作势欲泼："说，我得叫你什么才对？"刘帅恬不知耻地回答说："这位是李董事长，至于我嘛，你早晚得称呼我刘主任！"王小北冷笑了起来，眼睛盯着刘帅恶狠狠地问道："什么意思？成心给我添堵是不是？"刘帅得意非凡地鼓掌笑道："你也有失态的时候呀？真是太搞笑了，哈哈……"

王小北真的有了拿酒泼刘帅的冲动，这当口儿李晨曦却突然开了口，用命令似的口吻说道："赶紧坐下，有正经事儿问你！"刘帅得意地做了个鬼脸，一副你能拿我怎么办的欠揍表情。王小北满头雾水地坐下望着李晨曦："什么正经事儿？"李晨曦显然是懒得回答，用眼一扫刘帅，那个家伙站起身来质问道："王小北你有病是不是？你说说，放着提拔的机会不争取，当个破主持人有意思吗？"

王小北瞬间释然，知道他们这是关心起自己的仕途来了。王小北不动声色地反问："你觉得我是应该争取这次机会呢，还是应该继续当我现在这个破主持人？"刘帅恨铁不成钢地叫道："当然是抓住机会成为台里的领导了！"李晨曦也不失时机地劝道："就是，要把握住机会呀！今年光我就听说你们台里提拔了好几拨年轻人，你要再不赶紧……"王小北笑着端起了酒杯，然后伸手拦住了李晨曦没说完的话。

"我要是一心想当官儿，当初徐台长没退休的时候我就竞争了！"王小北用不容置疑的口吻说完了这句话，然后又继续说道，"不瞒你们说，这次台里找我谈话了，是我自己坚决拒绝的！"刘帅狐疑地叫道："还有这事儿？我怎么没听说？"王小北瞥了他一眼故意气他："你一个小小的部门负责人知道什么？难不成台里有了什么决定还得请示你们广告部？"刘帅没皮没脸地笑了："故意气我是吧？我偏不生气！接着说，台里哪个领导找的你？该不会是那位半年前还得看你脸色吃饭的何台长吧？"王小北点了点头："猜对了，还真是他！"

提起职务上的晋升，王小北其实原本一直没有在意。反倒是小心翼翼地回避着这样的机会。因为他的志向显然不在这方面，根本没打算用放弃自己的专业和越来越火的《午夜电波》栏目来换取任何行政职务。起先台里的领导，尤其是对他欣赏有加的徐台长总是想提拔他，后来他一退休这件事也就没人再提了。反正王小北如今已经是《午夜电波》的栏目主持人兼栏目主任，好像在这里更能发挥他的能量。直到不久前曾在王小北手下工作过的小何当了副台长，这才又想起了王小北。刘帅认为王小北很傻，因此专门约了李晨曦来给他开窍儿，不想王小北却对这件事有着自己的感悟和想法。

王小北举着酒杯提议道："感谢哥俩一直想着我，这杯酒敬你们！"李晨曦一饮而尽，刘帅却拿起可乐回应道："心意领了，待会儿还得开车就拿这个代替了！"王小北喝完酒又吃了口菜，然后慢条斯理地说道："其实我也不是不想进步，我是舍不得《午夜电波》这个栏目呀！就像是一个父亲把自己的孩子辛辛苦苦养大，绝不可能再狠下心抛弃他……"

刘帅大声质疑道："谁让你抛弃了？就等于是让你继续当爸爸，只不过是给孩子找个保姆罢了。"王小北只是一笑，抬起头看着面前的两位伙伴说："说实在的，这里面牵扯的东西太多了，那个职务和自己的梦想比起来真的不算什么！你们也不用替我惋惜，是金子早晚会发光的！"李晨曦忽然莫名举起酒杯扬声说道："小北这一杯我敬你！"刘帅不酸不淡地插嘴问道："敬他什么？"李晨曦正色回答道："敬他一直保存着梦想！"

可是，虽然王小北的事情尘埃落定了，但并不等于就已经天下太平了。三个好朋友中的刘帅尽管如今已经在岳父面前扬眉吐气，但陈黛丝和刘母之间的问题还是没有解决好。说好听点儿，两人的关系就像是暴风雨之前的沉寂。说直白了就是，迟早得擦枪走火儿引发大战。面对这把悬在头顶上的利剑，一向没心没肺的刘帅也不禁暗地里曝起了牙花子。王小北倒是经常开导这位新鲜出炉的广告部刘主任，但刘帅还是强颜欢笑地口打唉声。已经晋升为台里办公室主任的老邱也跟着瞎着了一阵子急，但除了添乱却一点忙也帮不上。

第三十一章

刘帅的母亲真是个大忙人，闲扯了几句之后就忽然改变了话题，望着心不在焉的刘父说道："对了，我们下礼拜要去参加区里的广场舞大赛，到时候家里的事儿可就全都交给……"刘父有些不耐烦地回了一句："你怎么整天光知道忙这些破事儿？家里的事情总是一点不关心？真不知道广场舞跳好了能封你个舞场皇后还是怎的？"

刘父的牢骚话引起了老伴儿的一连串反击，刘母叉着腰义正词严地反击道："谁说跳广场舞是破事儿了？这是传播正能量！再说家里有那么多正经事儿吗？"说到这里，刘母还挑衅地指着刘父桌上的图纸挪揄地说道："你忙的倒是正经事儿，可是有用吗？也就是多祸害两张纸罢了！"

刘父显然不是老伴儿的对手，很快就举起了白旗："行行，你说得对，你说得对！"退休之后一直醉心于各种社会活动的刘母很快就换了一副带有职业特点的语气，语重心长地开导起了已经服软的老伴儿："别操那么多闲心了！多干点有益于身心的事儿吧。整天画你那些没用的图纸有什么用？走出来感受一下外面的世界多好啊！"

刘父一直有个梦想，就是设计制作出一套完善的环保设备，将那些粉尘飞扬的企业变成没有公害的地方。为了实现这个目标，他自打参加工作不久，就始终几十年如一日地研究着，即便是退休了也依旧乐此不疲。

刘父是个固执的人，否则也不会几十年如一日地跟环保问题较劲了。他不满地纠正老伴儿这种错误观点："懂什么，懂什么，你懂什么？"

李满墩儿来北京了，而且还带来了大生意。李晨曦高高兴兴地准备出去接待客人，林虹破例没像以往那样拉住他百般叮嘱。因为这个李满墩儿已经跟李晨曦做成了两笔大豆生意，一出一入净赚了十来万元。更何况李晨曦是个乡土情结很重的人，虽然他们之间的生意并不是很大，但却在他的心里有着很重的分量。在一家经营家乡风味的餐厅里，李满墩儿志得意满地对李晨曦说："晨曦啊，这次终于能跟你做一笔大生意了！"两人干了一杯之后，李晨曦笑着问道："啥大生意？看你给激动的！"李满墩儿笑着拿出一份合同："就这个！"李晨曦拿过合同一看，眼睛顿时亮了，因为这是跟他做过两次交易的那个炼油厂要更换设备的委托采购合同。"两千八百万！这难道也要咱们垫资吗？"李晨曦诧异地望着李满墩儿叫道。

李满墩儿点了点头，李晨曦瞬间泄气："卖了我也没那么多呀！"李满墩儿笑道："急什么？这里边还有道道嘞……"李满墩儿告诉李晨曦，这其实只是一次瞒天过海的交易，他的董事长娘舅已经拿到了采购设备的资金，他们只要联系好供货方人家马上过来，但是前提是他们必须要开出这个数额的发票，还要提前支付对方好处费两百万元。李晨曦沉吟片刻终于下定了决心，瞪起眼睛望着李满墩儿大声说道："干！我这就回去准备！"

王小北的生活中有着太多的尴尬，其中岳父、岳母无微不至的照顾就是其中之一。刚好这天晚上的节目里有个人跟王小北同病相怜，两人之间的互动因此充满了真诚与无奈。

那个听众吐槽说："我跟我岳父岳母住在一起，他们实在是太关心我们小两口了，这也管那也管，都已经成了一种骚扰了。"王小北劝道："多往好处想吧，那是他们表达爱的一种方式。我家的情况跟你家差不多，他们打扫卫生或者是干别的什么事儿时就从不打招呼，的确有许多尴尬的事无法避免。"听众听罢顿生知己之感，叹了口气说："对呀，我们连星期日早上想亲热都不敢，因为不知道岳父、岳母什么时候会忽然一起出现在我们面前。"节目中当然不能互相倾诉，王小北劝了他几句后导播便切进了另一位听众。

老太太气儿挺大，一上来就指责了刚才的那位听众，说他不懂老人的一片苦心。紧接着老太太又告诉王小北，她那女婿不爱叫人，除了婚礼上叫过几声爸妈，如今说话称呼都没有了。王小北只得回避了主题问道："您的女婿其他方面怎么样？"老太太回答说："其他方面倒还可以，一进门就干活儿，可就是没礼貌这一条让我难受。"王小北心里有了底，又进一步试探道："您这女婿进门多长时间了？"老太太想了想说："半年多了吧……"王小北委婉地劝道："我看他还是跟您沟通少，慢慢就会变了。您没事可以让您闺女提醒着他点儿，这其实只是有些腼腆不算是什么毛病。"

可能是因为最近天气干燥，人们的火气也特别冲。老太太刚刚下去，下一位参与互动的小伙子就又延续着刚才的话题朝老太太发难了："我发现现在有些老人真是太挑剔了，刚才那个老太太就是这样儿！"王小北可不愿意他的听众互相攻击，赶紧笑着岔开了话题："每个人都有自己的观点嘛！咱们哪儿能一上来就否定别人的意见？您还是说说自己的事情吧，您有什么要跟我交流的？"这小伙子也是个话痨，啰里啰唆地数落了他的岳父岳母一大堆不是。什么冰箱里的东西生熟不分啦，什么辛辛苦苦种的绿植刚爬到墙上，就被岳父清扫卫生的时候给揪掉了。更狠的是，这哥们儿还硬说他岳母逼着他吃野菜。每次去公园不干别的专门挖野菜，回来谁要敢说不吃，当场就跟谁翻脸。末了他还特别强调说："吃野菜其实不安全，你想啊，要是这些植物适合当蔬菜，几千年前老祖宗早就培养出来了……"

王小北挺同情这哥们儿，自己的岳父岳母其实这方面的英雄事迹也挺多的。但作为主持人又不能这样攻击老人，只好从另一个层面解释说："其实我们在生活中总会遇到各种烦恼，但这种事情不一定都是负面的。从广义上讲，夫妻关系往往并不仅仅限于夫妻两人之间。父母总是疼爱自己的女儿的，对自己的女婿，有时却表现得并不那么友好。因此，做一个丈夫，应该首先学会从好处理解这种爱，正面去应对自己的岳父岳母。"

最终王小北还是忍不住吐槽的欲望，用一种听上去很轻松的语气笑着说道："我们家其实也有类似的情况，我岳父岳母有时也爱偷听我们小两口吵架，然后再冲进来数女婿给闺女撑腰，其实这也是他们一种独特的爱的表示。当然老年人是有一些欠缺，比如我岳母，就爱买各种保健品，劝了几次也没什么效果。有一次自己也意识到上了当，结果被骗子困在那儿好几个小时，最后好不容易把她救回来了，结果第二天一早又去排队领鸡蛋听保健品宣传了。再有就是孩子要吃苹果，岳母拿起切菜的刀就削，也是说了就恼。现在我家厨房就扔着四套刀和案板，结果削水果时还经常是那把她用惯的菜刀。"

王小北下了夜班正在睡觉，卧室的门却悄悄打开了，潘爸探头进来蹑手蹑脚地来到了王小北的跟前。潘爸似乎不太好意思叫醒还没有自然醒的女婿，只好俯下身静静地给王小北相起了面。

睡意蒙眬的王小北正在半梦半醒之间，隐隐约约地感觉到有些不大对劲儿，于是便慢慢地睁开了眼睛。一看自己面前近距离出现了一个人，王小北顿时被吓得直挺挺地坐了起来。潘爸没料到这招儿，猝不及防之下差点儿　屁股坐在地上。这种尴尬而慌乱的场面持续了几秒钟后，王小北终于强迫自己反应了过来。这位著名的主持人心有余悸地揉着眼睛问："爸，您……您找我有事儿？"潘爸也同样心有余悸地捂着胸口叫道："哎呀妈呀，可吓死我了！"可能意识到自己这般模样有失岳父大人的身份，惊魂初定的潘爸赶紧浮现出一脸慈祥的笑容："赶紧起来吧，有个客人想要见见你！"

王小北不敢怠慢，赶紧穿衣下地简单洗漱了一番。当王小北走进客厅的时候，看见潘爸正陪着一个西装革履的中年汉子在那儿说话，亲密无间的样子甚至有点基情四射的嫌疑。

王小北满脸堆笑地走上前去，讪笑着问道："爸，这位是……"潘爸没有回答女婿的问题，却一指王小北颇为得意地对那名中年人说："看见没？这就是我女婿！"王小北友善地点了点头，那中年人却猛地从椅子上蹦了起来，用一种当年贫苦农民终于盼来了解放军般的神态端详着王小北，同时操着浓重的东北腔激动地嚷道："我的妈呀，这就是你女婿啊！"王小北被吓了一大跳，潘爸却乐开了花儿般地回应道："可不咋的！"

王小北实在不愿意继续充当这场二人转中的道具了，便提高了嗓音笑着问道："爸,这位是……"潘爸这才哈哈大笑着解释道:"你看我这记性,都忘了给你介绍了!"说到这儿,潘爸指着那位中年男人亲昵地说:"这小子就是我原来那个厂的厂长,也是我当年的徒弟!"正说着,潘豆豆和潘妈笑呵呵地走了进来,顿时跟那个一惊一乍的汉子寒暄了起来。潘妈亲热地拍着对方的肩膀说:"你这个小犊子,咋这么长时间不来看你师母?"潘爸笑着插嘴道:"人家这不是来了吗?现在出息了,都已经是厂长了!"

王小北逗弄着抱着孩子的潘豆豆,忍着笑低声对妻子说道:"你当年要没留在北京的话,估计这会儿已经是厂长夫人了……"潘豆豆瞪了他一眼,使劲儿掐了他一把。王小北忍不住失声叫了起来,大家都把惊愕的眼神投向了他们。王小北却神一样地把这声惨叫掩盖在了对孩子的称赞当中,好像这样一惊一乍地哄孩子才是真正的高手所为。果不其然,那位厂长大人真的偷着瞧了潘豆豆几眼,从某种意义上证实了王小北刚才的胡乱猜测。

作为师父,潘爸理所当然地将徒弟留下吃饭。作为师母,潘妈立刻手脚不停地忙碌了起来。潘豆豆如今已经跻身妈妈的行列,寒暄过后很快就抱着孩子回到了自己的房间。不得不承认,东北的风俗就是热情,凉的热的很快就鼓捣出了一大桌儿。尽管如此,潘爸还总是在谈话之余跑过来嘱咐:"实实惠惠的,别整得跟那啥似的!"

潘妈的手脚利索,很快就鼓捣出了几道实实惠惠的凉菜,光是那一盘子烧鸡拼盘就用了整整一只今天市场上最重的烧鸡。摆上凉菜之后,三个男人便喝起酒来。原本一头雾水的王小北也渐渐弄清了徒弟的来意。王小北笑着举起杯:"尤厂长,我敬你一杯!"那位厂长徒弟马上诚惶诚恐地逊谢道:"可不敢,可不敢,我既不敢在师父面前称厂长，也不敢劳动你这位国家级的大主持给我敬酒啊！"说完也不等王小北做出回应，便站起身一手拿着酒瓶，一手端着酒杯一连喝了三杯。王小北笑着称赞道："尤……厂长……不，不，尤哥，您真是好酒量！"尤厂长再次坚决地逊谢道："哪里，哪里，我可没有师父当年的海量！"王小北觉得酒劲儿翻上来了，就只是一个劲儿地傻笑。尤厂长却笑着拍了拍他的肩膀笑道："这才是自家人，透着实在！不这样的话，我还不敢轻易跟你这个大主持人唠嗑呢！"

正说得热闹，已经在厨房一边张罗一边吃完了饭的潘妈抱着孩子，将潘豆豆替换了下来，潘豆豆笑眯眯地坐在了丈夫的身边。潘爸一看尤厂长张罗着想给女儿敬酒，赶紧出来挡横："她女人家家的喝啥酒？"王小北笑眯眯的，不置可否，却被潘豆豆瞪了一眼埋怨道："也不知道替我拦着点儿，真是的！"尤厂长还想说点什么，却被潘爸拦住了："你还是赶紧说正事儿吧！"

尤厂长还真听话，放下酒杯口打唉声地对王小北说道："大兄弟，有件事你还真得给我帮个忙，咱们厂子里的几百号人就全都指望你了！"王小北一听赶紧笑着回答说："尤哥，您千万别这么客气，您跟我爸这关系我也看出来了，能帮上忙的我一定不会推辞。"潘爸显然对王小北的回答十二分的满意，立即插嘴道："你有话直说，我这个女婿一点架子都没有，人可好了！"

尤厂长忙里偷闲地向师父点头致意，然后又换作刚才的表情对王小北说："你是不知道哇，咱们厂现在没有国家计划的任务了，必须得自己出来找项目，要不好几百职工就得另谋出路啊……"王小北心道："这事儿您别来找我呀？我一个主持人能派上什么用场？"

看到王小北面露难色，潘爸适时地说道："小北啊，你的路子广关系多，这回无论如何也得搭把手呀！厂里那些工人好多跟咱们家都是父一辈子一辈的交情，不能不管呀！"说到这个褪节上，王小北吃惊地发现岳父的眼圈红了。

王小北正犹豫着该怎么回答，一旁的潘豆豆却小声提醒道："你可以去找找刘帅呀。这样的事儿恐怕还真难不住他。"潘豆豆这一句话对王小北起到了醍醐灌顶之效，他马上正容道："尤大哥，您放心，我下午就去给您打听。"尤厂长激动莫名，正在不知该如何是好的时候，王小北又加了一句："您给我介绍一下咱们厂里的情况吧……"尤厂长憋了半天才冒出了一句："大兄弟，事成之后我肯定好好谢谢你！"王小北正色道："尤厂长，我是绝对不会挣这种钱的，我看中的是您和我岳父一家的感情！"潘豆豆也跟着帮腔道："小北说得对，我们家有那种人吗？"

尤厂长深受感动，在潘爸送他到楼下的时候还一再强调："师父，你那女婿真是个好人！"潘爸得意地回答说："知道就好，你小子以后也别琢磨那些邪门歪道儿的！"回到家里，潘爸深深看了王小北一眼，半晌也没有开口说话。王小北不知道潘爸这是要唱哪一出儿，顿时变得忐忑了起来。潘妈和潘豆豆互相对视了一眼，也不明白潘爸到底要干什么。令大家都没想到的是，潘爸竟然给王小北鞠了一躬，用王小北踏进这个家门后从没有过的语气说："小北，拜托你千万给费费心，那些工人真的很不易！"王小北看在眼里，心头一热，郑重其事地对岳父说道："您放心，我一定会尽力的！"

又坐了一会儿，王小北就到台里去了。乡土情结极重的潘爸满怀希望地看着女婿的背影，自言自语道："一个女婿半个儿，这句话真是一点不假啊！"正在擦桌子的潘妈听见，马上插话进来：

"知道女婿好了？以后没事儿少跟人家犯驴！"潘豆豆也挤眉弄眼地开起了玩笑："什么半个儿？这以后就是咱家的顶梁柱儿了！"第一次感到女婿重要的岳父岳母一听，马上用自己的方式表示了赞同。到底还是潘爸的水平高，他画龙点睛地总结道："还得感谢这个时代呀，要不然找个上门女婿哪有这么光彩？"

王小北到了台里，开始认真地琢磨起给尤厂长帮忙的事情来。作为一个典型的知识分子，王小北虽然年轻，浑身上下充满活力，但骨子里位卑未敢忘忧国的劲头还是很足。不仅仅是为帮岳父挣个面子，他真的想帮帮那几百口子干了一辈子的工人和他们的家庭。他不是一个死板的人，刚参加工作的时候甚至比谁都新潮，差一点就娶了一个走在时代前列的模特当老婆。这样的事儿里当然少不了刘帅的影子，那天就是因为他的搅和，王小北才有了这样一段经历。

那天，王小北上午接到通知，晚上要跟栏目组的人一起去参加全国白领模特大赛。刘帅知道消息之后，果然急急如律令般地跑来找他了。一见面刘帅就兴奋地直奔主题："今晚上有模特大赛你知道吗？"王小北不动声色地回答道："知道了，今儿晚上我们栏目也要去！"刘帅马上雀跃道："我也跟着去凑凑热闹！"王小北不解地问道："这有你们广告部什么事儿？你进得去吗？"刘帅得意地炫耀着自己脖子上挂的工作证回答说："放心，我有这个！"

王小北嘟囔道："这么积极干什么？"刘帅带着无限憧憬回答说："你懂什么？那些模特不光看着养眼，还全都属于高收入阶层！我去踅摸一下，看有没有需要上门女婿的？"王小北听了马上作势欲呕："德行！"

当晚的模特大赛果然是佳丽云集，异彩纷呈。王小北忙里偷闲地看见刘帅挂着电台的工作证到处乱跑，除了跟几个漂亮的模特打得火热，还顺便结识了几个有意投放广告的商家，满脸笑容地跟人家交换着名片。看着满头大汗却依然乐此不疲的刘帅，老老实实坐在转播席上的王小北忍不住连连苦笑，心里除了佩服之外还是佩服。

临近散场，命运又在王小北的身后轻轻推了一把。第一次命运将他推进了电台，这一回却是将一个高大漂亮的女模特推到了他面前。这种事情当然还是要归功于刘帅，要不是他的喜剧表演，这样的机会王小北也许还真把握不住。

事情是这样的：正式的比赛结束后，完成了任务的王小北便起身去寻找仍在满场飞的刘帅。好不容易看到了他的影子，却怎么也叫不住他。追到后台附近，王小北只得买了罐可乐在出口等候，不想刚把第一口可乐喝进嘴里，这小子就跟两个高出他足有半头的模特出现在了王小北的视野中。王小北正准备咽下嘴里的可乐跟他打招呼，却看见刘帅正站在台阶上指挥一个摄影师帮他们拍照。由于身高不占优势，两名怕影响画面的模特一起用力，竟然把刘帅往上架了一级台阶，让他终于有了隐隐与大家高矮合适的势头。眼前这滑稽的一幕让王小北一下子笑了出来，嘴里的一口可乐也呈雾状喷出了口腔。不妙的是，这一口饮料当即引发了一阵撕心裂肺的尖叫。

王小北抬头一看，顿时傻了眼，原来这一口饮料全都喷到了身边经过的一名模特身上。王小北赶紧一迭声地道歉，还掏出纸巾试图帮人家擦干净身上那件很fashion的连衣裙。很快，王小北刚伸出去的手便触电般缩了回来。因为他忽然意识到，这个举动很容易被别人认为是在故意轻薄。王小北只得满脸讪笑地将纸巾递给了对面那名高大挺拔、美艳得完全不同于周围芸芸众生的模特。

原本满脸惊诧和愤怒的模特这时冷静了下来，在看清楚了王小北脖子上的工作证后，终于相信了这绝对属于一次偶发的事件。也许是漂亮的女孩天生爱笑，也许是王小北尴尬的样子触动了对方的笑点，那名女模特爆发出了一阵开心的大笑并伴随着大幅度的辅助动作，好像真的因王小北笑疼了肚子。

"真对不起，我……"满脸无奈的王小北还在试图解释，那个女孩却瞬间收住笑声板起了脸，咄咄逼人地轻声质问："光对不起就行了？"王小北这时已经接近崩溃，他涨红着脸期期艾艾地问道："那……那你说怎么办？"

肇事者刘帅不知道什么时候已经跑了过来，贱兮兮地笑着提议道："请人家吃夜宵不就行了？"还没等王小北回答，那个女孩却笑着拍起了手："行，就这样吧！"王小北除了点头没有任何办法，刘帅又很贱地说出了自己的建议："去簋街怎么样？"

时间轻飘飘地过去，一转眼已经距离王小北和那名叫唐娜娜的模特在簋街共进晚餐两个多月了。这段时间内王小北感到身心疲惫，也真切地感受到了囊空如洗的感觉。值得一提的是，唐娜娜出众的容貌和一米七五的身高让王小北在很多场合出尽了风头，许多不认识他的人都暗自猜测，王小北不是某位巨富的公子就是成功的企业家，否则不可获得能跟唐娜娜那样的女孩携手相伴的殊荣。但王小北最终还是决定跟唐娜娜分手，因为他不能容忍自己永远陪着她超水平消费，也不能容忍自己在事业上升的阶段整天沉迷于无休止的浪漫，到处去品尝美食，整天混迹于fashion界，有时还得陪唐娜娜的姐妹们长时间说些没有营养的废话……

由于这件曾经的风流韵事，王小北自然而然想到了刘帅。就凭着电台广告部刘主任如今的成就，这样的事情他八成是帮得上忙的。王小北起身去找刘帅，不想一出门却跟靳东明碰了个面对脸儿。差点成为歌王的靳东明自从跟滕佳琪在办公室里春风一度，就成了大家议论的焦点。但这种议论没有持续多久就烟消云散了。一来是王小北积极保护了他，二来是当事人滕佳琪事后没发表过任何评论，只是一口咬定那个人不是靳东明。三来，也是最重要的一点就是，靳东明永远是一副半死不活的样子。这样的人肯定不会做出激烈的反应，因此人们也就很快失去了传播一条桃色新闻的兴趣。王小北点了点头，继续往外走，靳东明却拦住了他说："主任，我想辞职！"王小北诧异地问道："辞了职你去哪儿？"靳东明面无表情地回答道："去滕佳琪那儿！"王小北虽然不八卦但也赶紧站住了脚步问："为什么？"靳东明的脸上出现了难得一见的笑容，言简意赅地回答说："滕佳琪跟吴奇伟离婚了……"王小北不解地追问了一句："那有你什么事儿？"靳东明回答说："我俩准备结婚了！"

第三十二章

　　李晨曦的生意超级顺利，谁让现在市场上是买方唱主角呢？但人家提出，李晨曦这样做必须把多出部分的税金先缴了。李晨曦因此忙碌了起来，几乎抽调了所有能动用的资金，甚至还瞒着林虹挪用了客户打来的预付款和公司的备用金，并把那两百万好处费取成了现金。李满墩儿果然没有蒙他，三天后他们就在一家五星级酒店见到了他那娘舅董事长，交出沉甸甸的好处费，顺利地拿到了对方开具的支票。

李满墩儿走了，回去等着事成之后拿钱。那位董事长也很快离开了北京，可李晨曦的支票却被银行拒收了。李晨曦瞪大了眼睛望着银行的职员大声叫道："为什么拒收？"银行职员看了他一眼微笑着解释道："给您开支票的单位并不存在，您看您是不是再核实一下对方的名称？"李晨曦拿出手机拨打了李满墩儿的电话，但这个号码却再也没人接听了。看到李晨曦急得六神无主，银行的值班经理走过来低声劝道："这位先生，您要是蒙受了损失就赶紧报警吧！"

报警之后，李晨曦没有回家，而是买了张飞机票直奔李满墩儿告诉他的地址。因为距离他家的村子只有几十里山路，所以李晨曦轻而易举地来到了李满墩儿描述的那个村子。李晨曦走进村子之后，看见一伙儿婆姨正聚集在一起纳鞋底，便走上前开口问道："咱村里有个李满墩儿吗？"一个年轻的婆姨上下打量着李晨曦问道："你找他作甚？"李晨曦只好随口敷衍道："我顺便来看看他，也不知道他回村了没有？"那个婆姨鄙夷地望着李晨曦大声说道："回村？他这辈子怕也不敢回来了！"另一个年长一些的婆姨走上前插嘴道："他是我们这里的骗子，一回来准被人打死！"

李晨曦不知道自己是怎么样离开那个村子的，他默默地走到远处的一处土崖上，掏出一支烟点上，深深地吸了一口。远处的黄土纵横交错，仿佛一个老人的皮肤一般。李晨曦望着这块生养并成就了自己的土地，感到了一种莫大的讽刺。因为他现在又被突然打回了原形，重新赤子般地回到了起点。冰凉的风沿着雨裂沟猛烈地吹来，李晨曦的脸上流出了两行泪水。这泪水包含着许许多多的元素，甚至包含着一些宿命的东西，但就是没有心底里那种曾经很强烈的乡情，没了那种跟这片土地相濡以沫的感觉……

失魂落魄地回到北京，李晨曦再次看见了林虹多年前在这里挽留他的温柔，他实在鼓不起勇气回家，甚至连电话也不敢打。在发出了一条条信息之后，他开始漫无目的地游荡，带着凄凉的心情慢慢地品味着身边他热爱的一切。当他不知不觉来到了当年曾经租住过的小旅馆前的时候，几天来体力透支的他终于眼前一黑倒在了地上。

醒来之后，李晨曦看到了王小北和刘帅，他们的身后默默地站着他们的妻子潘豆豆和陈黛丝。"林虹呢？"李晨曦终于发出了第一个声音。王小北苦笑着回答说："我们商量了一下，暂时没敢告诉她。告诉我们，你是不是遇到了什么事儿？"刘帅也带着少有的凝重语气开口说道："幸亏民警发现你的时候我们的手机号码排在前边……"

李晨曦闭上眼睛，好半晌没有说话。直到潘豆豆走上前加入了询问的行列，他才讲出了事情的始末。王小北等人安慰了一番便准备告辞离开，刘帅还特地嘱咐李晨曦赶紧给林虹发个信息，省得她太过担心。李晨曦双眼紧闭，任由泪水在脸上纵横驰骋，那副模样任谁看了也会为之心碎。王小北正准备再劝几句，却被潘豆豆轻轻地拉住了。

刚一走出病房，一向稳重的王小北便跺着脚发起了狠："那帮骗子真是太可恶了，这下晨曦他真的是彻底废了！"潘豆豆低头望着自己的脚决绝地说："我看我们还是先去凑钱帮他维持公司的运转吧！要不事情会越来越糟！"刘帅马上大声附和道："没错，我大不了先把车抵押出去，暂时先跟我家黛丝开一辆！"陈黛丝瞪了刘帅一眼把嘴一撇："我才不给你当司机呢！"说完这句话陈黛丝转身就走，扔下目瞪口呆的王小北夫妇和正准备跟自己耍贫嘴的丈夫刘帅。王小北带着无可奈何的表情白了刘帅一眼："刘主任，没想到你在家就是这么个地位？"刘帅失了面子，马上撸胳膊挽袖子地叫嚣起来："你放心，我这就回去修理她！"王小北同情地劝道："行了，你就别吹了！"

潘豆豆脸上的表情却忽然开朗了，她微笑着对神情沮丧的丈夫和他的铁杆儿刘帅说："我有种预感，黛丝一定是去想办法了……"王小北听罢微微颔首，刘帅也欣慰地叫道："就是，她是那么个人儿！"王小北不失时机地讥讽道："看来你这个上门女婿还真没白当！"

潘豆豆的预感果然是正确的，那天陈黛丝回去恳求了老狐狸，最终由陈思淼出面跟那家生产炼油机械的厂家协商，以极小的代价收回了李晨曦缴的大部分税金。陈黛丝也在老狐狸的默认下，从自己公司账上划过去两百万，算是及时给李晨曦输了血。尽管千叮咛万嘱咐，但李晨曦还是把这些事情告诉了林虹。在万分惊愕之后，林虹沉默了好久才幽幽地说了句："幸亏你还有这么几个真朋友……"

小一辈的风波自然影响不到长辈，从电台退休后就一直醉心于推动我国老年文艺生活的刘母，这时正在跟一帮老头儿老太太伴着《最炫民族风》的旋律翩翩起舞。在中央直属机关退休下来的刘父迈着四方步儿来找她了。看着婆娑起舞的老头儿老太太，刘父不自觉地皱起眉头。不知道为什么，他很不喜欢广场舞这种文体活动，总是觉得太闹。刘父同时也知道，老伴儿不等曲终人散绝不会理睬自己，便站在一边儿不无烦躁地看着。

好容易曲终人散，刘父终于得到了跟老伴儿说话的机会。刘母不耐烦地问道："什么事儿？非得跑到这儿来说？"刘父低声下气地说道："午饭我已经给你做好了，待会儿你回去自己个儿吃吧！"刘母不解地望着丈夫追问道："你的意思是？"刘父回答说："我的科研项目终于完成了，我想到中科院请几个老朋友帮着鉴定一下！"刘母知道这样的事儿她根本拦不住，只得假作大度地挥手道："去吧，这是正经事儿！"刘父美滋滋地走了，刘母望着老伴儿的背影轻声嘟囔道："还好，刘帅不像他一样是个书呆子！"

电台里，王小北在曾经属于老邱的套间里见到了刘帅，这个平时懒散的家伙如今却在废寝忘食地工作着。看见王小北进来，刘帅马上高兴地叫道："哟，这不是王大主持吗？今天怎么有空儿到我这座小庙里来？"王小北笑着回应道："你如今已经是主任了，能不能有点正形？"刘帅听了马上板起脸，打着官腔问道："王小北同志，你找本主任有什么事情？"王小北啐道："装什么装？你小子穿上龙袍也不像太子！"

好一阵儿插科打诨之后，两人终于开始说起了正事儿。刘帅嬉皮笑脸地问："说吧！我有什么可以效劳的？"王小北马上笑着反问："你怎么知道我找你有事儿？"刘帅哼了一声说："这不明摆着呢吗？要没事儿找我侃大山，你就不会来这儿找我了！我不着调全台人都知道，你可是个爱惜羽毛的人！"王小北不由得竖起大拇指："要不都说你小子大智若愚呢，我现在知道你为什么能当主任了！"刘帅小眼睛一瞪："说不说？本主任还忙着呢！"王小北缓缓地开口说道："我岳父的徒弟今天来了，他们的厂子如今遇到了一些困难……"

认真听完了王小北的陈述，刘帅点了点头说："你岳父真是个好人呀！在家乡遇到了困难的朋友前来找他时居然还这么热心。"王小北深有同感地回答说："不瞒你说，我也是这种感觉。想通过我的关系给想要发展的家乡企业寻找出路的样子，我好像是第一次看到他这另一面。"刘帅想了想开口说道："不错，洒家的确是以门路见长，这一半天我一定认真去想办法，争取让你在你岳父面前落个好名声！"王小北大为放心，笑着对刘帅说："太好了，那我就回去等信儿了！"

回到栏目组，王小北开始认真处理起一天的工作。忽然门一开，古君钟走了进来，娘里娘气地朝着王小北笑道："主任，你这是怎么了？可不要因为工作累坏了身体啊！"王小北笑着回应道："说吧，又有什么能帮得上你的？"因为古君钟已经在组里待的时间不短了，王小北早就把他的脾气摸透了，知道他一向是夜猫子进宅无事不来。果不其然，古君钟拿出一张纸递给王小北："主任，我想辞职……"王小不解地望着古君钟问道："你跟靳东明商量好了是怎么的？怎么辞个职还得统一行动？"

提到靳东明，古君钟的脸上顿时变了颜色。他鄙夷地朝着门外靳东明的方向看了一眼，把嘴一撇说："我才不理他呢！这小子最不够意思了！当时我跟滕佳琪你情我愿的，谁知道这小子最后竟然来了个绝的！哼！"王小北想起那段故事，忍着笑问："你辞了职干什么？也要去跟着滕佳琪混电视圈儿？"古君钟不无幽怨地回答说："好马不吃回头草，就是饿死我也不上她那儿去呀！"王小北糊涂了："你们这只是巧合？"古君钟不无幽怨地揉搓着手指："我要到著名的外企DCR去当业务主管！"王小北大惑不解："你放着好好的公职不干，去哪门子外企呀？"古君钟捂着嘴很女性化地笑道："你不知道，我就是想多挣点儿钱！"

当晚，由于刘帅的提议，三个人一下班就去了电台马路对面的水煮鱼饭店，饭后抱定让李晨曦继续破财宗旨的刘帅又嚷嚷着要去喝咖啡。大家来到一家装修很优雅的店坐定之后，李晨曦看着刘帅促狭地说："刘大主任，这回又想谈点什么高见？"王小北一听顿时紧张了起来，赶紧好心地提醒道："这里对面就是电台，你现在又是部门领导了……"刘帅笑道："什么意思？怕我胡说，是不是？"王小北点了点头："是想提醒你注意点影响！"刘帅把手一摆："本主任都不在乎，你那么在乎干吗？！放心吧，这回光听你说还不成？"

咖啡端上来没多久，他们的话题就从普通八卦转到了时下人气爆棚的女团选秀节目。一提这个节目，刚才还提醒刘帅不要胡言乱语的王小北马上就动了真火，愤愤地哼了一声道："长此以往！……"王小北刚说到这儿就被刘帅伸手捂住了嘴。王小北扒拉开他的手质问道："你捂我嘴干什么？是有病还是怎么的？"

刘帅用电视剧里地下党接头般的声音说道："小声点儿，对面是电台，你可是著名主持人……"李晨曦忍着笑一言不发，王小北却激动地叫道："我说这个怎么了？只不过发表一点个人观点罢了！"刘帅朝李晨曦做了个鬼脸儿："看见没有？我说几句话就是胡说八道，他胡说八道反倒成了发表个人观点，真不讲理啊！"

李晨曦破了今天的第二次例，居然当起了和事佬儿："你让小北说嘛！他怎么可能像你一样胡说八道？"刘帅欲哭无泪："好，让他说，让他说！"王小北长出一口气后开口说道："我必须得重申一点，我不是说所有的选秀都不好，我只是十分讨厌这几个选秀节目！因为这几个节目向社会传递了一种很糟糕的信息：什么学好数理化，什么报效祖国啊，什么刻苦努力呀，家长老师的教育都是废话，不好好学习也能一夜成名，拥有你想要的一切！"李晨曦感叹道："还真是这样，现在这样的节目反倒能迎合观众，真是件怪事！"刘帅的嘴撇得跟瓢似的："现在选秀类节目是多了一些，但也没你们说得那么严重吧？你看人家那些参加选秀的人，也得刻苦练习，也是摸爬滚打多少年才混出来的，也不容易！很多人通过这样的节目改变了人生，也是个人奋斗吧。再说了，这些节目老百姓也喜欢呀……"

王小北抓住了话把儿，冷笑道："喜欢就是唯一的理由吗？要收视率不如播三级片！"他加重了语气："选秀节目也要看价值观，看目的，也要讲究社会责任啊！你们还记得前几年有一个剧组组织的选秀活动吗？"李晨曦感叹道："没错儿，当时那些被选上的女孩没少闹出绯闻来！现如今谁还记得选秀，这些女孩以为当时炒作成功了，演戏了，出名了。可是现在呢，除了电视台的收视率提高了，投资人挣了钱，这些女孩子有几个出来了？只要她们一参演电影、电视剧，就被翻出旧绯闻来炒作，她们自己也很痛苦，这就是代价！"刘帅对此嗤之以鼻："可是人家毕竟出来了呀，总比那些永远默默无闻的强！"

王小北冷笑道："闹剧很快就会被人遗忘，可伤害是永远的，不仅对个人，更是对社会……"王小北说到这里仿佛又回到了慷慨激昂的学生时代，声音也不知不觉高了起来："就是这一类毫无底线、毫无道德的节目将那些乌七八糟的东西带进了大众的生活领域，给社会文化造成极大冲击，助长了侥幸心理。"李晨曦深有感触地频频点头，刘帅却满不在乎地端起了咖啡："那人家选秀选手的拼搏就被抹杀了，人家最后成功了还不是要回馈社会嘛！"王小北略显激动地压低了声音："你说得不对！这些秀底线、炒绯闻、装可怜、造噱头的拼搏没什么积极的意义！因为它在无形中输灌给大家一个理念：上大学和学习其他本领其实都没用，只要唱好一首歌或是不惜一切代价在电视剧里演个角色就能成为偶像。当然，这还只是明面上的信息，负面信息就更不健康了，简直是在给全民输灌毒素！"刘帅好奇地问道："什么负面信息？我咋不知道？"王小北悲愤地回答道："别他妈装，就你丫喜欢这些。伴随着选秀的那些实情、内幕，以及那些丑陋的暗规则、潜规则的不断被曝光，它们给大众带来的伤害会不断地酝酿发酵，等到变现的时候，受伤害的就是我们的孩子，伤害之深是远远超出我们的想象的！"

刘帅突然严肃起来说："是要好好反思呀！要反思中国娱乐节目的倾向性问题。现在大家一窝蜂地看好的选秀节目，其实就是精心设计的金钱游戏，就好像马戏团里的猴子杂耍，演员全是道具，是被操纵的工具。实际上也没什么，不就是博大家一笑吗？"

王小北显然不能认同这个观点："你要知道，这种金钱、权力形成的干预力量，使平民游戏越来越变味为富贵权力者的节目，其实就是精神鸦片，危害是极大的。其实对电视台来说，选出谁都不重要，重要的是过程，是声势，是赞助和收入。从冠名到短信参与，各种势力都在淘金。前一阵子有个节目的选手跳出来揭秘，说某个地方媒体的大型选秀节目的过程简单、混乱到令人发指的地步。整个选秀过程除了被当成一个跳板和被利用的工具外，没有一点现实意义。他告诉我们的青年，只要豁得出去，敢于制造绯闻甚至是真的舍身相许，就根本不必饱受十年寒窗之苦！"刘帅哈哈大笑："可叹啊！"王小北诧异道："可叹什么？"李晨曦画龙点睛地给出了答案："可叹他自己不是女儿身呗！"

狂笑过后，几个人的情绪舒缓了很多。一阵短暂的沉默后，王小北垂下了眼睑，默默地注视着桌上的杯子："其实，我们的主流媒体中有些现象也不容乐观。媒体就应该秉承社会道德，不能为了追求经济效益而变得低俗，更不能为收视率和发行量而丧失社会担当！如果失去了社会责任，媒体必然会失去其应有的作用，会被唾弃，被历史无情地抛弃，我们确实需要反思啊！"说到这里，王小北顿了顿，又迅速地补充了一句："这样下去，我们该如何教育我们的孩子？"

刘帅和李晨曦听罢不再争辩，王小北的话引发了他们内心的思考与冲撞。趁着稍微冷场的工夫，王小北问刘帅道："我求你的事儿怎么样了？"刘帅笑着回答道："我本来就是想叫李晨曦来商量这事儿的，谁让你们俩光聊些没用的了？"王小北听了大为郁闷："你刚才好像一句也没少说呀？"

第三十三章

刘帅是个重义气的人，第二天一上班就开始认真地查阅起了名片册，琢磨着谁更适合与潘爸的东北老厂进行合作。就在这个节骨眼儿上，刘父突然打来了电话，急赤白脸地说："小帅，你赶紧到医院来吧，你妈她住院了！"因为已经有了几次狼来了的经验，刘帅忍不住追问道："我妈她又怎么了？"刘父带着哭腔回答说："这回看来真的是很严重，你还是赶紧过来吧！"刘帅一听顿时紧张了起来，马上忙不迭地答应道："爸您别急，我马上就到！"

等刘帅着急忙慌地赶到医院，陈黛丝已经提前到了。刘父看到刘帅，脸上顿时轻松了许多，只是点了点头便追着医生走了。刘帅抓住陈黛丝的胳膊焦急地问道："我妈呢？"陈黛丝表情凝重地回答说："你妈已经住进了病房，眼下还不能探视。"刘帅大吃一惊："她到底怎么了？"陈黛丝："她今天跳广场舞的时候突然晕倒了，检查了好几个项目……"

话音未落，刘父已经失魂落魄地回来了。刘帅急急地问道："我妈怎么样了？"刘父沮丧地低下了头，默默地将手里刚拿到的诊断书递给了刘帅。刘帅看了一眼立即失声问道："已经被确诊为再生障碍性贫血？这病好治吗？"陈黛丝的医学常识显然要超过丈夫，带着无奈的表情轻轻地摇了摇头。刘帅忽然歇斯底里地转向父亲："大夫怎么说？"刘父愁眉苦脸地回答说："大夫说你妈她急需移植骨髓救命呢……"刘帅大声叫道："那还等什么？赶紧治呀！"刘父失望地回答说："目前全市都没有合适的骨髓……"刘帅跺着脚嚷道："那怎么办？"刘父也激动了起来，冲着刘帅嚷道："现在明白我为什么叫你来了吧？赶紧去做个配型试验吧，你的骨髓也许能救你妈一命！"刘帅听罢二话不说，马上拉起父亲的胳膊叫道："那还等什么？赶紧带我去！"

在等待结果的过程中，刘帅的眼睛始终紧紧地盯着化验室的门，一双手紧紧地握着陈黛丝的手，好像生怕失去她一样。两人默默对视着，刘帅终于苦笑着对妻子说："黛丝，我真的很害怕！"

陈黛丝轻轻握了握刘帅的手："你怕什么？结果不是还没出来吗？"刘帅神色恍惚地回答说："我是害怕万一我配型失败，那样就只能指望我爸了……"陈黛丝嘴唇动了动，欲言又止，始终也没能说出话来。刘帅狐疑地问道："黛丝，你是不是有什么事儿瞒着我？"陈黛丝盯着刘帅看了足有半分钟，叹了口气说："有句话我现在必须告诉你，你爸已经瞒着大家跑去做了配型试验。"刘帅马上明白了妻子的意思："你的意思是说……"陈黛丝回答说："遗憾的是，他很快就被告知配型失败，这才给你打了电话。"

化验室的门终于开了，一名护士拿着一张单子站在过道里嚷道："刘帅，谁叫刘帅？"刘帅条件反射般冲过去，满怀希望地问道："大夫，我就是刘帅！"护士抱歉地摇了摇头："配型失败了，赶快去想别的办法吧！"刘帅拦住转身欲走的护士："大夫，我是她的亲生儿子啊。"护士苦笑一声回答说："许多人都像你一样，全都提出过这个问题。告诉你吧，子女与父母配型成功的概率几乎为零，反倒是别的人机会大些。"

护士转身走了，化验室的门再一次无情地关上了，刘帅痛心疾首地咕哝道："怎么他妈的会是这样？"

刘帅失望地走进病房去探望母亲，刘母欲哭无泪地对儿子说道："小帅，我这回就算是彻底留在这儿了吗？"刘帅哭笑不得地安慰道："妈，您跟这儿瞎琢磨什么呢？有病不留在医院行吗？"听罢这句话，在人前一向以刚强自诩的刘母这回算是彻底没了电，哼哼唧唧地嘟囔道："看来我这回真是作出了大事儿，要不医生干吗这么痛快就让我住了进来？"愁眉苦脸的刘父望着六神无主惶惶不可终日的老伴儿喃喃地说道："放心吧，真的没什么大事儿！"刘母毫无征兆地哭了出来，一把鼻涕一把泪地嚷道："怎么不是大事儿呀? 刚才医生都跟我说了, 我这回得的可是再生障碍性贫血, 要再不换骨髓可就真的玩完了!"

刘父惨然一笑说:"放心吧, 我们这不是正在想办法呢吗?"刘母擦干眼泪, 眼巴巴望着眼前的亲人, 带着无限期待追问:"赶紧跟我说说, 你们都想了哪些办法, 有希望吗?"刘帅接过了话茬儿说:"我跟我爸已经挨着个儿地去做了配型试验……"刘母不是傻子, 马上品出了刘帅话里的含义, 眼泪瞬间又流了出来:"看你们这个做派, 八成儿是都失败了吧?"刘父茫然地点了点头, 刘母马上又哭天抹泪地叫起了撞天屈:"你们都在这儿干什么呀? 难道是想眼睁睁看着我死吗?"为了增加悲剧效果, 刘母又特意加了一句, "我的命怎么就这么苦啊!"

刘父束手无策, 刘帅脱口说道:"您别急呀, 黛丝已经去做配型试验了, 结果马上就会出来了!"刘母的心中又重新燃起了希望, 愣愣地望着刘帅问:"黛丝她……她肯替我捐骨髓?"刘帅没好气地说:"妈您真是贵人多忘事! 黛丝已经帮咱们家做过多少事了? 别的不说, 光是上回拆迁的事儿, 没她就不是现在这格局!"提到刘帅家的老房子, 刘母顿时沉默了下来, 因为这件事除了她的儿媳妇陈黛丝, 别人还真办不成! 那时候刘母天天为了即将到手的二三百万拆迁费而沾沾自喜, 只有陈黛丝出人意料地提出了反对意见。刘帅至今仍旧记得, 要不是陈黛丝的这个建议, 他家现在根本不能保住自己的祖居老屋, 也不可能让这座小四合院日进斗金。

可当时刘母是第一个跳出来反对的, 好像陈黛丝天生就是她的天敌, 除了抢走她的儿子之外根本就没安什么好心。"什么? 不拆迁? 那咱家还不成了钉子户了?"母亲用诧异的目光望着她未来的儿媳妇叫道。父亲在这件事上也旗帜鲜明地支持了自己的老伴儿:

"就是，违反政策的事情咱们不能干！"

陈黛丝笑了笑说："放心吧，咱家的四合院属于商业拆迁，去留问题有着极大的选择空间。"刘帅看见父母的脸上布满了严霜，马上适时插嘴道："你们先别激动，听黛丝把话说完。"

母亲用狐疑的目光打量着儿子和陈黛丝："你们俩的关系现在也就是在交往，家里这么大的事情你们可不能胡说，要是误导了我们，那损失可就大了去了……"陈黛丝敏感地从刘帅母亲的话里解读出了疏远和戒备，笑了笑说："我也是一片好心，怕你们受损失才来出主意的。"

刘母满面固执地看了陈黛丝一眼，不冷不热地回答说："黛丝，你不要想歪了，我当然知道你是一片好心。"看了陈黛丝半晌后，刘母一针见血地指出："我也理解你是想在拆迁这件事上沾刘帅点儿光，这也很正常嘛！但可千万别因为这个想法儿坏了家里的大事呀！"

刘帅带着痛苦的神情闭上了眼睛，陈黛丝也感到内心深处好像有什么东西瞬间碎成了一堆碎片儿。就这样，婆媳之间矛盾的种子被种下了，并终于在这短暂的沉默中开始破土而出。

刘帅对此嗤之以鼻，看了陈黛丝和母亲一眼说："你们都不必忙着说出自己的想法，咱们这不是为了能让那个小院充分体现它的价值吗？"刘帅的父亲也察觉到了空气中正在默默传递的火药味儿，笑了一声附和道："对呀，你让人家黛丝把她的想法说出来听听嘛……"

刹那感到自己被孤立的母亲尴尬地一笑，解释道："你们别都冲着我来呀，我又没说什么。"说到这里，她笑容灿烂地转向陈黛丝："黛丝呀，说说你的主意吧！"

陈黛丝微微一笑回答说:"我知道自己是个外人,之所以建议刘帅不要拆迁款,是觉得把这个四合院出钱卖给想要改造它的人,能创造出更大的利益罢了。"

刘母没有注意到陈黛丝话里的火药味儿,而是感兴趣地问道:"你觉得咱们这个四合院能卖多少钱?"刘帅不安地插嘴说:"黛丝,改造这个四合院的投资何止千万,你真的有把握吗?"

陈黛丝胸有成竹地说:"我的一个亲戚愿意投资将这个四合院改造成一个高级会所。据我所知,这笔钱对他来说不算什么!"

刘母没有听到自己想要的结果,便又问了一句:"你那亲戚能给多少钱?"陈黛丝认真地回答说:"比拆迁公司多五十万元您觉得怎么样?"刘母大喜:"同意了!黛丝呀,这件事就交给你办了!"

因为陈黛丝立了大功,刘帅也跟着高兴了起来。刘家高兴得弹冠相庆之际,谁也没料到,陈黛丝还有更厉害的后手呢!

陈黛丝说办就办,以至于后面发生的事情快得让刘帅始料不及。第二天下午一下班儿,他就在西城区的浙商会馆里见到了红光满面的老狐狸和他那依然雍容华贵的夫人。陈黛丝显然和这里来来往往的人都很熟,不停地打着招呼。

刘帅笑着迎上了前去,亲热地叫道:"叔叔、阿姨,你们……"老狐狸笑着打断了他的话,一本正经地纠正道:"你现在得叫爸妈了!"刘帅一时还没反应过味儿来,陈黛丝却赶紧拦住了正准备屈服的刘帅:"还没跟人家父母见过面儿呢,哪有这么快就改口的?"夫人微笑不语,老狐狸则赶紧悬崖勒马:"这倒也是,这倒也是……"

坐下来以后,老狐狸笑眯眯地看着陈黛丝问:"说说你的想法吧。"陈黛丝笑着说道:"我很看好刘帅家的那个四合院,那里距离使馆区很近，搞一家中菜西做的餐厅外加咖啡和美容休闲等设施，弄成一个高级会馆绝对没问题！只要我们肯投入资金恢复过去民国式的旧貌，肯定能吸引大批老外来消费，盈利几乎是肯定的！"

老狐狸频频点头，用赞赏的眼光看了女儿一眼问："你跟刘帅的父母谈好了？"陈黛丝把嘴一撇说："我看这件事还是不挑明为好……"老狐狸不解地问道："这又是为什么呢？"陈黛丝意味深长地看了刘帅一眼，刘帅知道陈黛丝仍在为他母亲那几句话生气，一颗心顿时提到了嗓子眼儿。

陈黛丝得意地一笑，对老狐狸说："这很简单，人家拆迁公司能给三百万，我不说破加五十万大家全都高兴。如果说破了这件事，你再多给多少才合适？"老狐狸想了想笑着竖起了大拇指："有商业头脑，不愧是我的女儿！"

刘帅和陈黛丝高高兴兴地回了家。刘母一看陈黛丝也来了，马上高兴地问道："黛丝，那件事儿这么快就有回音儿了？"陈黛丝刚要回答，却被刘帅使了个眼色制止住了。刘帅严肃地告诉他妈："妈，今儿晚上来找您真的是有两件大事儿！当然，这里边儿也包括您的那件事儿！"刘父闻声凑了过来，刘母笑着道："行，先说我那件事吧！"刚说完这句话，刘母马上又反应过味儿来："什么我的事儿？那也是咱们全家的大事儿！"

成为家中的焦点之后，刘帅笑着对刘母说道："妈，黛丝已经把那件事儿办成了，您很快要多拿五十万了！"刘母满脸期待地追问道："快说说，到底怎么回事儿？"

刘帅像天桥茶馆里说野评书的一样，瞬间改变了话题："对了，咱们还是先说我跟黛丝的事儿吧！"刘母眉头一皱，正要反驳，刘父却笑着搭茬儿说："对，先说你们俩的事儿！"刘帅说："我老丈人他们夫妇俩今天来北京了，咱们明天一块儿吃顿饭，把我俩的事儿说说呗？"刘父听了又惊又喜："好，人家大老远来的，咱们是得好好请人家吃一顿！"刘母第一次财大气粗地表了态："行，就定仿膳吧！第一次跟老亲家见面，一定得搞得隆重点儿！"

陈黛丝刚要客气一下，刘母却迫不及待地说道："行了，这件事儿就这么定了！现在咱们来说说人家买咱们四合院的事吧！"陈黛丝知道刘母这时候已经没心思听她说别的了，只好讪笑着拿出了合同："您先看看，只要签了字三天之内就能付款。"

第二天，在北海公园白塔下的仿膳餐厅里，两家人其乐融融地坐在了一起。酒过三巡菜过五味之后，北派高手刘母和南派主将老狐狸开始了口才大比拼。两人先是将对方的孩子夸得一朵花一样，紧接着便开始吹嘘自己的家庭。

刘母的观点是，他们家世代书香，虽然他们这一代官位不高又退了休，但毕竟是京城里正经八百的干部家庭。不仅如此，刘帅如今也是天字第一号电台的工作人员，前途不可限量。

老狐狸以退为进，先是奉承了亲家母几句，便开始大谈自己的企业，嘴里一串串惊人的数字顿时就把刘母给镇住了。接着老狐狸又迂回进攻，提出孩子不能太娇惯，应该让他们自己在外面过一段儿独立生活的日子。刘母为难地表示，北京住房紧张，还是先在一块儿挤一挤算了。老狐狸马上拍着胸脯表示马上给他们买房，再给刘帅一辆车代步。刘母事先想好的一系列外交辞令全被对方的24K金炮弹给打乱了，忙不迭地放弃了自己的一切立场。甚至连老狐狸提出的元旦结婚和在杭州和北京各办一场婚礼，双方的家长各自主持自己这边的事儿也一并答应了下来。

两天后，刘帅的父母如愿以偿地当上了3.5个百万富翁，刘帅家祖宅的房产本上也名正言顺地变成了陈黛丝的名字。刘帅感慨地望着陈黛丝说道："黛丝呀，你真的是颠覆了我的人生观啊！"陈黛丝不解地反问："你这话怎么讲？"

刘帅嬉皮笑脸地回答说："从小到大老师都教育我说，知识就是力量！现在我算是想明白了，人民币才是真正的力量！"陈黛丝哑然失笑："你怎么就不能正经点儿？"刘帅故意板起脸回答说："咱们的婚事现在可是定好了，你这样跟你的夫君大人说话就不怕回家挨板子吗？"陈黛丝咯咯地笑着反唇相讥："刘帅你不要搞错了，你可是我家的上门女婿，就是写休书、打板子，那也得由我来！"刘帅瞬间语塞，过了半晌才讪讪地说道："别这么刺激人行不行？"陈黛丝："我只是给你提个醒儿罢了，你不要害怕，本姑娘还是蛮怜香惜玉的！"

刘帅这个上门女婿当得理直气壮，他跟陈黛丝这段时间几乎跑遍了北京的楼市，最后终于看中了一个刚刚建成的小区，千挑万选地买下了一套称心如意的三室两厅。这小子天生好命，不仅筹备婚礼的事情不用他管，老丈人还专门给他配了一辆宝马轿车。有时候他没事儿，就开车到陈黛丝工作的驻北京办事处去转转，每次都是一进门就有无数人围着他说好话。台里有些人本来倒真想着用上门女婿这个话题臭臭他，不想每次都是人家还没开口，刘帅自己就拿这个出来炫耀，弄得大家兴味索然，只好乖乖转移话题。其实大家伙儿根本不知道，陈黛丝当初为了成为刘家的一员，还真是煞费了一番苦心呢！有的时候甚至连费了劲儿也不一定落好儿，真的也是没少受委屈。

但这次不一样了，这次陈黛丝是神一样的存在，因为眼下只有她能挽救刘母的生命。但她真的愿意给刘母捐献骨髓吗？说实话，就是刘帅自己心里也没把握。

就目前这种情况来看，就只有把希望寄托在陈黛丝身上这一条路了。刘母泪流满面，刘父唉声叹气，都觉得接受陈黛丝这样天大好意受之有愧。刘帅看在眼里只得轻声劝道："放心吧，黛丝和我一样，都希望您能早日康复，谁让她是您儿媳妇呢？"刘母被这句话触动了情肠，猛地提高了声调哭喊道："黛丝真比我的亲闺女还亲，这么大的人情今后我可怎么还呀？"刘父插嘴说道："这个人情也好还，你今后多帮她带带孩子，别再蹦跶你那广场舞不就结了？"生死面前，刘母马上痛心疾首地表示："我答应，我全都答应还不行吗？"

看着眼前的一切，刘帅自然是长出了一口气。他不由得想起了上次母亲住院的情景，那时候陈黛丝可真是花钱落不是，以至于最后差点演变成一场家庭的局部战争。"不管怎么样，只要黛丝的这次努力别再白费，我就心满意足了！"刘帅心烦意乱地想。

第三十四章

潘豆豆又怀孕了，这个消息真让王小北喜忧参半。喜的是又一次喜得贵子，忧的是事业上又会因此遇到一些阻力。好在现在原本半死不活的节目《午夜电波》已经成了颇具社会影响力的拳头栏目，新上任的何台长更是继承了前一任台长的优良传统，时不时过来莅临指导，让同行之间慢慢地有了羡慕、嫉妒、恨的现象。抛开这些因素，如今已经家大业大的栏目组本身的事情就很多，光是寻找和筛选社会热点问题难度就很大，再加上王小北为了保证节目质量又事事躬亲，其中的工作量便可想而知了。理顺了单位的工作其实并不等于家里也就平安无事了，一场家庭风暴的袭来很快就让王小北明白了，古人为什么总是强调要修身、齐家，然后才能治国平天下。

老大上了一年级，王小北跟潘豆豆的感情却没有因此变淡。但生活就是生活，天底下没有不碰锅边的铲子，王小北和潘豆豆的生活中也存在着一些这样那样的苦恼，即使王小北身为情感问题专家也是一样。不是有句老话叫"医不自治"吗？王大专家自然也不能因此而免俗。

这一天，老大不好好做作业，一个劲儿在那儿磨蹭。潘豆豆看在眼里马上给了他一个严厉的眼神，可孩子却依然故我，丝毫没有改进。潘豆豆顿时气往上撞，走过去指着孩子恶狠狠地说道："你这是怎么了？难道长大了想当个没出息的人吗？"刚上一年级的小家伙没见过这个阵势，顿时就哇的一声哭了出来。

如今的孩子个顶个的都是上帝般的存在，潘豆豆这种公然亵渎上帝的做法果然引起了王小北的不满。他赶忙走上前去轻声责备潘豆豆："孩子这不是刚上学吗，你有话好好说。"要是潘豆豆不再言语，也许这件事儿就没有后续了，可潘豆豆就是潘豆豆，没有跟上来解劝的王小北直接冲突，而是给他来了个最大的轻蔑是无言。无言不等于休战，潘豆豆的目标仍然是还在一个劲儿哭个没完的孩子。

"你到底写不写？"潘豆豆再次发出了怒吼，孩子则回应了她一阵更加响亮的哭声。潘豆豆恼了，伸手抓过孩子的作业本，刺啦一声就撕成了两半："不想写就别写了！"孩子自然哭得更响了，以至于招来了更加强大的援军。潘爸和潘妈联袂出现，先是与潘豆豆展开了火药味十足的对视，紧接着就展开了激烈异常的唇枪舌战。王小北一声不吭地拿起孩子的作业本，找出胶条小心翼翼地开始了带有明显示威色彩的修复。王小北并不想马上去平息这场战争，因为他要用这种方式向妻子传递他心中的不同意见。得道多助，失道寡助。孤军奋战的潘豆豆很快彻彻底底败下阵来，毫无悬念地闹了个灰头土脸。

王小北心里很清楚，这场发生在家庭成员之间的发泄是迟早的事，因为种子早在几天前就埋下了。要是再不及时来一场局部战争，到最后没准儿就真的演变成世界大战了。

事情是这样的，那天潘豆豆带孩子出去玩，因为玩得尽兴回来时已经错过了饭点儿。孩子倒是吃了肯德基，可她又饥又渴地回到家，却没一个人上前来嘘寒问暖。本来说好给她留的饭，潘豆豆找了半天都没找到。潘爸和潘妈当时正在各忙各的，潘妈正守在卧室里的电视机前津津有味地收看最近热播的电视剧，手里的小手绢还时不时地派着用场。潘爸正在客厅的电视机前紧张地关注着一场大师级别的象棋赛事，尽管自己水平不佳但却替交战的两位大师着急上火。潘豆豆叫了几声都没人答应就恼了，立即向首当其冲的潘爸发起了脾气，先是猛地关掉了电视，紧接着就大声指责："你们在家都干了些什么？不知道我还没吃饭吗？"

潘妈关上了电视，但没有马上发表意见。潘爸面对女儿的指责却立即披甲上阵，望着潘豆豆大发雷霆。潘豆豆没想到潘爸会发这么大的脾气，气焰顿时小了许多。看着潘爸的进攻没完没了，她只得带着投降的表情说："您着这么大的急干什么？"潘爸梗着脖子质问道："谁让你跟你的父母这么说话来着？"潘豆豆看着眼睛里闪动着火光的父亲，只好委屈地说："这不是我这个当女儿的跟你撒个娇嘛……"潘爸今天好像吃了枪药，毫不领情地大声嚷道："撒娇也不行！我不许你这样撒娇！"潘爸说完扭头就走，潘豆豆受了委屈顿时泪如雨下。

闺女受了气，老妈自然是跳出来帮忙。不想那天潘爸的脾气特大，潘妈也很快遭受了坚决的阻击。这一下可好，屋里的人全都陷入了悲伤之中。等王小北回来的时候，潘豆豆坐在沙发上暗自垂泪，岳母坐在屋角伤心哭泣。更绝的要数岳父了，卧室紧闭的房门内他老人家也在隐隐抽泣。王小北倒是经得多见得广，马上洗菜做饭静悄悄地进行着晚餐期间的后勤保障工作。

过了一会儿，岳父气哼哼地出去了，岳母抽泣着走进了卧室。王小北把潘豆豆叫来自己的房间，这才算明白了事情的始末。王小北也觉得岳父今天有点过分，不该一而再再而三地发扬乘胜追击的战略精神。但潘豆豆面临的问题也很严峻，同时跟父母冲突难免会大败亏输。于是，王小北敲响了岳母的房门，决定先做通她的工作，联合岳母一起给妻子解围。

不得不承认，王小北这些年情感问题专家真没白当，很快就跟岳母谈到了更深的层次。"妈，您别再生气了，我爸他过一会儿就该消气了。"潘妈抬起头吭声说道："他消气？为什么总是我等着他消气？"王小北用比较沉重的语气说："我很理解您，因为你们这一代人根本就没有爱情。当初只是为了过日子走到一起，后来就是无限的迁就和忍让……"岳母被王小北说得悲从中来，擦干眼泪的眼睛里又流出了泪水，不禁开始痛说当年的种种艰辛，甚至还控诉起婆婆当年对自己的种种不公。

王小北看着火候差不多了，叹了口气话锋一转说："妈，您得试着改变我爸，不能再让他这么下去了……"看到岳母抬头望着自己，王小北又循循善诱地问道："我敢肯定，他这么多年肯定没说过'我爱你'这三个字吧？"虽然不知道女婿为什么会突然问起这个问题，但潘妈迟疑了一下还是点了头。王小北又加了一把火："您觉得我爸他活着还是死了？"潘妈破涕为笑："那还用问，当然是活着了！"王小北加重语气叫道："那好，我们从今天起就要彻底改变他。您必须要让他明白您这多年来的感受，要让他知道他自己一直在用自己的行动重复着对您的伤害。"岳母这回真糊涂了："他伤害我？"

"对！"王小北斩钉截铁地说道，"重复自己不好的地方，就是对其他家庭成员，特别是您的重复伤害！"王小北又迅速解释了一句。潘妈终于被鼓动起来了，抹着眼泪说："他这个人还真是这样，年轻的时候就从来不知道关心我。当年我住院等着他签字做手术，医生就给他打了电话催他快来。结果你猜他怎么样？"虽然知道岳父肯定是做了不体面的事儿，但王小北还是故意不嫌事儿小的回答说："他一定是赶紧过来了……"岳母道："什么呀，他说他弟弟来了，他得先把人家送到火车站再过来！"

谈到最后，王小北终于达到了自己的预期目的，潘妈接受了王小北关于在家里重复自己不好的地方就是对家庭成员重复伤害的说法，决心跟女婿联起手来一起改变粗枝大叶不知道关心人的潘爸。这场风波虽然在王小北的樽俎折冲下暂时得到了平息，但最后还是导致了以孩子为导火索的这场战争。王小北看在眼里也不得不垂头丧气地承认，家庭问题和由此而引发的情感问题都是无解的难题，就是再专业的人士恐怕也不能包打天下。

但不管怎么说，王小北在事业上还是始终保持着顺风顺水的架势，目前已经是台里说话举足轻重的人物了——最年轻的主任之一。这天刚一忙完，王小北就接到了他老娘胡素云的电话，说是过几天准备再来北京一趟。王小北听了感到十分奇怪，不明白前几天才坐着绿皮车前往昆明观光游历的父母怎么一下来到了北京附近。胡素云笑着解释道："这有什么奇怪的？我们在昆明又临时参加了这个旅行社的北京五日游，因为连续报名，一个人才八百块钱！"

　　王小北有些担心地说道："好是挺好，就是我怎么听着这么不靠谱儿啊？这么点儿钱都买了火车票了，人家旅游公司还能赚什么钱啊？"胡素云笑道："不懂了吧？人家比你会算账，人家旅行社赚的是我们买东西的钱！"王小北大惊失色："原来你们参加的是纯购物团呀！那你们可真得注意了，到时候你们光跟着转悠不买东西，人家可是会给你们小鞋穿的……"王瑶卿的声音突然从手机中传了出来："这你倒不用担心，你妈现在都快成珠宝商了！在团里受热捧呢。"

　　听完，王小北开心地笑了一会儿，赶紧转入了正题儿："对了，这次你们能顺便来北京真是太好了，我正好要告诉你们呢，豆豆她又怀孕了！"胡素云笑着纠正道："这怎么能叫顺便？这么大的事儿，我们干脆就不去旅游了！"王小北无言以对，唯有笑着应承道："没错儿，是我口误了……"

　　他的父母到北京后自然和潘爸、潘妈相谈甚欢，热闹过后王小北搬进了新家。这一次对他们的意义当然更为重大，因为王小北的第二个孩子就要降临人间了。王小北这一次也很感动，因为他母亲终于能够把他的事情放在第一位了，当然这里面也有潘豆豆的功劳，看起来自己这个上门女婿还真是越来越有地位了。

那次的事情是这样的，刘帅第一次品尝到了躺着中枪的感觉。那天早上还好好的，正在跟别人瞎白话的刘帅的手机突然响了，接通一听，原来是他爸爸打来的。"你这孩子真不着调！你那手机拨了半天也不通！"刘父气哼哼地埋怨道。刘帅委屈地回答说："不会吧？我一直都在台里呢，怎么可能没信号？"刘父哼了一声说道："反正有事儿的时候指不上你！你妈住院了！"刘帅一听当时就头大了："我妈她没事儿吧？"刘父没好气地回答说："事儿倒是不大，就是正生气呢！"刘帅不解地问："她生谁的气了？"刘父叹了口气回答说："陈黛丝！"

　　刘帅仔细一打听，才弄明白了事情的前因后果。原来刘父因为打不通他的电话，便干脆给陈黛丝打了电话。陈黛丝也真不含糊，马上就开车赶到了他家。来到医院一看，人山人海的根本挂不上号，陈黛丝干脆出钱挂了个一百块钱的特需号，很快就见到了大夫。经过诊断，大夫让刘母住院，财大气粗的陈黛丝直接掏钱让未来的婆婆住进了高干病房。要是事情发生到这儿，陈黛丝不仅不会惹刘母生气，还能混个儿媳中的楷模什么的当当。可偏偏就在这时，一个客户打来电话，非要让陈黛丝过去签约。陈黛丝倒也干脆，出门出高价请了两名病护，连个招呼也没打就直接走了。这下刘母可不干了，挣扎着带病给陈黛丝打了个电话，夹枪带棒地把陈黛丝给数落了一顿。可能是陈黛丝当时实在不方便，没等刘母把话说完就把电话挂了。

　　刘帅一听后院着火了，赶紧跑到医院劝慰母亲，好说歹说总算是把这头儿给按了下去。离开医院后，刘帅赶紧给陈黛丝打电话。不料陈黛丝那儿的火比他妈还大，一听是刘帅，当时就歇斯底里地嚷道："刘帅，你们家真是太欺负人了！告诉你，我从小到大还没这么被人训过！"刘帅赶紧和稀泥道："好了，好了，现在没事儿了！咱们晚上去看看她不就得了？"陈黛丝怒不可遏地回答道："还去看她？你想都不用想了，我发誓绝不再踏入她的病房半步！"

刘帅低声下气地劝道："行了，你赶紧消消气儿，就是装也得把这件事做圆满了。她是我妈，这么闹下去咱们还结婚不结婚了？"陈黛丝怒冲冲地反击道："你拿结婚吓唬谁？我跟你结婚又不是跟她！"刘帅垂头丧气地说道："我跟你保证，下回你爸或是你妈骂我，我一句怨言也不说，行不行？"陈黛丝瞬间无语，刘帅又赶紧趁机央求道："这回全看我了，行不行？求求你，别生气了……"陈黛丝这才破涕为笑："好吧，我就信你一回！"

这次看来真的不会这样了，因为眼下母亲的命只有陈黛丝能救！但愿家里从此河清海晏，永远和和睦睦的吧！不料就在这个节骨眼儿上，一个声音突然很不和谐地传了进来："可是我不答应！"众人闻声看去，却原来是闻讯赶到医院来探望亲家的老狐狸，刚才那番话正巧被他听到，这才心急火燎地表了态。刘母从感动得大哭变成了抽抽搭搭的饮泣，刘父赶紧给了老亲家一个比哭好看不了多少的笑容。刘帅这一回却表现得十分淡定，主动迎上前去笑着说道："爸，您怎么来了？"老狐狸瞪了刘帅一眼说："幸亏我这个人的人性不错，特意赶来探望亲家娘，要不然我女儿的骨髓还不都让你们给抽干了？"

刘帅正容对老狐狸说道："爸，您这么说可就不对了。黛丝她是我的老婆，家里的事情怎么能不往前冲呢？"刘父也赶紧帮腔道："就是，就是，人命关天啊！"老狐狸彻底翻了脸，直着脖子嚷道："黛丝是我的心头肉，你们谁也不许让她这样干！"

化验结束的陈黛丝正巧走进门来，拿着化验结果一言不发。老狐狸和刘母几乎异口同声地问道："怎么样黛丝？配型试验成功了吗？"陈黛丝把脸转向刘母，微微一笑反问道："要是没成功呢？"刘母用不容置疑的口吻回答说："黛丝，不管成不成功，就凭这次你肯去做这个试验，就证明你从心里把我当成了自己人。"说到这儿，刘母又指天画地地补充道："黛丝，妈跟你保证，从今往后我绝对不会再愧对这份情意的！"

陈黛丝跟刘帅一样，骨子里也是个至情至性的人，一听这话马上带着颤音儿叫了声"妈"，然后又转向老狐狸，极力克制着自己的感情问道："爸，我的配型试验要是成功了怎么办？"老狐狸毫不迟疑地回答道："那也不能就这样让人家把骨髓抽了，这样很损伤身体的！"刘帅对这句话很是反感，马上脱口顶撞道："爸，您这句话太没有人情味儿了吧？怎么说我们也是一家人呀！"刘母显然也认为自己这个婆婆不如亲家有发言权，只得垂下头去一言不发，老狐狸却粗暴地嚷道："你觉得自己的腰杆儿蛮硬了吗，怎么竟敢跟我这样讲话？"

刘帅的嘴一张一翕的，准备发起反击，但最终还是没能张开嘴，憋着气移开了目光。陈黛丝看在眼里，立即勇敢地站到刘帅的前面，摆出一副女英雄英勇就义般的架势沉声说道："不许你对我的丈夫这样讲话！"老狐狸愣了半天终于被气乐了，然后用玩味的眼神打量着陈黛丝不无威胁地说："你心里应该完全明白，我这样做全是为了你好！"陈黛丝倔强地回答说："我当然知道，但请您也尊重一下我自己的选择！"老狐狸反驳道："连你都是我生的，你能有什么选择？"

陈黛丝面无表情地听完，一把将刘帅拉到自己的面前："爸您看好了，这是我的丈夫，谁也不能这样对待他！"老狐狸无礼地哼了一声道："你丈夫？要没我的支持你们能过上今天的日子？"本来准备进行绝地反击的刘父和刘母一听这话瞬间哑火，全都讪讪地闭上了嘴，用埋怨的眼神互相看了一眼。

陈黛丝不愠不火地接口说道："我们从来没忘过您的好处，但这跟眼前这件事有关系吗？"老狐狸咄咄逼人地说："那也不能敲骨吸髓吧？"陈黛丝毫不畏惧地看着老狐狸的眼睛说道："这怎么能算敲骨吸髓？是我心甘情愿的！"老狐狸瞟了刘帅一眼道："他值得你这么做吗？"陈黛丝毫不犹豫地回答："他对我好，我们现在又有了共同的孩子，这样做当然值得！"老狐狸冷冷地回答说："衡量一个好男人，要看他有没有本事……"陈黛丝面色坦然地说："他这么短的时间就凭着自己的努力成了一个国家单位的中层干部，您还想让他有什么本事？难道非要像您年轻时那样，带着几百块钱打拼出几千万家产才算本事吗？"

陈黛丝瞬间的小宇宙爆发镇住了所有人，不仅刘帅的眼睛里充满了感激，就连因为事情涉及儿媳的家事而无法插言的刘父和刘母也感到无比的欣慰，觉得儿子的这个媳妇的确没有找错。僵持了一会儿，刘父终于忍不住开口劝道："亲家，你的想法我也理解，黛丝她也是一片孝心……"

老狐狸不待刘父把话说完，就烦躁地挥手叫道："不要讲了，这是我的家事！"刘帅急忙解释道："爸，您别生气，捐献骨髓没有任何风险，您完全不必担心。"老狐狸冷笑一声指着刘帅问道："有没有危险咱们先放在一边儿，你先回答我两个问题好吗？"刘帅赶忙应承道："您说吧，我听着呢！"老狐狸用带着痛惜的眼神看了满脸决绝的陈黛丝一眼恨声说道："你也给我好好听着！"

看到刘帅和陈黛丝全都闭上了嘴洗耳恭听，老狐狸才用教训的口气说道："我是个商人，习惯按照商人的规矩思考。如果我现在跟你们说，不按照我的要求就收回我替你们出钱买的房子和车呢？"俗话说"泥人也有三分土性"，一直想息事宁人的刘帅终于被这句话给激怒了，他极力压抑着自己满是怒火的情绪，走上前去给老狐狸深深地鞠了一躬，带着平时少有的郑重说："爸，谢谢您！"

看见刘帅的举动，老狐狸感到一时摸不着头脑，便失声问道："你谢我什么？"刘帅平静地回答说："谢谢您把女儿嫁给了我！也谢谢您作为父亲对我妻子的关心！"老狐狸不明白刘帅到底要说什么，因此愣在那儿一言不发。刘帅又紧跟着说道："您放心，您说的那一切我会马上还给您的，但这绝不表示我不感恩。您今后要有用到我的地方，我一定会表现得像个女婿。"刘帅的母亲终于忍不住插了话："亲家，您别再跟孩子们生气了，我这病也不是马上就死得了的，干脆就让医院去想办法吧！"

刘母突然表现出来的超脱令所有人惊呆了，刘父想要开口说话，最终却变成了一声叹息。陈黛丝径直走到刘母身边，微笑着轻声说道："妈，您这是说的什么话？刚才结果一出来我就请医生安排手术时间了。再说了，您的病既然需要马上治疗，我们为什么要等？"老狐狸一看陈黛丝打定了主意跟自己作对，马上生气地威胁道："黛丝，我刚才跟刘帅说的话对你也同样有效！"陈黛丝毫无征兆地流下了眼泪，神情倔强地转向刘帅："我在医院陪着妈，你回去把孩子接回来吧！有要紧的东西也一起拿出来，那个家咱们不回了。"

老狐狸万万没想到陈黛丝竟然义无反顾地选择了跟刘帅一起离开，脸上青一阵白一阵的，站在那儿显得既失落又痛苦。刘父赶忙走上前去劝道："亲家，都是自家人，这又何必呢？"经过一番激烈的天人格斗，老狐狸终于勉强笑道："对不起，亲家，刚才我失态了……"说着话，老狐狸便脚步不停地向外走去。

刘母看见，急忙捅了捅刘帅提醒道："你这孩子真没眼力见儿，赶紧去送送呀！"刘帅这才如梦方醒，赶紧快步跟了出去。气哼哼埋头疾行的老狐狸听见动静，马上停住了脚步，头也不回地说："刘帅，你们先忙吧，告诉黛丝，我刚才那不过是气话！"

等刘帅重新回到病房，陈黛丝和刘母这对天敌已经表现得不是亲生母女胜似亲生母女了，看见刘帅进来，陈黛丝有些茫然若失地问了句："我爸他走了？"刘帅点了点头，又将老狐狸临走时的那番话转告给了妻子。陈黛丝顿时显现出黯然神伤的表情，刘母搂着陈黛丝的肩膀轻声说道："你爸也是为了你好，你一定要理解他。"刘父深有感触地点着头附和道："刘帅，你有一个好老婆！黛丝也有一位好父亲……"

第三十五章

说实话，王小北很想把尤厂长的事情办成。除了他作为读书人血液里强烈的忧国忧民的因子之外，还有就是很想在岳父面前露上一手儿。因为当年岳父曾经坚决抵制他和潘豆豆的婚事，生怕自己的女儿会吃亏。如今他虽然已经不再有这样的顾虑，但这种心结还是要亲手解开才好。

那时候，潘爸成了他们最大的阻力。要不是因为王小北是一个事业心极强的人，还真差点儿就被他老人家制造的困难给击倒了。那天，也就是他们正式跟潘爸摊牌之前，也是他至今仍最为纠结的时刻。那个晚上天气很晴朗，他跟潘豆豆坐在什刹海边上的一间酒吧里，望着波光潋滟的水面发起了呆。

　　过了好半天，潘豆豆才轻轻推了他一把，关切地问道："最近你怎么变了个人似的？"王小北苦笑着回答说："我这是在跟自己较劲呢……"潘豆豆奇怪地问道："跟自己有什么可较劲的？"王小北端起酒杯轻轻地抿了一口："较什么劲？当然是恨自己混得不如李晨曦和刘帅他们了呗！"潘豆豆安慰道："这事儿不用着急，咱俩的事儿很快就能解决的！"王小北奇怪地问道："你爸妈松口了？"潘豆豆笑着说道："那倒没有，但我已经想好了，今晚就准备跟他们正式摊牌！"

　　王小北点了点头没有作声，潘豆豆生气地推了他一把叫道："你听了这个消息好像不大高兴？"王小北摇了摇头回应道："那倒不是，只是……"潘豆豆摇晃着他的肩膀追问道："只是什么，你倒是快说呀，真是急死人了！"王小北叹了口气望着水面上的涟漪幽幽地答道："事业未竟，何以家为啊？"潘豆豆猛地站起身嗔怪地说道："你就在这儿老老实实地等我的消息，准备跟你那俩兄弟一样当个上门女婿！"说完又迅速补充道，"你也不好好想想，等你买了房子置了车再去我家求婚，我指不定得老成什么样子呢！"王小北莞尔一笑，弱弱地嘟囔道："你怎么对我这么没信心？"

　　不得不说的是，潘豆豆晚上的摊牌行动又以惨败告终。固执己见的潘爸冷笑着说："丫头，爸这可全是为了你好。你也不想想，嫁给一个房无一间地无一垄的毛头小子，你今后得跟着多受多少罪啊？"潘妈也跟着适时地补充道："听你爸的吧！他这确实都是为了你好……"

潘豆豆真的愤怒了，站起身一言不发地就往外走。潘妈连忙问道："这么晚了你还想去哪儿？"潘豆豆头也不回地说："去找王小北！"潘爸大声质问道："你个姑娘家家的，大晚上的找人家干什么？"潘豆豆倔强地回答说："我们俩去上吊、跳河、喝毒药！事儿多着呢！"

说着话，潘豆豆已经摔门而去。潘妈气恼地给了老伴儿一下："你就不会说句软话儿？要真把闺女逼出个好歹来，我跟你没完！"潘爸"哼"了一声不屑地说道："跟着瞎咋呼啥？我就不信他们真的能那样儿，要真那样儿我还没准就答应了呢！"潘妈叹了口气说："其实小北那孩子已经不错了，一个电台的主播，你还想找个啥样的人当女婿？"潘爸满脸关心地回答说："其实我也挺看好那孩子的，但我不是希望豆豆能找个有车有房的吗？"潘妈没好气地嘟囔道："真不知道你这脑子里整天想些什么！干脆就答应了完了，你看看这整天闹得鸡犬不宁的！"潘爸瞟了她一眼回答道："那也得等个合适的机会呀。现在就答应了算哪出儿？"潘妈看着他骂道："不知道你是真不够数儿还是假不够数儿？我看你是非得整出点事儿来才痛快！"

两人刚说到这儿，家里的座机就一个劲儿地响了起来。潘爸抓起电话问道："喂，你找谁呀？"电话那头儿，小区的保安着急地说道："叔叔，你赶紧去看看吧！咱们小区外边刚刚发生了车祸，撞车的好像是你闺女！"

撞车的果然是潘豆豆，她开着车出了小区，没走多远便发生了这起事故。一辆白色的奥迪斜刺里开出来，逆行着想要拐上便道，满腹心事的潘豆豆走神儿根本没有注意，等她明白过来再想采取措施时却已经太迟了。幸好那辆急于找车位的白奥迪开得不算快，尽管如此还是把潘豆豆那辆越野车的保险杠给撞弯了，车头的机器盖子也变成了一种奇怪的模样。潘豆豆本来就很郁闷，不想一出门儿还赶上了这么一档子事儿。她越想越伤心，百忙中下意识地拿起手机拨通了王小北的电话。手机接通后，潘豆豆只说了一句："我在我们小区外边儿撞车了……"就趴在方向盘上伤心地哭了起来。

这样的事情王小北自然不敢怠慢，马上风风火火地打车直接赶了过来。等他赶到时，警察已经处理好了，由于对方是逆行负了全责。潘豆豆的车也被拖走修理去了，潘豆豆仍然伤心地扶着一棵树抽泣，那场面就是铁石心肠的人看了也会跟着流泪。

王小北飞奔到潘豆豆身边，焦急地问道："豆豆，你没事吧？"潘豆豆听见，马上跑过来扑进了王小北的怀里，哭着说道："小北，对……对不起了……咱们的事儿又……又没谈成……"王小北轻轻地拍着潘豆豆的后背轻声安慰道："别乱想了，咱们还有的是机会……"

交警处理完这起交通事故，开着警车走了。一直在旁边监督人家执法的潘爸正巧走过来，看见了这一幕。潘爸叹了口气说："回去吧，闺女！爸同意了，同意了还不行？"

潘豆豆闻听马上止住了哭声，泪眼蒙眬地望着潘爸问道："爸，你刚才说什么？"

潘爸看了王小北一眼苦笑着回答说："好闺女，爸说同意你们的事儿了！"说完瞬间换上一副严肃的面孔对王小北说道："走吧，还不赶紧把豆豆扶回去？"

想到这里，王小北的心里充满了斗志，下决心一定要彻底解决这件事情。既能体会帮助别人的快乐又能亲自解开心里纠结了很久的心结儿，这件事对王小北充满了诱惑。更何况刘帅和李晨曦家里的事情全都摆平了，的确是全力以赴打个翻身仗的大好时机！

所有的事情过后，三个铁哥们儿又重新聚到了一起。在李晨曦的提议下，三对儿新婚夫妇共同选择了一个风和日丽的中午，在一家档次不俗的饭馆里举行了聚会。大家到齐之后，李晨曦率先提议道："看来这样的聚会今后要常态化啊！只有见到你们我才觉得自己那些经历过的奋斗很有价值！"刘帅吊儿郎当地回应道："我看咱们今后就每周聚会一次吧！既能增进感情又能借机会吃上一顿好的！"陈黛丝不满地瞪了刘帅一眼，低声咕哝道："就你嘴馋！"

王小北还没开腔儿，潘豆豆就笑着说道："一周一聚太频繁了，我们可没你那么土豪，我看还是一个月或者是一个季度一聚吧！"林虹看着刘帅揶揄道："就是，要不我还真怕你得了糖尿病呢！"刘帅瞟了一眼身边的陈黛丝笑着说道："放心吧，谁得了那病我也不至于。我老婆找了个杭州阿姨帮着做饭，每天清汤寡水儿的都快把我给吃出毛病来了……"说到这儿，刘帅还有气无力地加了一句，"营养不良啊……"陈黛丝瞪起那双本来就已经够夸张的大眼睛叫道："好你个刘帅，你这是在控诉我吗？我们从小到大都是那么吃的，你难道不知道如今杭帮菜在北京属于高档消费吗？"

众人大笑，刘帅也跟着傻笑了起来。王小北笑眯眯地打量着李晨曦道："现在住得远了，也不知道你最近生意做得怎么样了？"李晨曦："最近倒还好，没有大的建树但也够吃饭了。"林虹用激赏的目光望着丈夫替他回答道："我们晨曦现在可出息了，我们的公司现在全靠他撑着呢。"李晨曦不好意思地笑了笑，深情款款地看着林虹："没有你哪儿有我李晨曦的今天，你每天替我守着那二三十个员工才真是辛苦呢……"

潘豆豆打趣道："行啊，李晨曦现在买卖大了，手下已经几十号人马了？"陈黛丝也笑着举杯祝贺，刘帅却阴阳怪气地对王小北说："看见没有？你那主持人老婆和我家那个傻娘们儿多会趋炎附势……"王小北笑着推了他一下提醒道："又嘴欠，小心待会儿遭报应！"

笑闹够了，林虹站起身殷勤地张罗大家吃喝，嘴里还大声说道："别光顾着说话，菜都凉了！咱们先说好了，这顿可是我们请客，待会儿谁也别跟我抢！"王小北大声提议道："也行，下一回到我，咱们今后干脆就轮流做东，也省得每次都推来让去的了。"看着大家的目光都聚焦在王小北身上，潘豆豆故意大声叫道："看我们家小北，看问题就是有深度，我看就这么办吧！"

众人轰然响应，刘帅却坏笑着问道："小北，表态前也不先请示一下豆豆，你这上门女婿是怎么当的？"王小北笑着回应道："要是换了上学那会儿，谁要敢叫我上门女婿，我非跟他急了不可！但现在我却不这么想了！"说到这儿，王小北端起酒杯站起身来说道："我提议，为咱们三个最终全都成了新时代的上门女婿干杯。"

这个提议得到了大家的一致同意，在笑闹声中大家高兴地碰了杯。陈黛丝兴奋地提议道："我看你们整天张嘴闭嘴上门女婿、上门女婿的，干脆都谈谈当了上门女婿后的感悟吧，怎么样？"潘豆豆和林虹当即大声叫好，李晨曦也傻呵呵地加入了她们的行列。王小北笑着点头表示赞同，刘帅指着李晨曦嚷道："让咱们的思想者先来！"

李晨曦在众人的注视下缓缓开口说道："好，那我就先来说说！"王小北和刘帅看见往常司空见惯的表情瞬间回到了李晨曦的脸上，这位思想者略显激动地说道："大伙儿都知道，我是个地地道道的陕北农民，从小就是看着一望无际的黄土地，听着古朴苍凉的信天游长大的。那时我就只有一个理想，好好学习考上大学，去看看黄土地之外的世界……"

随着李晨曦的讲述，包间里忽然静了下来，每个人脸上的神情都从刚才的兴奋与热烈转换成了一种莫名的凝重。李晨曦："后来我来到了北京，认识了林虹，同时也开始了为留在这座城市奋斗！"说到这儿的时候，李晨曦脸上的表情简直可以用庄严或是神圣来形容了，大家都受到了他的感染，只有刘帅不合时宜地插了一句："所以你小子就开始带着我和小北卖袜子……"陈黛丝使劲儿拧了刘帅一把："好好听着！"刘帅龇牙咧嘴地使劲儿揉着胳膊，嘴里发出了吸凉气儿的嘶嘶声。

刘帅这么一闹，气氛顿时活跃了许多。严肃如李晨曦也不禁莞尔，他又接着说道："但后来我才发现，各种难以想象的困难根本不是只凭着雄心壮志就能解决的！我现在算是在北京站住了脚，有了自己的房子，有了自己的车，有了属于自己的公司……"李晨曦抹了一下即将夺眶而出的眼泪把头转向林虹："没有林虹把我从火车站硬拽回来，没有她跟着我一起兢兢业业地从零打拼，没有她妈妈拿出的所有积蓄，这一切全都没有一点儿可能。"说到这儿，李晨曦端起面前的酒杯一饮而尽："我这个上门女婿当得值！如果真有下辈子，我还到林虹家当上门女婿！"

王小北正准备推荐刘帅第二个发言，这小子已经不厚道地鼓起了掌："下面欢迎我台著名主持人王小北先生讲话！"屋里顿时掌声一片，王小北看见潘豆豆鼓掌的劲头一点也不比刘帅差，便笑着说："那好，我来说说！"刘帅大声提议道："你就不用从卖袜子那段儿讲起了……"陈黛丝无可奈何地望着他说道:"你就不能正经点儿?"刘帅竖起食指放在嘴边:"嘘,听小北说话!"陈黛丝只得闭上嘴,将本来准备拧向刘帅的手也放了回去。

王小北笑眯眯地说道:"刚才晨曦已经说过了在北京遇到的困难,我相信不管是在座的哪一位在这件事儿上都有着感同身受的体会。但是困难多就意味着机遇也多,能留在这里跟来自全国各地的精英一起奋斗,这让我感到内心无比的振奋。现在我成了一个节目的主持人,拥有了自己的听众,我感到特别的欣慰……"刘帅的嘴动了动不知道又想说什么怪话,但早有防备的陈黛丝却准确地抢在他发声之前掐住了他的胳膊,刘帅赶紧识趣地闭上了嘴巴。

王小北的目光飞快地看向屋顶,最终落到了潘豆豆的脸上。"虽然我没遇到多少现实中的困难,但精神层面上的折磨却令我十分郁闷。"说完这句话,王小北的声音明显提高了许多,"但我得到了潘豆豆的支持,让我在还没有车没有房的前提下有了一个温暖的归宿,让我感受到了幸福。有了这些,我将心无旁骛地执着于我的事业,努力在今后用成功来回报她……"

王小北动情的讲述结束了,潘豆豆什么都没说,却紧紧抓住了他的臂膀,用一种看不见的温情向他传递着爱意。陈黛丝一看轮到刘帅了,心说人家两位男士都在真诚地感谢生活,感谢自己的伴侣,你这个标准的上门女婿是不是也该夸夸我了?我对你的贡献虽然没有那么感人,但实际上的贡献应该是最大的。不料刘帅却装傻充愣地坐在那儿一个劲儿地吃菜,好像是一个在家里不让吃饱饭的受气老婆终于等来了坐大席的机会。陈黛丝忍不住搡了他一下小声提醒道:"该你了!"潘豆豆咯咯笑着叫道:"你倒是快点儿呀!"

刘帅端起陈黛丝面前的饮料喝了一大口:"我要说的跟他们差

不多，说出来也是一样！"说罢伸出筷子又准备去夹菜，把个陈黛丝气得好悬没有当场晕过去。林虹看见好心提醒道："好了，说完再吃！"王小北看出了苗头儿不对，赶紧替刘帅解围："我知道你小子心里有数儿不愿意表露，还是赶紧说说吧。"潘豆豆也虎起脸帮腔道："你平时总说人家黛丝对你如何如何好，今儿怎么反倒不说了？"陈黛丝用感激的眼神儿看了王小北夫妇一眼，不无幽怨地叹道："不愿意说就算了，你们也不用再逼他了……"刘帅插嘴道："我还用你们逼？我当然要说了……"

"我现在就像是一头猪……"刘帅开口说道。谁也没料到这小子居然用这样的话作为开场白，李晨曦和林虹面面相觑。潘豆豆忍不住又咯咯笑了起来，王小北的眼睛里全是错愕，陈黛丝却已经是怒发冲冠。

"一只幸福的猪，我们家黛丝就是我的饲养员。她不仅给了我精美的猪舍，还有一切适合我茁壮成长的东西……"刘帅的话说到这儿，大家爆发出一阵轻松的笑声，陈黛丝严厉的目光也顿时变得充满了柔情。王小北不得不在心里暗暗赞叹，他的这位同窗几年的大学看来还真没白念。大家刚松了口气儿，刘帅又欠揍地补充道："不过就是猪食差了点儿，希望今后一定要改进。这科学养猪啊，学问大了去了。你首先要了解猪的生活习性……"

看到刘帅离题千里地大谈起了养猪，潘豆豆笑得捂着肚子连气儿也喘不上来了。李晨曦摇头苦笑，林虹想要出言制止，又怕真的激怒了已经脸色不善的陈黛丝。王小北忍着笑出面干涉了："你别光说怎么养猪呀？人家陈黛丝把你娶回去了自然会慢慢研究，你还是说说当上门女婿的感受吧。"

众人趁势大笑，陈黛丝也无可奈何地跟着笑了起来。刘帅很不争气地没有利用这个机会，反而叹了口气继续大放厥词："我现在就是东方不败！高手寂寞啊！"这回轮到潘豆豆捣乱了，她笑得花枝乱颤地提示道："那是个太监……"

刘帅丝毫不以为意，仍旧嬉皮笑脸地说了下去："谁让咱有福气呢！家里有陈黛丝这么个好老婆，衣来伸手饭来张口，简直就是新兴的地主阶级啊！"陈黛丝终于听到了自己想要听的话，会心一笑反问："那你还有啥不满足的？"

刘帅反驳道："我什么时候说过不满足？守着你当一辈子猪就是我最大的心愿！"这厮真是有才，不仅在这番话的最后完成了惊天的逆转，还得意地当着众人的面很响亮地在陈黛丝的脸上使劲儿亲了一口。众人大笑，陈黛丝皱着眉头叫道："哎哟！你把我的脸当成抹桌布了，脏兮兮的烦死人了……"嘴上虽然这么说，但脸上的表情却明白无误地告诉着屋里的众人，其实她很幸福。

第三十六章

陈黛丝义无反顾地完成了人生中的这一壮举，用自己的骨髓拯救了婆婆的生命。获救后的刘母自然对儿媳感激万分，一家人的关系从此达到了前所未有的和谐。刘母很快就出院了，第一件事就是将陈黛丝叫到了面前："黛丝，我出院了，但你爸的气儿可还没消呢！"陈黛丝微微一愣，然后迟疑地回答说："妈，你为什么跟我说这个？"刘母叹了口气说："黛丝呀，我给你添的麻烦已经够多了，眼下绝不能就这样看着你跟你爸反目，否则就真的是我这个人不地道了。"陈黛丝道："妈，您先休息吧！我会慢慢跟他说的……"

刘母笑着说道："黛丝，这几天我一想起这件事儿心里就不痛快，你的心里估计也老觉得堵得慌吧？"陈黛丝无声地点了点头，眼泪又流了下来。刘母劝道："好孩子，晚上跟刘帅一起去看看你爸吧，亲生父女能有多大的矛盾？"陈黛丝犹犹豫豫地回答道："我爸就是天生的牛脾气，这几天连电话也不肯接呢。还是前天我妈来的时候跟我通了电话，我这才知道他一直都在北京。"

一向眼高于顶的刘母这回竟然转了性儿，和颜悦色地向陈黛丝提议道："黛丝，你和刘帅下午一起去邀请你的父母，就说我跟你爸今晚准备便饭，请他们务必赏光！"陈黛丝虽然没心里没底，但还是对婆婆的这个转变很是感动。陈黛丝望着刘母不好意思地说："妈，要不等过两天您彻底歇过来再说吧？"刘母断然地命令道："你就按我说的去办，我这边马上开始准备！"陈黛丝这才勉强答应："那好，我跟刘帅去试试吧……"

刘帅和陈黛丝硬着头皮来到了老狐狸下榻的浙江会馆，下了好半天决心才战战兢兢地敲响了房门。陈思淼闻声出来开门，见是久违了的妹妹和妹夫，马上苦笑着说道："你们两个真够硬气，我还以为你们真不来了呢。"

陈黛丝理也不理她哥，径直闯进门去，刘帅正要跟着进去，却被陈思淼给拦住了。陈思淼笑眯眯地看着刘帅说："你真有本事，连我妹妹这么犟的人都收拾得服服帖帖的，在下实在是佩服之至！"刘帅苦笑着不自然地说道："大哥你就别再拿我开心了，咱爸他现在还生我的气吗？"陈思淼一边让开通道，一边压低了声音说道："算你小子运气不错！他现在正在生别的气呢，哪儿有时间跟你较劲？"刘帅好奇地问道："大哥，咱爸究竟遇上了什么事儿？"陈思淼叹了口气说："谁让你是我的妹夫呢？我就干脆帮你一次吧！"说到这儿，陈思淼趴在刘帅的耳朵边上嘀咕了几句，然后便转身进到了屋里。

刘帅战战兢兢地走进门，却看见陈黛丝的妈妈正搂着女儿抹眼泪，老狐狸坐在沙发上板着脸一言不发。刘帅觍着脸叫了声"爸"，然后便像被老师叫到办公室的小学生那样，老老实实地站在了老狐狸面前。

老狐狸哼了一声道："哟，这不是电台的刘主任吗？今天怎么有空儿来看我这个倒霉的商人？"刘帅赔着笑回答说："爸，我今儿来给您赔不是的，您就消消气吧！"老狐狸不为所动，冷冷地说道："刘主任前途无量，还是别再跟我这个满身晦气的倒霉商人来往吧，沾了晦气影响了你的官运可是大大的不妙啊！"刘帅无言以对，只能朝着老狐狸一个劲儿地傻笑，陈黛丝的母亲走过来插话道："女婿不是已经给你赔不是了吗？干吗这样得理不让人？"

别看这位夫人平时不怎么说话，但一旦表态还是很有力度的。老狐狸轻轻拍了拍她的手，这才瞪起眼珠对刘帅说了句："坐吧，难道还要我给你让地方儿？"刘帅感激地看着岳母，战战兢兢坐了下来。

陈思淼有心帮忙，便抢着问道："你今天有什么事儿要跟爸说吗？"想起进门前陈思淼的嘱咐，刘帅讪笑着回答说："我是来问问厂子的事情，看能不能帮上什么忙？"陈思淼提供的情报果然准确，老狐狸这才用缓和的语气说道："这还差不多！"

抓住这个机会，刘帅怯生生地问道："爸，妈，你们都挺好吧？"岳母不失亲切地答应一声："我们都很好，就是家里的企业问题还没解决。你们谈正事儿吧，我跟黛丝说点儿家常！"说完这句话，岳母便一如既往地拉着陈黛丝到里屋说话去了。

刘帅讪讪地站起身来，老狐狸却若无其事地开口说道："快坐，快坐！咱们聊咱们的！"刘帅当然是点头称是，老狐狸这才用责备的语气说道："你们俩好大的脾气呀！这么久也不知道来看看我，要是我在这段时间里真病了或是死了，难道你们也不准备管吗？"刘帅一听，知道岳父已经消了气，赶紧小心回答说："我们早就想来，只是……只是……"为了给足老丈人面子，刘帅故意做出一副畏威怀德的样子。老狐狸看在眼里，满意地一笑表了态："好了，你们只要心里有我就好。过去的事儿就当让大风吹走了吧！"

刘帅试探着问道："爸，听说您最近有点不顺心？"老狐狸望着刘帅点了点头，陈思淼见缝插针地说道："还不是咱家的那个企业？因为污染问题，政府已经限令关停了……"刘帅奇怪地问道："咱家那个公司不是生产高档内衣的吗？怎么会有污染呢？"

棘手的事情当然还需要强者来解决，听到刘帅提出的疑问，老狐狸苦笑一声责备道："不是我说，你这个女婿就是不关心家里的事情。咱们生产内衣的那个公司当然不污染，可那也不是咱家的全部家当呀？"刘帅还没来得及回答，陈思淼却又阴阳怪气地笑了起来："还是我来帮你恶补一下吧，咱们的龙头企业是机械加工，那个企业的污染可就大了。"刘帅点了点头，诧异地问道："那为什么不考虑减少污染排放或是干脆在别的地方建个新厂？"

这句话一出口，老狐狸父子就迅速交换了一个眼神，好像早就料到刘帅会这样问。老狐狸叹了口气道："搞净化现在显然是来不及了，建新厂又肯定是得不偿失，难啊……"一看老狐狸说到这儿便沉吟不语，陈思淼又接着这个话茬儿说道："除非有人愿意跟咱们合作，否则咱们的损失可就实在太大了……"刘帅想了想温言宽慰道："您先别着急上火，办法应该是能想出来的。我明天回去好好翻翻资料，看我们的客户里有没有合适的企业。"

老狐狸如释重负地点头回答道："那敢情好，但合适的企业很不好找，前提是对方的人工和场地等费用都必须合算，最好还得有熟练的技术工人……"刘帅信心十足地保证道："您放心，我明天就努力去找。"老狐狸望着刘帅郑重说道："刘帅，这件事你只要尽心就行，就是办不成我绝不会怪你的。可要一旦办成了的话，你跟黛丝就等于有了咱们家企业股份的四分之一！"看着刘帅瞬间目瞪口呆，老狐狸又急切地补充道："你放心，到时我决不食言的！"陈思淼阴阳怪气地咕哝道："但愿你真能有这个本事！"一来是早已经适应了陈思淼的说话方式，二来是看在陈黛丝的面子上，刘帅还是给了陈思淼一个灿烂的笑容。

这件事对岳父一家的重要性是显而易见的，刘帅心里也暗自庆幸这件事把此前那个天大的娄子就这么挡了过去，因此心情格外轻松。当晚，老狐狸一家愉快地接受了亲家的邀请，两家人在一起其乐融融地享用了一顿晚餐。

这天在回家的路上，刘帅心有余悸地对陈黛丝感叹道："今天真是有惊无险，我还以为至少也得挨一顿骂呢，没想到居然这么轻松过了关。"陈黛丝捂着嘴笑道："告诉你吧，那是因为我爸他们正想利用你的关系寻找合作伙伴，这才高高抬起轻轻落下。再有就是，你是他的女婿，他其实根本拿你没办法！"一场闹剧弄得人心惶惶，最终却以意想不到的喜剧方式收了场。

这次交易的最大受益者是陈黛丝的爸爸老狐狸，因为他根本没在这个工程上投入多少资金。原因很简单，他以当地商会会长的名义出现，搞了一次噱头十足的招商活动，将那座城市联合体提前预租给了自己的老乡们。当然，越早申请的租金越低，因此很快就源源不断地筹集到了建设所需的费用。一想到十年后这座位于北京的大厦就要归于自己的名下，老狐狸的心里简直乐开了花。

　　两人在相视一笑之后，刘帅又得意扬扬地畅想了起来："你爸今天许给了我四分之一的股份呢！这件事要真成了，我是不是也成企业家了？"陈黛丝把嘴一撇道："看你美的！企不企业家的有那么重要吗？"刘帅笑道："当然重要，省得他们再看不起我！"陈黛丝温柔一笑："你太在意别人怎么说了，其实他们根本就没看不起你。实话跟你说吧，当初也许是这样，但现在绝对不是！"刘帅笑呵呵地说："那就好，因为那种感受你不知道，真的不怎么好受。"陈黛丝笑了笑不再说话，继续专心驾驶起车辆。

　　又向前开了一段儿时间，陈黛丝忽然好心提醒道："刘帅，要是我爸爸到时候不给你股份，你会真的生气，或是不再帮他吗？"刘帅嘿嘿一笑："那怎么可能？我要是那样的人，你当初会看得上我吗？"陈黛丝对这个回答报以了一个迷人的微笑："不是给你泼凉水，我看他到时还真不一定兑现这个诺言。"刘帅笑着叫道："那就太好了！我还求之不得呢！"

　　陈黛丝奇怪地问道："你没弄清楚我的话，还是得了神经病？"

　　刘帅郑重其事地说："反正他已经把女儿给了我。说句实话，他剩下的一切我全都不看在眼里。再有就是，让他欠我一个天大的人情，以后他自然也就再不敢跟我哼哼哈哈的了！"陈黛丝用激赏的眼神看着刘帅问道："这件事你好像很有把握？"刘帅坏笑着说道："要不是为了保险起见，我刚才就告诉他答案了……"陈黛丝佯怒，提高了嗓音叫道："好你个刘帅，竟敢跟我爸耍心眼儿！"

刘帅笑道："黛丝你不知道，我必须这样做。要是不吊足了你爸的胃口，我怎么能让他和你哥感到的确欠了我一个天大的人情呢？"陈黛丝大笑："你怎么跟小孩似的？"刘帅得意地回答说："让他们也尝尝我当初的滋味儿……"陈黛丝赞赏地望着丈夫说："就你的鬼心眼儿多！"

刘帅这里积极运作，准备攻下岳父这座最后的堡垒，李晨曦和林虹那边也在紧锣密鼓地进行着筹备。如今尘埃落定，项目走上了正轨，这对小夫妻也终于决定正式向韩玉萍和胡正文这对半路夫妻摊牌了。

这天晚上，李晨曦特意在一家叫得很响的川菜馆定了不少好菜，乐呵呵地向岳母和胡正文发出了邀请："妈，您赶快入席吧，这可都是您平时经常提到的菜！"韩玉萍看了一眼丰盛的菜式，故意矜持地说道："其实我现在已经不怎么喜欢川菜了。更何况我跟正文已经约好了，今晚要去吃西餐呢……"

李晨曦顿时愣住了，正在摆盘子的林虹听见，马上停住手里的活儿笑着说："妈，这可是您女婿的一片孝心啊！你们不是没约别人吗？我看今天就别出去了！"韩玉萍略微想了一下，然后才大度地表示："既然这样，我们就却之不恭了！"说完这句话，韩玉萍便大声招呼正在屋里换衣服的胡正文："正文，赶紧来呀！看你女婿今晚都准备了什么？"

一家人高高兴兴地围着桌子坐了下来，胡正文奇怪地问道："孩子呢？怎么老半天没听见她的动静儿？"林虹笑着回答说："小北和豆豆今晚带他们的孩子去做亲子游戏，把咱家宝宝也一块儿接走了。"李晨曦也笑着响应道:"咱们吃吧,待会儿他们就把孩子送回来了!"胡正文恍然大悟,韩玉萍却皱着眉责备道:"幸亏是小北他们两口子,要是别人的话我就又该说你们了!记住,孩子可不能随便撒手!"李晨曦点头答应道:"您说得对,说得对!咱们赶紧吃菜吧,要不待会儿就该凉了……"

韩玉萍随意品尝着桌上的菜,嘴里却挑剔地点评了起来:"北京的川菜就是不大地道,这个回锅肉用辣椒酱就不对嘛,应该是正宗的郫县豆瓣酱才对!"李晨曦和林虹唯唯诺诺,胡正文也跟着帮腔道:"你妈现在走南闯北的见识多了,别说川菜了,就是西餐也能说个八九不离十!"韩玉萍得意扬扬地笑了,旋即讲起了自己对西餐的心得体会,还夹杂着自己在国外的各种见闻。林虹和李晨曦听得头昏脑涨,但也只好赔笑听着。胡正文自是不同,不仅时不时地称赞几句,有时还故意吃惊地叫道:"这个我怎么不知道?"

见多识广的胡正文的确不简单,一边恭维着新老伴儿,还一边偷眼观察李晨曦和林虹的反应。看见李晨曦和林虹好像满腹心事的模样,胡正文狐疑地问道:"你们怎么不吃?"林虹听了这句话,赶紧拿起筷子礼貌地敷衍了两下,但很快便又撂下了。李晨曦仍旧是原本那副死没阳气的德行,低头看着菜一言不发。

胡正文轻轻碰了碰正白话的韩玉萍,后者这才猛然醒悟到今晚的气氛有些不对劲儿。韩玉萍不悦地用手指敲打着桌子,不知不觉提高了声音:"你们是有什么事儿要说吧?怎么把气氛弄得跟最后的晚餐似的?"李晨曦笑着回应道:"咱们还是先吃饭,待会儿的确有点事要跟您商量。"林虹也赶紧帮腔道:"晨曦说得对!天大的事情也等吃了饭再说!"胡正文沉吟着放下筷子,嘴上却口是心非地回应道:"对,先吃饭,先吃饭!"韩玉萍可不像胡正文那样顾全大局，"啪"的一声放下筷子，满脸不悦地说道："有事快说，要不这饭哪儿还吃得下去？"

李晨曦见状有意无意地看了林虹一眼，后者马上笑着提起了话头儿："妈，我们要搬家了！"韩玉萍不解地追问："怎么搬？租房子还是买房子？"林虹解释道："晨曦的生意最近越来越好，我们决定买一套新房子。"李晨曦也说："就是，您跟胡老师也方便一些，省得孩子整天吵得慌……"

胡正文正准备表示祝贺，韩玉萍却冷冷地质问道："嫌我们老了？成了你们的累赘是不是？"林虹正要解释，韩玉萍却挥手拦住了她即将出口的话。瞪了林虹一眼之后，韩玉萍带着自嘲的表情笑了："闺女呀，你的翅膀如今果然硬了，准备抛下我这只老鸟单飞了？"林虹顿时哑口无言，李晨曦赶忙插话道："妈，我们真的没有这个意思，我们是想……"

韩玉萍用一个决绝的动作阻止了李晨曦自辩的话，斩钉截铁地说道："我不同意，劝你们今后也不要再打这个算盘！"李晨曦终于忍不住了，马上针锋相对地反问："妈，我这就不懂了！你们两位游山玩水的优哉游哉，我们为什么就不能拥有自己的空间？"韩玉萍拍案而起，怒不可遏地嚷道："没有理由，不行就是不行！"

李晨曦看了气势汹汹的岳母一眼，忽然在对方的眼睛里读到了一种从未有过的失落。李晨曦明白，要是换作以前，韩玉萍早就勒令他们卷起铺盖滚蛋了，但今天因为知道他们已经有了买房子的实力，因此明显有些底气不足。抓住这个弱点，李晨曦淡定地说道："您别急呀，我们这不是在跟您商量呢吗？"韩玉萍冷笑着回答说："别说得那么好听！你这是商量吗？你这根本就是通知我一声，是最后通牒！"胡正文笑着和起了稀泥："玉萍，有话好好说，何必非要这样呢？"韩玉萍却不买账，站起身猛地一推桌子，弄得桌上盘碗乱响汁水横飞，然后转身便走进了自己的卧室。

李晨曦懊恼地坐了下来，林虹也有点儿茫然不知所措。倒是胡正文依旧保持着冷静，压低了声音说："你们干自己的事儿去吧，待会儿我好好劝劝她。"说罢，胡正文又将目光转向林虹，略带责备地补充道："林虹啊，你应该比晨曦了解你妈，就不要再火上浇油了……"

胡正文回到卧室，看见韩玉萍正坐在那里暗自垂泪，于是便走上前去轻声劝慰道："玉萍，还在伤心呢？"韩玉萍泪眼婆娑地抬起头，盯着胡正文的眼睛问道："看见没有？他们这是要卸磨杀驴，嫌弃我老了呀！"胡正文笑着反问："你为什么会这样想？人家小夫妻想过点儿清静的日子，这其实没有什么呀？"

韩玉萍擦了擦眼泪回答说："这事儿肯定是那个李晨曦挑唆的，这小子如今有了两个臭钱，马上就对我举起了屠刀，这不是心术不正又是什么？"胡正文笑道："哪儿有那么严重？再说我看他们根本就不是这个意思。"韩玉萍吃惊地问道："那你说他们到底是什么意思？"胡正文扶着韩玉萍的肩膀意味深长地说："这个意思很简单，他们是想让你对今后的生活表态呢……"

韩玉萍眨巴着眼睛想了半天，最终还是向胡正文求助道："现在我心里很乱，还是你帮我分析一下吧。"胡正文拉过一把椅子坐在韩玉萍的对面，笑眯眯地说道："玉萍你好好想想，像咱们这样抛开家里的一切去周游世界的父母身边还有谁？"韩玉萍想了好久才摇了摇头："好像还真没有……"胡正文又继续发问："你再想一想，咱们为什么要这么做？"韩玉萍琢磨了一下不确定地回答道："咱们这也算一种追求吧……"

胡正文哈哈一笑又说："他们当初要是死活不让你出去，非让你留在家里看孩子做饭呢？"韩玉萍面带鄙夷地冷笑着说道："我又不是离开他们活不了的乡下老太太，他们岂能管得了我？再说那会儿他们住的这所房子是用我一生的积蓄买的，根本就不敢跟我提出这样的要求！"胡正文笑道："看看，大国沙俄主义的脾气又犯了吧？问题是人家现在有条件买房子了，你还能真的制约他们吗？"韩玉萍想了想还真的是这样，眼泪顿时又流了出来。

胡正文随手将一块手绢递给韩玉萍，依旧不愠不火地说道："你不妨再做一个换位思考，如果咱们是儿女，他们是长辈，你又该怎么办呢？"韩玉萍不解地问道："什么该怎么办？"胡正文苦笑着提示道："咱们还要按照自己的活法儿去生活，但他们横加干涉呗！"韩玉萍怒道："就是那样也轮不到他们干涉，每个人都有按照自己的方式生活的权利！"这句话刚一出口，韩玉萍便意识到了不妥，马上睁大了眼睛望着胡正文迟疑地问道："你的意思我明白了……"胡正文循循善诱地继续追问："明白什么？"韩玉萍不服气地看了胡正文一眼，刁蛮地嘟囔道："我不想放弃咱们说好的生活方式，也不想就这么跟他们分开……"

胡正文笑道："那好办，咱们就好好商量一下具体的办法，看看有没有完美的折中方案！"韩玉萍迟疑地问道："能有这样的方案吗？"胡正文笑道："当然有，不过前提是，要么是咱们要么是他们，必须有一方做出一些牺牲。"

第二天，胡正文和韩玉萍没事儿人似的出现在餐桌上，虽然谈不上谈笑风生，但起码看不出昨晚争吵过的痕迹。李晨曦临出门的时候，林虹一把拉住了他："晨曦……"李晨曦一脑门官司地停住脚步，偷眼看了正在阳台上鼓捣衣服的岳父岳母一眼，将目光转向林虹："怎么了？"林虹惴惴不安地问道："你不觉得今天有点儿奇怪吗？"李晨曦点着头回答说："他们是有点儿反常……"说到这儿李晨曦又特意嘱咐了一句："你看着办吧，我知道你挺为难，我一切都听你的就是！"

在公司坐到中午，李晨曦终于决定去找王小北跟刘帅，尤其是想听听王小北专家级的建议。王小北接到电话之后马上笑着回答说："你打车过来吧，我们正好都在呢！"还没等李晨曦问清楚这个"我们都在"指的到底是谁，王小北那边已经挂断了电话，手机里传来一阵阵忙音。李晨曦不再迟疑，立即打车向电台奔去。

到了电台楼下的咖啡厅一看，李晨曦才算明白了王小北那句"我们都在"的含义。只见在一张大桌前，王小北正襟危坐在正中，俨然一副大医院专家坐诊的模样，他身边的潘豆豆满脸笑容，好像刚刚捡了狗头金。刘帅孤家寡人的一脸无赖相儿，根本没有中层领导的威严。最奇怪的是林虹也赫然在座，不知道是什么时候跑来的。李晨曦简单地寒暄了几句，便心急火燎地问林虹道："你怎么来了，家里出了什么事儿？"林虹嗔怪地说道："乌鸦嘴！哪有那么多事儿？"李晨曦还想再问，却被刘帅抢过了话头儿："你哪儿那么多话？先让小北安排一下，待会儿我们还得上班呢！"

李晨曦知道林虹肯定已经把家里的烦恼告诉了王小北，赶紧讪笑着闭上了嘴。王小北目光炯炯地笑着说道："中午的时间实在有限，我就先拣重要的说吧！"刘帅撇着嘴嘟囔道："当主持人当出毛病来了，什么事儿都得来段开场白！"王小北瞪了他一眼说："那也比有的人当了个官儿就打官腔强！"刘帅还想逗贫，王小北却已经接着说了下去："刚才我们简单聊了一会儿，大家遇到的难题也都知道了。潘豆豆的提议不错，咱们仨早该重新聚聚了，具体讨论一下该如何化解最近所面临的问题……"刘帅忍不住插嘴道："捞干的说吧，你节目快到时间了！"

王小北苦笑着说："经过刚才的沟通，我发现咱们几个人的事情彼此间竟然都有着千丝万缕的关联，只要认真进行资源组合，这些看似困难重重的问题其实都能迎刃而解。这样吧，今天晚上咱们三对夫妇索性举办一个大型聚会，正式邀请三人双方的父母和所有无意中搅到这件事情当中的朋友们参加，争取把眼前这些困难先解决掉。"

刘帅表态说："行，等待会儿数数人数我就联系地方，保证大家能有一个温馨的环境！"李晨曦也听出了门道儿，马上大声提议道："这样也好，我看咱们就推选小北当咱们这次行动的总指挥吧。"大家听了一致表示同意，王小北只得苦笑着答应道："为了达到咱们的目的，我就再不辞辛苦地奔波一回吧。"

刘帅看了看表站起身来，火烧腚似的说道："各位，你们先说着，我得先回去了！"说罢指了指王小北和陈黛丝笑着补充道："有什么需要我干的，让黛丝告诉我或是麻烦王大主持亲自面授机宜都行！"林虹不满地问道："你干吗这么猴急？"潘豆豆笑着替刘帅解释道："人家如今是领导了，不率先垂范怎么能行？"陈黛丝噘起嘴轻声骂道："德行！"但满脸却都是幸福的笑。

王小北老实不客气地打发走了刘帅，回过头来严肃地说道："我把今晚上的安排说一下，你们待会儿赶紧回去分头准备吧！"

第三十七章

在王小北的安排下，伙伴们马上开始了行动。刘帅的效率果然了得，还没下班就已经利用自己独一无二的资源安排好了晚上的宴会。王小北兴奋地开着车回到家中，想把这个好消息尽早告诉这几天天天在潘爸身边起腻的尤厂长，让岳父在欣慰之余也好重新获得安宁。真正令王小北感到满意的其实还另有原因，那就是岳父和岳母全都对他刮目相看，心里仅剩的问题如今已经烟消云散，再也不能成为困扰他的问题了。

看到王小北突然出现在面前，潘爸赶紧站起身急切地问道："小北，那件事办得怎么样了？"王小北点了点头，笑着对岳父说道："放心吧，您交给我的任务已经圆满完成了！这不回来正准备向您交令呢吗？"岳父大为高兴，马上神气活现地瞥了尤厂长一眼，气宇轩昂地对女婿表示："小北，你这次真是干了一件功德无量的大好事，我在这儿代表家乡的父老向你表示感谢！"尤厂长也赶紧跟着凑趣道："您放心，我一定会代表家乡的父老好好酬谢您的，这几天真是辛苦您了！"王小北笑了笑，淡定地说道："这没什么，这样的事情本来就是义不容辞！再说了，哪有女婿给岳父干事儿还要酬谢的？"

正说着，潘妈和潘豆豆也抱着孩子凑了过来。不等王小北发问，潘豆豆就抢先说道："你让我带回来的那张纸，刚才已经给我爸跟老尤看过了，他们都说太理想了，绝对没有问题！"潘爸大为得意地对潘妈说道："这件事干得太漂亮了！幸亏咱们找了这个女婿，真是积了八辈子的德！"兴奋之余，潘爸又乐呵呵地拍了拍那位脸上笑容四溢的尤厂长，毫不顾及对方的感受说道："幸亏当初没找他，要不这会儿还得跟着他着急上火的！"

王小北和潘豆豆听罢哈哈大笑，潘妈一边捶打着得意忘形的丈夫，一边抱歉地对尤厂长说："别理他，这老头子一高兴就爱胡嘞嘞……"尤厂长满不在乎地笑着表起了忠心："师母你这说的是啥话？师父就是揍我一顿我也绝没有二话！"潘妈到底比潘爸靠谱儿，马上转向王小北："小北，下边儿该怎么办你就看着安排吧！这俩人根本指望不上……"王小北笑着回答说："没什么可安排的了，今晚我们准备聚会一下，到时候您和爸带着尤厂长一块儿出席一下我们的聚会就可以了。"

说到这里，王小北又嘱咐尤厂长说："记着晚上带好资料，剩下的事儿就全靠你们自己谈了！"对女婿满意到极点的岳父欣然答应了下来，然后又转身摆起师父的架子吩咐尤厂长说："记住了，到时候遇见事儿多请教小北，可千万别给我丢了脸！"尤厂长自然满口答应，潘爸意犹未尽地对尤厂长叫道："事儿都说好了，过来陪我下两盘棋！"说完这句话潘爸转身就走向了阳台，尤厂长苦着脸哀号了起来："师父，咱们还下呀？"潘爸志得意满地答道："下，我要让你好好领教一下我昨晚刚研究好的棋谱儿！"

老狐狸今天又接到了政府的通知，明确限定了关停工厂的日期。老狐狸因为还没得到刘帅的回音，显得有些暴躁。不仅是陈思淼挨了一下午的骂，就连他一向尊重的夫人也跟着吃了不少挂落儿。刘帅因为另有任务，报喜鸟的角色就让给了老婆陈黛丝。

就在老狐狸刚刚因为水烫摔了一个茶杯的时候，陈黛丝终于满面春风地赶到了。苦不堪言的陈思淼看见，马上一个健步冲过去，用殷切的目光望着妹妹迫不及待地问道："刘帅的事情办得怎么样了？"陈黛丝得意地点了点头，径直来到父亲的身边问道："爸，刘帅这几天不吃不睡的，总算是给您找到了合适的合作单位，这是他们的资料，您先看看吧！"老狐狸的眼睛顿时亮了起来，一看自己的难题果真被女婿刘帅给化解了，不由得露出了今天的第一个笑脸。

随着老狐狸的脸上雨过天晴，陈思淼和那位愁眉紧锁的夫人也全都跟着高兴了起来。老狐狸一边看着陈黛丝，一边细细询问有关情况："这是个国营老厂啊，他们的上级单位会不会提出反对？"陈黛丝马上胸有成竹地回答说："放心吧，这个问题刘帅早就想到了，对方的厂长说，上级十分支持，还叮嘱他一定要谈成呢！"

陈思淼也关心地问道："他们的人工贵不贵？咱们私营企业，可没国营的那么多福利待遇啊！"老狐狸听罢也连连点头，把询问的目光投向了陈黛丝："这个问题必须得问清楚了，我们这一段儿谈了许多家有意合作的单位，有不少都是因为这个卡了壳儿！"陈黛丝有些不耐烦地回答说："刘帅已经请人测算过了，成本和人工等方面都比咱们那边便宜。虽然运费增加了不少，但两边一冲抵咱们还多盈利了百分之一呢！"老狐狸听了哈哈大笑，站起身来满意地对陈黛丝说道："太好了，就跟这家企业合作了！"

说到这里，老狐狸又指着手中那张资料上的最后一项说道："就是这条有点麻烦，咱们独立出资建一套防污染系统，这个一时半会儿恐怕不大好办……"陈黛丝得意非凡地趴在父亲的耳朵边上嘀咕了两句，老狐狸顿时愁容尽扫，高兴地大笑了起来。陈黛丝紧接着说出了今晚跟对方签约并出席他们三家聚会的事情，老狐狸马上痛快地答应道："没问题，到时候我一准儿去！"

刘帅的任务也很圆满，回到家中就没头没脑地问道："爸，你设计的那个专利跟别人签约合作了吗？"刘父失落地摇着头回答说："专利倒是下来了，可还没有厂家上门呢！"刘帅笑了笑没有说话，刘父却不解地问："你今天怎么想起了这个？"刘帅不答反问："爸，您的那个专利为什么没人感兴趣？"刘父垂头丧气地说道："还不是因为没有哪个厂家肯试用？要是有了一套样本，你爸我还在这儿发什么愁呀？"刘帅高兴地说道："爸，要是让黛丝他爸的企业先弄出一套来，你有意见没有？"

刘父大喜，马上抓住刘帅的胳膊追问道："那当然是太好了，赶紧跟我说说详情情况！"刘母听见，马上挡横说："刘帅，这件事你可得慎重，这好歹也是你爸十来年的心血呀。再说了，犯不着为这件事再让黛丝去求他爸，省得又给人家招出什么事儿来！"刘帅一看母亲如今事事都站在陈黛丝的立场上考虑，这才满意地回答说："放心吧，不仅不会给您的儿媳妇招惹是非，我还得让我老丈人亲自求您呢！"刘母不确定地追问了一句："还有这样的好事儿？"

刘父嫌老伴儿一再坏他的好事儿，马上梗着脖子嚷道："怎么回事儿？你现在好不容易不跳广场舞了，怎么却变成了专门儿跟我作对？"刘母没好气地回击道："谁跟你找事儿了？我是担心你那破玩意儿不灵，到时候给黛丝丢脸！"刘父怒道："不懂就别瞎说，我那可是国家专利的尖端产品！"大病一场后性情大变的刘母一看老伴儿真急了，赶忙摆着手笑道："我就一瞎说，你怎么还当真了？真是的……"

刘帅趁热打铁道："爸您跟我妈准备一下，晚上就能把这件事儿拍了板儿！"刘父竟然激动地站起身向他鞠躬行礼，吓得刘帅蹦跳着躲到了一旁："爸你这不是害我吗？让亲爹给自己鞠躬要挨雷劈的！"刘母眨巴着眼睛问道："还有这个说法儿？我怎么没听说过？"刘帅一本正经地回答说："这是周星驰说的，您难道没看过他演的《百变星君》吗？"刘母不解地嘟囔道："我没事儿看他干什么，谁又保证他说的就一定都对？"

聚会的时间终于到了，三个伙伴和各自的父母全都如约参加。尤厂长自然也满怀期望地加入了潘家的行列。当大家来到已经被装修成高档会所的刘帅家老宅时，顿时被眼前出现的一切给惊呆了。原来坑坑洼洼的灰砖墙已经变成了一溜儿到底的水磨青砖，原本陈旧窄小的门楼已经推倒重建，变成了气派的中式门楼，两扇红漆大门上还刻着一副古色古香的楹联，两尊汉白玉狮子张牙舞爪地分立左右，到处彰显着北京旧时大宅门儿特有的气派。

刘母惊叹道："妈呀，这还是咱们过去住的地方吗？"刘帅笑着插话道："怎么不是？不过现在暂时归黛丝了……"说到这里，刘帅还故意趴在父亲耳边上小声说道："放心，日后全是您孙子的！"刘父激动得热泪盈眶，拉住陈黛丝的手叫道："门楣重光，门楣重光啊！"

大家兴致勃勃地走进院里，绕过一座假山进入了正厅。只见到处都悬挂着做工考究的宫灯，光影迷离让人感到自己仿佛穿越到了从前。在大理石台面的大圆桌旁落座之后，王小北神采奕奕地宣布道："各位亲朋好友，咱们的聚会正式开始！"

作为此间的主人，陈黛丝身穿一件真丝旗袍笑盈盈地四处奔走张罗，欢声笑语马上充盈在这个古色古香的空间内。眼看着穿着旗装的服务员流水般上了菜，刚才一路上还咋咋呼呼表示今晚由他埋单的尤厂长顿时傻了眼，一副惶惶不可终日的样子。潘豆豆看在眼里，笑着说道："放心吧，尤哥！今晚是人家黛丝请客，你就不用发愁了！"尤厂长这才安定下来，讪讪地笑着说道："哎呀妈呀，我刚才差点儿让这阵势给吓死……"看着徒弟漏气的模样，潘爸不满地说道："别小家子气，注意素质！"

老狐狸两口子跟亲家坐在一起，亲热地拉起了家常。刘帅的岳母笑着对刘母说道："刚才我们还说呢，黛丝幸亏找了刘帅。否则的话，这样好的小伙子到哪儿找去？"这句话被林虹听见，马上大声叫道："刘帅，你岳母夸你呢，还不赶快过来敬酒！"人们乱纷纷地跟着起哄，刘帅和陈黛丝走过来恭恭敬敬地将酒杯端到了老狐狸夫妇面前。老狐狸忽然把脸一板："刘帅，这杯酒应该请你的父母跟我们一块喝！"

接下去，这次聚会很快就进入了高潮，两对父母都因为各自的问题在几个孩子的努力下有了最理想的答案而由衷地高兴，全都争着夸起了自己的女婿和儿媳，仿佛这才是他们这辈子最得意的事情。相比之下，只有韩玉萍夫妇显得有点儿落落寡欢，坐在那里很不是滋味儿。王小北看在眼里，马上走过去借着倒酒的机会低声提醒李晨曦："火候差不多了，赶紧上啊！"说罢也不等李晨曦做出反应，马上大声宣布道："各位，现在由咱们著名的民营企业家李晨曦先生和林虹夫妇向他们的长辈敬酒！"

众人大声叫好，刚刚平静了一些的聚会又被挑起了一次新的高潮。众目睽睽之下，李晨曦和林虹双双来到韩玉萍和胡正文面前，双手把酒杯递了过去。胡正文赶紧起身接住，韩玉萍却带着僵硬的笑容没有伸手去接。全场霎时间静了下来，所有的目光全都聚焦在李晨曦和韩玉萍的身上。

以往对这种大场合总是有些发怵的李晨曦开口对韩玉萍说道："妈，请允许我先跟您说声对不起，这两天我们的想法有些过于自私了。"李晨曦的话让韩玉萍微微一愣，下意识地伸出手接过了酒杯。沉默了一会儿之后，韩玉萍忽然大声地说道："晨曦，自私的不光是你自己，我这个当妈的其实更应该检讨……"林虹赶紧适时地加入了谈话："妈，我跟晨曦商量过了，咱们回去合计一下，买两套紧挨着的房子，关上门各自有一片天地，出门迈一步咱们仍旧住在一起，永远也不分开！"

韩玉萍的眼睛里流出了一滴清泪，点着头答应道："我们听你和晨曦的！"说罢韩玉萍看了胡正文一眼，举起酒杯一饮而尽，她望着同样心潮澎湃的李晨曦轻声说道："谢谢你晨曦，我为能有你这样一个女婿感到骄傲！"

聚会热烈而欢快，但也有着些许遗憾，那就是王小北的父母和李晨曦的父母没能赶来。相聚的家长们真心把手握在了一起，三名岳父全都发自内心地称赞起自家的女婿。看着眼前其乐融融的场面，各方应邀参加的朋友也不甘示弱。刚才悄悄退席的尤厂长和老狐狸再次出现，当场宣了他们已经谈好，明天一早就正式签约的消息。刘帅的父亲也跟老亲家说好了，除了安装第一套样品外，还将一起开发这种利国利民的新产品。

看着自己忙活了一辈子的环保设计终于有了用武之地，刘父高兴地拉着老狐狸连连举杯，大有不醉不归的架势。刘母看见正准备前去阻拦，却被陈黛丝的母亲拉住，笑眯眯地说道："亲家，让他们喝吧，这么高兴的事儿一辈子能赶上几回？"刘母释然，坐下之后也端起酒杯，热情地对亲家母说道："亲家，咱们也干一杯，感谢你把女儿嫁给了我儿子！"

聚会持续到了午夜前后，刘帅站起来大声提议道："诸位，咱们这个聚会真可谓是捷报频传，喜事连连呀！小北的岳父牵线搭桥，让他原本的企业找到项目！我老婆也替她父亲的厂子找到了新的出路！更可喜可贺的是，晨曦在林虹的帮助下跟岳父岳母商量出了好办法，我爸也跟我岳父要联手开发环保项目，好事儿几乎多得数都数不过来呀！"说到这里，刘帅顿了顿又提高嗓音叫道："这一切首先要感谢王小北，要没有他，咱们的问题肯定不会这样圆满解决，咱们大家一起敬他一杯怎么样？"

众人轰然响应，纷纷起身去给热心为大家穿针引线的王小北敬酒。但不知何时，原本应该作为主角出现的王小北却没了踪迹。正在疑惑之际，潘豆豆却站起来朗声说道："请大家安静，小北今晚要去主持节目，刚才已经先走一步了。他让我告诉大家，今晚的最大收获不是那些迎刃而解的问题，而是亲情终于化解了各个家庭中这样那样的矛盾，再次证明了只要用自己的真心去认真对待，这世界上就没有解决不了的难题！"潘豆豆的话赢得了经久不息的掌声，每个人的脸上都浮现出幸福的神情。

刘帅看了看手表，忽然蹦出来，大声嚷道："马上就快十二点了！我提议，咱们一起收听小北主持的《午夜电波》怎么样？两名身穿旗袍的服务员搬来了一台收音机，刘帅打开之后仔细地寻找起了《午夜电波》所在的频道。他当场将收音机音量调到了最大。大家屏住呼吸静静地坐在那里，等着即将用自己的声音和思维温暖许多人的王小北出现……

电台那边，王小北已经在播音室正襟危坐，正准备用满腔的激情和责任感面对所有喜爱他的听众。时间到了，王小北那充满磁性的声音随着电波在夜空中扩散开来，瞬间覆盖了全国各地，传到了那些急切等待着的听众耳朵里。

王小北用他那独特的声音说道："欢迎大家收听《午夜电波》，今天，让我给大家讲一个发生在我们身边的故事。主人公就是北京这座国际化大都市中三个有着新上门女婿身份的年轻人，他们和大家一样每天都在面临着各种各样的困扰。但是面对这些困扰，他们选择了积极面对，用中华民族传统的美德和浓浓的亲情化解了许多看似无解的家庭问题。通过他们的故事，相信许多听众都会发现自己的影子。希望大家能从他们的经历中找到解决问题的方法和态度。当然，问题是永远不会彻底消亡的，但勇敢而积极地面对，则是我们需要选择的不二法门……"

节目戛然而止，那群特殊的听众却热血沸腾了起来。林虹也激动了起来，她走到李晨曦的面前问道："晨曦，你还记得咱们当初的愿望吗？"刘帅在一旁插嘴道："当然记得，不就是有了钱每周大吃一次吗？"潘豆豆和陈黛丝不明就里，另外两个人却用鄙夷的眼光看着刘帅一言不发。刘帅被看毛了，赶紧笑着解释道："我是逗你们呢！你们怎么反倒当真了？"林虹咄咄逼人地质问："知道就说出来呀！"刘帅微微一笑说："去草原旅行！"

几个人都觉得时机已经成熟，该是兑现当年诺言的时候了。大家纷纷表示支持，并将制订出行计划的任务交给了缺席的王小北。陈黛丝不安地问道："好是好，我也很支持！可就是……可就是……"李晨曦毫无征兆地说："说吧，有什么困难咱们一起克服！"陈黛丝感激地看着大家，不好意思地嗫嚅道："我是担心我家里的事情会拖大家的后腿……"李晨曦马上安慰道："不要担心，到时候我们都会跟着一起使劲儿的！"

刘帅不放心地提议道："咱们是不是该打个电话问问王小北呀？别到时候成了剃头挑子——一头热！"众人的目光全都聚焦到潘豆豆身上。

潘豆豆气定神闲地把手一摆说："用不着，这点主我还做得了！"

第三十八章（大结局）

不得不说，他们这次的效率真的是可圈可点，一场说走就走的旅行就此付诸了行动。因为被体内的热血激励着的缘故，他们第三天就开始了行动。什么事业上的烦恼与生活中的麻烦全被义无反顾地扔在了脑后。王小北在网上选了一家蒙古牧民开办的草原之家蒙古包，开始了这次草原的深度旅行。潘豆豆更是踊跃，事情一定下来就收集了每个人的身份证号码，然后以迅雷不及掩耳的速度下单并订好了车票。

一路上，他们觉得真是一下子年轻了许多。原本许多因为身份和地位而产生的羁绊现在全都显得无所谓了，在火车上他们快乐的氛围很快影响到了旁人，以至于整节车厢里都充满了快乐的气氛。到达目的地，他们很快就联系上了事先约好的出租车，一路欢笑着赶往了远在天边的大草原。

到达大草原的时候天已经黑了，整个世界都变得黑乎乎的，神秘而不可捉摸。一堆堆篝火正在噼噼啪啪地燃烧，随处漫卷的火焰如同跳舞迎宾的蒙古姑娘。好客的主人安排好座位便宣布晚宴开始，盛装的蒙古姑娘立即捧着银盘出来敬酒。在这样穿越了时空一样的场面里，王小北很豪爽地喝了三大碗。刘帅虽然有些扭捏但也没能少喝一滴。李晨曦盘腿坐在条几后，脸上依然是思想者的招牌式表情，但对送到面前的酒却全都是来者不拒。

草原的夜色真的十分美丽，难怪相关的歌曲能被人传唱多年。深蓝色的天空上挂满了银钉一般的星星，真的就像是童话世界中的场景。蒙古的烤全羊更是名不虚传，被烤成金黄色的羊羔散发着诱人的香味，醇厚但却很容易瓦解一个人的思维和反应的马奶酒更是令人心驰神往。伴着带有凉意的风，在熊熊燃烧的篝火前举起盛酒的银碗，足以让人因为血液沸腾而浮想联翩，以至于被回忆勾引着想起那些哪怕当时并不美好现在回味起来却美好得令人落泪的记忆残片。

蒙古主人的好客更是不得了，银碗里的马奶酒好像永远也喝不完，祝福的祝酒歌和诚挚的笑脸让人们无论如何也找不到拒绝的理由。刘帅尽管一向不怎么实在，但这一次却喝了一个醉饱。李晨曦更绝，喝了没几杯就踉踉跄跄地站起来，拿出比蒙古人还高亢的歌喉，唱起了一首因为醉酒语焉不详的信天游。虽然谁也不知道他到底唱的是什么，但他古朴苍凉的歌声还是让大家跟着潸然泪下……

王小北醉了，像个真正的蒙古汉子那样醉卧在草原之上。眼睛里看到的星星要比实际显现在面前的多得多。马奶酒摧毁了他的意志，使得这位著名的节目主持人和情感专家涕泪交流，热泪在夜风中仿佛散发着若有若无的热气。他不知道自己为什么会哭，但就是哭得一塌糊涂。在这种并不怎么煽情的活动中，王小北感到了前所未有的轻松。这种轻松可以合理地存在于大草原上，但却并不能见容于他生活的那个都市。这种轻松可以在这里轻易获得，但愿回去之后还能继续享受这种来自心海的惬意。

既然上天注定让三个男人成为笑料，那刘帅和李晨曦也自然在酩酊大醉的行列之中。人类是一种奇怪的生物，能莫名其妙地感染许多情绪，尤其是哭。王小北哭得痛快淋漓，刘帅和李晨曦自然也不会落后，只不过表现形式略有差异罢了。刘帅是典型的抱着拴马桩抽泣得上气不接下气，李晨曦则干脆是痛不欲生式的哭天抢地，还兼带着匍匐前进和含混不清的呓语。三个女人也明显醉了，但毕竟要比这三位端庄得多。潘豆豆只不过望着林虹开心地傻笑不止，林虹则很不讲情面地摇晃着非要把银行卡密码告诉陈黛丝。

高潮过去之后，大家的折腾劲儿也小了很多。已经开始呼呼大睡的刘帅被好客的蒙古主人扛死狗一样扔进了温暖舒适的蒙古包。李晨曦也一反常态地大声呼喊着林虹。潘豆豆终于结束了傻笑，气喘吁吁地用羡慕的眼神看着林虹说："你的命可真好，你看李晨曦都喝成什么样儿了还记得满世界找你……"话音未落，李晨曦很不争气地扑通一声栽倒在地，呼噜声很快响了起来。陈黛丝哈哈大笑，指着远处闭眼流泪、重复嘟囔着什么的王小北叫道："豆豆，他在那儿一个人瞎咕噜什么呢？"潘豆豆抬起手示意两个女伴噤声，然后一字一句地大声翻译道："他说他做到了，刘帅和李晨曦也做到了！他们对得起生活，他们都是天底下最成功的上门女婿……"

第二天，他们全都很早就起来了。一半是由于大草原的吸引，一半是由于酒精的作用。但无论如何他们的脸上全都显得青春焕发，好像一夜之间年轻了好几岁。地平线上，朝阳慢慢升了起来，金红色的光线让一切都变成了剪影。王小北伸出手拉住了李晨曦的手，几个人很快将手连在了一起，慢慢迎着朝霞走去。他们将昨晚住过的蒙古包抛在身后，一如当初携手抛下过许多人生的风雨……

这篇后记有三部分内容：致敬，致歉，致谢。

很多年前，我妈在我的婚礼上给大家普及知识："为什么结婚的时候男的是新郎，女的是新娘？"我妈的理论是这样的："男人永远长不大，男人的一生就是从小屁孩到神经病男孩再到老男孩再到老小孩的过程，就像4x100米接力赛，前两棒靠娘，后两棒靠媳妇。所以，娶个媳妇是来接替你妈继续管理你的，京剧里面就有一个专有名词，叫'老婆娘'。"

对于这一点，我从来都不敢反驳，但其实我内心并不苟同。然而，我的态度根本不重要，我媳妇和我妈早就达成了最广泛的爱国民主统一战线，经常就如何管理我的问题利用微信、短信和电话进行广泛而深入的交流，也经常泪水涟涟地互相道别："妈，您辛苦了！""媳妇，你不容易啊！"我经常有种错觉，我是被邻居大妈捡回来的失足青年。

她们交流的主要内容是我的各种缺点和毛病，最令她们深恶痛绝的就是我的拖延症。我妈说我从小就是思想的巨人行动的矮子，结婚以后我媳妇天天拿着皮鞭督促我，但是直到今天，我依然是一个思维极其活跃、行动极其缓慢的人。

现在要说到重点了，这也是大多数小说后记里的主要内容：没有大家的帮助，我是无论如何也无法坚持完成这篇小说的。

说得文艺一点儿就是，如果没有朋友们的帮忙，这些文字永远只是餐桌上的谈资、酒后的发泄、独处时的心酸，以及无数次的苦笑和放弃！因此，我想说："谢谢！"

我所从事的是个说话的职业，我的制片人肖博士亲切地称呼我"器官工作者"。当然，成为一名优秀的主持人不能光是口才好，还要有思想，术语叫作"腥加尖，吃遍天"。主持人这个职业须面对不同的嘉宾、不同的选题和内容，好像什么都要知道一点，所以我还是比较喜欢阅读的，从天体物理、植物分类到医药卫生、古玩鉴赏，医学、宗教、体育、考据、训诂、美术、建筑、考古、历史、表演、烹饪，等等，天上一脚，地上一脚，结果就是贪多嚼不烂，即所谓百无一用是主持人。

我妈妈是一名小学语文老师，教了三十二年小学语文，所以我一直对写作颇有些自负，但是小说的写作让我看到了真相——我是想的比说的好、说的比写的好，所以这本小说基本上就是车站小报的水准。用这些文字铺垫，主要是想说明这篇文字里的我是多么真诚。

下面是正文。

先来说致敬。

我一直对写小说的困难没有足够的认识。最早萌发写小说的念头是在大学毕业那一年，上大学的时候我谈过一场轰轰烈烈的恋爱（这句话是冒着生命危险说的），那个时候想着无论是爱是恨还是痛，我一定要把它写下来，但是那篇小说只写了第一句话，大概一百多字，就被我放下了。后来，我想把我在北京的一段经历写下来，我认为那是绝对励志的北漂奋斗小说，经过奋斗，那篇小说写完了第一段。再后来我想根据我在工作中遇到的各种各样的案件写个刑侦惊悚悬疑猎奇涉枪涉毒涉黄小说，肯定是大IP，结果只写了2000多字。

残酷的事实让我清醒地认识到，我只能像写主持台本那样写作，尽管长度对一个男人来讲是件非常重要而尴尬的事情。这一次我依然是在痛苦思考之后做出的决定，我曾经雄心万丈，也曾充满创作激情，我想我这次一定能成功。但这篇小说一下就写了三年半，中间经历过无数的放弃。这个过程我会在下一部分详细说明。

所以，我要致敬，向所有写作的前辈，向所有能够写小说的人，向所有做文字工作的人（包括编剧、文案编辑、策划）表达我深深的敬意。这真的是一份极其痛苦的工作，真的是一个极其痛苦的过程。

这本小说给我的礼物是，我能够感受到路遥、贾平凹和陈忠实，感受到他们用温水泡开僵直的手指的温度，感受到他们狠狠地把钢笔摔在地上的愤怒，感受到他们伏案痛哭时肩膀的耸动。作家恐怕是这个世界上最痛苦最纠结的职业之一，写小说这件事儿真不是人干的，对，必须是超人。

第二是致歉。

因为我在写作上没有任何经验，所以我只能去写一些我熟悉的生活，当然如果你有这样的疑问："所有这些内容，包括王小北的经历，都是你自己的吗？"我只能说："王小北不是我，刘帅也不是我，李晨曦更不是我。呵呵。"

有一些信息还是要和你们分享的。我承认，这部小说是从愤怒、无奈、痛苦和纠结开始的。原本我是想用这样的方式说一些平时不敢说不想说不能说也说不清的话，但当我开始迈进40岁，当我经历过生活的种种境遇的时候，我才惊讶地发现，原来我所经历的，原来当我一次次在酒后向各种朋友发泄、抱怨，当我一次次努力吞下矛盾、无奈，当我一次次挣扎、放弃的时候，我不是一个人在战斗！这是一个群体，有那么多人生活在中国式婚姻关系产生的家庭构成中。

这是一个时代——新女婿时代。

另一个使我坚持写作的事实也很有趣。女人可以有永远说不完的话题——包、首饰、孩子的教育、美容、减肥、骂老公、批婆婆，任何一个话题都可以让女人迅速成为闺蜜。但男人聊车聊女人聊美食聊自己聊成功，都走不进对方的心里。你可以试试这个话题——女婿的苦恼，我保证你们瞬间会成为兄弟、成为哥们儿、成为铁磁，会无话不说，会一醉方休。

这本书重点描写的是当下都市生活中一些男性的生活状态。25岁到60岁之间的已婚男性，因为各种各样得以或者不得以的原因，他们必须跟妻子的父母生活在一起，岳父岳母的生活起居、喜怒哀乐和生老病死都是他们的责任，会进入他们的生活、影响他们的生活、干涉他们的生活、改变他们的生活。从感恩到介意，从愤怒到放弃，从抗争到无奈，最后他们发现，他们什么也改变不了，而自己却被彻底改变了。

当这些男人坐在一起的时候，他们就成了难兄难弟。你会发现："哇！你比我还惨！""×，你比我还笨！""去，你丫比我还不容易！"大家在一起可以互相做心理辅导。所以，这本书里有很多我的朋友，有吴曦，有刘士鹏，有李升，有亲爱的肖博士，还有很多人，当然也有我自己。

更重要的是，你会惊讶地发现，虽然书名叫得很大，但我并没有写那么多的矛盾冲突，不是为了留着写续集，真实的情况是我不敢，好吧，你懂的。

我所希望的是，哪怕有一个故事能够触动你，你就展开丰富的想象，因为你的故事才是最精彩的部分。是的，你所经历的那些都是这本书想表达的，欢迎你加入我们的群体——新上门女婿。

我想对我周围所有的朋友说，最近这三年多，在和你们交流的时候，我很刻意地从你们身上得到了各种各样的素材。所以，刘帅遭遇的情感变化、李晨曦所遭遇的女骗子，还有书中各种各样的人物故事、情节和矛盾，几乎都来自我周围的人和我做过的节目，如果你看出来哪里有你的影子，我想说一句："对不起，谢谢你！"

第三是致谢。

是的，我必须认真地说："谢谢！"这篇小说经历了三年多的难产，它能够出现在大家的面前，我真的要感谢很多人，此处排名不分先后。

感谢亲爱的冯仑大哥，你在最忙碌的时候为我的小书写下真挚的序言，不遗余力地帮我推荐，你的古道侠肠令我感动。

感谢尊敬的兄长黑德昆先生，你内心的光明令我温暖，你的智慧给了我最重要的指引。

感谢辛海峰兄，感谢马立海兄，感谢李超兄，感谢赵红仕兄，没有你们的支持，没有你们这三年来的督促，我想我早就放弃了。

感谢乔蒙，感谢你一年多以来的艰苦工作，因为我的拖延给你带来了困惑，甚至导致你被领导批评，但是你都没有放弃我，我要对你说一声"谢谢"。

感谢荀斌，感谢王磊，感谢吴曦、刘士鹏，感谢所有的朋友们。是你们一次次地让我在酒桌上朗读小说里的片段，并且毫无保留地把自己的经历告诉我，让我觉得我不是一个人在战斗，为了你们，我也得咬牙坚持下去。

感谢崔隐尘、崔隐墨，我的兄长和妹妹，感谢你们给予我重要的写作帮助，让我这样一个彻底的门外汉能够最终完成这些文字。

感谢撒贝宁、苗阜、陆川、付京宁、海阳，感谢兄弟们。

再接下来，我要感谢我的岳父岳母，感谢你们为了我们这个小家来到我们身边。你们放弃了自己的生活，做出了巨大的牺牲，这些我们都懂，我要向你们说声"谢谢"。天下所有的岳父岳母，都应该得到我们的感谢。

我还要谢谢我的父母，谢谢我的妻子，谢谢我的孩子。谢谢你们在写作期间宽容了我的坏脾气，理解我的默默坚持，支持我的每一个决定。这本书终于出版了，真不容易。

最后，我要谢谢亲爱的读者，谢谢你们没有放弃，谢谢你们能读完这些文字。

是为后记。

王筱磊